著

秦琼

敦煌文艺出版社

图书在版编目（CIP）数据

秦琼 / 刘义著. -- 兰州：敦煌文艺出版社，
2017.9（2021.9重印）
ISBN 978-7-5468-1381-3

Ⅰ．①秦… Ⅱ．①刘… Ⅲ．①长篇小说-中国-当代
Ⅳ．①I247.5

中国版本图书馆CIP数据核字（2017）第227317号

秦 琼

刘 义 著

责任编辑：李恒敬
装帧设计：魏 婕

敦煌文艺出版社出版、发行
地址：（730030）兰州市城关区读者大道568号
邮箱：dunhuangwenyi1958@163.com
0931-8152198（编辑部）
0931-8773112 8120135（发行部）

北京一鑫印务有限责任公司印刷
开本 787 毫米×1092 毫米 1/16 印张 20.25 插页 2 字数310 千
2018 年 1 月第 1 版 2021 年 9 月第 2 次印刷
印数：501～2 500

ISBN 978-7-5468-1381-3
定价：47.00 元

自 序

　　我从小一直非常喜欢《隋唐英雄传》，对秦琼、徐懋功、魏徵等人的故事，尤其是对程咬金的故事非常着迷。比如说程咬金的八十三天皇帝，再比如说在电视剧《薛仁贵》里他曾经被老虎撵着咬，就老想他到底是一个怎么样的人呢？真正有机会接触他们是在我上初中的时候，我在朋友那里借了一套《隋唐英雄传》。这套书共四本，写得非常有趣，让我看得如痴如醉，但后来我却一直想不起来书里面到底写了什么有趣的事竟能那么吸引我？一个原因是我的脑子，另一个原因是我的母亲。因为我姐沉迷于大部头小说耽误了学业，所以母亲对于我看小说是严令禁止的。当她发现四本《隋唐英雄传》后，直接就把它们丢进炉子里面烧了。

　　大学毕业后我成了一名人民教师，有了相对较多的空闲时间。我就到各大书店去找这套《隋唐英雄传》，甚至连地摊也不放过，可惜却都没有找到，但我却找到了褚人获所著的《隋唐演义》。这本书我看了不下五遍，总是看的时候很激动，但看完却还是一个情节也想不起来。没办法，我又看了一遍，逼着自己把感兴趣的情节统统都写在笔记本上记了下来，这是一切的开始。

上学的时候我还非常喜欢听评书，尤其是田连元老师播讲的《水浒传》，中午放学以后都是跑回家看央视的《电视书场》栏目的。为了更详细地了解隋唐故事，我就试着在网上找《隋唐英雄传》的评书。很幸运的是，我找到了田连元老师播讲的220回的《隋唐演义》，其中大破一字长蛇阵、血战四平山等情节让我听得血脉偾张！可听一遍以后又忘了是怎么一回事，越来越佩服我的记忆力，不得不把其中的情节又一个一个听着写了下来。在这个时候我手里的材料已经很多了，但接不上的地方还是有很多，比如大战王世充、柏壁关收敬德等。于是我到书店找所有隋唐方面的书籍去了解这段历史，借鉴比较多的有墨香满楼老师的《唐朝到底是怎么回事》、周水琴老师主编的《细说大唐》。玄武门之变因为褚人获的书中介绍过于官方，220回的评书止于单雄信之死，写的时候我借鉴的是《资治通鉴》中的记述。

所有这些都准备好以后，我还是没有动笔，原因是我从来就没有想过自己会写一本书，准备这些材料纯粹就是个人爱好。但人有时候就是琢磨不透，可能还有一个原因是觉得不是时候。我做了十年的老师，工作的学校换了好几所，但我却根本没有体会过秦琼当铜卖马时的那种落魄，而这正是这本书的灵魂所在，必须要有切身的体会。巧的是2012年我又换了一所学校，早就听说那里的校长是个出了名的恶人，所有的人都劝我不要去。但我却认为这是人生给我的一笔财富。进去以后才发现果然是名不虚传，整个校园乌烟瘴气。学生由于新建校舍灰头土脸，老师因为课时繁重怨声载道，我则带着微笑狂呼："让暴风雨来得更猛烈些吧!"仔细体会着我在那里的每一天,并把感觉都牢牢地记在了心里。在这期间,我完成了当铜卖马、督总管麻叔谋和花木兰传奇,并在两年后一个50天的超长寒假里我把以上材料都输入了电脑,之后开始一遍又一遍地整理和修改,最后成为现在这本《秦琼》。本书以褚人获《隋唐演义》中秦琼的一生为线索,去除了其中封建迷信和隋炀帝奢靡生活的描写,又把罗成、李元霸、宇文成都等一些评书中的经典人物和他们的故事也加了进去。其中牵强的情节还是会有,但却都是我一点一滴的心血和积累,总之一句话:我喜欢的希望你也喜欢!

目　录

第一章　楂树岗救唐公

DIYIZHANG ZHASHUGANG JIU TANGGONG

年是中国人心目当中最重要的节日。过年的时候，不论老人孩子，人人都要穿新衣、逛庙会，家家都要贴对联、贴门神、放鞭炮！各行各业的人都放下手里的工作，尽情放松一下，走一走好久没有联系的亲友，拉一下家常，联络一下感情。年一直要持续五天，原因也很简单，过年既是对过去一年的总结：自己得到了什么，好好地犒劳一下自己；失去了什么，告诉自己收拾好心情从头再来。当然也是为下一年辛勤的劳作起个头，让来年的生活更有滋味！

门神年年贴，而门神上的人物可能没有人认真看过，门神里面最常见的是秦琼和尉迟敬德，他们是谁呢？说起这两位可了不得，他们是我国历史上鼎鼎大名的两位将领，是唐太宗李世民的手下，下面就说说他们的故事。

秦琼，姓秦名琼字叔宝，小名太平郎。爷爷是北齐名将秦旭，父亲是北齐武卫大将军秦彝，母亲宁氏。在秦琼三岁的时候北齐灭亡，爷爷和父亲相继战死。隋文帝杨坚一统天下，母子俩相依为命，亡命天涯。在这当中，他们认识了同为难民的程一郎母子，也就是程咬金母子，结伴而行。后来程咬金母子回到了东阿故居，而秦叔宝母子则在山东历城定居了下来。由于出来的时候带了一点家底、首饰，加上秦母会一些手工针织，所以日子过得相对殷实。看着慢慢长大的秦琼，看着现在还算太平的日子，秦母觉得日子这么过也挺好。跟随秦母他们一起逃出来的还有一个秦彝的副将，保护着他们母子，名叫秦用。他从小就教秦琼练习武艺，并且给他讲他爷爷和爸爸的一些事。耳濡目染，秦琼从小就生有一副侠肝义胆。

转眼到了上学的年纪，秦母给秦琼请了一个私塾先生，调皮捣蛋的秦琼此时的兴趣却早已到了耍枪使棒上。不单这样，在私塾他还结交了两个朋友，一个叫贾润甫，是个纨绔子弟，父亲经营着一个酒楼，名叫贾家楼，从小娇生惯养，一身的毛病。还有一个叫樊虎，家境贫寒，但母亲却是个心很强的女人，宁可自己苦一点累一点，砸锅卖铁也要让樊虎上学。三个人出身不一样，可一见如故，变着法地和私塾老师作对，就是不好好读书，打没少挨，苦没少吃，但学业一点也没长进。私塾先生见到秦母总是唉声叹气的，秦母也一点办法没有。好话不知道说了多少，可人家就是不听。挨打人家也一声不吭，软硬不吃。而且随着年龄的增长，秦琼还仗着自己会一点功夫好打抱不平，年轻气盛，有时连生死都不顾，气得秦母没有办法就一个人在那儿抹眼泪。秦琼看见母亲哭了，好像有所触动，看着流泪的母亲，秦琼觉得事惹得有点大，慢慢地走到秦母跟前，用手擦去母亲脸上的眼泪。一般来说，教育儿子父亲最有效的是皮鞭，母亲最厉害的却是眼泪，不知多少无知少年都是这么回头的，秦琼也中招了。

秦母说："你们秦家三世，现在只有你一个男身，你是将门之后，本来你喜欢枪棒也是应该，我不管你也不说你。但如今你却不顾自身性命，净干些冒险、轻生的事，万一有个闪失，以后谁去接咱们秦家的血脉，谁来奉养我这个死老太婆啊？秦家就指望你了，可你太让我失望了！"接着又哭了起来。

这一次给秦琼的印象很深，从那天以后，秦琼也打抱不平，但只要是母亲不让去的，他绝对不去。他也开始安心地读书，几年后，练得一身本领，使得枪射得箭。尤其是他祖传的两条熟铜锏，一百三十斤，被他舞得如怪蟒缠身，雪花坠地，本领是数一数二的，而且学业也有所成，交朋友更是没话说。只看他母亲宁夫人都有截发留宾、扶贫济困的气概，娶了媳妇张氏也是如此，所以秦琼在历城一带很有名气。

日子过得不紧不慢，秦琼在家里练武、读书，也很清闲。有一天，樊虎突然来到了他们家，原来樊虎母亲看樊虎读书也没什么大的出息，就给他在衙门里捐钱求了一个捕头，不让他一天无所事事在外面生事。樊虎到衙门干了一段时间，正巧衙门里缺人，樊虎就想起了秦琼。秦琼武艺好、文笔好、人缘好，跟其他人一说，大家说既然这么合适，那就让他来吧！就这么着，樊虎来找秦琼，说的也是好听话。他知道秦琼的为人，喜欢别人捧一下，所以，叫的时候就说明白了，是让秦琼去衙门做捕头，自己做他的副手。

不想秦琼却说："秦琼没有当官的命，秦家世代为将，如果得志，秦琼愿意为国家提一支兵马，在疆场之上斩将杀敌，搏一个天地，封妻荫子。若不得志，这几间茅房、几亩薄田，尽可以奉养老母，抚育妻儿，闲时喝点酒，与知己谈笑一番。心里不好受，耍一阵枪棒足矣！要我向这些赃官低头，听他们指示，拿到贼人是他们的功劳，起到赃款入了他们的私囊。咱们费尽心力拿了个强盗，他得了钱，反说我们诬陷！与他们一起同流合污吧，又害了那些受苦的老百姓，所以这个差事，我不上心，也不去。谢谢兄弟能想到我，你回去吧！"

樊虎一听，得——人家没兴趣！不过看着从小玩到大的交情，樊虎又耐心地劝起了秦琼："衙门里现在忙得跟什么一样，其实衙门里并没有那么多的冤假错案。我到衙门以后，干的都是一些正常的文案，所以秦大哥不必担忧，只是混口饭吃，别的没什么。"

秦琼刚想反驳，秦母走了进来。原来秦母在外面也听到了，这樊虎也是一片好心，秦琼这孩子太拗了。"我的儿，我知道你的志向远大，但樊虎说的也有几分道理。想你现在终日游手好闲，也不是个事。一进公家门，也有个牵连，就不敢胡来了。若能再抓住几个强盗，干出些事来也好。你爷爷也是东宫卫士出身，去试试也无妨！"

秦琼一听母亲这么说，本来自己也想去，在家待着都快闷死了。只是人家一叫就去，好像有一些轻浮，这会儿好了，有母亲大人的命令！

第二天，秦琼梳洗完了，穿戴整齐以后和樊虎来到了衙门，见到了刘刺史。刘刺史一看，果然是一表人才，虎背熊腰，双眸炯炯有神，手里提着一对熟铜锏。又让他到院子里耍了一通，看后很是满意，于是当即就同意让秦琼来衙门上班。但是到衙门当差秦琼需要一匹马，于是他和樊虎来找贾润甫。贾润甫是大户人家，家里有很多马，也巧，正好这几天刚从西域贩过来了几匹好马。看是秦琼和樊虎，贾润甫带着他们就来到了马厩。一看，确实都是好马，甚至它们身上还有泥土的气息，一个个生龙活虎。秦琼看了好生喜欢，选来挑去。最后选中了一匹模样俊俏，毛色发黄的马，它就和秦琼一样，低调！

樊虎一看秦大哥怎么挑了这么一匹，这明明就是一匹病马啊！要它干什么？他拿眼看着秦琼，又看了看贾润甫。秦琼和贾润甫两人一看樊虎这表情，都笑了起来，贾润甫说："秦大哥挑的这匹马你别看身材不大，但可以日行千里，虽然毛色发黄，却速度惊人，而且跑起来蹄下无尘，是一匹宝马良驹！是西域马的一种，名叫黄骠马。"

"哦！原来如此，我还以为秦大哥挑了一匹病马呢！"

就这样，秦琼成为守一方平安的一位捕头。在以后的两年当中，秦琼了解了衙门的方方面面，抓捕盗贼无数，他的名声在整个山东都传开了！

忽然有一日，衙门要押一干人犯去充军，一共四个人，两个是被发配到了泽州，另外的两个被发配到了潞州。由于人手紧，所以秦琼和樊虎各押两个去，秦琼去潞州，樊虎去泽州，两个人准备好了盘缠告别了家人就出发了！

再说说隋主杨坚，在位23年，64岁病逝。他是一位典型的开国皇帝，忧国忧民，早年决策英明，开创了一代盛世，但是到了晚年，也做了许多糊涂事。其中就有这么一件：他做了一个梦，梦见他一个人站在城楼之上，面前有一条河，河水很清澈，阳光照在河面上闪闪发光，他就在那儿闲游。城边有棵大树，果实累累，正看时，突然大水漫过了城墙，滔滔而来。隋主见状，大叫一声，猛然被惊醒！

他醒来以后对这个梦百思不得其解，于是就请人专门给他解这个怪梦。所谓妖由人兴，有人就以此来兴风作浪，解得：

一、树上有果实，那是木子，是个李字。

二、大水漫过了城墙，意思是将会有人造反。

三、有水意味着此人的名字里面有水旁。

太子杨广为了铲除异己，直接将矛头指向了脾气耿直、当面顶撞过自己的成公李浑。但杨坚认为李浑年事已高，造反不可能，就问李浑的儿子叫什么。朝中有人答：长子已亡，幼子小名洪儿。嗯，洪水的洪！木子为李，又是洪水的洪，所以正好合梦，于是杨坚当即下旨：赐死洪儿！而洪儿还是一个孩子啊！于是举国上下开始流传，李姓的人将得天下！这可吓坏了天下所有姓李的人，因为说不准哪天皇帝不高兴，李家可就没人了，都惶惶不可终日！

朝中也有一位坐立不安，他就是唐公李渊，因为他的名字里面是既有木子，又有水啊！所以太子这几天看他的眼神都变了，自己和太子杨广有过节他心里清楚，指不定什么时候这个名字就会要了自己的老命。还是早做准备的好，于是李渊上本请调。令他意想不到的是，隋主杨坚很快就同意了他的奏请，让他做河北道行台太原郡守，即刻启程赴任！

然而此时李渊的夫人窦氏却身怀有孕，分娩在即。李渊顾不了那么多了，想形势如此危急，有此良机不走，还等着死吗？他心一横，走！

一家人收拾好东西，簇拥着离开了长安！李渊不敢怠慢，一早上就行进了二十多里，快到中午的时候队伍来到了楂树岗！到那以后李渊一看地形，树木茂密，地势险峻，就多了个心眼，把队伍分出了两路。一路是李渊夫妇坐着马车，行得慢，三四十个家丁保护着前行。一路是李道宗和大儿子李建成领着十几个家丁，先行一里多路，来到了楂树岗。

太子杨广怎能让李渊就这么走了呢？他恨李渊恨得牙根半尺长！为什么呢？原来在他和李渊平南陈的时候，陈后主有两个娘娘长得特别漂亮，杨广听说以后非常喜欢，早就吩咐给他留着。李渊抓到了这两个女人，杨广着人去要，但李渊不但不给，而且当即就命人把俩人给杀了，说是不能让她们再去害人。杨广那个气啊，这样的女人多少年才出两个啊，竟然给杀了，但苦于当时李渊是父亲身边的红人，只得将这口气暂时咽了下去。后来杨广争东宫之位，挟重礼去拉拢李渊，哪知道这李渊不但不收，还将送礼的人轰了出来。因此杨广怀恨在心，借着这个机会是一定要置李渊于死地的！看李渊离京赴任，他们就扮成了响马，想在半路结果了李渊一家，地点就选在了楂树岗，宇文述也在其中。

杨广和宇文述等人埋伏在树林当中，远远地就看见有十几个人骑着马走进了树林当中。一个是官员的打扮，一个小哥是公子的打扮，两人断定是李渊的家眷，喊了一声就冲了出来！

李建成见此情形，吃了一惊，拨转马头就跑向了唐公李渊的马车，大声叫道："不好了，前面有响马！"

于是李渊留一半人马保护家眷。自己手拿方天画戟，骑着白龙马带领二十几个人前去接应。他远远地看着李道宗等人快坚持不住了，放箭怕伤了自己的弟兄，于是大喊一声："何处强人不知死活，敢来拦截朝廷官员！"这一大喊，强盗的注意力马上被吸引过来了。李道宗等人一看，战斗力一下又回来了！强盗左右一分，唐公直冲了进去和李道宗合在了一处。冲是冲进去了，但人马悬殊还是太大，打了一会，唐公明显觉得双拳难敌四手被围在了当中！

正在此危难时刻，也该唐公命不该绝，秦琼与樊虎押解着人犯正好路过楂树岗。他们听到树林之中有喊杀之声，跳上高岗一望，只见五六十个强盗，围住了几个官员模样的人在那里厮杀。眼看那几个官员就顶不住了，秦琼让樊虎押着人犯先走，在关外等他。秦琼想："光天化日之下截杀朝廷官员，这个必须要管！"秦琼骑着黄骠马，手提熟铜锏，依着山势就冲向了响马！他口中大喊："响马不要无理，我来也！"

战场上的那五十多人打了好一阵了，都没有了力气，而此时的秦琼却是生力军，再加上手中的熟铜锏出手又重，被秦琼杀了个七出八进，东躲西藏！杨广和宇文述一看这位来者不善，杀李渊已经不可能了，只得先撤。其中有一个没走脱，被秦琼一锏打落马下抓到了唐公面前，一问才得知这些人不是强盗，而是东宫的护卫！李渊一听，于是命人保护家眷赶紧撤离。到此时他才想起那位救了自己的壮士，但四处寻找却不见了踪影，就问家丁："那位救我们的壮士呢？"

家丁说："他走了！"

"都没谢谢人家呢，怎么能让他走了呢！他朝哪边去了？"

"那边！"那个家丁说。

"哎呀，怠慢人家了！"于是李渊跨上马就追，没一会，就看见秦琼在前面。秦琼看有人追来了，本也没打算要人家谢，就冲着李渊摆了一下手，那意思是路见不平，拔刀相助是练武之人的本分，回去吧！但李渊还是一个劲地追，秦琼做好事从来不留名，看人追过来，笑了笑，自己也给马加了一鞭，疾驰而去！李渊一看追不上，就边追边大声问："请问壮士尊姓大名？容我等日后报答!"秦琼闷着头就是跑,李渊没问出什么来还是追。最后秦琼实在没办法了,因为一会就追上樊虎他们了,到时不免也得说出名姓,不如现在告诉他让他回去。想好后秦琼就冲后喊了一句:"秦琼!"却不想李渊"秦"字没听到,就听到了后面的"琼"字。秦琼说完名字又伸出手来冲李渊摆了摆手,那意思是你回去吧!李渊见追不上,听到了个琼,又伸出五个手指头,他叫琼五?看着秦琼远去的背影,李渊把马收住说:"琼五!好吧,壮士,以后一定会报答你的!"当然他也是担心家眷,不能追得太远,于是调转马头,回到了队伍当中。

不想窦夫人经过这么一折腾,腹痛难忍,想是马上就要临盆。但此地却无驿站,找来找去,附近有座寺庙,名叫永福寺。李渊便讨扰来到了寺中,到当天晚上二更天的时候产下一男婴。李渊心中憋着一口恶气,取名元霸!李渊这个时候索性也不急了,就在寺中住了下来。寺里的住持也很高兴,毕竟永福寺不大,能有朝廷高官留宿,实属求之不得,自然香火钱也得了不少!

有一天,李渊和方丈闲聊,忽然听见有一个书生在轻声地读书。李渊慢慢细听,他读的可不是一般的书,是兵书!李渊一下有了兴趣,走出门外,透过窗户看见读书的是一个面貌俊美的少年。少年头上扎着蓝色的扎巾,身上穿着白袍,脸色白净,双眼小而有神,大红的嘴唇,两道剑眉!唐公一看一表人才,心中很是喜欢。却只见那书生念到动情之处,忽地起身拔剑而舞,有旁若无人之状!剑也舞得不错!唐公更加喜欢了,不由得念叨了一句:"和我女儿太配了!"

原来李渊此时育有两儿一女:老大李建成,老三李世民,老二是个女孩。此时女儿年方十五,待字闺中。她从小看着哥哥们玩枪棒就眼馋,也一起跟着玩,被她玩出了名堂,放不下了。如今都十四五了,快嫁人了,还整天领着一群丫头在那里疯!李渊看着也很喜欢,说到嫁人她也不害羞,说她要嫁就嫁一个将军。李渊一听就笑着说:"现在和平年代,你让我哪里去给你找个将军?"

"这我不管,反正非将军不嫁,要是找不到,那你们就把我养成老姑娘吧!"

"呵呵,呵呵。"

如今看到这个年轻人,李渊非常喜欢,不由得说出了声。住持一听,就笑着对唐公说："唐公若喜欢，贫僧愿意做媒！"

"哦，那最好，住持辛苦了！"

原来这个年轻人名叫柴绍，本地人。父亲是个商人，富甲一方，但对儿子柴绍，从小就要求非常严格，一年中有一半时间都是在永福寺度过的。他父亲认为，得让儿子吃点苦，这样才能更稳重！所以寺院里的住持对柴绍很是熟悉，一听是唐公看上了柴绍，也替他高兴。住持来到柴绍的禅房之中，把唐公想把女儿嫁给他的消息告诉了他。柴绍刚一听也是一闷，但方丈后来慢慢解释给他听，他就有点明白了，这是看上他了！

第二天，住持就带着柴绍来到了唐公李渊住的禅房。唐公待以宾礼，柴绍再三谦让，照师生之礼坐下。唐公问什么他答什么，把自己的姓名、家里的情况都告诉唐公。唐公也把女儿的一些简单情况告诉了柴绍，问柴绍是否愿意。柴绍想了想，自己愿意，不过他说要回去问问自己父母的意见！唐公同意了，说理所应当，去吧！

唐公很高兴，回去后就和老婆窦氏提起了此事，窦氏说："你我虽然中意，但婚姻大事，须与女儿说说才妥当！"

"你以为我告诉你干什么，就是让你去和女儿说，我去说不太方便！"

"好，我说！行了吧！"

窦氏于是把女儿叫到跟前一说，平阳公主听后若有所思，说："你们说他长得好，也很有才华，但我不看中这些。若只会咬文嚼字，有才华有什么用，我要亲自试试他！让他明日到观音阁后的菜园来！"

"好吧，我的大小姐！"窦氏看着女儿笑着说。

转过天来，柴绍依着人家姑娘来到了观音阁后院，边走边心里嘀咕。你说天下还有这等事，一个丫头片子能有多大本事，考我柴绍！今天让她看看她夫君的厉害，心里越想越美，不觉得笑出了声。却只见前面火红的一片，他抬头一看，嚯，十几个红衣女子在这里站成了阵势。柴绍一看，真给面子啊，动静还挺大。最前面站着一个看来是领头的，只见她看见柴绍过来，缓缓地走到跟前问柴绍："你是何人？没事快走吧！今天不兴看热闹。"

"我叫柴绍，你家姑娘叫我来的！"

"真的！"

"如假包换!"

"好吧,既是柴公子,我家姑娘说了,先让你看看此阵叫什么?"

人多柴绍看不清楚,他于是来到了一个小土堆之上,一看说:"此阵叫一字长蛇阵!"

"那如何破解呢?"

"可用五花阵破解!"

只见那姑娘点了点头笑了,说:"柴公子,我们姑娘有请!"

用手一领,却只见这十来个姑娘此时齐齐地将佩刀拔了出来,架成了一座刀阵。柴绍一看,倒吸了一口凉气,做得有点过吧,娶个老婆不至于啊!但没办法,这是人家姑娘的考试题目啊。转念一想,我和他们无冤无仇,他们断然不会伤我,男子汉大丈夫怕什么,于是一弯腰走进了刀阵。更要命的是柴绍每走一步,后面两把刀都会落下来,两把刀碰撞的声音很是明显,柴绍背上的汗毛都竖起来了。但柴绍那也是一条好汉,虽然心里打鼓,但表面上一点没露出什么来,从容地走完了这几十步,来到了姑娘的房门前。这位平阳公主在屋里是看得真真的,人长得一表人才,又有胆识,心里非常喜欢!

来到了房门这,柴绍看房门旁边放着一副弓箭,百米开外放着一个箭靶!他看了看领头的姑娘,指了指弓箭,问道:"敢问姑娘可是要看一看柴绍的箭法?"

"公子果然聪明!"

只见柴绍弯弓搭箭,连续射了三箭,箭箭都是靶心!

平阳公主看到这里,一身粉装,身披红色斗篷走了出来。见了柴绍,一抱拳就鞠了一躬,说:"公子请勿见笑,平阳自小读了一点兵法,练了一点皮毛,在公子面前卖弄,让公子见笑了。"

柴绍一见平阳公主,漂亮啊。一双大眼睛,挺拔的鼻梁,嘴唇红润,挽着一头云鬟,双腮微微发红,举止大方,丝毫没有大家闺秀的感觉。柴绍心里美得跟什么似的!听平阳在那里谦虚,柴绍忙说:"姑娘哪里的话,不说别的,就这十几个女子,就很让柴绍佩服。小可才疏学浅,让姑娘见笑了!"

于是柴绍就娶了李渊的女儿成为郡马,而李渊在自己非常困难的时候如愿地又多了一条臂膀!

第二章　当铜卖马

DIERZHANG DANGJIAN MAIMA

秦琼和樊虎他们两个押着四个犯人走得很快，也是怕路上再生枝节。到了九月十六日，两人匆匆地分了行李，各带着两个囚犯朝自己的目的地而去。樊虎去泽州我们不表，专门说说秦琼这一路。秦琼押着两个囚犯没几天就来到了潞州的地界。他找了一家小店，名唤"太原王店"，店主人姓王，叫王示。看到秦琼是个官家，王示满脸堆着笑地迎了上去，接过秦琼手中的黄骠马拴到了马桩上。王示又将两个人犯带进店里，关到了柴房里。他满脸堆笑一路小跑地过来招呼秦琼坐下，把桌子又用抹布擦了一遍，问道："老爷贵姓？"

秦琼一看这店家，心里非常喜欢，说："哦，姓秦！"

"我姓王，秦爷以后有什么吩咐可以叫我王小二。敢问爷哪里人呢？"

"我是山东历城县人，到潞州有公事。那两名人犯是我押解来的，找个谨慎的处所，替我关锁好了，千万别出什么差错。叨扰的地方，请小哥包涵！"

"唉，秦爷说哪里话。爷肯屈尊到我小店来住，已经受宠若惊了。有什么吃的用的尽管吩咐，有什么叨扰不叨扰的，但不知秦爷要住多久啊？"

"小二哥，打听一下，你们蔡太爷领文投批几天可以办妥？"

"回秦爷，没有耽搁。我们蔡太爷是个才子，明天秦爷去投批，后日早堂领文。如果秦爷在潞州没有亲友去访，那有两日就可以回转山东了！"

"好吧，我就在这里住个三五天！"

"那我给秦爷收拾一间上房。秦爷今天要吃点什么，我吩咐厨房去做。等您收拾停当以后饭也好了，您说是不是秦爷?"

"我那马一定要喂，每天记得加一点细料!"

"这个不用秦爷吩咐，小的自会去办!"

秦琼一听，这小子很会做生意啊，呵呵地笑了起来，就顺便把吃的也点了! 秦琼收拾停当以后，只见酒菜已经摆上。王小二看秦琼过来忙用布擦了擦凳子，堆着笑请秦琼坐下，极尽殷勤之礼，一边和秦琼聊天，一边斟酒。

"敢问秦爷大名，小的好去记账。"

"姓秦名琼，山东济南府公干。"

"好嘞，您慢用!" 王小二说完把酒壶放下记账去了! 就这样，秦琼安顿了下来。

到了第二天，秦琼起了个大早，收拾好文书，带着人犯，到衙门前把来文挂了个号。没一会蔡刺史升堂投文，这蔡刺史果然干练，看了来文后，吩咐松了刑具，押犯人去牢房，又吩咐秦琼明日早堂领回批!

此时的秦琼心中的一颗石头总算是落了地，看着人犯被押走，明天就可以回转山东，心一下轻松了。回到店中，秦琼也很高兴，要了点酒菜，和王小二喝了几杯。可能是有点劳累，不觉有点头晕，于是早早地就睡了。第三天去衙门领回批，去的也早，可是一直等到中午，也不见衙门开门办案。一打听，原来蔡刺史去太原了，说是太原新来了一位道行台郡守，是朝廷的唐国公，名叫李渊。蔡刺史此去是为新郡守接风洗尘，要半月才能回来。但秦琼不知道的是这位新到任的河北道行台太原郡守就是他在楂树岗救的那一家人。

一听要半月才能回来，秦琼只得回到店中，每天无所事事，等着蔡刺史回来!

转眼十天时间过去了，这天早上，秦琼起得很早，来到楼下，看到王小二一脸难色。秦琼边活动活动身体，边笑着问: "怎么了，小哥? 昨晚上没睡好?"

"这哪里说的，秦爷，您忙您的! 别管我们这些下人!"

王小二又看着秦琼像有什么话说，却没说，看了秦琼一眼，走了! 秦琼也觉得奇怪，这王小二平时见了自己有说有笑的，今天这是怎么了? 说话吞吞吐吐，欲言又止，一定是有什么事！不管他，还是先去衙门看看蔡刺史回来了没有，办正事要紧！从衙门回来的时候已经是中午了，秦琼要了一点吃的后就自己找了一张桌子坐了下来，不一会吃的上齐了。秦琼正准备吃，不想王小二却站在边上没走，笑呵呵地看着秦琼，秦琼也奇怪啊，便问："小二哥，还有事吗？"

"小的有句话说，怕秦爷见怪！"

"我与你宾主之间，有什么见怪的，小二哥有话尽管说！"

"这连日来店里没有生意，小店本钱短少，秦爷看能不能……"

"哦，原来是这样！是我疏忽了，你一会跟我进房去取银子吧！"

"呵呵，那先谢谢秦爷！"

吃完饭以后，王小二就跟着秦琼来到他的房中。秦琼在床头取出自己的皮挂箱开了，伸手进去拿银子，伸进去以后一只手却像泰山压住一般，再也拿不出来了！为什么呢？原来盘缠银子没了。秦琼仔细一想，根本就没带。自己和樊虎分开的时候由于走得急，把这事给忘了，银子都被樊虎带到泽州去了！这可怎么办，店小二就在这里，如今没了银子，如何是好！想着想着，脸不禁红了起来。

常言说："家贫不是贫，路贫愁死人。"秦琼从小到大没遇到过这种情况，脑子嗡的一下一片空白，不知道怎么办，手还在皮挂箱里面摸。在一个角落里，秦琼摸到点什么，拿出来一看，救了命了———一小包银子。原来母亲听说他要到潞州去办差，就让他给自己买点潞州绸带回去做寿衣，所以这些银子没和盘缠放在一起。秦琼像捡到宝一样，把银子取出来，交给了王小二。

"这是四两银子，先拿去吧！"

王小二得了这四两银子，笑容满面地走了。而此时的秦叔宝心里却急了起来，若这蔡刺史再有几天回不来，不要说回家没有盘缠，这店钱怕都结不清了！樊虎啊，你可把秦琼害苦了！第一天喂马，押犯人，自己吃住得五钱银子，第二天……到了明天这四两银子可就没了。樊虎啊，你可一定要来接我啊，不然我就回不去了！秦琼口中无言，心中烦闷，也没心情出去，一个人躺在床上呆呆地望着天花板睡了。

又等了两日，蔡刺史终于要回来了。由于一路辛苦，轿子走得特别慢，路上又有许多人去迎接，所以好不容易到了城门口。秦琼等的地方早由衙门口转到了城门口，见轿子过来了，赶上前去，当街跪下禀报："小的是山东济南府解户，在此专候老爷领回批！"

上来一个衙役一脚就给秦琼踹一边去了，说："我们老爷难道没有衙门，你在这领的什么回批！"

秦琼也不管那些，又跪着上前，喊了声蔡大人，用左手在轿杠上一拖。秦琼是想说是山东刘大人派自己来的，因为来的时候刘大人就说过，他和这位蔡刺史是故交，要是有什么事，可以报是他派来的！可秦琼急了，力气不经意用得大了，整个轿子差点被秦琼拖翻，蔡刺史差点从轿子里摔出来。蔡刺史受了这一惊非常生气，一听是个解户，马上命令当街重责十杖！这十板子下去，衙役们是下了死手的，秦琼的屁股被打得皮开肉绽，血肉模糊。批文没有领到，反倒招了一顿打！秦琼心里失望啊，一瘸一拐地回到了客栈。王小二早就听说了，看秦琼一瘸一拐地进来，跟着就来到了秦琼的客房当中。进到房中看着秦琼就说："秦爷，我看您就不像是个官府中人。人家蔡刺史刚从太原回来，您就去领回批，急也不在这一时啊。这是我们家蔡刺史宽厚，要换别人，您这会还回不来呢！"

"要你多事！"

"爷说的是，那我去给爷准备饭菜？"

"不吃饭，拿热水来！"

热水端来以后，秦琼清洗了一下伤口，也没心思吃饭，睡了！

到了第二天，秦琼也顾不得疼痛，一早来到衙门口挂号领回批。虽然积压的文案甚多，但没一上午工夫，都被蔡刺史处理完了，而且赏罚极为分明！最后，秦琼才一步上前，跪倒禀报："小的是济南府刘爷差人，伺候老爷领批！"

"哦，你是刘爷派来的？"

"正是！"

"呵呵，误会误会！你昨日粗鲁得紧，你要早说你是刘爷派来的也就不打你了！"

"小的该打，老爷打得不差！"

"回去代我问刘爷好！"

"小的一定带到。"

于是蔡刺史将批文取来，几笔答押完成，交给了秦琼，又让人支了三两银子给秦琼，以充路费！

秦琼叩谢完蔡刺史回转店中，一路上秦琼就盘算着王小二的店饭钱。每天住店有二钱银子够了，吃饭三顿二钱也够了，马有一钱够了，这么算每天就得五钱银子。自己住了半月有余，加上今天已经是二十一天了，十一两银子够了。前两天已经结了四两，加上今天蔡刺史的三两银子，还差四两啊，怎么办呢？秦琼想到这，死的心都有，告诉人家自己带的银子不够，过两个月送来，那不是秦琼干的事！他这会就开始后悔刚刚在蔡刺史那儿没开口借点银子，这会回去吧，丢人！再说堂堂一个捕快，身上就四两银子，传出去让人笑掉大牙！樊虎啊，你怎么会把我的银子带走呢！

到店中王小二一算，每天七钱，比自己算的多了，店钱少算了，饭菜少算了，这里不是历城啊！原来还想如果只有四两的话自己想想办法就凑齐了，但现在看少了七两多银子，再加上路费，兜里的那几个钱少得可怜，怎么办呢？

如今批文也领回来了，按理说应该结账回转山东了。账算出来了，但自己口袋里只有三两银子，要了命了！王小二也是一脸的不理解，怎么了这是，账算好了，不说结也不说不结，在那儿站着，脸都红到了脖子根了。催又不合适，但这样站着也不是个事，怎么办呢？于是，王小二问："秦爷，您这是？"

秦琼这是躲不过去了，只得压低了声音说："小二哥，原本我们出来押解犯人的公差是两个人，我来了潞州，他去了泽州。但分开时走得急，他把我的盘缠带走了，所以如今我没办法结你的店钱了！"

"秦爷，您是不是说我结的店饭钱有点多啊？这好说，一共是十四两七钱银子。得，什么都不说了，您结十四两整！刨去您预交的四两，您再给十两银子！"

"不，小二哥我不是那个意思！我是说我的盘缠都被他拿走了！"

"您不是前几天还结了四两银子吗？秦爷您就别开玩笑了！"

"实不相瞒，小二哥，那四两银子是我妈听说我要来潞州，让我给她买两匹潞州绸的！"

"秦爷，对您来说十两银子那就是九牛一毛！真的再不能少了，我这里本来就是小本生意，您看？"

"小二哥，真没有！我没骗你。"

王小二苦笑了几声："秦爷，您再想想办法！"

"小二哥，这店饭钱我先欠着，等我回到山东取了银子再给你结。不需要多少时间，有个三四天就回来了，到时候我结二十两，你看成吗？"

王小二一指柜台后面的一块牌子，说："概不赊欠！"

"小二哥，我以性命担保，我一定回来！你信我一次！"

"不行，您再想想别的办法！账不结了，您人别想走！"

"我是实在没有别的办法了，在潞州我人生地不熟，我只能回山东去取！"

"不行！"王小二此时的脸拉得老长，看也不看秦琼，已经完全没有了刚来时的热情劲，"你要是结不了账，我就拉你去见官！"

去见官，这人丢不起啊！区区十两银子，秦琼堂堂的七尺男儿，竟然一点办法也没有，被人逼到了绝境！

"好吧，这账我先不结了。你继续给我算着，我等泽州的那个兄弟，到时候我花多少结多少！"

"不行，你如果还要住那必须再交几两银子。我们小本生意，住店我可以让你住，但吃饭你得先交点钱！"

秦琼摸出口袋里的三两银子一下放到了柜台上，"哼"了一声回到了房中。秦琼实在想不到这王小二如此的刻薄，有钱那你就是爷。想想刚才他的嘴脸，怎么也不能把他和初次见面的那个王小二联系在一起！

到了第二天，秦琼早上起来后去吃饭，看王小二在店里忙着，和店里的客人热情地打着招呼，但一看到秦琼，脸一下就拉了下来。秦琼也不管他，找了个地方坐了下来，没一会，饭端上来了。秦琼一看那个气啊，这是饭吗？！于是他一拍桌子，喊了一声："小二！"

王小二还没走远，慢吞吞地来到了秦琼面前，问："秦爷，什么事？"

"这是什么?"

"早饭啊!"

"这能吃吗?"

"怎么不能吃啊!"

"以前是这样吗?"

"不是。以前是以前,但现在你不是没钱吗?所以,我把你的伙食降了降,给你省省!"

"不用,还按以前的那个上,我不用你省!"

"要那么上秦爷你还得再放点东西在我柜台上,这万一你要是跑了,我找谁去!"

"你放心,区区几十两银子我还不至于跑!"

"还是放下点东西好!"

"好吧,好吧,你要什么?"

"你把批文放我这里,我替你保管着,你看怎么样?"

"好吧!"秦琼眼睛里的火都快出来了,到房里把批文拿给了小二。

"可以上菜了吧?"

"好,秦爷,你稍等!"

说着,王小二端走了桌子上的饭菜,没一会又给秦琼按以前的做好了。可一吃,秦琼就觉得不是那个味,不是咸了就是淡了,要么就是煳了!秦琼心里气啊,恨不得一把将王小二抓过来一顿痛揍!但他想想此时不能意气用事,寄人篱下啊!幸好秦琼那也是苦日子过来的,什么也吃得下,就这也凑合吃了!

就这样,秦琼每天都到街上去看,到路口去等,生怕哪天和樊虎错过,但这樊虎却就是不来,转眼秦琼又在王家老店住了一个月!每天回到店中都要忍受王小二那越拉越长的驴脸,吃他端到桌上的猪食。更要命的是秦琼来的时候就带了两件衣服,这转眼就到了十一月了。天气是一天天地凉了下来,自己的那套单衣就有点扛不住了。而且,一个月来,被划了好几个口子,穿出去那就是个要饭的。秦琼心里眼泪都流了两缸了,每天站在路口望眼欲穿地盼着樊虎——他最好的兄弟。

　　店钱是越欠越多，天气是越来越冷。他每天都回去得很晚。和饥饿、寒冷比起来，更让秦琼受不了的是众人看他的眼神。他们在他背后指指点点，有好几次他都不想回去了。但最后还是没有办法，他又回到了王家老店。有时秦琼甚至想不如死了算了，但想到家中的妻儿老小，咬咬牙又坚持了下来！回到了店中，令秦琼想不到的是他竟然看见自己的房中灯火闪闪。秦琼眼中一亮，莫不是樊虎找到了店中？几步来到了房门口，一把推开房门，却不是樊虎，而是几个不熟识的人住在了自己的房中。怎么回事呢？原来，王小二已经把秦琼的东西搬了出来。这个房间已经不是他的了，东西被搬到了柴房当中。秦琼找到王小二，一把抓住他的衣领子，用力一提，王小二像只小鸡一样被秦琼提了起来，秦琼举起手就要打！

　　王小二见势不好，就喊了起来："秦爷，秦爷，误会，误会啊！"

　　秦琼心一软，提起来的拳头又放了下去，说："王示，你欺我太甚！"

　　"秦爷，小店是小本买卖，您快住了两个月了，就给了七两银子，我实在是受不了了。家里还有老婆孩子要吃饭啊，我也是没办法啊！"

　　"那我的行李呢？"

　　"我替您搬到柴房了，您到柴房住着等您那位朋友吧！我不收您的店钱，您看成不成？"

　　秦琼一想也是这个理啊，都等了快两个月了。别说王小二，就是自己现在都已是心灰意冷，大概樊虎是不会来了！没别的办法，只能住到了王家老店的柴房当中！

　　晚上，秦琼躺在柴房是怎么也睡不着，想怎么会沦落到这个地步。早知道这样，要饭现在也到山东了，也不知道老母亲是否安好，媳妇和儿子过得怎么样？想着想着，他不由得眼角流下了泪水。如今他身上衣服单薄，腹中饥饿。仔细想想，他今天从早上出去吃了点东西一直到现在是滴水未进，整个人瘦了一圈有余！他想着想着迷迷糊糊地听到有人在敲门。他侧耳细细又听，确实有人敲门，会是谁呢？

　　秦琼连忙起来，打开房门一看，原来是王小二的老婆柳氏。秦琼一脸茫然地看着柳氏，柳氏说："秦爷，今天的事我家王示做得实在有点过分，我过来是向您赔个不是。希望您大人不计小人过，不要记怪我们！"

"王夫人哪里的话，请进来说话！"秦琼将柳氏让进了柴房，把门关上，请柳氏坐了下来。看柳氏端了什么东西过来的，进屋后秦琼才发现原来是饭菜！

柳氏说："我们王示最是势利。我以前也常常劝他，人不能这么炎凉，有钱吧就是爹，没钱瞧也不瞧一眼。人不是谁都生来就有钱的，现在没什么钱，保不齐以后也没钱，别把事做得那么绝，可他就是不听。我看秦爷一身英气，必然是大富大贵之人，只是到潞州没带盘缠，被困在这里，他日必有转运之时。我也是三番两次劝他，他还是不听。今天又做出如此出格的错事，幸亏秦爷大度，才免动干戈。我过意不去，照顾他睡熟后给秦爷做了点饭菜，权当补偿今日王示的不是。秦爷，请不要往心里去！"

"王夫人说哪里话。秦琼在店中叨扰确实也有两个月了，就是谁也得这么做啊。是秦琼理亏在先，哪里有什么往心里去不去的！"

"唉，我们家王示我也没有办法啊！哦，说着饭菜都凉了，秦爷快吃点吧！"

秦琼那是真饿了，看了一眼柳氏，感激之情溢于言表，拿起碗筷吃了起来。吃完后秦琼擦了擦嘴，说："谢王夫人！"

"我看秦爷到如今还是一身单衣，想是没带来别的衣服。我今天顺便把针线也带来了，不如让我给您缝一缝吧，遮了身体，也好等樊老爷！"

秦琼一听眼泪都下来了，这是雪中送炭啊。不想那王示如此刁毒之人却娶了王夫人这样贤惠的妻子，秦琼忙将衣服脱下来递了过去，说："有劳王夫人了！"王夫人那是勤快人，没一会两件衣服都缝好了，递给了秦琼，说："我一个妇道人家，也只能为秦爷做这么多了。我来的时间已经很长了，秦爷也该休息了，就此别过！"

"好，谢谢王夫人。你对秦琼的恩情，秦琼永生难忘！"

"秦爷说哪里话，举手之劳而已，千万别这么说！"

于是柳氏起身从秦爷房中出来，回到了自己房中。柳氏一看王示，还在那里呼呼大睡，就松了一口气，收拾了一下，就也睡了。躺在床上就想，秦爷乃当世英雄，有情有义的人，却不想如今受困于此，吃不饱，穿不暖。俗语说：一分钱难倒英雄汉。真的！

到了第二天，秦琼早早地喝了一碗鱼汤就出来等樊虎，心里想：樊虎啊樊虎，你是觉得你二哥有通天的本事还是吃饭住店不用给钱？怎么就不知道来潞州看看？我被困在潞州回不去了，在这里我受的是什么苦兄弟你知道吗？你心也太大了吧！他想着想着又不觉叹了口气，无奈地就在路口等。

等着等着，突然从路那头几个人骑着马过来了。秦琼定睛一看，前面的那个好像是樊虎，就向前跑了几步走近一看，却不是。但马跑得很快，说话间就来到了秦琼跟前。秦琼一闪身，几匹马擦身飞奔而去。秦琼却往后一退一个趔趄，一只脚跨进了一户人家。门后有一个五十岁左右的妇女前面放着火盆在烤火，秦琼一脚蹬开门差点没把火盆打翻。那妇人吓得吃了一惊，眼睛定定地看着秦琼。

秦琼连忙道歉说："老妈妈，对不起啊，我是躲那马不小心，你没事吧？"

"哦，我说呢！没事，当然没事，下次记得敲门就是了。我老婆子被你这一吓，是一点睡意也没有了。看你大冬天的只穿一件单衣，来，进来烤烤火吧！"

"哦，好！谢谢老妈妈！"秦琼走了进来，把门关好后接过老妈妈递过来的凳子就坐了下来。

"我看你好好的一条汉子，怎么落得如此光景，想必不是本地人？"

"我是山东历城县人，因来的时候疏忽盘缠没带，所以落得如此光景，如今我在等一位朋友！"

"哦，你可够疏忽的啊，盘缠都可以不带。"

秦琼笑了笑说："不是。我和一位朋友同行，他要去泽州，我来潞州，盘缠放在一起的。可我俩分开得急，所以盘缠都被他带走了。他是好了，我可被害苦了！我大冬天就穿着这就出来了，回去还得受那小二的鸟气。你说我堂堂七尺男子汉，上辈子是作了什么孽了？现在好了，我只能在这里死等，人家还指不定什么时候来呢！"

"我老婆子可还有一件本事，你想不想试试？"

"什么本事？"

"卜卦！"

秦琼本也不相信这些，但也闲着没事，不如听听！"好啊！"

只见老妇人拿出三枚铜钱，口中念念有声，折腾了一会对秦琼说："卦名叫速喜。"

"怎么解呢？"

"书上说得好'速喜心偏急，来人不肯忙'，就说这人是一定要来的，但还早呢，到月底才会有消息！"

"哦，听老妈妈口音也不是本地人吧？贵姓啊？"

"我夫家姓高，是沧州人，因丈夫去世，便和儿子到这来投亲戚的。"

"你家儿子是干什么的？"

"我儿子名叫高开道，有些力气，好个枪棒，这会不回来应该就不回来了。我等他吃饭呢，想你也没吃午饭吧，我这里有现成的，吃点吧！"

"唉，大婶，我要吃了，那你儿子回来吃什么啊！使不得！"

"他要回来早回来了，我一个死老婆子，也吃不了那么多，别客气了！况且也不是什么山珍海味，一顿便饭而已！"

秦琼感叹这世上还是好人多啊！于是也没再客气，陪着老妈妈一起吃了起来！

吃完要走的时候，秦琼站起来躬身给老妈妈作了一个揖，说："蒙老妈妈一饭之恩，秦琼以后一定厚报！"

"看你一个汉子，怎么说这种话，只是一顿饭，还说什么报答！"

"一定！"

从老妈妈家出来以后，秦琼觉得周身都轻松。他又坐在路边等了一会儿还是不见樊虎，天黑了下来，只得又回到店中。

第二天一大早，秦琼起来后去吃早饭，在这空当有两个人来到了秦琼的面前。原来他们是王小二的亲戚，此来是要账的！当他们说明来意以后，秦琼就明白了王小二什么意思。很明显，那就是让秦琼无论如何结账走人！

"好吧，我也不等樊虎了。我有两条金装锏，本来是我祖传之物，把它卖了，就可以还你们店钱了。"

二人完成了任务，向王小二举手作别而去。

王小二和秦琼来到了柴房，取下他的金装锏，秦琼恋恋不舍地又认真地擦了一遍。王小二此时才觉得自己做得有点过，显然这是秦爷非常重要的一件宝贝，就对秦琼说："秦爷，其实您也不用把它卖掉。我们这里有一家茂隆典当行，您可以把它当点银子先过了这关，以后再来赎，东西还是您秦爷的！"

秦琼一听，也对啊，是个办法，于是两人就径直来到了茂隆典当行。来到柜台前，秦琼将金装铜递了进去。

只听里面的伙计说："这样东西，只能算废铜当！"

"它是我的家传宝物，怎么能是废铜呢？"秦琼的火腾地一下起来了！

"您拿着那是家传宝物，是兵器，但对我们来说没什么用啊，只能按照废铜卖！当不当啊？"

"行行行，就按废铜当，你给称一下！"

"两根一百二十八斤，除去折耗，算您一百二十斤实数！废铜的当价是四分一斤，应该给您五两短二钱！多一分不当！"

秦叔宝心里那个气啊，这五两银子能干什么啊！从柜台上拿起金装铜就走了出来！

王小二一看秦琼又不当了，心里就有些不高兴！回到店中又来到秦琼房中想办法。秦琼生气啊，这是把我往绝路上逼啊！

"好了，别说了。我回去不骑马了，我把马卖了还你钱行了吧！"

"行行行，秦爷，您息怒！只要能结了我店饭钱，您怎么着都行，发什么火啊！"

"这里的马市在哪里？"

"西门外大街。"

"什么时候开市？"

"五更便开市，天明就散市了。"

秦琼看了看王小二，什么话也没说，一个人在那里生闷气！

到了第二天四更，秦琼叫上王小二去牵马。来到马厩，秦琼气得差点没吐血。原来的宝马良驹现在都饿得不成样子了，被饿得就剩下那口气了！瘦骨嶙峋，肚大毛长。秦琼瞪了王小二一会儿，如果眼神可以杀人的话，王小二这会早死了！秦琼牵着马也没管王小二，冷冷地从他身边走了出去。

　　五更天的时候，秦琼牵马来到了马市，只见人来人往，早已开市。秦琼抖了抖精神，手里拿一根草标，牵着马在马市慢悠悠地寻找买主！可一个时辰过去了，没有遇见一个买主，甚至都没人来问一问。这是怎么了呢？难道他们认为我不是来卖马的？于是秦琼又在马头上也插了一个草标，牵着马又转了一个时辰，可还是没有人问一问，这就奇了怪了。秦琼又仔细地看了看别的卖马的，他一下明白了，这一看差距很大啊。看人家那马，毛色正，而且油光锃亮的，身上是一根杂毛也没有，来之前那是花了心思拾掇的。而且，卖之前细料都要喂一个月，等马上了膘后才牵到马市来的。而自己的马呢，不但没有拾掇一下，而且被王小二饿了不知道多长时间了。看上去整个一匹病马，这谁还要啊。和人家那马一比，自己都觉得不好意思再在这马市上转了。秦琼用手一拍马背，叹了口气，怎么这么难呢？但转念一想，自己这马是日行千里的宝马啊，即使现在这样子不好，那也是宝马啊。如今只能寄希望遇到一个懂行的人了，于是牵着马继续在马市溜达。

　　这走着走着天可就亮了，秦琼那心都凉到冰点了，失望两个字那就写在脸上了。一想想回去还要面对王小二那张驴脸，秦琼死的心都有啊！原来是他牵着马走，到这会是马拉着他在走。这时对面走过来一个老头，挑着两捆柴，前面那捆柴带着点绿叶。这马也的确是饿了，看到这点绿色，一口就撕了过来。老头也是没注意，被马这么一撕，一个趔趄扑倒在了地上。

　　秦琼也没注意，一看马把人家老头拽倒了，赶忙过去把老头扶了起来，口中是连声道歉："老人家，实在是对不起啊！您伤着没有？"

　　老头回头看了看这马，嘴里说："没事，这摔一跤能有什么事！小伙子，马不错啊！"

　　"哦，您老好眼力啊，您是鞭杖行的吧！"

　　"不是！只是爱好！我老汉别看六十多了，身体可好着嘞。就这担柴，少说一百斤有余，可我从山里挑到城里二十多里地，肩都不带换的。这绝对不是我吹。但刚才被你这病马一拽，竟然拽了老汉一个大跟头，说明你这马缰口还可以，只可惜你没找对地方，这马市是等不得穷人的地方啊！"

　　"哦，怎么讲？"

　　"不识货，看马只看表面，你这病马根本没人看！"

"我五更天就来了，确实如老伯所说，无人问津！看老伯是个懂行的人，这么着吧，老伯如果能帮我卖了这匹马，我情愿给您一两银子牙钱！"

老头一听大喜，就说："这出了西门十五里地，有个财主姓单，名通，字雄信，因为家中排行第二，我们称他单二员外。他好结交豪杰，也好马！"

秦琼听完后，大叫一声："哎呀！"看了看天，又看了看老汉，老汉还以为怎么了，直直地看着秦琼。秦琼朝老汉摆了摆手，那意思是没事。原来他在山东的时候早就听说在潞州有一位单二员外，是个豪杰，常帮助别人，而且还有朋友在他跟前说这位单二员外私下里表示很想结交秦琼。自己在潞州两个月有余，怎么把他给忘了，到他那里，二十两银子是银子吗？哎呀，这到如今自己这副模样如何有脸相见。唉，也罢，这个朋友这次就不认了，以后再登门拜访！

主意拿定，秦琼就对老人家说："老人家，您领我前去，如果卖了这马，我绝不食言！"

老头于是把柴寄存于豆腐店老板处，带着秦琼就来到了八里二贤庄。来到门口，秦琼一看，果然是大户人家。一溜院墙全部用砖砌成，朱红的大门，门扇上两个碗口大的铜门环，两层的门脸，上挂一块牌匾，上面写了三个大字"二贤庄"。秦琼看了都有一种想哭的感觉。

不一会，老头引着单雄信来到了马前。

秦琼仔细地打量了一下单雄信，身高一米八九，貌若灵官，头戴万字扎巾，穿寒罗细褶，粉底皂靴，仪表非凡！

单雄信来到马前，没看秦琼，只是看马。只见他左看看，右看看，一会儿抚在马背上，一会又在马腰里按一下。那马虽瘦骨嶙峋，按的时候却纹丝未动，遍体的黄毛，金丝细卷，无半点杂毛！

单雄信看罢了马，才与秦琼相见说："这马可是你卖的吗？"

"是的！"

"马是你的吗？"

"是在下的脚力，被困潞州，迫于无奈才卖！"

"哦，那说说价钱吧！"

"只八十两银子，卖个盘缠钱！"

"这马讨八十两银子本也不多，但这马膘跌重了，看你也是个本分人，就五十两银子吧！"

秦琼想了想，五十两，店钱三十两，还有盘缠二十两，够了，就说："好吧，员外说五十两那就五十两吧！"

单雄信大喜，哈哈地笑了起来，说："兄弟爽快人啊，不知兄弟哪里人啊？"

"山东历城县人。"

"贵姓啊？"

秦琼一听问自己姓名，随口说道："在下姓王。"

"兄弟既在山东，我打听一个人，是我一个慕名的朋友。他姓秦名琼，字叔宝，在济南府当差，你可听说过？"

秦琼忙把脸转了过去，说："秦大哥啊，那是小弟同衙门的朋友！"

"哦，那失礼了，原来是叔宝的朋友。王兄请进寒舍稍等片刻，我准备点东西，麻烦王兄帮我带给秦琼，顺便吃个便饭！"单雄信说着，就把秦琼让进了家里，请秦琼坐下，叫人倒茶。

坐定后，秦琼就对单雄信说："单二员外，麻烦谈不上，饭就不吃了，有什么东西快去准备吧，我还要赶路呢！"

"好好好！王兄请稍候！"

没一会儿，单雄信拿着封好的程仪五两、潞州绸两匹、马价银五十两，手里还有一封书信。"这是我写给叔宝的书信，请交于叔宝，感激不尽。潞州绸两匹，你与秦兄各一匹，马价银五十两，外送王兄程仪五两，相烦之事务必办妥，他日到山东再重谢！"

"好，单二员外，就此告辞，相托之事一定带到，员外留步！"

秦琼告别单雄信走了出来，出来后泪如泉涌。自己这叫办的什么事啊，员外情深义重，自己却又装蒜，活该你受气啊！想他和单雄信以前从未谋面，却如此相待，这朋友秦琼是交定了！他正在这感动呢，却听见后面有人喊："小伙子！"秦琼回头一看，原来是卖柴的那个老头。秦琼看老头那样子，不禁又笑了起来。等那老头到跟前，秦琼说："老伯，不骗您，我不跑，看把您急的！"那老头也笑了，说："这说哪里话。不急，不过是担心老胳膊老腿的赶不上你们年轻人！哎哟，这一路追的！"秦琼拿出一两银子递给老头："这回放心了吧！"

"呵呵，没什么不放心的。就是你不给，也没什么，就当到二贤庄看了看老朋友呗！"

"好了，大爷，您忙您的去吧。和您开玩笑您别介意，祝您老活到一百岁！"

"哎，好，借你吉言了！"

却说秦琼来到西门的时候已到中午，秦琼那是早上没吃就出来的，就不到中午也饿了，看有家酒店，就径直走了进去。让秦琼想不到的是，此时店里的小二一看秦琼怀里揣着两匹潞州绸，身上的衣服破烂，就把他当成是要饭的了，迎面就把秦琼拦了下来："大清早的，怎么不知趣，乱往里闯啊！"

秦琼一把就把这小子推开了："我来吃饭，你拦我干什么？"

秦琼一推，不想力量大了，把那小二退了个定蹲。那小子也一下来了火，走到秦琼跟前，说："吃饭你得先称银子，怎么乱往里闯啊！"

"称银子？"

"这是我们潞州的旧规矩，先称银子，后吃饭！"

秦琼于是来到柜前，把潞州绸往柜台上一放，把五十两的银包也放到了柜台上，嚷道："银子你说称我让你称，要是别的客人来看你不先称银子，那时别怪我翻脸！"

这掌柜的一看，事有点大，就赔着笑说："朋友，您先收起银子，天下没有先称银子后吃饭的道理。店小二不识好歹，出言唐突，看我薄面就不要和他计较了，收起银子里面请，我叫小二暖壶酒给您赔罪！"

秦琼拿上潞州绸和银子，看了一眼小二，找了个地方就坐了下来。没一会酒菜上来了，秦琼一看一碟冷牛肉，一碗冻鱼，一壶冷酒！他刚想叫他们掌柜的，又一想，吃了一顿饭打人家两次不合适。罢了，反正自己也饿了，于是就狼吞虎咽地吃了起来！

忽然，听外面一阵寒暄，秦琼不经意朝门口看了一眼，见进来两个人。掌柜的忙从柜台里面出来，抱拳作揖："欢迎二位爷，里面请！"

走在前面的戴进士巾，穿红色的大褂，后面的戴皂荚巾，穿紫色的大褂。

秦琼仔细一看，前面的那个不认识，后面的穿紫色衣服的却认识，他不是别人，正是故人王伯当。秦琼心里面就想说：那两个月我想遇到一个熟人，可一个也没碰到。如今，我大冬天穿着单衣，吃着冻肉，喝着冷酒，这碰到的全是熟人！刚才没认单雄信，现在也不能认他王伯当！于是趁他们没注意，秦琼站起身来，背对着他们二人坐了下来！

其实，要是秦琼坐在那里不动，王伯当他们未必注意他一个穿得破破烂烂的人。反而他这一起一坐被王伯当看了个正着，于是指着秦琼问旁边的那位："你转身看看东厢房第一张桌子的人像谁？"

"像谁？让我看看，倒像历城的秦琼！"

秦琼听见了，心想：完了，认出我了！盖不住了。

两个人是越看越像，于是就想过来看个究竟。秦琼一听他们要过来，只得自己出来，走到他们桌子前，一抱拳说："三兄，是不才秦琼落难在此！"

王伯当一看秦琼这副模样说："秦二哥，你这是怎么了？"

秦琼就把到潞州的经过又说了一遍，可没说马是卖到单二哥那里了。他说完又指着旁边的人问王伯当："不知这位朋友是？"

"这是我从小玩到大的朋友，姓李名密，字玄邃。他本是当朝的蒲山公，因朝中盛传李氏为王，现弃官闲游！二哥既然落难在此，怎么不去找单二哥？"

"小弟当时忘了，不曾想起单二哥。今天卖马的时候，一个老头提起了他才想起来。那老头说他好马，想想如今我这副模样，不好相认，装作不认识把马卖给单二哥了！"

"你把黄骠马卖给单二哥了？"

"是。"

"他买了？"

"买了，但他不知道卖马的是秦琼。"

"他给你多少银子？"

"黄骠马都饿得没样子了，我要了八十两，二哥还了五十两，就卖了！"

"他知道你是秦琼吗？"

"不知道，我只说我姓王。二哥还问起山东的秦琼，我抹不开，说是我同衙门的兄弟！他还让我给秦琼带了一封信和两匹潞州绸！他对秦琼是没说的！"

"这叫没说的？五十两银子诓了人家的宝马，平日里和我们说是怎么仰慕你秦琼，可秦琼到眼前却又不认识，还两匹潞州绸。走，我们去二贤庄，讨了你的黄骠马不说，我还得取笑他几句！"

"到潞州不拜单雄信，本就是我不对。卖马问我姓名，我又没告诉他我的真实姓名。问起秦琼，我又说是和我一个衙门的。他又送东西，又写书信，对我秦琼那还是够了。错都在我，你们两个要去二贤庄我不拦着，今日我没脸再见他了。你们去了后替我说几句好话，说卖马的就是秦琼，改日到潞州一定登门致歉！"

李密又劝说道："我们在此，加上单二哥和你秦二哥，正好一起好好聚聚，这种机会不多啊！还是去吧！"

"我如今已离家两个月有余，家中老母亲身体本来就不好，又有回批在身，得回去了，二位不必再劝。"

王伯当又问："不知秦兄在何处投店？"

"府西斜对门王家老店。"

"那里的老板王示是个小人，江湖有名的王老虎，可有对兄不到之处？"

秦琼想了想，看他老婆柳氏的面，秦琼说："王小二确实有些炎凉，不过对我还算客气，照顾甚是周到！"

俗话说"妻贤夫祸少"，也是真的。

王伯当和李密见秦琼不愿去二贤庄，就又合计把单雄信找来，就缠着秦琼喝酒。在这空当，王伯当悄悄地跑了出去，骑马奔向了二贤庄去叫单雄信。李密一个人陪着秦琼在那里喝酒，秦琼也是明白人，看王伯当时间长了没露面，就知道他去了二贤庄。于是在李密去解手的空当，秦琼拿着潞州绸走了出来，奔向了王家老店。

到了王家老店，见到了王小二结了店饭钱，要回了批文。秦琼找到柳氏道了声谢，就匆匆奔向了东门。秦琼想的是连夜出城回山东，不能再见单雄信，什么事以后再说！

王伯当见到单雄信后，告诉他那个卖马的就是秦琼后，单雄信那是更佩服秦琼的为人了。听说他还在和李密喝酒，忙叫了一匹马和王伯当一起就赶了过去。到地方后见只是李密一个人，三人又骑马奔向了王家老店！

到老店一问王小二，王小二那是认识单雄信的，吓得大气都不敢出。一听是来找秦琼的，心里就开始发虚，告诉单雄信他们秦琼前脚刚走，往东门去的。单雄信他们仨又追向了东门，可秦琼走得急，到天黑了，还是不见秦琼的踪影，三人无奈只得回到了八里二贤庄！

秦琼出了东门看单雄信他们没追来，心里的一块石头总算是落了地，可以回去了！心情大好，走了一夜，可他疏忽了。也许是自己这一个多月来身体透支得太厉害，也许是一身单衣，也许是吃了一碗冷牛肉，也许是夜路走得太久了。天刚刚亮的时候，秦琼就觉得浑身似火，头晕目眩，整个人面红耳赤。这感觉来得突然，秦琼就觉得天旋地转，站都站不稳了。恍惚间秦琼就看见前面有家道观，此时的秦琼非常清楚地知道——他需要帮助！因为他知道自己撑不了多久了。看见道观就像看到家一样，秦琼摇摇晃晃地来到了庙门前，扶着庙门就晕了过去！

庙里的道士听见门口有动静，出来一看，一个大汉晕倒在门口。道士们不敢乱动，到观里把他们观主叫了出来。这个道观的观主不是别人，此人名叫魏徵，字玄成，魏州曲城人士。少年孤贫，别的没什么爱好，就是好读书，长大后满腹经纶，才华横溢。但看到世人皆世俗，不愿随波逐流，自叹生不逢时，隐居华山，在东岳观出家。除了无奈，也有几分不甘，常和志同道合的有识之士纵论天下大事、古今得失。

魏徵来到秦琼跟前，把了把脉，又见秦琼满脸通红，摸了一下额头，有点烫手，是风寒无疑，叫道童："到我房中去取棕团过来。"他又叫其他人把秦琼抬到了观里的香房里，安置妥当后开了一服疏风退热的药，叫徒弟去抓。又给秦琼敷上了热毛巾，棕团让秦琼枕着退热，药抓来煎好了给秦琼吃了。秦琼发了一身汗，第二天精神就逐渐清爽了起来，并谢过了魏徵的救命之恩。秦琼这是捡回了一条命啊，多亏了秦家老祖宗保佑。回头想想都有点后怕，得亏晕倒在了东岳观，要是地方或是时间换一下，秦琼这条命就没了。

秦琼于是便留在了东岳观中调养，他一边调养身体，一边听魏徵他们纵论国事。他是越听越佩服这个魏徵。魏徵还有一个道友，叫徐世勣，字懋功，号洪客。他和魏徵来往甚密，也是饱学之士，说起道理来是有理有据，在座的谁都说不过他，在一起辩论的时候大有当年诸葛孔明的风采！秦琼在一边听，听着听着都舍不得走了。他也听到了一些自己在衙门里听不到的东西，比如说杨广的所作所为。他这几年就听说杨广这小子荒淫无度，不想还干过这些事！还有就是第二天就是这里一年一度的庙会，庙里甚是热闹，秦琼就想趁此机会好好散散心。

转过天来，庙里果然来了很多的人，卖什么的有，老老少少，男男女女来了很多。秦琼也起了个大早给观音菩萨上了三炷香，秦琼那是不信这个的人，但最近太背了，上个香吧！

秦琼在大殿进香，这时庙里可来了一位贵人——单雄信带着家奴也来进香祈福。原来单雄信家里也出事了——他哥单雄忠被太原通守李渊误认为是响马，用箭射死了。

怎么回事呢？原来李渊在永福寺住了半月后，怕再生枝节，于是急急地离了永福寺赶往太原赴任。在他们快到太原的时候，就听见身后有马蹄声，而且人数众多。李渊就命令众家奴保护好家眷先走，自己一个人来应付这些人。看为首的一个满脸凶相，骑着马冲自己来了，李渊也不慌。他心想，马上就到太原了，我会怕你们，让你们知道知道我李渊的厉害。于是他张弓搭箭，朝着领头的响马就是一箭。李渊那是久经沙场的老将，这弓箭更是他的看家本事。这箭不偏不倚，正射在了单雄忠的身上，单雄忠应声倒地！众喽啰围着他就乱成了一团，李渊也不管他们，骑着马去追家眷。

等到李渊到太原递了官凭把家眷安排好以后，有好几十人抬着一具尸体找到了李渊。那几十个人眼睛都红了，得亏李渊在官场混的时间长，见过世面，要不然，非出大事不可。他暗暗地叫了二百军士在府里维持秩序，等这些人情绪稳定下来后，李渊才得知这个人就是刚刚自己用箭射死的那个人。他不是什么响马，也不是为李渊他们来的，路走得好好的突然飞来一支箭，正中咽喉，当即毙命！这单雄信人称单二员外，可人家真正的身份是三省绿林总会的总瓢把子！也就是土匪头子！这跟着单雄忠的这几十位，那就是土匪，要换作别人，今天这几十个人就地就办了！

李渊也自知理亏，就把自己为什么拿箭射他们员外满怀歉意地又诉说了一遍，承认是自己误伤了单员外。他们现在也没有本家的人，他愿意先出五百两银子作为丧葬费，先把单员外埋了，完了再商量怎么了结此事！

那几十个人一看人家二百多军士在这，不敢轻举妄动，只得抬着尸体回到二贤庄让单雄信拿主意。单雄信听说大哥让人给射死了，在家办完哥哥的丧事后就带人来到了李渊的府上。几次交涉下来，单雄信就了解到确实是误杀，自己又不是为银子而来的，他家里不缺！硬来人家势力又很大，一来二去单雄信也想不到怎么办好，只好作罢！但单雄信和李渊一家从此结下了不共戴天的仇恨！

回头再来说单雄信来东岳观进香，魏徵出门迎接，说话的时候就说到他大哥的事。单雄信很自责，不能替他大哥报仇，魏徵在一旁替他开导，说："世界上有很多事对我们来说都是没有办法的，员外何必自责。你兄长人已经死了，你替他报了仇又能如何，而且虽然员外手下众多，但李渊贵为太原通守，难道你能杀得了他吗？不可能。况且李渊也是无心，这谁还没一死啊！你啊，照顾好你的嫂嫂和侄儿是正事……"

他们一边聊，一边走，走着走着就来到了秦琼住的香房。单雄信从窗户一眼就看到了屋里墙上挂的熟铜锏，就指着熟铜锏问魏徵："这铜是谁的?"

"哦，前天，有个壮汉得了风寒，晕倒在我庙门口。我看他是条好汉，替他治好了病。现在他在我观中养病，这兵器是他的!"

"是个什么样的壮汉?"

"衣服破破烂烂，还是件单衣！说是到潞州办差，盘缠忘带了!"

"那他叫什么?"

"秦琼!"

单雄信一听是秦琼，马上就兴奋了起来，拉着魏徵说："带我去找他。呵呵，太好了!"

魏徵带着单雄信来到大殿的时候，秦琼正在那里祈福。看见秦琼，魏徵就叫道："秦琼，你看这是谁?"

秦琼一回头，单雄信一看就是他，几步来到了秦琼跟前，拉住秦琼的手说："秦兄，如今我看你往哪里跑!"

秦琼一脸不好意思，笑着说："单二哥，我什么时候跑了!"

于是单雄信就把他们从二贤庄到西门酒店，再追到王家老店，又追出东门的过程说了一遍，又说："二哥，你跑得快啊！"

"唉，我也是没脸见单二哥你啊！"

"兄长说哪里话，秦兄在潞州受此苦难，单雄信羞见天下豪杰！"

单雄信说着眼泪都下来了！

"单兄不要这样，都是秦琼做得不对！单兄对我秦琼的情义我牢记在心，永生不忘！"

"好，那秦兄可否赏脸移驾到我二贤庄去养病？"

"好。"

"哈哈，哈哈！"

在二贤庄养病的这段时间，秦琼和单雄信、王伯当、李密、魏徵、徐懋功等人相谈甚欢，成了无话不谈的朋友。在他无聊的时候又到潞州郊外的高婆婆那里走了一趟，还托单雄信给她的儿子找了一份不错的差事。他还想去找王示出气，但想了想还是没去，便宜了那小子！

第三章　冀州府认亲

DISANZHANG JIZHOUFU RENQIN

　　我们再来说一说山东。秦琼的母亲见樊虎回来了，心里非常高兴，就每日站在村口，望着自己的儿子回来的方向。可一个月过去了，还不见秦琼的影子，秦母可就有点着急了。更让她着急的是樊虎把秦琼的盘缠拿到了她那里，那儿子一定是没了盘缠回不来了。这急得秦母生出一场大病来，多亏了贾润甫、唐万仞、樊虎、连明他们几个帮忙照顾秦母，而且在耳边替她宽心：伯母放心，秦大哥吉人天相，堂堂七尺男儿不会有事，想是公务办得不顺耽搁了，可能过几天就回来了！

　　可时间一天天过去了，秦琼还是没回来，秦母的病情在一天天地加重。没有办法，几个人商量后，决定还是由樊虎往潞州走一趟，去把秦琼找回来，谁让他把人家的盘缠带走了呢？

　　樊虎也没推辞，秦琼那么好的兄弟，确实又是自己的疏忽，随身带了秦母的一封书信，樊虎就出发了！

　　没几天，樊虎就来到了潞州，从潞州府打听到秦琼一直住在王家老店。于是他找到了王小二，得知秦琼是卖了马做路费回去的，不禁泪流满面。柳氏一听是找秦琼的，便上前问道："客官贵姓？"

　　"在下姓樊。"

　　"你莫不就是樊虎？"

　　"你怎么知道我叫樊虎？"

　　"秦爷在我店中住了两月有余，日日在这里盼着樊爷来，算来他离开小店已一月有余，难道还不曾回去吗？"

"是啊，所以我来寻他！"

"他出了东门，怕是在路上耽搁了。你别急，秦爷是个好人，他不会有事的！"

樊虎于是在那里吃了点饭，别了柳氏，出东门一路打听秦琼的消息。走着走着，樊虎来到了东岳观，见天色已晚，便决定在此借宿一宿！

进到观中，他又向观里的道士打听秦琼的下落。道士们都知道秦琼，樊虎高兴啊，眼泪都下来了。道士们于是把樊虎请到了魏徵的房中，魏徵一听是来找秦琼的，就问："你是叫樊虎吧？"

"是我，快告诉我秦大哥好吗？"

"好，他好得很！"

"那现在他在哪里？"

"二贤庄的单雄信单二员外请他到二贤庄养病去了，现在人在二贤庄！"

樊虎一听，谢天谢地，秦大哥终于没事了！他眼泪又禁不住下来了。

樊虎转念一想问了一句："养病，他养什么病？"

于是魏徵又把秦琼如何到东岳观的经过说了一遍。樊虎一听，心想：这次这事还真是大，直接就是大难不死啊。秦大哥，你受苦了！他又哭成了泪人。

第二天，樊虎来到了二贤庄找秦琼。一听樊虎来了，秦琼和单雄信一起出门迎接。见到樊虎，秦琼笑道："兄弟，你可来了！"

"二哥，对不住啊，兄弟来晚了！"

单雄信看他们在那里哭，就说："哎，有什么还是到屋里去说吧！"

到屋里以后单雄信寒暄了几句后，叫手下摆下酒宴。酒宴上秦琼问："家母可好？"

"噢，你母亲有书信在此！"

秦琼读罢书信泪流满面，转头就要去收拾行李。

"哎，叔宝，你哪里去？"

"家母病重，单兄，秦琼就此道别！"

"秦兄你先别急，本来母亲病重，做儿子的应该回到母亲身边尽孝道。但孝有大小之分，秦兄你身体刚刚痊愈，如今正值数九寒天，此时急急回去未免有些不妥。万一途中有个闪失，岂不是无人奉养老母。而老母担心的无非就是你的消息，带封书信回去说你安好效果是一样的！有你夫人照顾，再寄一点银子回家可保万无一失。"

"是啊，秦大哥你看上去瘦多了，还是在这里养养吧，一切有我和兄弟们呢！"

"好吧，既然你们这么说那我就再住几天，樊虎辛苦你了！"

于是第二天，樊虎便告别二人，回转山东！

那单雄信为什么要挽留秦琼呢？原因有很多：第一，秦琼确实还没有好利索，还需要调养一段时间。但人家老母亲病重，这理由不充分！第二，给秦琼的礼物还没有准备好，这是单雄信留下秦琼的主要原因。

单雄信给秦琼准备的礼物有：

一、为黄骠马做了一副金的鞍辔，还没有打好。

二、做了一套新铺盖。其实是想送秦琼点金子，怕人家不收，就把马蹄金打扁，缝到了铺盖里。

三、四套衣服。

四、五十两银子。

五、五色潞州绸十匹。

所以单雄信又多留秦琼住了一月，在这期间，单雄信又多了个女儿，因出生时满屋的莲花香，故取名爱莲。秦琼也非常高兴，更让人奇怪的是这爱莲见了别的人都没什么反应，唯独见了秦琼远远地就看着他笑，还有伸小手让秦琼抱的意思！众人都很高兴，顺理成章，这秦琼就把这孩子认作了干女儿。等所有的东西准备好以后，单雄信把王伯当、李密、魏徵、徐懋功等人都叫来，为秦琼送行！

第二天，众人有说有笑地把秦琼送出了二贤庄。秦琼上马后一抱拳，向众人说："各位，秦琼就此告辞，我们后会有期！"

"好，秦兄，后会有期！"

众人心里是知道的，他们和秦琼一定还会再见的。

秦琼一拨马，离开了二贤庄，一口气跑出三十多里地去。潞州这一趟出来得太久了，如今终于可以回家了，秦琼心里高兴啊！

走了整整一天，秦琼那是一点也不觉得累，可看看黄骠马，秦琼觉得该休息一下了。因为黄骠马此时身上已经湿透了，在那儿喘着粗气！秦琼笑了笑，拍了一下黄骠马的脖子，说："怎么了兄弟，累了？活该，没吃过好东西吗？如今吃那么胖跑不动了吧！这会儿了你喘什么？"黄骠马也确实累坏了，见秦琼拍了一下自己的脖子，黄骠马摇摇头，打了个响鼻，那意思是实在是跑不动了！

秦琼抬眼一看，前面有一家酒店，牵着马就来到了酒店门前。小二一看来了位财主，忙出来迎接，说着客气话，接过秦琼手中的马缰绳说："客官，住店啊！"

"住店，可有上房？"

"有，客官里面请！"

"把马喂一下，加点细料，明天早上便走！"

"好嘞！"

秦琼说完，就去搬马上的行李。一搬，秦琼心里一沉，行李很重，不怪黄骠马跑不动，这行李少说一百多斤啊！但秦琼那也是过来人，只停顿了一会，没作声，搬着行李就放到了自己的房间里面！

等秦琼吃完饭，听了一会小曲，这天就慢慢黑了下来。他来到自己房中，把行李放到了桌上，心想：这单雄信葫芦里卖的是什么药啊？于是打开行李，也没什么啊，当他用手在被褥上一摸的时候，就觉得这里面有东西。拆开被子上的线，再伸手往里一摸，秦琼哭的心都有啊，拿出来一看，果然是金子！已被砸成了薄片的金子，缝在了被褥当中。单二哥啊，你让我说什么好呢？

秦琼在自己的房中看着黄金感动，这门外面却又是另一番景象。原来此地名叫皂角林，这家酒店的店主是一方的保正，名叫张奇。最近这里不安稳，常有响马出没，县官抓不住人，上面又压下来，自己没本事，就把这压力又转向了他的下属。这张奇是一方保正，自然也免不了一顿毒打。秦琼吃完饭回房的时候，张奇带着他手下的兄弟挨完打回到了店中。他们坐在店里，一个个的都在那里唉声叹气！这时张奇的老婆走上前去，拉着张奇说："你到里屋来，我有话和你说。"

"嗨，屁股疼得要命，我哪儿也不去！有什么事就在这说，神神道道的，这都是自己人。"

"有个来历不明的人刚刚住到了我们店里！"

"怎么个来历不明法？"

"这人浑身上下都是新的，铺盖整齐，而且随身带有兵器，高头大马。说是当官的吧，应该有个随从；说是做生意的吧，也该有个伙计。穿成这样，一定很有钱。身边一个人也没带，那就是不怕抢的，所以我怀疑他就是个强盗！"

"是吗？他住哪个房间，我们去看看！"

张奇几个人于是就来到了秦琼的房门口，顺着门缝往里面看。这一看，正好看到秦琼把金子从被子里面倒出来。这可要了命了，众人赶紧撤回到张奇的屋里，张奇问："这是响马无疑了，我们怎么办？"

"去县衙告诉老爷！"

张奇想了想说："我看这响马只有一个人，我们不如直接把他拿住，再把他送官，也算我们大功一件！怎么样？"

其实张奇想的是一桌子的金子啊，他就一个人，我们进去擒住他，那金子我们想往上报多少那就是多少，顺路发个财也不错。

众人一听张奇这么说，都说好！

于是张奇一口气喝了几碗酒，十几个人带着刀和绳子就来到了秦琼的房门外。到门外后，张奇又留了点私心，他想先进去抓点金子。于是他也没等别的弟兄，提着刀，一脚就将秦琼的房门踹开了，但其他的兄弟没跟上。秦琼见有人踹门进来，以为是强盗，也没客气，一掌就劈了过去。那张奇哪经得住这个，往后一退摔倒在地，头正好撞到了墙上。张奇死了！

众人一看张奇头撞墙流了那么多血，就大喊："响马杀人啦！"顺势朝秦琼就扑了过去。秦琼一听他们喊，也是一愣神，就这工夫已经被这十几个大汉抓住摁倒在了地上。摁住秦琼以后，众人赶紧去看张奇，竟然真的没了气息！他媳妇趴在身上就是哭啊。众人见事闹大了——死人了，就写好状纸，押着秦琼，一同离了皂角林，奔潞州城而去，这就是秦琼三进潞州城！

审理案件的参军姓斛，看过状纸后问秦琼："响马，你叫什么，哪里人啊?"

"老爷,小的不是响马。小的是齐州的解军公差,名叫秦琼,八九月的时候在蔡刺史那里领过批文。"

"八九月领的批文,为何如今还在潞州,分明说谎,还不从实招来!"

"小的因病耽搁了,老爷不信可以问蔡刺史!"

"好吧,那我再来问你,这金银哪里来的?"

"朋友所赠!"

"胡说,你哪个朋友能赠给你这么多金银,分明就是来路不明之财!"

"确实朋友所赠,秦琼从不说谎。"

"那他叫什么?住在哪里?"

"他叫单雄信,住在西门外八里二贤庄!"

"是他!好,就算你说的都是实情,那你如何又拒捕,打死保正张奇,说!"

"小的昨日黄昏到酒店投宿,晚上要睡觉的时候这张奇突然闯进我的房中。我当时不知道他要干什么,误认为他是要抢我桌上的金银,于是和他动起手来。不想这张奇被我轻轻推了一掌后没有站稳,摔倒在地头部撞墙而死。还请大人明察!"

"是这样!好,将嫌犯秦琼暂时收监,待查明案情后再作惩处!"

于是,秦琼被押到了潞州大牢当中。到大牢后秦琼方才回过神来,呵呵呵地苦笑着,心想自己的霉运还远没有过去。天哪,这是要玩死我的节奏啊!这又摊上人命官司了!

斛参军完了后就来到了蔡刺史那里核实情况,得知确实有一个叫秦琼的解户八九月时领过批文。他又派人到二贤庄和单雄信通了气,原来这秦琼确实是从他那里出去的。单雄信一听秦琼又摊上了人命官司,连忙四处使银子。他找到衙门中相熟的差人,一个叫金甲,一个叫童环,把银子交给他们,去打通关节。

一、去见了叔宝,与他通了口声,一口咬定是误杀。

二、买通了仵作,把张奇的致命伤写成了撞墙所致。

三、牢头处也打点了一下。

但这毕竟是人命官司，尽管单雄信他们使出了浑身的解数，秦琼还是被判了个充军幽州的罪名。金甲、童环难辞辛劳，押解秦琼前往幽州！

出发的时候，单雄信前去送行！秦琼见到单雄信，上前一步一抱拳说：

"谢单兄活命之恩！"

"是雄信连累了贤弟，害贤弟受苦了！"

"单兄说哪里话，是小弟背运没走完，该有此祸，与兄无关。此次若不是单兄，秦琼早已是刀下之鬼了！"

"哎！贤弟，言重了，事到如今什么也不说了，一路保重吧！"

单雄信又来到金甲和童环身边，拿出一封书信，交给了金甲、童环。单雄信说："这封书信你们一定要收好，是给张公谨的。他与我有八拜之交，是幽州公门中人，到时用得着他。两位好生照顾叔宝！"

金甲、童环收了书信，告别了单雄信便上路了。

一路无事，三人是有说有笑，不知不觉中，就来到了幽州的地界。他们来到幽州涿郡一个叫顺义的村子，金甲、童环说："明天就到了，今天晚上不如再喝一场。秦大哥，我们只能送你到这里了！"

"好，趁此机会也给两位钱行，为了秦琼两位辛苦了！"

三人于是进了一家酒店，酒保引着他们三个坐了下来。他们点了酒菜，正吃呢，忽然街上走过来一群人，簇拥着一个披红戴彩的人从店门前经过，金甲就问店家："这是谁啊？"

"我们顺义村今天迎太岁！"

"哦，迎太岁？"

"这位爷姓史，双名大奈，近日在幽州王罗艺罗王爷帐下争一个旗牌官。罗王爷把他发到顺义村，到这里打三个月的擂台。三个月没有敌手，便实授这个旗牌官，今天是最后一天。三个月了，这位爷无人能敌，所以披红挂彩准备实受旗牌官！"

"哦，这热闹不能不瞧，店家你替我们把行李放好，看打擂回来，一起算你酒钱！"三人于是一起随着人流来到了一座灵官庙的庙门口，眼前立刻出现了一座高九尺，方圆二十丈的擂台，擂台边上贴着幽州王罗艺的告示。三人一看，确实如小二所说，幽州王罗艺在招旗牌官。金甲、童环一打听这还有有意思的事呢，原来这史大奈打擂不一般，上擂台是要交银子的。人家也不让你白交，上到擂台之上，打人家一拳给你五十两银子，踢一脚一百两，打翻在地一百五十两。倘若能赢人家使他旗牌官做不成的话，人家交你这个朋友，给五百两银子！秦琼一听也觉得这史大奈是条汉子。金甲、童环可不这么想，他们想的是这史大奈也试能吹了吧。这是笑天下无人啊，凭咱的本事赢不了他有可能，但一拳都打不着吗？还不信了。

于是两人使了个眼色，功夫相对好一点的童环对秦琼说："秦大哥，这一拳五十两银子，上去你也别坏人家好事，毕竟这是三个月快满了，打赢他不合适，但顺路发个小财还是可以的。你说呢？"

"唉，我还是不去了，最近我不倒霉就烧高香了，还发财？如今是银子认识我，我不认识银子啊！再说，人家敢夸这海口身上就一定有点本事，我上去也不一定能赢，还是不去了！"

"呵呵，说的也是。你最近是太背了，不去也罢！哥哥，不如我上去给咱们挣个酒钱吧！"

"好啊，你要上去，这打擂的银子哥哥我替你出！"

"那谢秦大哥了！"

说来童环那也是练家子，潞州府里武艺也是排得上号的，交了银子、签了生死状以后纵身一跃就来到了擂台之上！童环来到擂台后向史大奈一抱拳："领教。"

史大奈也一抱拳。这位在这擂台上三个月了未逢敌手，今天最后一天，自信心那是到了顶点。当然也夹着小心，见有人上台挑战，但步子有点虚，就没把童环放在眼里。这军中和衙门里就是两回事！他说了声："小心了！"就用狮子大开口做了一个门户。童环也不含糊，见史大奈长得高大，轻身一纵一脚就朝他的面门踢了过去。史大奈一个无敌推魔式，用双手硬生生地接了过去。童环见脚被挡了回来，双拳又打了过去。史大奈一个织女穿梭抓住童环的一只手顺势一转，就来到了童环的背后。一只手抓住童环的衣服领子，一只手抓住腰带，两膀一用力往前一送，童环真没打着人家一下就被人扔下了擂台！

被扔到擂台下以后，童环那是被摔了个灰头土脸，金甲和秦琼忙上前去把他扶了起来。金甲没绷住，看着童环的样子笑了起来，众人一看也都笑了起来！童环抱着头心里苦啊——人丢大了！

　　史大奈在擂台上也笑了，说："就这两下子就敢上台来打擂，睡醒了没有啊？哈哈……"秦琼这时就有点看不惯了，英雄气一下起来了，兄弟受辱岂可坐视不理。到柜台上交了五两银子，签了生死状，平地一跃就跳到了擂台之上。

　　"我那兄弟没留神，阁下赢了也就赢了，怎么出口伤人呢？"

　　"我史大奈只是实话实说，想让我闭嘴那也行，打赢我！"

　　"好，我来领教几招。"

　　"那来吧！"

　　秦琼大喊一声，摆开四平拳就打了过去，一个狮子张口，一个鲤鱼跌子跃，一个饿虎扑食，一个蛟龙出水，一个忙举观音掌，一个罗汉脚。史大奈在顺义村三个月了从来没有遇到过这样的对手，在台上只有招架之功，没有了还手之力。台下的人都看呆了，这打得真好啊，步伐四平八稳，招式张弛有度。人们都是越打得精彩越好，也不管他谁赢谁输，叫好声一片接着一片！可台下有一个人此时却急坏了，此人名叫张公谨。那就有人会问了，这个张公谨是不是单雄信让金甲、童环带信的那个张公谨呢？所谓无巧不成书，他正是单雄信认识的那个人！原来他也是罗艺手下的一个旗牌，和史大奈是好朋友。这三个月来一直帮着史大奈张罗这打擂的事，眼看就要成了，此时却出来这么一位，如果史大奈败了不就前功尽弃了吗？所以在那儿急呢！赶紧来到金甲和童环跟前一抱拳说："两位，刚才打擂时我兄弟多有得罪，望两位别往心里去，我替我兄弟给二位赔不是了！"

　　童环的脸算是给争回来了，心情大好，头也抬起来了，说："没事，上到擂台之上就有输赢，不用赔什么不是！"

　　"两位果然明理，但不知擂台上的这位是谁啊？"

　　"朋友你管他干什么，让他们打完再说！"

　　"俗话说四海之内皆兄弟，别伤了和气，到时候怕不好说话。"

　　"他叫秦琼！是我们的朋友。"

　　"那你们到这幽州来干什么呢？"

"找人，投朋友！"童环不好说秦琼是发配充军的犯人。

"敢问你们要找的这位朋友叫什么？"

"哦，他叫张公谨，潞州二贤庄的单雄信和他有八拜之交，托我等有书信送来。"

张公谨一听，呵呵大笑了起来！他总算松了一口气。

边上就有人告诉他们了，这位就是张公谨，张旗牌！

金甲和童环也笑了起来，刚才幸亏就坡下驴了，金甲就说："是吗？那是大水冲了龙王庙了，这叫干的什么事？"忙上前叫住了擂台上的秦琼，秦琼也是一脸的茫然。不过既然金甲和童环叫自己那就收手吧，露了一个破绽败了下来！台下也有明白人都在那儿嘘史大奈，史大奈也是不知道发生了什么。秦琼来到台下，金甲、童环笑着为秦琼引见："这位就是我们要找的张公谨张大哥，和台上的擂主史大奈是兄弟！所以咱们今天是大水冲了龙王庙，一家人不认识一家人了！"

"哦，原来是张兄，小弟秦琼冒犯了！"

"哪里，秦兄好本事啊！"

"常听单二哥提起，今日有缘相见，实乃三生有幸！"

"单二哥的朋友那就是我张公谨的朋友，不如请到我寒舍一叙。"

"好，张兄果然爽快，我们也正好有事相烦！"

张公谨又把史大奈引见给了秦琼等人，史大奈对秦琼那是佩服得五体投地，谢了秦琼在擂台之上保全了他！与他们相熟的还有一位叫白显道，几人又客气了一番就一起来到了张公谨的家里。酒席宴罢，金甲、童环拿出了单雄信给张公谨的书信。

"原来秦大哥是有难来幽州。"张公谨想了一会说，"不打紧，这事包在小弟身上！"

金甲、童环、秦琼他们三个一听，心里的石头都落了地。

转天，张公谨、史大奈、白显道、金甲、童环和秦琼一起就前往帅府去投文。安排好了秦琼，张公谨就叫人去请两位老爷，说："要办此事，必须得麻烦这两位！"

那他们是谁呢？原来此二人一个叫尉迟南，一个叫尉迟北，是两兄弟，是罗老王爷身边能说上话的。这两位也不含糊，一听是张公谨来请，便跟着来人一起到了张公谨的住所。

几个人见了，相互客气了一番，分宾主坐下。尉迟南就看着史大奈笑着说："张兄这么早叫兄弟来，我想是给史大奈贺喜的吧？"说着冲史大奈一抱拳，"恭喜贤弟得中旗牌官！"

"哪里，哪里。多亏各位兄弟帮忙，明天我在家摆一桌，你们可一定要过来啊"史大奈也一抱拳说。

"确实因为这事，但眼下还有一件事要麻烦两位！"张公谨说。这两兄弟一听还有事，也不笑了，尉迟南说："哦，有什么事张兄请直说！"

"潞州二贤庄的单雄信单二员外不知你们二位记得不记得？"

"记得，每次我们到潞州都到他那里去找他喝酒！怎么能把他忘了呢？"

"记得就好说。如今他有一个朋友落难被发配到了幽州，单二哥来信让我们想想办法照顾一下他！"张公谨说完把单雄信的信递给了尉迟兄弟。

尉迟南边看信边说："何不请单二哥的朋友出来我们见面再说！"

"好！这就让秦大哥出来！"

只见秦琼戴着刑具从里屋走了出来。

尉迟南一看这样，拿眼瞄了一眼张公谨："大哥，什么意思？看不起我？单二哥的朋友到兄处，都是朋友，怎么如此相待？"

原来这尉迟南的为人张公谨是知道的，稍微有点官架子，所以让秦琼戴着刑具出来。"实不相瞒，这是怕二位责备，所以如此相见。"

"咳，别和我来这一套！"

尉迟南说着亲自上前，替秦琼去了刑具。

秦琼去了刑具一抱拳，说："军犯秦琼，承蒙提携，再造之恩永记在心！"

"秦兄说哪里话，尽管放心，一切都在愚弟身上！"

尉迟兄弟又见过了金甲、童环兄弟，相互见完礼，就问："解文何在？"

金甲、童环把解文递给了尉迟南，只见他取了半碗火酒，在文书的封印上沾了沾，轻轻地一揭，打开了封印，取出文书。看完文书以后，尉迟南面露难色。

张公谨便问："可有什么为难之处吗?"

"单二哥这事办得不妥啊。"

"为何不妥?"

"这杀了人是重罪啊,发配到此地这重罪犯人罗王爷是要亲审的。别的不说,单说这过堂时的一百杀威棒,秦大哥是九死一生啊!这罗艺罗王爷是北齐名将,统率雄兵十万镇守幽州。老爷子为人固执,我们恐怕也帮不上什么忙啊!所以我说单二哥这事办得不妥,既是重犯就不能往这儿来,即使我们关系再好、人再多也是无济于事。"

"那怎么办呢?"

"没有办法,只能装病了,不过过关的概率也不大。"

秦琼听到这儿说话了:"各位兄弟,别为难了,如今我秦琼也看开了。这一路上我什么苦没吃过,什么罪没受过,若是真的躲不过去,那我就受了这一百杀威棒。兄弟们放心,是死是活我秦琼都不怪你们!"

尉迟南一听秦琼这么说,就说:"秦大哥别这么说,既然我说这事包在我身上,那我就一定得替你办好,容我想想。还有一个办法,我们罗王爷的夫人好善,每逢初一十五,必持斋念佛,而且会叮嘱老爷这一天不要打犯人。正好明天就是十五,不如我们安排独解秦大哥一人进去,或许可以免了这一百杀威棒!"

众人一听,尉迟南都说难办了,那他说这么办就只得这么办了!

到了第二天,金甲、童环早早地就来到了衙门,递了解文,挂了号等着罗王爷传唤。没一会,就有人过来叫,两人于是押解着秦琼就来到了罗王爷的面前。秦琼跪在那里就抬头打量了一下坐在大堂之上的罗艺罗王爷。只见这老爷子须发斑白,着一品服端坐在上巍巍不动,精神矍铄,一看就是练过的。罗公叫中军将解文呈上来,看了看,是潞州刺史蔡建德发过来的,就笑了笑。这蔡建德是罗公的得意门生,罗公心想:这小子还记得老朽。他继续往下看,这军犯叫秦琼,姓秦,山东历城人。看完后又看了看秦琼,吩咐中军将犯人收押,午堂后听审!

尉迟兄弟这时也不知道这罗公是怎么了,往日罗公到这都是问一下犯人所犯的罪行,然后再看犯人是否扛得住一百杀威棒,完了就是命令打!他们兄弟是想在罗公问的时候为秦琼开脱一下，今天不想这罗公却要到午堂后再审，也是一脸的不明白。五个人一起从大堂走了出来，张公谨一看他们出来，看秦琼没挨打，笑着迎了上来，问尉迟南："怎么样了？"

"午堂后听审！"

"为什么？什么意思？"

"推到下午了，怪了，今天老爷没说打，也没说不打。"

张公谨听后说："这里不是说话的地方，不如我们找个地方再慢慢合计！"于是几人出了衙门找了个酒家，替秦琼去了刑具，大家一起边喝酒，边合计等着过罗公的这一关。

回头再来说一说罗公，从衙门出来，他是径直来到了后堂，把文书放在文案上。又仔细看了一遍之后，命人把老夫人叫到了书房。罗老夫人来的时候，儿子罗成也一起来到了书房。

"老爷，急急地叫我来有什么事啊？"

"夫人，你可记得二十多年前你哥哥秦彝战死在齐州，你嫂嫂宁氏带着三岁的太平郎逃走了。后来我们千方百计打听到，他们母子好像是逃到了山东历城了，是吗？"

"是啊，老爷今天为何又问起这事来了？"

"我刚才升堂，审到了一个从潞州来的军犯，叫秦琼，与夫人同姓。"

"潞州可就在山东吗？"

"嗨，潞州在山西，和山东那是两回事，真是妇道人家！"

"既然不是山东的，那就不是太平郎，天下姓秦的多了。"

"夫人你看，这是这名军犯的解文，他正好是山东历城人士！奉差到潞州失手犯了命案，被发配到幽州的。"

"哦，我看看！"说着，罗夫人拿过解文一看，确实是山东历城人。"好，如果是太平郎就太好了，我做梦都想着我们姑侄重逢的那一天呢，赶紧把他叫来问问！"

"着什么急啊，我让他午堂后听审。"

"嗨，还什么午堂后听审，这会就叫来我看看，我是一刻也不愿意等了。"原来这老妇人是个急脾气，心里藏不住事，老王爷也知道她的脾气，马上命人前去叫秦琼前来问话！

秦琼他们正在那儿喝呢，忽然有人来传军犯秦琼到后堂问案。金甲、童环和秦琼这会喝了点酒，张公谨赶紧叫人倒几杯茶来，几人各喝了几杯冲了一下酒气，匆匆就往衙门后堂赶去！到后堂以后，门口站着两个家将，只让秦琼一人进去，其他人包括尉迟兄弟在内都被挡在了门外！

家将将秦琼带到了后堂，让他跪在了罗公文案底下。秦琼看罗公一身便衣，心里轻松了一点。罗公看了看秦琼，说："秦琼上来些！"

原来罗夫人躲在罗帐后面，罗公怕她看不清楚，所以叫他往前一点，又吩咐家将去了他身上的刑具。

"军犯，我来问你，山东齐州和你一样姓秦的有几户？"

"启禀王爷，齐州姓秦的人有很多，但在济南府当差的只有秦琼一人！"

"当年北齐有个武卫将军秦彝你可知道？"

秦琼一听问起秦彝，情绪一下激动了起来，眼泪下来了，没想到这地方竟然还有人记得他的父亲！

"禀王爷，秦彝正是家父！"

罗帐后面的罗老夫人一听，眼泪一下也流了下来："那个秦啥，你母亲姓什么？"

"小的母亲姓宁。"

"你乳名可叫太平郎？"

"我乳名是叫太平郎。"

老妇人听到这，从罗帐后面走了出来，上前抱住秦琼就哭了起来，嘴里喊着："侄儿，可想死姑母了！"

秦琼此时云里雾里的，不知道发生了什么，不知所措地看着罗公！罗公笑着上前和罗成一起扶起了罗夫人，又扶起了秦琼，说："你是我的亲侄子，我是你姑父。这是你姑母，也就是你父亲秦彝的妹妹。"

"这怎么回事？"

"当年北齐的时候，你父亲是武卫大将军。北齐灭亡的时候，你父亲战死了，你母亲带着你逃走了。我当时镇守幽州，见北齐大势已去，没有办法，只得降了大隋。后来我们多方打听，得知你母亲和你逃到了山东历城。我们派了很多人去山东找你们都没有消息，后来只得作罢，却不想今天在这里我们姑侄相见，还不快叫姑父！"

秦琼一听，如梦初醒，哭拜在地。

罗公忙将秦琼扶了起来，叫罗成带着去洗了个澡换了套衣服。再走出来时，秦琼神采奕奕，英气十足。罗公看了那叫喜欢，果然一表人才！捋着胡子点着头看着秦琼笑。之后的事就好说了：

一、给蔡刺史回了批文交于金甲、童环，两人一听秦琼和罗王爷是姑侄，放心地回去给单雄信报喜去了。

二、谢了尉迟兄弟、张公谨、史大奈、白显道等人对自己侄子的照顾，将史大奈实授了旗牌官。

晚上，罗公准备了丰盛的家宴为秦琼接风，在酒席宴上罗公就问秦琼：

"叔宝，你可曾学过武艺？"

"小侄会用双锏。"

"可是你家传的金装锏？"

"是，不过双锏现在作为凶器被扣押在潞州府！"

"这不打紧，潞州府蔡刺史是老夫的门生，改日叫人去取回来就是了。贤侄，我听说在擂台上史大奈都不是你对手，可是真的？"

"禀姑父，那是侄子初到幽州，还什么都不知道，稀里糊涂就上了擂台。后来多亏有张公谨调和才没有干出错事，其实也不算我赢了史大哥，算我们打个平手吧！"

"今日我有句话要与贤侄讲，老夫统兵十万镇守幽州，从来都是论功行赏。我如今有意要补你去我营中做个旗牌官，而你寸功未立，我怕有人会议论。打算来日到校场当中让你当众和众将比武，你如果能胜了，别人自然没有话说，可有胆量一试？"

秦琼对自己的本事那是很有信心的，一听有这机会，很爽快地说："姑父提拔，恩同再造！"

罗公笑了笑，于是传兵符明日校场比武，全军操练！

第二天五更天，罗公放炮开门，一行将士身着戎装，随着罗公涌出帅府。秦琼也像罗公家将一般打扮，跟着罗公来到了校场。罗公怕罗成惹祸，命罗成不得离开帅府。罗成都快急死了，就到后堂去求他的母亲，哭着喊着要去看秦琼比武。老夫人对罗成那是命啊，加上她也想知道侄儿到底武艺如何，于是就同意罗成去看看，只是不能让老爷看见。罗成高兴得跳了起来，随着队伍也赶到了校场。

只见校场中，罗公端坐帐中，十万雄兵画地为式，井然有序，帐前大小官员头目，全副披挂，各持兵器列在左右。秦琼站在罗公的旁边，浑身鸡皮疙瘩掉了一地，心想：我真乃井底之蛙，不知道天有多高，在山东谋一个衙役就觉得自己有多了不起。如今看姑父，年过五十统领雄兵十万，着一品官服掌生杀大权，一呼百应，大丈夫当如此才不白活。

秦琼还在那儿想，忽然听罗公叫自己，忙上前跪倒应声说："在。"

"你可准备好了？"

秦琼此时手持罗艺的银铜跪在那里。

"小的准备好了！"

"好，那让我们看看你有多大本事！"

"小的领命！"

秦琼说完就来到了擂台之上，向众军士一抱拳，挥动双铜就舞了起来。只见那两条铜，被秦琼舞得就像银龙护体，玉蟒缠身，罗公看了一会不禁站了起来，叫了一声："打得好！"

此时台下一片叫好之声，众将那都是见过世面的，不是说为了附和罗公才叫的好，那确实打心底里佩服秦琼，佩服他手中的这一对银装铜。整个校场的气氛一下被秦琼点燃了，在辕门外不敢近前观看的罗成看了以后心中也不禁暗挑大拇指，表哥真是好样的！

舞了一会，罗公又让家将拿了一条枪递给了秦琼。罗公意思很明白，让他再来一会枪。秦琼将银铜递给家将反手就将枪握在了手里，光这拿枪的架势一看就是个练家子。一条枪在秦琼手里被舞了个上下翻飞，攻如猛虎下山，气势不凡；守似一道枪墙，无从下手。脚下步伐不乱，招式有根有据，进退自如。一会挽一个枪花，一堆枪头，一会往前一跃，枪扎出去数丈。秦琼舞了一会，台下又是叫好声一片。舞完枪，秦琼将式一收，来到了罗公面前。罗公很是高兴，哈哈笑着走到秦琼跟前将他扶了起来，夸奖道："好啊，果然是虎父无犬子！这双铜是舞得没话说啊，不过这枪，恕老夫直言，招式好看，但在战场上不一定受用啊！"

"呵呵，让王爷见笑了，这枪确实不是秦琼的长处！"

"好好好，以后我会指点你的。"　（罗家枪可是名满天下啊）

"谢罗王爷！"

罗公目的已经达到，若授秦琼旗牌官应该不成问题了，罗公捋着胡子满意地笑了笑。下一个项目罗公安排的是全军操练，罗公一声令下，只听得喊杀声四起。秦琼男儿气又被激发起来了，心想：是男人那就得当一回兵，不然自己的人生是有缺憾的！操练完了以后安排的是射箭比试，罗公看秦琼气息也缓过来了，就问："秦琼，你可会射箭？"

"禀罗王爷，小的会！"

罗公一听大喜过望，叫人把自己的弓箭拿到秦琼跟前，说："这是我的弓箭，你拿去和他们比试一下！"

秦琼于是拿着弓箭来到了擂台之上，今天的题目是射枪杆，那些旗牌官们早按捺不住了，嗖嗖几箭早出去了。这罗公的部下那确实也不是孬种，离枪杆一百八十步，全部命中。叫好声响成了一片。罗公此时看了看秦琼，看他脸色微微一变，于是把秦琼叫到跟前，问："我标下的这些将官可都是我军中能弓善射的，见识过之后可还有信心？"

罗公这是给秦琼个台阶，那意思是如果不行就别逞强了。

但秦琼一听罗公这么说，原来他确实觉得有点虚，原因是他好长时间没摸过弓箭了，不知道准心是不是还在。但听罗公这么一说，反而激起了秦琼的斗志。

"禀王爷，众将射的都是死物，不足为奇。秦琼要射就射活物，我要射天上的飞鸟！"

"哦，厉害啊，那老朽就要看你射天上的飞鸟！"

秦琼抬头看了看天，此时正好有两只鹰在校场上空盘旋。秦琼弯弓搭箭就朝其中的一只射去。这两只鹰其实当时飞得不是很高，不然秦琼要射下来那是很难的。只见秦琼一箭射去，老鹰顺势就掉了下来，全军的气氛一下被推到了高潮，欢呼声震天动地，有的士兵都看傻了。但秦琼的这支箭却没有射中鹰的要害，那只鹰快掉下来的时候，动了两下又扑腾起了翅膀。罗成此时也看得热血沸腾，他表哥露脸啊，不能让这鹰再跑了。他正好袖子里藏着弓弩，朝着鹰就是一弩。由于这弩箭没有声音，本身弩箭又小，别人看来这鹰是扑腾了两下又掉了下来，那就是秦琼射下来的！于是众人涌上擂台将秦琼高高地举过了头顶！当然这里面也包括史大奈、张公谨、白显道等人，秦琼此时高兴啊！他迎来了他人生当中的第一次高潮。罗公也很高兴，命令犒赏三军，全军喜气洋洋！

回到帅府，罗公摆了一桌为秦琼贺喜，指着秦琼就对夫人说："令侄双铜功夫了得，弓矢也佳，只是枪法欠一点火候。不过这不要紧，我有意把罗家枪传授给他，你看怎么样？"

"那是甚好啊。你看着办，反正你就这么一个侄子，没别人了！"

"夫人说哪里话，我看就让秦琼和罗成一起到后院练习武艺，我两个一起教，他们之间也可以相互学习、切磋。这样就没有偏着向着谁了，夫人满意了没有啊？"

"呵呵，这还差不多。想我姑侄分离二十几年，可我还记得你小时候的样子。那时是真可爱啊，不想如今你已经长成一个大小伙子了。秦琼啊，你今年多大了？"

"禀姑母，秦琼今年二十有六！"

"二十六，姑母有意在幽州为你物色一门亲事，你可愿意？"

"哦，姑母这却使不得，侄儿在山东历城已经成家，儿子怀玉都快六岁了！"

"这孩子，哪个男人不是三妻四妾的，我又没让你娶她。你孤身一人在幽州，身边没个女人怎么行呢？"

"这却使不得，妻子张氏一家待秦琼甚厚，况且秦琼受难到此根本没有那个心思，谢谢姑母的美意！"

"呵呵，这孩子还挺重情义，那姑母也就不为难你了，以后你要有什么需要，尽管和姑母说。"

第二天，秦琼就和罗成一起来到了后院。这后院是真大啊，里面各种奇花异草，假山怪石，走一圈下来也得几个时辰。没容秦琼细看，罗成就把秦琼拉到自己平时练功的地方。罗成的手都痒了一晚上了，递给秦琼两根木锏，自己提起了一条木枪，看着秦琼。秦琼一下没忍住，呵呵就笑了起来。罗成也忍不住笑了起来。笑了一阵，秦琼一摆手，说："好了，是不是想和我练练，小子？"

"我在校场上看了，我觉得你的锏舞得不怎么样！"

"不怎么样还想和我比试一下！是不是你的枪法很衰啊？"

"才不是呢！好吧，实话和你说了吧，我从来没见过舞锏舞得那么好的。我就想知道到底是你的锏厉害，还是我的枪厉害！"

"好吧，罗成，来吧！"

秦琼双锏一分，对着罗成亮了个门户，罗成一条花枪就奔秦琼刺了过来。秦琼拿锏往外一拨，这是木锏，分量有一点不一样，秦琼使着就觉得怪怪的，但没一会秦琼就适应了。秦琼自不必说，但罗成那条枪，走若游龙，动若脱兔，那是得了罗艺真传的。加上罗成这性格也正好和这套罗家枪相吻合，讲究进攻，自己也喜欢耍个枪，整天没事干就在花园子里研究、练习，所以虽然罗成只有十六岁，但手中的这条枪却甚是了得！秦琼应付了一会就觉得身上的汗都下来了，不过即使是这样，秦琼那也是久经沙场之人，小心地应付着罗成的每一次进攻。两个人在后院打了三百多个回合愣是没分出个胜负。他们两个正打得高兴的时候，罗公来到了后院。看了一会，见他们半天也没有分出个输赢来，就叫住他们，让罗成和秦琼停下来歇一会！罗公捋着胡子笑着看着两个孩子，果然英雄出少年啊！

以后的每一天几乎都是这样，罗成是缠着秦琼就在一起打，锏打累了换枪，枪打累了换别的兵器。总之半年时间，秦琼和罗成的武功都有了质的飞跃，秦琼从罗成那里学到了罗家枪，罗成从秦琼那里学到了秦家锏法，野史上把这一段形象地称作"传枪递锏"。

可这半年过后，秦琼那是孝子啊，自己在幽州当着旗牌官，终日住在王府里面，锦衣玉食，可母亲、老婆孩子还在山东受苦呢。这次自己出来已经是一年有余，也不知道樊虎回去后母亲的病好了没有？所以秦琼虽然身在王府，可终日闷闷不乐，想回家奉养老母，但自己毕竟是戴罪之人，怕罗公不同意。于是在一次喝醉了之后，秦琼在墙上写了一首诗：

一日离家一日愁，独如孤鸟入寒林。

纵然此地风光好，还有思乡一片情。

这首诗有一天却被罗公看个正着。罗公认出是秦琼的笔迹，很不高兴，便转身进入后堂来到夫人跟前，道："自从令侄到幽州以后，老夫视他如己出，并不曾慢待于他。我有意留他在我身边栽培，不想他却不以为恩，反过来埋怨老夫！"

"哦，这是怎么说的？"

"秦琼在他房间的墙上写了一首诗，你去一看便知！"

罗老夫人忙去秦琼房中看了看，看完后，罗老夫人便知道了原来这孩子是想家了！回到房中，对罗公说："我哥死得早，叔宝与家嫂相依为命二十多年。秦琼到幽州已半年有余，是我们疏忽了，早应该把他的母亲、老婆孩子接来。想来家嫂比我大六岁，也已五十八九了，也不小了。儿子挂念母亲这是人之常情，老爷也不必往心里去。如今既然孩子想家了，那就让他到山东把他们都接来，我也有个说话的人。你想栽培他就栽培呗，你看呢？"

"夫人说得极是，还是你们女人细心！"

于是罗公就把秦琼叫到身边，把他妈和老婆孩子接来的事和秦琼一说。秦琼一听，眼泪都下来了，姑父一家对自己真是太好了。"好，那我这就去接我妈他们来和你们团聚，不过……"

"不过怎么了？"

"我母亲这几年身体本来就不好，这次我到潞州出来已经一年有余。在去年十一月的时候母亲来了一封家书就说卧病在床，不知如今她身体是否能经受得住这一路的颠簸！"

罗老夫人一听这个，忙道："你母亲身体不好，你这孩子怎么不早说呢？我看你还是赶紧回家看看，如果嫂嫂身体还可以，你就接他来幽州。如果如你所说卧病在床，那就等她痊愈后再来相会也不迟！"

"好，那侄子这就去准备。"

秦琼于是抹着泪走了出去，罗老夫人指着老头子就开说了："你看你办的这叫什么事。嫂嫂病重还把人家儿子留在身边说要栽培人家，孰轻孰重你这么大岁数了分不清楚！"

"这我也不是不知道吗，况且我做的也没错啊！"

"好了好了，赶紧想想我们要准备些什么吧！"

罗老夫人带了若干东西我们就不说了，单来说说这罗公为秦琼准备的东西：

一、给蔡刺史写了一封信，让蔡刺史帮忙平了秦琼的案子，交还秦琼的行李和马匹。

二、给山东道行台来护儿写了一封举荐信，原来这来护儿和罗公也是世交，举荐秦琼到他那里去谋个差事。

为什么罗公要给来护儿写这一封举荐信呢？这秦琼回去，万一秦母病重一时半会来不了幽州，可以在来护儿麾下谋个一官半职，也算是尽了一份心了，在秦老夫人那里也好说，是吧！

当晚，秦琼到张公谨、史大奈、白显道、尉迟兄弟等人的家中道别，最后到的是张公谨家。到他家的时候人都聚在了一起，张公谨摆上了酒宴为秦琼送行。和秦琼几个月的交往当中，他们从互不认识到生死兄弟，觉得分开都有点可惜。但想到秦琼只是回去接家眷，那种依依惜别的气氛就没有了，大家又喝到了一起。酒一直喝到了大半夜，秦琼那是悠着没放开喝，但那几位都喝成了泥人！

第二天，秦琼带着罗公准备好的书信，骑马离开了帅府，去送他的只有张公谨一人。秦琼一想到他这些兄弟就觉得可笑，看着张公谨两人又笑到了一起。他们道别以后秦琼就离开了幽州，直奔潞州而去。秦琼这次是连夜赶路，两天便来到了潞州。到蔡刺史那里两人客气了一番后，就把书信递给了蔡刺史。蔡刺史看完书信后对秦琼说："秦兄有事就请先走吧，一切都交给蔡某！"

"好，那就谢蔡兄了！"

到刺史府门口的时候只见早有人把黄骠马、金装锏和行李带到了这里，秦琼跨上黄骠马，向蔡刺史一抱拳，说："蔡兄，后会有期！"

"秦兄保重！"

第四章　七煞反长安

DISIZHANG QISHA FAN CHANGAN

　　秦琼骑马路过王小二的王家老店的时候，王小二正好站在店门口，不经意抬眼一看正好看到了秦琼。那黄骠马和熟铜锏他认识，但没敢打招呼。看着秦琼纵马离开自己的视线王小二才回到店中，朝自己的脸上就是一记耳光，嘟囔道："你长的就是一双狗眼！"

　　秦琼从潞州出来后就来到了单雄信的八里二贤庄。单雄信叫上金甲、童环，四个人喝在了一起。单雄信他们听完秦琼在幽州的遭遇后，都替秦琼高兴，一个个像听神话一样！酒足饭饱后，单雄信就拿出了秦母给秦琼的书信，说："本来想让人给你送去，不想你今天回来了。看看吧，送信的人说情况不太好！"

　　秦琼听了这话以后，连忙打开了书信。原来母亲的病体日益沉重，写这封信的时候母亲已不能执笔，是妻子张氏代笔的。看完书信秦琼泪如雨下，道："列位，秦琼就此告辞，家母的病怕是秦琼回去晚了就来不及了，还望几位不要怪罪！"

　　"叔宝，本来我不能再留你了，但你急也不在这一时。退一万步说，秦老夫人的病果如她所说的那么严重，我想也不在这一晚上。不如今夜你就在这里休息一下，明天一大早再走也不迟啊！"

　　"是啊，秦大哥，单员外说得对啊，急也不在一时啊！你就听他的吧。"

　　于是秦琼就在二贤庄休息了一个晚上，第二天一早，告别单雄信骑着黄骠马朝山东飞奔而去。又走了一天秦琼就来到了山东的地界，秦琼怕有耽搁，每到朋友家门口时都掩面而过，低头而行。到黄昏的时候，秦琼就来到了自己的家门口。

来到自己家门口，秦琼就像做梦一样，自己的这一年过得怎么这么长，好像过了几十年一样。秦琼一手牵着马，一手上前去敲门。多么熟悉的动作，也不知在他的梦中出现了多少次，多数情况是没有人开，但这次门开了。他的妻子张氏站到了门口，秦琼看着张氏泪如雨下，痴痴地看着她。张氏也不敢相信门外站的竟然是自己的男人，上前一把抱住了秦琼，哭着说："你可回来了！""夫人，秦琼回来了，这一年你们受苦了！"

过了一会张氏就发现这会可在家门口呢，赶紧松开了抱着秦琼的手，脸上泛起了红晕，不好意思地笑了起来，说："呵呵，回来就好，进屋看看妈吧！"

于是张氏把秦琼让了进来，接过他手里牵的马，到后院把马拴好，又加了点草料！秦琼悄悄地走进了母亲的房里，一屋子的中药味，母亲面朝里躺着。秦琼来到床前，跪下抓住母亲的手摇了摇："妈，太平郎回来了！"

秦母听到有人喊妈，就翻过身来，看见了秦琼。这时张氏打理好马刚好回到了房中，秦母就把张氏叫到床边说："媳妇啊，你丈夫想是已经不在人世了，我这睡醒来怎么看见他的影子跪在我面前呢！"张氏也不说话，笑着在那儿抹泪。秦母看看秦琼，又看看张氏说："这孩子，你看他就跪在我的床边，你看得见他吗？"

"母亲，太平郎真的回来了！"

秦琼说着又摇了摇秦母的胳膊。秦母一听真的是秦琼，这病就好了一半，爬起来坐在床边抱住秦琼就哭了起来。三人哭了一会，见秦琼没事，就都又笑了起来。秦琼松开母亲，跪倒在床边正式向母亲行礼。秦母一看秦琼这样，看了一眼张氏，说："其实你不必拜我，这一年你不在家中，家里多亏了你媳妇。要不是她，你可能就见不着我了，你啊该拜拜你媳妇！"秦琼于是转身就拜起了张氏，张氏也连忙跪倒，泪水已经涌了出来。两人对拜了两拜，秦琼忽然想起了什么，道："这怎么好像我又拜了一回天地呢！"张氏瞪了秦琼一眼，站了起来说："妈，你看你儿子！"

秦母一听，也呵呵地笑了起来。怀玉这时也从外面回来了，玩的一脸土，一看秦琼回来了，怯生生地躲到了母亲的后面看着秦琼。秦琼上前一把抱起儿子就亲了一口："可想死爸爸了！"怀玉也哈哈地笑着叫了声："爸爸！您上哪儿去了，怎么才回来啊？""爸爸这次去的地方可多了，还把你姑爷爷也找到了，以后你就等着享福吧！"

秦母一听这，问："谁？"

"姑父在幽州做大行台，他和姑母得知我们在山东历城，一直在找我们。"

"哦，对，他们在北齐灭亡的时候就在幽州，你们怎么碰到的？"

于是秦琼就把潞州与单雄信结交，怎么犯了命案，怎么与罗王爷相认都告诉了秦母。秦母听完，笑了起来，说："菩萨保佑我老秦家啊！他们好吗？"

"都好，姑父在幽州统兵十万，别提多威风了。他们还有个儿子，叫罗成，今年十六岁了！"

秦母听完，叫媳妇取水来净了手，上了三炷香，朝西北而拜，谢了单二员外，又谢了观音送子之恩。秦琼看她拜完上前扶起老太太说："对了妈，姑父姑母这次是让我回来接您去幽州的。我在幽州如今是个旗牌官，姑母也想您，等您病好一点，我就带您去幽州！"

"好啊，我也二十多年没见过你姑父、姑母了，怪想他们的。反正也不是外人，去就去！就是我这把老骨头不知什么时候好啊！"

"唉，母亲说的什么话，您的好日子才刚刚开始，很快的！"

"好吧，好吧！"

在这空当，张氏已经准备好了酒菜，一家团聚，其乐融融地吃起了晚饭！

第二天，樊虎、连明、贾润甫等人都来看望秦琼。听到秦琼这一年的奇遇，都替秦琼高兴。秦琼看弟兄们都来了，也张罗了一桌，和这些兄弟们又喝在了一起。

又过了几日，秦琼见秦母的病也不见好，还是下不了床，就想母亲的病一时半会也好不了，不如拿着举荐信去来护儿来总管那里谋个差事，慢慢等。想好之后，第二天一大早就来到总管帅府投书。

来护儿，江都人士，因平南陈有功，被封为黄县公，山东大行台兼齐州总管，善使一条浑铁枪，武艺了得。这天，来总管升帐刚坐下，秦琼便投文进了帅府。一听是罗公介绍来的，来护儿看了看秦琼，又看了看罗公的举荐信和秦琼的手本，很是高兴地说："秦琼，你在罗公标下是个旗牌官，在我这里你暂时也做个旗牌官吧。等以后有功再行升赏，你看好吗？"

"蒙来公不弃收于帐下，秦琼感激不尽！"

来公于是吩咐中军，给秦琼准备旗牌官的待遇，让秦琼去领，秦琼便在来护儿手下做了一名旗牌官。

三个月后的一天，来公把秦琼叫到了后堂，说："秦琼，你在我标下做旗牌已有三月，没什么事，想也休息好了。正月十五是越王杨素的六十大寿，我差人到江南给他准备了寿礼。如今的天下不太平，盗贼很多，我想让你走一趟将贺礼送去，你可愿意担此重任？"

"来公有事尽管吩咐，秦琼定不负所托！"

"好，你回去打点一下，明日就出发吧。"

"是！"

秦琼其实早待不住了，到这三个月了，整天没什么事干，身上都臭了。回家和母亲、老婆一说，秦母没说什么，可就是有点担心，看了看秦琼。秦琼也知道母亲担心什么，抚着母亲的肩膀说："妈，没事，我这次去翻过年就回来了，您放心！潞州的事绝对不会再发生。"张氏笑了起来，秦母一听也笑了起来，说："去吧，总不能为了不让你有事而荒废了你的前途。来公既然器重你，那你就去吧，好好办差！"

"好，母亲大人！"

第二天一早，秦琼点好礼品，秦琼一看，礼不轻啊：

一品官服五色十件，玲珑玉带一条，光白玉带一条，夜明珠八颗，玉器十件，马蹄金一千两，寿图一轴，手表一道。

是得派专人押运，强盗看见这还不疯了！所以秦琼觉得这一趟责任很重，上路后，秦琼也没耽搁，走得很快。没几天他们三人就过了河南，进了潼关，一路上没什么事发生。到华阴县少华山的时候，秦琼远远望去前面山势甚是险恶，便用手拦住了两个军士，吩咐道："你们慢点，让我先走！"

"秦大哥，怎么了？"

"此山山势险恶，怕是有歹人。"

二人一听就停了下来，看着秦琼往前走。没走多远，果不出秦琼所料，从路边杀出一路人马，横刀挡住了他们的去路："此山是我开，此树是我栽，要想过此路，留下买路财！"

秦琼此时根本没把这几个人放在眼里，心里还想着抓几个响马为民除害，纵马手握双锏就朝响马的头目打了过去。响马头领一看秦琼练过，也没客气，举刀招架，就这样刀来锏去斗了三十多个回合愣是不分胜败。原来这响马也是一位豪杰，姓齐名国远，武功了得，但却不是秦琼的对手。两人斗的时间一长，齐国远就有点顶不住了。眼看就要败下阵来，此时从山上又来了一波人马，齐国远一看很是高兴。秦琼心里却是一沉，心想：今天这事要坏，这么多人我一个人应付不来，还是先走了再说吧。想好要走，秦琼露了个破绽用双锏一扫，就想抽身拨马走人。却不想从山上下来的响马中有人认识秦琼，高声喊了一句："秦二哥！"

齐国远一听也是一愣，把手中的刀收了起来。秦琼回头一看是王伯当，也把锏收了起来。王伯当笑着指着秦琼就为齐国远介绍："这就是山东历城的秦琼——秦叔宝！你平日里天天说要结识秦大哥，如今他站在你面前你却不认识了！"

齐国远一听连忙从马上下来，向秦琼一抱拳："不打不相识，秦大哥的武艺着实让齐国远佩服，果然是名不虚传，齐国远向秦大哥见礼。"

"哎，齐兄一身好武艺，秦琼佩服！"

王伯当又转身指着另一位头领说："这位是李如珪，是少华山的二寨主。"李如珪一抱拳说："秦大哥，久仰久仰！"

"李兄客气了！"

齐国远那是个急性子，一听这些客气话早烦了，打断了李如珪和王伯当，抓住秦琼的胳膊说："秦大哥，此地说话不方便，不如上山让我等稍尽地主之谊！"

"哦，不了，如今秦琼还有公事在身，等办完事回来一定到山上去叨扰。"

"唉，大哥说哪里话。秦大哥到我少华山我兄弟二人不请二哥吃顿饭怎么说得过去，以后怎么在江湖上混，走吧！"

这两位此时已不单单是说话了，两人说着就一人一条胳膊愣是把秦琼架着就往少华山上走。王伯当一看，低着头笑着。秦琼此时也没办法，一摆手叫上了那两个兄弟，心想：死就死吧！秀才遇上兵了这是！秦琼原来想的是这二位是强盗头子，而自己又是公门中人，传出去不好，而且那儿又那么多财宝，唉！

到山上以后，齐国远立即命人摆酒为秦琼接风，端着酒杯秦琼就问王伯当："伯当，你怎么在这里？"

"小弟也是路过少华山，来这里看看他们，叙叙旧，完了再去单二哥那儿看看。"

"李密呢？"

"他被越王杨素的公子看中，招他做谋士去了！"

"哦，那敢情好。我看李密就不是个凡人，郁郁不得志是没遇到器重他的人，如今总算如他的意了！"

"是啊，那秦大哥你这是要去哪儿？"

秦琼于是把自己皂角林伤人以后的事又说了一遍，自己此去是为越王杨素送寿礼。

王伯当听完，接着便说："那我也不去单二哥那儿了，不如就陪着你去长安送贺礼，顺道看看灯，再去看看李密！就这么定了。"王伯当说完坏坏地笑了笑！齐国远和李如珪一听有这好事，也对秦琼说："去长安看灯，我们也去！"

秦琼一听这，心想：这两位爷可不能去，到长安不定惹出什么事来呢。秦琼便说："二位贤弟还是不要去了，你们走了这少华山群龙无首，万一要有什么事你们又在长安，不就糟了！"

"不会，最多就是没有我们兄弟收入少点，其他没什么事。秦大哥是怕我们不受兄长的约束，惹出祸来，所以不领我们去吧？"

秦琼一听他们这么说就没办法了，于是说："二位贤弟，我也是一片好意，你们若是这么想，大家就一起去吧！"

"哎，这就对了！"

众人笑成了一片。

第二天，他们四个加上两个军士一共六人离了华山，奔长安而去。这一路上秦琼就在想：如今离正月十五还有些时日，足足有一个月的时间，这两位爷在长安待一个月可够长的，得想个办法啊！秦琼边走边看看这两位，他们高兴啊。他又看了看王伯当。王伯当一看秦琼看着自己，偷着笑了起来，秦琼那个气啊。走着走着，秦琼就看见前面不远有一座寺庙，心里一下有了主意，就对众人说：“现在离越王的生辰还有些时日，我们这么多人进长安多有不便，不如我们就在这座寺庙当中暂住一时，你们看怎么样？”

王伯当一听笑了笑：“好啊，一切二哥安排！”

那二位一听：“住在庙里啊，没问题，这有什么！”

于是几人骑着马就来到了寺庙门口，这座寺庙叫永福寺。几人下马进庙一看，庙里有人正在修缮，工匠来来往往。再往里看，有一个公座，张的是黄罗伞，下面有两面虎头牌。这是个官家啊！几人怕有麻烦，绕开往别处去了。进了大雄宝殿，见也有工匠在那里修修补补，秦琼便上前去问：“借问一声，这寺院是何人在修建？”

“是太原府唐公李渊修的！”

“他是太原郡守，怎么在此地修庙行善？”

“我也是听说的，三年前，他们一家回乡的时候，夫人正好在此分娩。李爷于是发心布施重修寺院，那位黄罗伞下坐着的就是他的女婿，叫柴绍！”

几人一听是这样，就都明白了。他们继续往里走，见东边新盖了一座门楼，上面红牌金字写着“报恩祠”三个大字。四人于是走了进去，只见三间殿宇中间供着一尊神像，头戴毡笠穿着宅布衣衫，腰挎解刀，穿鹿皮靴子，前面放着红色的牌位，写着“恩公琼五之位”。秦琼暗暗点头，心想：我说那时在潞州怎么就那么背，原来在这里有人给我供了个牌位。我一个凡人，怎么受得起这个！想着想着，自己不觉在那里苦笑了起来！

王伯当看了看神像，又看了看秦琼，神像的手中拿着两根金装锏，便对秦琼说：“这位恩公不会就是你吧！”

秦琼看了一眼王伯当，苦笑着说：“就是小弟我了，小点声！”

王伯当不觉也笑了起来，秦琼于是把那天怎么救的唐公又和几位兄弟说了一遍：“我本来是不打算说名姓的，但唐公追了我几里地，没办法我就告诉他了。想是他没听清楚，只听到了个琼字，不知这琼五他是怎么想出来的。"

"我说你在潞州怎么穷成那样了，原来你叫琼五啊！"

众人一听，都笑成了一团，秦琼也笑了起来。几个人正在说笑，这工匠里边就有有心的把他们的话悄悄地告诉了在这里监工的郡马柴绍。柴绍一听，连忙整理好衣服来到了报恩祠，向秦琼他们一抱拳说："请问哪位是救我岳父一家的恩公？"

王伯当一指秦琼说："这位便是，姓秦名琼，不叫琼五。黄骠马和金装锏都在寺外，你们若不信可去验看！"

柴绍随着四人来到了寺外，一看马上的双锏，趴在地上对秦琼就是一阵拜："恩公在上，受柴绍一拜！"秦琼忙上前扶了起来说："郡马不必如此，秦琼只是路见不平而已，受不起郡马如此大礼！若郡马想谢我秦琼，不如帮个忙把报恩祠拆了吧！"齐国远、李如珪和王伯当又在那儿笑成了一团。

"为什么呢？这是岳父的主意，不好吗？"

"拆了吧，就当帮忙。你们修了这报恩祠，但你们不知道啊，就那一年我受了多少苦！"

"好吧，既然恩公让拆，那就拆！"

柴绍说完就命人收拾僧房，安置妥当后又吩咐摆酒为秦琼他们接风，而后连夜修书报知唐公！

高兴的日子总是过得很快，有了柴绍以后，秦琼他们的日程每天都被安排得满满当当。不是游山玩水就是在一起喝酒，很快一个月就过去了，马上就是越王杨素的生辰。秦琼就向柴绍辞行，柴绍因秦琼办的是公务，也不好阻拦。但此时唐公的回书还没来，心想：秦琼进了长安送完寿礼是决不会再回来的，若是岳父有回书来请，而秦琼又走了，怎么办呢？不如陪他们一起去长安看灯，自己也好好玩玩！他心里想好后就向秦琼提了出来，秦琼一听很是高兴，满口答应。于是加上柴绍七个人，骑马离了永福寺奔长安而去。

到长安后找了家客栈住下，送完了杨素的寿礼，到了正月十五晚上七人就出了客栈到街上一起去看花灯。这天的长安城是真热闹啊，到街上以后几个人就分不清方向了，幸亏还有柴绍领着他们随着人流在街上走。这长安的灯会果然是名不虚传，几人饶有兴趣地看着漂亮的花灯，齐国远还猜了几个灯谜。秦琼原来以为这齐国远就是一个粗人，却不想对灯谜齐国远却知道很多。灯谜他猜一个对一个，众人都很佩服。原来这齐国远是扎彩匠出身，也就是糊灯笼啊、花圈啊、纸人的，所以从小接触这个，对很多灯谜都很熟悉。

走着走着，七个人就来到了宇文述的宰相府门口。不愧是宰相府，这灯做得格外漂亮，府门口围着很多人，好不热闹。等秦琼他们走近看的时候，就发现在府门口席地坐着一个老妇人在啼哭。秦琼就觉得奇怪，过去问老妇人："老婆婆，你哭什么？"

京城长安有看灯的习惯，在正月十五，几乎所有的人都要到街上去看灯。这老太太就带着她年方十八的女儿，小名婉儿，也出来看灯。这婉儿生得漂亮，腰似杨柳，面若桃花。不料被宇文述的儿子宇文惠及看中，便上前调戏，见无人去管，就直接抢到府里去了。老太太便在府门口哭着喊着要要回自己的女儿，但宇文家势力太大，没人理会，便只能坐在那里哭。

秦琼他们一听气不打一处来，说："岂有此理，那宇文惠及确实抢了你的女儿？"

"是啊，不然我在这里哭什么！"

这时，旁边有人说话了："这事管不了，这宇文惠及最是可恶。以前也有人被抓到府里的，过几日进府去要人还有可能要回来，顺便赏你几两银子。也有冲进去就要的，便被打死，丢在墙边，没人管得了他！"

"是啊，你们几位看起来也不是本地人，这事还是不要管了，回去看灯吧！"

柴绍就有带着大家走的意思，毕竟他是官场中的，知道宇文述的势力，怕有麻烦。这时这老太太忽然上前一步跪倒在秦琼的面前，哭着说："请几位好心人救救我的女儿吧，求求你们了！"秦琼看着眼前的老太太，忙把她扶了起来。齐国远这时说话了："老婆婆，放心吧，这事就包在我们身上了！"

秦琼一看没办法就说："是啊，天子脚下，发生这种事，我就不信没人管得了他。"

说完，几个人来到一处僻静处翻墙进到了宰相府。里面挺大，但家丁很少，大概都去看灯了吧。但这么大的地方，婉儿被带到哪儿了呢？还是柴绍聪明，关婉儿的地方一定有哭声！几个人好不容易才找到有哭声的地方，解决了守卫进屋一看，不止婉儿一个，好几个呢！这宇文惠及就是个畜生！秦琼他们顾不得生气，带着几个姑娘就走了出来。刚出了那屋的门，迎面就见宇文惠及又抓了一个来了。看他的架势对今天的收获很满意，喜滋滋地走了过来一眼就看见了从屋里出来的秦琼他们。宇文惠及吓了一跳，往后一躲，就喊："抓住他们，别让他们跑了！"众家丁就都冲了上去，但哪里是秦琼他们的对手。哥几个都亮出了兵器，没几下上去的几个家丁都应声倒地。婉儿一指来人叫出了声："宇文惠及！"此时的秦琼眼里都开始喷火，一个箭步蹿到了他面前。宇文惠及躲也没处躲，从地上捡了一把刀就朝秦琼砍去。秦琼拿左手锏一拨，右手锏朝宇文惠及的脑袋上用力一扫。宇文惠及哪经得起这个，整个脑袋被扫掉了一半，命丧当场。家丁们一看宇文惠及死了，都喊了起来："少爷被人打死了，快来人啊！"齐国远和李如珪一看心里那个痛快，一不做二不休，拿着家丁丢下的火把就把宇文述的宰相府给点着了。秦琼看事闹大了，领着众人就跑。相对于那些家丁的武艺来说，这几位无人能挡，加上府里又着了火，一个个全拿着水桶在那里救火。等他们明白过来的时候，秦琼已经带着众人出了宰相府。

出了宰相府后，几个人赶紧到客栈拿了行李物品，纵马向明德门逃去。见城门未关，便夺门而出，冲出了长安城！他们出来没一会，城门就关上了。原来宇文述的命令已经到了：关闭城门缉拿凶手。几个人都舒了一口气，到了永福寺别了柴绍，到了少华山又别了王伯当和齐、李二人，约定九月二十三秦母六十寿诞再相聚。秦琼和两个军士到齐州不提。

再来说宇文述，见自己儿子被杀，恨得不得了，叫来相府的画师，画了图形，差人去缉拿。当听到这伙歹人有一个拿着双锏时，宇文述想起一个人来，楂树岗救走李渊的也是个使双锏的。莫不是李渊着此人来报仇？

宇文化及一听是李渊："这还用问，明日我就去找李渊报仇！"

宇文述的儿子中有一位是明理的叫宇文士及，他说："大哥，这天下面庞相似的人多了，使双锏的也多了。若是他派来报仇的，为什么要等到今天？如今这凶手还未曾找到，没有什么证据我们不能胡来！"

宇文述一听，也觉得有理，只得先在全国押下重金缉拿凶手。

第五章　常叶林劫皇纲

DIWUZHANG CHANGYELIN JIEHUANGGANG

　　再来说说杨广，他谋了哥哥杨勇的东宫之位以后不久，最疼他的独孤皇后因病去世。隋文帝也因为没有了独孤皇后的约束，钟情于后宫，精力耗尽，身体一日不如一日。杨广觉得自己登基当皇帝的时间不远了，所以除了在父亲面前还装成一副勤政节俭的样子，到了宫外便把往日的性情都露了出来，该吃吃，该玩玩。而杨广最好的是女色，自己又正值壮年，便不加节制地过着荒淫无度的生活。一段时间以后，令杨广自己都感到奇怪的是，他见到如何绝色的女子都没有了兴趣。仔细一想，杨广觉得是他喜欢上了一个女人，此女入则风华绝代，出则倾国倾城！杨广对她可以说是朝思暮想，夜不能寐。而让他无奈的是这个女人是他父亲嫔妃中的一个，名唤宣华夫人。每天他都借看望父皇到宫中去看她，每次回来，杨广都要大发雷霆，欲罢不能。

　　有一次，杨广又到宫中去问疾，此时恰好看到只有宣华夫人一人，心中暗想：机会来了！便尾随至无人处。宣华夫人一转头正好看见后面的太子，便问："太子怎么到这里来了？"

　　杨广色眯眯地看着宣华夫人，说："随便走走！"

　　宣华夫人一看杨广这种表情就想走，却被杨广一把拉住按在了墙上。杨广说："夫人，我终日与你在病榻前相对，虽对你有意，却如隔了万水千山。今日有幸，希望赐我片刻之欢，慰我平生所愿！"说完杨广就开始在夫人身上乱摸了起来，宣华夫人赶忙用手抓住了杨广的双手，说："太子，我已托体圣上，岂可如此！"

"夫人如何这般认真，人生行乐罢了，你就从了我吧！"杨广说完又凑上前去要亲，宣华夫人赶紧躲了过去，怒道："这断然不可！"

"识时务者为俊杰。父王时日不多，我才是未来的君主，迟早你们都是我的，莫荒废了大好时光……"

宣华夫人正在不可解脱之时，却听宫中忽然传来一声："圣上宣华夫人觐见！"

杨广一听吓得忙起身整理衣冠，知道自己犯了错，上前就给宣华夫人跪了下来，说："求夫人不要告诉父皇！"

宣华夫人只是在那里哭，杨广没有办法，只得迅速起身离去。

宣华夫人稍微调整了一下气息，整了一下妆容，便入宫去了。到隋文帝跟前，本也无事，但由于走得急，一支金钗掉了下来，正好落在一个盆子上，"当"的一声。隋文帝睁眼一看，见宣华夫人站在床前，头发凌乱，有慌张的模样，于是问："你怎么这等模样？"

宣华夫人一听着了忙，不知如何作答："没……没什么！"

"说，不说杀了你！"

宣华夫人无奈，只得跪下哭着说："太子无礼，调戏奴家，还……对我动手动脚！"

隋文帝一听这话，非常生气，怒火中烧道："快宣柳述、元岩！"

此时的太子杨广却没有走远，一听要宣柳述和元岩，知道大事不好，急忙去找杨素、张衡和宇文述商量。宇文述和张衡听完杨广的讲述，说："柳述和元岩是皇上依仗的重臣，此时皇上召他俩进宫，是要废了太子你啊！"

"这我知道，事已至此，找你们不就是想想怎么办嘛！"

张衡说："如今只有一条路，不是太子，就是圣上！"

杨广看了看宇文述和杨素，几个人在一起定下了计策。

宇文述带人在路上将柳述和元岩拦了下来，押在大理寺囚禁了起来！张衡带人进了皇宫将守卫更换，又带着人来到了内宫，解散了内监和宫女。此时宫中就只剩下了文帝、宣华夫人和蔡夫人三个人了。张衡又带人闯到了文帝床前，文帝对这个是太熟悉了，叹了口气，闭上了眼睛。只听张衡说："两位夫人也请回避一下吧！"

宣华夫人和蔡夫人一看这情形，哪见过这个，吓得也不情愿地退了下去。她们走后一个时辰，张衡就宣布："皇帝宾天，快快通知太子！"

于是有人通知了太子杨广，杨广和杨素一听这个消息，知道大事已成。杨广令宇文述领左钦卫大将军，负责京城防务，宇文士及统领京都省各门。别的事不管有多大这位爷都放了下来，当晚就留宿在宣华夫人宫中。而这位宣华夫人却是一位烈女，没多久便郁郁而终，于是杨广便留下了一个弑父杀兄欺娘的恶名。其实现在说来哪个皇帝的手上没有沾血啊，哪个皇帝不是妻妾成群啊。杨广错了，他错在性子太急，把他病危的老父亲杀了；他还错在太急，急着在杀了他老父亲当晚就和宣华夫人睡在了一起，招致恶名在外。不光那些忠义之士唾骂，就是他身边的近臣都唏嘘不已！

杨广初登大宝，锋芒毕露，他随即着手做了四件事：

第一件，由于杨广对洛阳情有独钟，便宣布洛阳为大隋的第二个都城，而洛阳当时无论经济、人口都和长安相差甚远。为了如愿，杨广首先在外地移了十万人口到洛阳，然后又大兴土木，在洛阳大规模修建宫殿、园林。不到两年的时间，洛阳便车水马龙，一派热闹的景象，更名东都！

第二件，开凿运河。在杨广的设计下，四条人工开凿的运河连通了国内的各大水系（长江、黄河、海河等水系），而且，在长安和洛阳之间也有了水路可以通行！

第三件，皇帝四处巡游，杨广认为以前的皇帝之所以很难了解民生疾苦，是因为他们整天生活在皇城里面。他上台以后，不辞辛劳地四下东都，利用开凿的运河，水路旱路都走，在各地巡游，遍访民情！

第四件，三次远征高丽（朝鲜半岛），而且有两次还是亲征，使高丽臣服于大隋。

这几件事其他的皇帝也都想做，可就是想想，为什么？劳民伤财！而我们这位主，却要在几年时间之内就干完这些事，最后导致民怨四起。不但老百姓受不了，就是那些富人和官员也一个个都受不了了，所以全国范围内怨声载道，各地方的豪杰纷纷揭竿而起，造反的人越来越多。因为要修运河，所以山东齐州筹措的六千两解银要运往京城，许多英雄都看在了眼里！

程咬金，又名程阿丑、程一郎、程知节，从小与母亲相依为命。八岁的时候程咬金得了一场怪病，发烧、头晕、咳嗽，各种症状。为了给他看病，他母亲花光了家里的所有积蓄，其实他们也没什么积蓄，平时靠他母亲编耙子过活，挣不来几个钱。可程咬金一点好的迹象也没有，母亲都绝望了，眼泪整天就没有干的时候。有一天，村里来了一个卖药的江湖郎中，拿他的药在村口叫卖。程母也是当最后一根稻草了，拿着手里唯一的一点钱，给程咬金买了一丸。没想到的是这药别的人买回去吃了都没什么反应，就这程咬金，吃下去后烧竟然退了，而且昏迷了几天的程咬金竟然又醒了过来。不但这样，他还吃了很多东西，他母亲把全村能借来的东西都给程咬金吃了，程咬金吃完还是喊饿。这药是好，但副作用也厉害。他身上开始分泌一种黄色的粉末，并开始出疹子，头发也变成了红色。但即使这样程咬金的病却慢慢地好了起来，烧退了，到后来身上的黄色的粉末也没有了，身上的疹子也退了。但脸上的疹子却怎么也退不下去，而且随着年龄的增长，疹子也在长，使他的脸看上去满脸横肉而且凹凸不平。

不止这样，从那以后程咬金明显感觉迟钝，棍子打在他身上是一点也不疼，就是针扎也不疼。饭量更是大，咬金妈就不知道儿子什么时候吃饱过，她编耙子的那几个钱根本不够程咬金吃的。为了贴补家用，准确地说是为了让他自己吃饱，程咬金有时候就到山上去砍柴。有一天提了一只野兔回来了，后来也陆陆续续地提回来野猪、鹿什么的，更厉害的是有一次竟然让他背回来一只花豹。这程咬金一下就成名人了，十二三岁的年纪，没被花豹吃了，竟打死背了回来着实不易！村子里的人也时常分一点鹿肉啊什么的尝尝鲜。人家也不白拿，就拿粮食和咬金妈换，所以，程咬金总体来说吃得还算可以。

可随着程咬金一天天地长大，这天天砍柴太辛苦了，收入也不多，他就有点不想干了！有一天，程咬金被他妈催着又上山去砍柴，在回来的路上忽然看见一队人马挑着东西从身边经过。而他呢，背上正背着一只刚打来的鹿，这些挑担子的一看，说："不错啊，正好烤鹿肉吃！"于是他们叫住了程咬金："哎，砍柴的！"

"干什么？"

"过来，过来！哪儿来的鹿？"

"自己打的！"

"卖吗?"

"卖,为什么不卖!"

"换吗? 我们这里有盐,和你换!"

"盐,你们给多少?"

"一担?"那人一看程咬金年轻就说。

"不行,不行!"程咬金那是精明人。

那些人也确实想吃鹿肉,野味嘛,难得!

"两担怎么样?"

"不行!"程咬金还想试试水深。

众人一听还不行,都"啊"了一声!

"兄弟,我这两担盐到市场上那是两头牛的价啊。知足吧,离了这个村可就没那个店了!"

"啊,两头牛!"程咬金心想,"那不错啊!"

"好吧,那换了!"

"柴我们也换。"

"那得另加钱!"

"嘿,这小子,给,二两银子!"

程咬金于是挑着两挑子盐,拿着二两银子就来到了市场。一打听市场上盐的价格确实不低,于是自己低了几钱就在那儿卖。由于价钱低,没一会就卖完了。他一数,还真能买两头牛,真是好啊! 也没想什么,转头他就去找那几个卖私盐地去了。幸好还在,程咬金上前赔着笑说:"小哥!"

"嗯,你小子,什么事啊?"

"你这盐哪儿卖? 我再买点。"

"呵呵,知道这东西好了?"

"嗯,卖得真好,一会儿就卖完了。"

"以后想做这生意吗?"

"想。"

那些人一看他满脸横肉,是个恶人,觉得有点意思,相互看了看。

"每个月我们都有一趟从这里经过,你准备好鹿肉等我们吧!"

程咬金一听满口答应："好好好!"

其实众盐贩也是想吃他的鹿肉，那味道真叫一个鲜!

回到斑鸠店，程咬金就到馆子里大吃了一顿，而且生平第一次要了一壶酒。酒足饭饱后他又给老娘带了点吃的就回家了。回家后，程咬金把吃的和钱都交给了老娘，咬金妈一看说："这么多，不是抢的吧?"

"娘，这话说的!"

听程咬金这么一说，咬金妈还是有点不相信，奇怪地拿眼看着程咬金。

"妈，放心收着吧，这钱不是抢来的，也不是偷来的!"

咬金妈只好收着，但还是有点不放心。

一来二去，程咬金可就和这群卖私盐的贩子打得火热了，经常在市场上卖私盐。可在那时候，盐是不能私卖的，可程咬金不知道啊，还在那儿卖。下馆子，喝酒，日子过得很滋润，几个月后，程咬金被抓了。

这可把咬金妈给吓坏了，她说："我就说儿子这钱来路不正，都怪我啊，怎么没问仔细了就收下了呢! 这可怎么办呢?"

一打听，敢情程咬金在卖私盐，那可是大罪啊。咬金妈赶紧把家底都拿了出来，邻居们都出主意，找熟人。咬金妈把儿子给她的钱花进去不说，还把自己这几年积蓄也花了个一干二净。最后没办法了，还是听不到儿子的消息，咬金妈眼泪都快哭干了!

那程咬金呢? 这位爷贩私盐被抓，也是第一次进县衙，不但不害怕还有点新鲜。他瞧瞧这儿看看那儿，还心想：原来这县衙是这样的!

衙役一看这位，人家好像不是被抓进来的，像是被请进来的，自己在那儿还挺高兴! 衙役就把锁链一拉，喝道："看什么看? 有你哭的时候，快走!"

后面的又上去推了一把，可程咬金那身板推不动啊，跟推墙上一样。十几岁的年纪，二百多斤肉，整天砍柴，身体结实得像小山一样。

公差见推也推不动，拉也拉不动，上去就是一脚，程咬金回头看了公差一眼，说："您受累!"

众人一听都笑了起来，这是一个什么人啊! 都摇了摇头。

没一会程咬金就来到了公堂之上，一看，嘿，挺有意思，众公差齐喊：

"威！武！"还一边敲水火棍。

放别人，就这阵势那就得吓得两腿发软了。可程咬金没有，好奇地看着大家，后面两个衙役大声呵斥道："跪下！"

程咬金也听话，跪了下来。

"堂下所跪何人？"

"程咬金。"

"你知罪吗？"

"小人不知！"

"你不知罪，那你知道你所卖的是何物？"

"盐。"

"盐是你随便卖的吗？"

"不能卖啊？为什么不让卖？"

"我大隋律令这盐私人是不能卖的，轻者要罚款充公，重的是要坐牢的，你知道吗？"

"是吗！那我是重还是轻啊？"

县官一听，心想：嘿，这小子有点意思！他就又饶有兴趣地问："你是从什么时候开始卖的？"

"去年十一月！"

"卖了有多久了？"

"每月两担，已经卖了四个月了！"

那就是非常多了，常人只要抓住没人会承认这么多的。也就是程咬金，他不知从哪儿听说在公堂上说实话可以从轻发落。

"呵呵，那是什么人卖给你的？"

"不知道。我只知道每月月初，他们都会挑着盐经过，我拿鹿肉和他们换。"

"哦，那你哪儿来的鹿肉？"

"我自己打的。"

"那你家中还有什么人？"

"家中只有老母亲！"

"好，来人，将程咬金先押在牢里，等月初抓住其他盐贩一同治罪！"

衙役们也没有想到程咬金这么老实，一问全说了，本来还想打几下出出气，一听老爷让押在牢里，拉着程咬金就奔大牢而去！而且大家还觉得今天这案子审得很有意思，很高兴！

在牢里程咬金一关就是一个多月。这一个月可把程咬金饿坏了，起初牢里的那几位还想让程咬金吃点苦头，欺负一下新来的。可后来，牢里的那几个人连饭都让程咬金抢着吃了。投诉到牢头那儿，牢头抓过程咬金就打。可程咬金皮糙肉厚，疼痛反应又迟钝，就把牢头打累了可程爷那儿还咧着嘴笑呢。人家母亲又上下使钱了，不好打得太厉害，所以那真是没有办法，就把程咬金关进了一个单间。程咬金眼睛都饿绿了，二百多斤的人，一个月下来饿下去五十多斤。后来咬金妈也没钱了，县衙的人拦住了那群卖私盐的还办不了，加上程咬金在牢里闹得慌，所以一个月以后，就把程咬金给放了。

回到家里，程咬金的衣服早已破得不成样子，加上人又瘦了，胡子又没有刮，整个看上去就是一个乞丐，他妈一下都认不出来。咬金妈也不成样子了，两眼都深陷了下去，面色蜡黄，两眼无神，在那儿编耙子呢！

程咬金当时只有十七岁啊，就看着母亲叫了一声："妈！"

咬金妈一听是程咬金，认真地把头发拨开一看，真是程咬金，就抱在那儿哭成了一团。

这次坐牢的经历，让程咬金变了很多，在牢里他学到了平时社会当中学不到的东西：

一、做人不能太老实，公堂上更不能什么实话都说。

二、生活中可以犯错，甚至可以犯罪。

三、人不犯我，我不犯人；人若犯我，我必犯人！

四、该吃吃，该喝喝，人生苦短。

从这以后，程咬金除了贩私盐，还打架、吃霸王餐，在斑鸠店人送外号"程老虎"！因为为人仗义，好打抱不平，所以也为自己惹了不少事，衙门不知进了多少次，牢头和他都熟了！里面犯人都怕他，所以也无所谓进去不进去。但这可苦了咬金妈了，编耙子的那几个钱根本不够程咬金赔的。到后来咬金妈也不管了。杨广登基的那年程咬金24岁，整个一年程咬金都是在牢里度过的。牢头都毛了，在县官面前多次诉苦，这程咬金在牢里不光抢别人的吃的，还经常打架，有什么好吃的、好用的都被他拿走了，没牢头什么事！所以想能不能让程咬金出去，千古奇事啊！可也巧，杨广登基以后大赦天下，程爷真的出狱了！

程咬金也是一阵迷糊，怎么就出来了呢？真不知道去哪，在街上漫无目的地走着，后来想到是不是回家看看，才想起自己还有个老娘在家呢！

回到家里一看，惨啊，家里什么东西都没有了。老娘一个人在墙角编耙子，边编边在那儿抹泪，头发多半都白了。程爷呢？一件囚衣，蓬头垢面，这一幕对程咬金触动很大。母亲真的老了，需要别人好好照顾了，而自己竟是这样的浑，这样的不懂事，整天在外面惹是生非。在抱着母亲的那一瞬间，程咬金发誓以后一定好好照顾母亲，不让母亲失望，一点点的伤心也是不可原谅的！

那天以后，这程咬金果然变了，不再和别人打架，又干起了砍柴的老本行。顺便也打一些野味，日子很快好了起来，但时间久了，这样平淡的日子就让他透不过气来了。砍柴的时候，自己会不禁在树林里发泄一阵，想自己一身本事，可只能在这里砍柴为生，英雄无用武之地。他越想越生气，越想越郁闷，在树林里将一把斧子舞得虎虎生风。斧子也好像越来越听他的话，像长在他身上一样，随着时间的增加，那一片树林都被程咬金扫平了。人们都看得出来，程咬金的本事见长了，加上他一脸凶相，"程老虎"的名气不胫而走，可就传到了另一位豪杰的耳朵里了。

兖州东阿县武南庄有一个豪杰，姓尤名通字俊达，在绿林中行走多年，家境富有，平时人称尤员外。年龄三十出头，暗地里干的都是劫富济贫的买卖。偶然的机会，尤俊达就听说青州有六千两银子上京，兖州乃必经之地。尤俊达心中一喜，说："这就是给我尤俊达送来的，好啊，爷收下了！"

尤俊达打听好了银子到兖州的时日，又打听好了由什么人押运，人马多少。这一打听不要紧，押运的人马可真不少，足足三百军丁。但转念一想，就是来再多的人也得劫啊，那可是六千两解银啊，够我尤俊达庄上受用一世的富贵。不能让他从我眼皮底下过去，要那样，我就不叫尤俊达！

尤俊达于是开始着手准备，把人马都召集了起来，尽全力干这一票。等人马聚集齐了，尤俊达一看：一百多人，虽然人很多，但还是心里没底。为什么？不够强悍！这次负责押运的可是军队，要干这票买卖，必须得找个能人！尤俊达就与众兄弟们商量，问他们在这附近可有埋名的好汉？打听来打听去，可就听说在斑鸠店有个程老虎，使一把大斧子，十二岁的时候就单人打死一只花豹。他力气大，脾气直，是一条难得的好汉！

听到这，尤员外可就上了心了，专程走了趟斑鸠店去找这个程老虎。说来也巧，尤俊达来到斑鸠店，时间已经到了中午，就来到一家小店准备吃点东西后再慢慢去找。进去后刚点好吃的，只见这时店里进来一位，五大三粗，身高一米八还多，虎背熊腰，满脸横肉，一头卷发略微带点红色。

尤俊达一看，心想：好相貌啊！活脱脱一个混世魔王，不干强盗浪费了！他心里就不打一处地喜欢。但尤俊达也不作声，观察这人还要做什么。

只听那人来到店中坐下，向小二喊了一声："小二，炒个菜再来几碗白饭！"

小二听到后远远地笑着答话："程爷，再不要点别的了？"

"今天就这吧，耙子还没卖出去几张呢！"

"好嘞，您稍候！"

尤俊达一听小二叫他程爷，心想莫非他就是程老虎，于是起身来到了程爷那桌。程咬金一看过来一个人，不认识也没在意，继续在那儿等他的饭菜。

"请问好汉高姓大名？"

程咬金一听，拿手指了指自己，说："问我？"

"不知方便说吗？"

"这有什么，我姓程，叫程咬金！"

尤俊达一听叫程咬金，不叫程老虎，心里就有点失落，"哦"了一声，就想回去。可他觉得这么做有点不好，就又压了压情绪，和程咬金闲聊了起来："那你们这有一个叫程老虎的你认识吗？"

程咬金拿眼看了看尤俊达，心想这人我不认识啊？便问："你找他干吗？"

"就是打听一下，交个朋友！"

"噢，这样，我就是程老虎。不过那是别人瞎叫的，你要和我交朋友啊？"

尤俊达一听，这么容易就找到了，活该这趟买卖就是我的！

"小二！"

店小二一听有人叫，忙跑了过来。

"再给我们加几个菜，有什么好菜尽管上，烫一壶好酒，我要和程爷好好喝几杯！"

小二一听，也是高兴啊，连连应道："好嘞，客爷，您等着！"便高高兴兴地下去准备了。

程咬金一看，这是为什么呢？他看着尤俊达。尤员外一看程咬金看着自己，笑着说："没别的意思，就是听说程大哥为人豪爽，武艺高强，想交程大哥这个朋友。不害你，也不坑你，请放心！"

一听来人叫自己"程大哥"，程咬金就想：不管他，先看看再说！他一边想，一边一口一口喝着小二给他倒的茶。那程爷也是能沉住气的人，耐着性子在那儿等。不一会儿，菜上齐了，酒也温好了。上品"女儿红"，悠悠的酒香散发了出来。

尤俊达也偷眼看了看程咬金，看他还在那儿绷着。尤俊达一边给他把酒满上，一边笑着先举起酒杯，说："来，程大哥，我敬你一杯！"

程咬金一闻到酒香，那也是坐不住的主，举起酒杯回敬了一下就一饮而尽。连喝了三杯后，这气氛就和前面大不一样了，两个人是有说有笑地聊开了。程咬金了解到，原来此人名叫尤俊达，是武南庄的，家里做绸缎生意的。

今天程爷这酒喝得高兴，要不这点事怎么能成呢？一顿酒喝完，程咬金和尤俊达已经成了比亲兄弟还亲的朋友了。原来尤员外是想找一个异姓兄弟，怎么找上自己了呢？会武功，有本事，而且通过今天这酒，两人还甚是投缘，合得来。两人是越喝越高兴，越说越投缘，当即就在小店买了点黄纸当场结拜为异姓兄弟。拜完以后，尤俊达就说："既然现在我们已是兄弟，就请到我家中一聚，再小住几日，让为兄的表表心意！"

"哟，我家中还有老母亲没吃呢，怎么把这事给忘了？不行，我得回家一趟！"

"那我也一起去看看伯母吧！"

"还是不去了，改日吧，我回去了。"

程咬金是不想让尤俊达看到自己家徒四壁，毕竟刚认识不久，有些事还是不知道的好！

尤俊达也没勉强，从口袋里拿出十两银子放在了程咬金的手上，说："贤弟，这十两银子是我孝敬老人家的，请贤弟务必收下！"程咬金也是一脸的不好意思，但也磨不开情面，就收了起来，一抱拳出了小店！

程爷这一顿是酒足饭饱，一路上哼着小曲回到了家中，一推门走了进去一看，发现母亲在那儿生气呢！

"妈，我回来了！"

"还知道有个妈啊，家里在等你的钱开饭呢！你倒好，还喝上了，你没妈，早饿死了！"

"妈，你别生气了，我给你带来了这个！"

程咬金边说边摸口袋里的银子，摸了半天那银子却不见了，再一摸口袋上有个洞！

咬金妈一看儿子这表情，说："得，是不是银子丢了啊？"

"妈，真丢了。"

"是不是还挺多啊？"

"对对对，十两银子！"

于是程咬金又把如何和尤俊达相识、结拜，以及给他十两银子的事告诉了母亲。咬金妈听完后说："你再编，世上会有这好事？"

"真的，我不骗你！"

"我还是看看邻居阿婶家有吃的没有，先借点吧！败家玩意儿！"

一看母亲生气了，程咬金这酒也醒了。"真的，妈我不骗你。不信我们去武南庄，问问尤员外！"

咬金妈一看今天程咬金是想一条道走到黑，心里那个气！

"好，走，走，我们去武南庄！"

那意思就是：好，我陪你，看看你骗我骗到什么时候！咬金妈扫了扫身上的尘土和杂物，拉着程咬金就出了门。一路上咬金妈也不说话，程咬金也不知道如何开口，时间不长两人就来到了武南庄。

一看武南庄是一座大宅子，青砖砌的院墙就有好几百米，朱红色的大门，门首挂着一块大匾，上写"武南庄"三个大字。光门环就有碗口那么大，门前一对石狮子，上马石左右各一个，一排翠柏顺着院墙排开，好气派的一座宅院！

咬金妈看了一眼程咬金，程咬金自己都觉得有点心虚，心想：不会真是骗我的吧，这样一户人家会看上我！

但既然来到门口了，程咬金也只有硬着头皮上前去敲门了。不一会儿门开了，出来一个五十多岁的老者，看了看程咬金，问："请问你找谁？"

"尤通，尤员外是住在这里吗？"

"是啊！"

"我是他朋友，名叫程咬金，来找他有点事！"程咬金都没好意思说是人家兄弟，怕被笑掉大牙！

"您叫什么？"

"程咬金。"

"哦，原来是程爷，快请进！"

一听这，程咬金是真没想到，竟然真让进去，而咬金妈下巴都掉到地上了，还"程爷"！她拿眼看了看程咬金，程咬金也看了看他娘，迈步就要走进武南庄。刚踏进院门的时候，突然就刮来了一阵北风，程咬金下意识地用手一挡。这风还真凉，吹得他打了个冷战，身上吹起了一身的鸡皮疙瘩。风过去以后，程咬金又拿眼往里看了看，壮了壮胆，迈步走了进去。进去一看，这武南庄真大啊，要不是家丁带路，他们还真不知道往哪儿走！

家丁把娘俩带到客厅，让他们坐下后就去请尤员外了。怎么回事呢？原来，程咬金走了以后，尤俊达就回到了武南庄。进庄后就吩咐家人，最近可能有个叫程咬金的黑脸大汉会来找我，一定要热情接待，让家丁们记住一定要热情，嘱咐了三遍！但让尤俊达没有想到的是程咬金来得这么快。一听是程咬金来了，尤俊达换了件衣服就来到了客厅，看到程咬金远远地一抱拳，说："贤弟真是痛快人，早说一声，为兄的去门口迎你！"

程咬金也是一抱拳，说："不劳大哥费心，我有腿自己就进来了！"

两人又笑到了一起，尤俊达一指旁边的程母，冲着程咬金问："这位是？"

"哦，我妈！她不相信我交了这么好一个大哥，所以我领她来看看！"

尤俊达一听是程咬金的母亲，几步来到跟前，一扶前襟跪了下来。咬金妈赶紧去扶，可是尤俊达三个头已经磕到了地上。咬金妈哪儿受过这样的礼遇，上前把尤俊达扶了起来，嘴里说着："礼重了，礼重了！"

尤俊达说："哪里，咬金的妈就是我尤俊达的妈。母亲在上，做儿子的岂有不拜之理！"还让自己的母亲、妻子、孩子都出来和程咬金他们娘俩见面。之后又替他们换了套衣服，傍晚摆上酒席招待了程咬金母子！

第二天，在尤俊达的安排下咬金娘俩搬进了武南庄。两人以兄弟相称，形影不离。在相处的过程中，尤俊达是越来越喜欢程咬金了，为人豪爽，脾气直。尤其是他那把大斧子，整个武南庄没有一个人是他的对手，甚至都没人能接得了他的三斧子，太传奇了。程爷还会骑马，太喜欢了，这就叫天意啊！

在一次喝醉酒的时候，尤俊达就和程咬金提了这六千两解银的事。程咬金一听，便问："你的意思是让我帮你把它劫下来？"

"正是！"

"嗨，我还以为你要我干什么呢，男人就应该干这样的大事。"尤俊达一听，呵呵，太好了！而且尤俊达觉得，好像不是程咬金在帮自己，而是尤俊达帮他找到了一个机会，一个可以使自己实现人生价值的机会。这使尤俊达对眼前这位开始另眼相看了，此人志向绝对不小！

转眼间，这解银就来到了兖州的地界，押解解银的是卢芳和薛亮，杨林的大太保和二太保！

杨林，靠山王，隋文帝杨坚的弟弟，大隋的元老之一。大隋朝的半壁江山都是这位打下来的，使一对裘龙棒，自诩打遍天下无敌手。可惜的是一生膝下无子，在战场上收得十二个义子，都是能征惯战的将军。加上杨林的悉心调教，这十二个人都是文可治国，武可安天下的人物，人称十二家太保。

作者按：野史上相传秦琼是杨林的第十三个太保，而且是杨林最器重的一个，想传衣钵给他。但事与愿违，秦琼的父亲秦彝正是被杨林在战场上所杀，所以秦琼弃杨林而去，但深厚的父子情为世人津津乐道。分析来看，杨林的生活和秦琼根本不可能有交集，这一切不过是杜撰出来的而已。

据说秦琼为了给尤俊达和程咬金顶罪，染面涂须诈登州，称自己就是程达、尤金，被杨林所擒。后在刑场由于染料被汗水所洗，被杨林看到，杨林一问才知道了事情的原委。老杨林感动得一塌糊涂，于是将秦琼收为十三太保。老杨林倍加爱惜，把毕生所学都传授给了他，后来又送了一件盔甲，唤作"雁翎甲"，正是秦琼父亲秦彝的遗物。后来秦琼得知来历，自己的父亲秦彝正是杨林所杀。秦琼举刀想杀了杨林但又下不去手，留下一封书信便离开杨林回到了山东。

故事虽极富传奇色彩，但其中太多情节过于牵强，比如染面涂须诈登州，太过义气，好像办法又有点傻，是个成年人都不会用。因为即使你承认银子是你劫的，但银子你是一两也拿不出来，说服力不够，可能还是白白搭上一条性命！再比如雁翎甲，父亲的遗物回到儿子的手里，还是凶手亲手送上。杨林又不傻，起码看到雁翎甲，再加上秦琼姓秦，使的又是金装锏，应该能想起点什么！所以还是选用更现实、更有说服力的杨林和秦琼在瓦岗是第一次见，他们之间没有任何瓜葛这一情节。

这次杨林派他的大太保和二太保押解这趟解银，足见老爷子对这六千两银子非常重视，为了确保万无一失，又带了三百亲兵。所以这卢芳和薛亮带着六千两银子，后面跟着三百精兵浩浩荡荡地就来到了长叶林小孤山。卢芳和薛亮在来的路上也听说了，这常叶林小孤山经常有强盗出没，所以两人带着十二分的小心边观察边往前行。忽然，当啷啷一阵锣响，从两边杀出一队人马，大约百来十号人，这一看就是响马。为什么啊？他们手里拿着各式各样的兵器，衣服五颜六色的，为首的是一个黑大个——不错，来人正是程咬金！

卢芳和薛亮也是一惊，果然有强盗，告诉大家不要慌，凭借多年的作战经验，二人就没有把这百十来人放在眼里。不过看看前面站的程咬金，够凶，够分量！

只见程爷催马上前，用斧子一指他们：

"此山是我开，此树是我栽，要想过此路，留下买路财，不然大爷我管杀不管埋！"尤俊达在后面一看程咬金这架势，一听他说这几句话那语气，心里就想：没办法，人家生来就是干这个的！尤其最后一句，尤俊达听着都提气！

　　卢芳、薛亮也没露怯，用手中枪一指程咬金，说："贼响马，少废话，先让你知道爷爷是谁！"

　　程咬金又拿眼看了看卢芳，说："好，你说，我不杀无名鼠辈！"

　　"我乃大隋靠山王杨林的大太保卢芳，识相的快滚开，不然让你做我的枪下之鬼！"

　　"哦，久仰！说完了，让你也认识一下爷爷手里的这把斧子！"

　　说着程咬金举着斧子催马就冲了上去，卢芳也不含糊，催马提枪迎了上去。第一回合，程咬金迎面就是一斧子，卢芳横枪一挡，就见枪杆上都冒火星了。卢芳提着一口气勉强架了过去，但虎口隐隐作痛。二马一错蹬，不等卢芳有机会喘息，程咬金回身一拨马又冲了过来了。卢芳本来还想看看自己的虎口呢，看那位又过来了，只得催马迎了上去。两人一照面，程咬金也不管卢芳怎么打，照着他的脑袋斜着劈了下来。这一斧子程咬金是用了全力的，卢芳一看不能再拿枪杆挡了，受不了啊，就想用枪去把斧子拨开。但程咬金这斧子力量太大，卢芳没拨过去，斧子斜斜地就劈了下去。尽管卢芳躲得快，他的护心镜还是被程咬金的斧子给掏了下来。

　　卢芳一看护心镜没了拨马就跑，程爷哪能让他跑了，催马就追。薛亮看事情不妙，赶紧催坐骑去救，嘴里喊着："贼响马，看枪！"他那意思是想让程咬金奔他来。程爷哪会上那个当，不管薛亮照着卢芳一斧子就劈了下去。薛亮赶到跟前一看不好，忙举枪替卢芳去挡这一斧子，但薛亮为了保护大哥架枪的招式就有点别扭。程咬金一斧子劈在了他的枪杆上，薛亮的枪可就撒了手了，薛亮也是一愣，这枪怎么就飞了呢！薛亮大喊："我命休矣！"抱着头拨马就跑。薛亮这一跑，卢芳想："也跑吧，虎口都出血了，再不跑就没命了！"一催马也跑了，但程咬金一催马扑了上去。那些军士哪见过这个啊，这程咬金就像是一头下山的猛虎，无人可以阻挡。打了五分钟不到就把两个主将赶跑了，有的还没有反应过来。再一看时这响马已到眼前了，吓得都不知道该干吗了，被程咬金用斧子劈死在了当场，众人一看这谁还不跑啊！此时尤俊达带领后面的兄弟也冲了上去，有便宜占，这些人那就是一群狼！没一会，三百亲兵死的死，伤的伤，跑的跑，都没了踪影。尤俊达心里那个痛快，吩咐兄弟们赶紧推着银车走，自己和几个兄弟断后，把银车的痕迹都清扫干净，一切都完了以后这程咬金却还是没有回来！

原来程咬金去追卢芳和薛亮去了。程咬金这是第一次劫道，尤俊达可就忘了说了，人跑了就不用追了，目的是银子，不是人家的性命！可程咬金不知道啊，一路追了出去。卢芳、薛亮一看还有这种人，又给马加了几鞭。他们骑的是战马，程咬金追了都几里地还是追不上，就停了下来。

卢芳一看那响马不追了，舒了口气，心想：总算是捡了条命！薛亮还在那儿跑呢，卢芳叫了一声："薛亮，等等我！"薛亮一听，又看了看后面，那小子不追了，回头就撂了一句狠话："贼响马，你等着，爷爷一会再来和你打！"

程咬金一听，心想：嘿，这小子输了都这样，要是赢了还不吹到天上去！回头就对他们喊："孙子，记住了，爷爷叫程咬金，劫银子的爷叫尤俊达，想打随时回来，爷爷们等你！"

说完这程咬金可就有点后悔了，这响马劫道没听说过报名字的，自己打架报名字报习惯了，坏了！想到这，拨马就走。这卢芳和薛亮也没想到他会把名字说出来，没仔细听，错听成"程达、牛金"了。一切完了以后尤俊达的这一票就算是成了，卢芳和薛亮到齐州府衙报了案。齐州一看六千两解银，赶紧往上报，宇文述看后命令押下文书，着令齐州府务必抓住响马。一月之内抓不住，齐州先行筹措银两赔偿；三月内未抓获，齐州刺史停俸，巡捕衙役重处！

第六章 结义贾家楼

按下程咬金他们先不表，回头来说说王伯当。在华山过完年，别了齐国远和李如珪两个人后，王伯当怕在街面上被人认出来，决定先到二贤庄去避一避，于是三月头的时候来到了单雄信的八里二贤庄。此时的单雄信也没有事做，正闲呢，听到是王伯当来了，忙迎了出来。看见王伯当，举手作揖，说："伯当，什么风把你给吹来了！"王伯当也是一抱拳，说："小弟刚从华山来，顺路看看兄长是否风采依旧！"

"哪还有什么风采，这几天没事干，贤弟来访，正好陪我好好喝几杯！"

"那是一定，我正好也有事和兄长商量。"

"请！"

单雄信把王伯当让进家里后立刻吩咐家丁备酒。由于是年刚刚过完，家里多多少少还是有一点过年的气氛的，所以显得喜气洋洋。只是经过一段时间的休息、平静以后，家丁们又看上去精神百倍地去准备酒菜。加上家丁们那是知道王伯当的，平日经常来，对他们也好，所以二贤庄每个角落又都忙了起来，像是又过了一次年一样。不一会儿，酒菜准备停当，一阵寒暄后单员外把王伯当请到了客厅，又叫了一些相熟的朋友围坐在一起又吃喝了起来。吃了一会儿，单员外举起酒杯来向王伯当说："来，我敬兄弟一杯！"王伯当忙举起酒杯说："单二哥说哪里话。来，众位，我们一起喝一杯吧！""是啊，一起喝，来！"众人也都端起酒杯来一饮而尽。喝了这杯酒以后，这酒桌上可就热闹了，有相互敬酒的，有划拳行令的。没过一会儿，大家都喝得差不多了。单雄信就觉得这酒喝得有点快了，就问王伯当："伯当，你不是说有事吗？到底什么事？"

王伯当看了看单雄信，又看了看众位兄弟，压低了声音说："二哥，最近我们兄弟做了件大事！"

"哦，什么大事？"

王伯当又看了看大家，吃了口菜，压低了声音说："二哥可曾听说在正月十五长安的灯会上，宇文述的四儿子宇文惠及被几个强人打死在宰相府，而后这几个人都逃得无影无踪，宇文述下令在全国通缉凶手的事？"

"听说了，宇文述那是当朝重臣，听说他儿子是由于调戏良家女子，被几个山东口音的好汉使手段打死在了当街，却不知是何人所为，干得漂亮啊！"

王伯当笑了笑说："我们干的！"

众人一听，都瞪着眼睛看着王伯当，酒差不多醒了一半！"说说，说说！"把耳朵都凑到了一起，听了起来。

"我，秦琼秦大哥，你们是认识的；齐国远、李如珪，这两位是少华山的两位寨主；还有唐公李渊的女婿柴绍！几个人……"

"还有秦大哥，怎么和秦大哥在一起呢？"

"秦大哥如今是山东大行台来护儿手下的旗牌官，牛着呢！年前正月十五是越王杨素的六十寿诞，秦大哥是被指派上长安给杨素送贺礼的，身边带着两个军士。那时我正在少华山和齐国远、李如珪两个喝酒，这二位主，占山为王，干的都是劫富济贫的买卖。两个都是穷苦人出身，由于不满官府的黑暗，在华山落草，官府几次征剿都无功而返。他们性格直率，为人豪爽，几天交往下来我们竟成了知己。那天，我和他们正在闲聊，忽然有人来报说有买卖，还是个官家。齐国远一听提着刀就去了，嘴里还念叨：'抢的就是官家！'后来有喽啰上山来说来人武艺很好，齐国远不是对手，让我等去帮忙。我们骑着马来到山下一看，你们猜他们抢的是谁？"

"是秦大哥吧！呵呵。"

"对，正是秦大哥，我叫住了齐国远。他们两个一听是来的是秦琼秦大哥，以前也听过他的大名，如今一交手对人家更是佩服得五体投地，硬拉着秦大哥上山喝酒。"

"叔宝还带着公差呢，不方便吧！"

"是啊，秦大哥也说不上去了。可那两位爷，我是领教了，那是连拉带拽啊，硬是把秦大哥拉了上去。喝完了酒不说，一听秦大哥正月十五要去长安送贺礼，二人非要跟着一起去看灯。秦大哥本也不想带，但架不住他们的软磨硬泡，加上我一共六人，骑着马离了少华山奔长安而去。"

"你也去了，是你想去吧，别骗我们了。"

"呵呵，二哥了解我。"

"秦大哥不怕那二位惹事啊？"

"是啊，这二位一路上算是听话，但就这样秦大哥还是一个头两个大。眼看快到长安了，可日子还早呢，才腊月初几。秦大哥就想怎么办呢，还拿眼看我，我也没办法！可巧了，前面有一座寺庙，我们就想在寺里等到正月十五。"

"为什么要到寺庙去等呢？多无聊啊！"

"安静啊，那二位爷也惹不出什么事来，香火钱和店钱其实差不多。你们觉得无聊，但在这座寺庙里，我们遇到了一件奇事！"

"什么事？"

"各位可曾记得秦大哥在潞州当年有多惨吗？当锏卖马，记得吗？"

"记得，那是倒霉透了。当锏卖马不说，差点病死，还惹上了人命官司，后来还被发配了。"

"是有原因的。这座寺庙叫永福寺，在这永福寺内有一间祠堂，名曰报恩祠。你们猜猜里面供的是谁？"

众人瞪着眼睛互相看了看，说："该不会是……"

"对！哈哈，哈哈！"

"哎呀，这不倒霉怪了，活人受香火，哪儿受得了啊！那是怎么回事呢？"

"我们一听也在永福寺笑呢，就有人听到后把这事告诉了当时负责修缮永福寺的李渊的女婿柴绍。原来，在永福寺不远有一个高岗，名叫楂树岗。在那里，李渊一家被人追杀，秦大哥正好押解着人犯去潞州碰上了，所以救了李渊一家。"王伯当一提李渊，瞄了单雄信一眼，这单二哥脸上就有点不自然。王伯当那是知道的，单雄信的哥哥就是被李渊错当作强人用箭射死的。

他很快又说："那柴绍也是一个豪杰，一听恩人在此，忙来见。秦大哥就一个要求，把报恩祠拆了！"众人一听又是一阵哄笑！

"可不得拆了吗！"

"有了柴绍，时间过得很快，很快到了杨素的寿诞。我们进了城送了寿礼，到了正月十五就一起来到了长安城赏灯！"

"那怎么遇到宇文惠及的呢?"

"我们一行人，柴绍、齐国远、李如珪、我还有秦大哥和两个公人，一共七个人就来到了长安城中。随着人流我们一路边走边看，长安城当天是特别热闹，街上各种灯，各种人，各种车。哎，别看齐国远粗人一个，猜灯谜我们都猜不过他，有个灯谜是这样的……"

"什么灯谜不灯谜的，往下说！"众人不耐烦地打断了。

"呵呵，后来我们就来到了宇文述的宰相府门口。一看，气派啊，那彩灯扎的，绝对是整个一条街最好的！在我们走近看的时候，就发现在府门口有个老妇在那里哭！秦大哥走到老妇跟前就问她原因?原来老太太的女儿被宇文惠及抢到府里去了，老太太死活不依，跟着来讨要，被几个家丁拦在府门口，所以在那里啼哭！秦大哥一听那火腾地一下就起来了，齐国远和李如珪也跳了起来。谁都知道宇文家不好惹，今天我们就要惹他一惹！"

"对，你们做得对！"

"于是我们几个就偷偷地摸到了宇文述的宰相府里，敢情这宰相府挺大，我们找了半天也找不到。后来还是柴绍有办法，说可以循着哭声找，我们费了很大的劲才找到了那姑娘。但进去一看，原来被抓的不止她一个，还有三个也是今晚被抓进来的。另外还有两个都被抓进来很长时间了，一直不听话，所以一直关着，都被饿得没人样了！"

"这宇文惠及就是个畜生！"

"是啊，我们也火不打一处来，带着他们就走了出来。都到了府门口了，宇文惠及又抢了一个带着回来了，那个寸啊！"

"打死这个丧尽天良、不知廉耻的东西！"

"我们当时也没有别的选择啊，提着手里的家伙就和他们干了起来。没想到我们几个当中最生气的竟然是秦大哥，一看宇文惠及离自己不远，三步并作两步就来到了宇文惠及的跟前。宇文惠及还没反应过来，家丁也是一愣，在这空当，秦大哥一个箭步跳了起来，举起右手锏就朝宇文惠及扫了过去。宇文惠及哪里经得住这个，啪一声，被扫掉了半个脑袋死在了当场！家丁们一看主子死了，这才醒过神来，嘴里喊着：'少爷被人打死了，快来人啊！'这时这两位寨主也不含糊，拿起手里的火把干起了自己的老本行！尤其是齐国远，拿着家丁丢下的火把就把宰相府给点着了。没一会宰相府的前院火光四起，府里的家丁有的去救火，也有的看到这种情形就躲了起来。剩下的人哪能拦得住我们，一阵厮杀以后，七个人都冲了出来，拿了行李就冲出了长安城！"

"爽快啊，杀得好，宇文老贼，叫他也知道知道疼！"

听了这个大快人心的壮举，几个人的酒那是早就醒了，群情激奋，红光满面。心中对秦琼那是佩服得五体投地。"叔宝真是个敢作敢为的英雄啊！"单雄信不禁说。

"是啊！"

"走，去山东找他喝酒！"

"一定要交这个朋友！"

王伯当此时好像又想起点什么来，道："在永福寺我们与柴绍告别时，秦大哥曾提到今年九月二十三是他母亲的六十大寿，让我们都过去！"

"好，那我们就约定九月二十三到山东为秦母祝寿！"

"好，就这么定了！"

单雄信看兄弟们如此仗义，就吩咐家丁再备酒，众人这酒是喝了一夜。到第二天早上，单雄信还觉得余兴未消，来到后院大家又练了一会后才笑着散了，有兄弟是真好啊！

秦琼回到山东以后，心里非常不安，在长安发生的一切秦琼对谁也没说，包括自己媳妇。后来朝廷发来批文，秦琼一看没事，没人认出自己来，只是画影图形的七个人，命令在各地抓捕。秦琼心中的一块石头算是落了地，依然在来总管标下当差。正值当时朝廷筹措挖河的银子，所以这来总管的日子也不好过，每天都在想办法怎么弄银子。因为如今老百姓手中已经没有了，而那些富户的银子哪会那么容易拿出来。况且这富户们的银子也不多了，整个山东民怨四起，社会动荡不安。

一天，秦琼正和来总管清点近期筹来的银子，因为数字已经差不多了，所以两个人相视而笑，松了口气。忽然有人来报，齐州刘刺史来见！

"快请！"

秦琼一听是刘刺史，心中不由一惊，因为刘刺史正是秦琼的前任上司。礼节上，秦琼也跟了来总管和刘刺史寒暄几句，三人见完礼，分宾主坐了下来。

那刘刺史看上去一脸难色。原来，最近齐州发生了一件大案。在常叶林地界，齐州与青州的一笔六千两的解银被抢了！一个月内抓不住响马，齐州先行筹措银两；三个月内未抓获刘刺史停俸，巡捕衙役重处！

这可急坏了刘刺史，六千两银子不是个小数目。"这响马偏偏又在我齐州地界犯案，这如何是好？解银的官员卢芳和薛亮提供了这响马的名字，一个叫程达，一个叫牛金，这不扯吗？哪有人叫这名字的。况且哪有抢了银子报姓名的响马，这定是化名！一个月时间，这可难了，一点线索也没有如何去找，只能死马当作活马医了。"

原来，刘刺史让所有捕头衙役三天一比较，抓不住程达、牛金，比较一次十五板子！这可苦了樊虎和唐万仞他们这些捕头了，十五板子挨到屁股上着实不易啊。这转眼三天又过去了，还是没有程达、牛金的任何消息，十几个人就在一起商量，要如何应报。

屁股上已经满是疮疤了，再打别说是抓响马了，就是爬起来都难。樊虎说："料想这响马凭我们几个是抓不住的，我想到一个人，有他或许还有希望。"

捕快们一听都凑过来问："谁啊？"

"秦琼秦大哥。他素来在江湖上有交情，人缘又极广，他来或许可成！"

"但秦大哥现在在来总管手下当旗牌官，他会来帮我们，别做梦了！"

"是啊，谁愿意搅这浑水，跑还来不及呢！"

"可明天就要比较了，我们怎么说啊。说没查到，定是一顿毒打！"

"那我们就说没有秦大哥这案子没办法查，非秦大哥来不可！"

"为什么，总得有个理由吧，不然谁信？"

"你们还记得秦大哥在潞州当铜卖马的事吗？"

"说这管个屁用！"

"别急啊，马卖给谁了？二贤庄单雄信单二员外。我可听说这单雄信不简单，是三省绿林的总瓢把子，是响马的头！"

"真的？"

"我哪儿知道！就是听说。"

"是啊，我也听说了，不过没依据啊，怎么说？秦大哥会说我们诬陷，况且秦大哥以前对我们那么仗义，我们这么说太过分了。"

"这不是没办法了吗？你能抓住程达、牛金？我们先把秦大哥要来，再向他赔礼道歉，我们只有这一条路了。况且秦大哥现在是来总管标下的旗牌官，就是要来抓不住程达、牛金，也能替我们挡一阵子，让我们少受点皮肉之苦也好啊！"

"好，那就咬死，说没有秦大哥这案子破不了。秦大哥白道黑道全通，一定可以查出来！"

于是，刘刺史便来到了来总管的府上要人。虽有为难之色，但来总管一听秦琼通响马，为了正身，只得让秦琼去查常叶林六千两解银被劫的案子。秦琼于是顺利地被他以前的朋友、交情至深的兄弟拉下了火坑！

秦琼回到家里，众兄弟都带着满脸的歉意，准备了酒菜来到他家。他也不理这些人，拿眼看了他们一眼，众兄弟都赔着笑。秦琼也磨不开面子，坐到了桌子边，众兄弟说自己有苦衷，说到伤心处，脸上都挂泪了。秦琼看着他们屁股上的伤，再看看这些出生入死的兄弟们脸上的泪珠，心一软又一起高高兴兴地喝了起来——原谅他们了！

第二天，秦琼让他们把所有本县以内的姓程和姓牛的人都一个一个查了一遍。然后把本县有前科，能吃得下这六千两解银的人都调查了一遍。但还是没有任何头绪，转眼一个月就过去了。这些捕头在秦琼的后面少挨了不少板子，但到了第二个月，这个刘刺史也不管什么来总管了，自己的乌纱帽重要。于是开始责怪秦琼等人办案不力，三天一比较，十五板子也挨到了秦琼的屁股上。眼看来到了九月，自己母亲的六十大寿就快到了，而公事又逼得如此之紧，秦琼已是无暇顾及。他绞尽脑汁地找常叶林的程达和牛金，心力交瘁，苦不堪言！

此时，几路人马已经风尘仆仆、高调地来齐州为秦母贺六十大寿了！

第一路，单雄信、魏徵、徐懋功、王伯当、齐国远、李如珪、张公谨、史大奈、白显道、金甲、童环、尤俊达和程咬金！

第二路，唐公李渊的女婿柴绍。

第三路，幽州王罗艺的公子罗成、尉迟南、尉迟北。

九月二十三是秦母的寿诞，九月二十，几路人马都先后来到了山东界内。先到的是单雄信他们一路，几个朋友都是应单雄信之邀去为秦母祝寿。其他的都不必说，单说这尤俊达为什么来了呢？原来这尤俊达是绿林中的三号人物，使一条三股通天叉，老大单雄信让去，那还能不去？那这程咬金呢？在这儿先卖个关子！他们一行人一起来到了山东历城，到了义桑村住到了贾家楼上。这贾家楼的老板正是秦琼的至交贾润甫。别的不说，一路上程咬金和尤俊达就发现单雄信、王伯当的贺礼是用马车拉的，三位旗牌的也是，金甲、童环的也是，齐李二位的也是，而他们两人的寿礼却用包袱拎着就来了。两人私下里合计，寿礼少了！

"是啊，怎么办呢？"

"不怕，一会去干上一票不就齐了吗！"程咬金说。

"也只有这样了，但就这一次！"

于是一切收拾停当后，两个人拎着家伙，骑着马悄悄地离了贾家楼。他们来到了一片小树林当中，盯上了一条去齐州的要道。

盯了没一会儿，只见一位富家公子骑着马，后面晃晃悠悠跟着十几辆大车，还有五十多个随从走了过来。程咬金喜从心头起，说："呵呵，还挺肥，买卖来了！"说完一催坐骑冲了上去，尤俊达没来得及拉，他已策马拦在了路中间。

"此路是我开，此树是我栽，要想此路过，留下买路财，不然老爷管杀不管埋！"

这尤俊达为什么要拦程咬金啊？五十多个随从呢，而他们呢，只有两个，这不是开玩笑吗?！但程爷既然冲了上去，自己只得也跟了过去。这位富家公子，正是唐公李渊的女婿柴绍，也是来给秦母拜寿的。那是带了重礼过来的，能不多带点人马吗？

柴绍一听对面这人说这话，那就是响马无疑了。再看这人的长相，恶人啊，满脸横肉，手提一把宣花斧。看见只有两个人，就没有把他们放在眼里，指挥着官军把二人围在了正当中。但打着打着，柴绍就觉得有点不对劲了。这两个响马厉害啊，尤其是这个使斧子的黑大个，一把宣花斧被他舞得密不透风，点的位置都是要害，杀的部位都是命门！几斧子过后，柴绍手中的枪就慢慢有点招架不住了，心想：厉害啊，难怪两个人就敢过来劫五十多人的车队。但凭借着人多，柴绍小心应付着程爷的这把斧子！

再说单雄信他们，单雄信是个粗人，也没发现什么。但王伯当一路上可观察了程咬金和尤俊达，看他们二人不在，推断今天他们一定去干拦路抢劫的买卖了。为什么？他们的寿礼轻了。于是几个人一合计，赶紧找回来，可不能在这里出什么事，兄弟几个散开来去找这二位爷。

王伯当和李如珪一路找来，循着马蹄印来到了一处密林当中，果然听到里面有厮杀之声，循声望去，正是程咬金和尤俊达。王伯当和李如珪带着十二分的责怪和白眼，催马上前劝架。说话就来到了他们二人身边，但再一看是柴绍。认识啊，不禁叫了出来。柴绍一看，王伯当和李如珪，也停了下来。王伯当忙对程咬金和尤俊达介绍："这位是唐公李渊的郡马——柴绍柴大官人，我想他们也是来给秦母拜寿的!"

尤俊达一听，忙就坡下驴地笑了起来，赔起不是来，程咬金也笑了。王伯当白了他们一眼，心想：也就是柴绍，不然今天这祸就闯大了！于是几个人骑着马，陪着柴绍来到了贾家楼。可王伯当就忘了，李渊是单雄信的杀兄仇人，这两个都住在贾家楼可就有点不尴不尬。柴绍那是明白人，可单雄信心里憋着火，对柴绍也是不冷不热。王伯当一看这，赶紧在旁边圆场，这才没打起来！时间一长，两人就都注意了，保持点距离，少一点接触，反正拜完寿就要回去了，也没多少日子。一天过后，贾家楼上的这几个除了这两位可都就熟了。晚上，大家在一起喝着酒，吹着牛，等着九月二十三，一同上秦琼那儿去给秦母拜寿。

第二天，众人替程咬金和尤俊达垫够了贺礼，而且经过柴绍的介绍大家就知道了程咬金的本事。程爷那是高兴人，一听众人夸自己，加上又喝了点酒，动作就有点大。加上贾家楼地板年久失修，程爷那体格又大，喝着喝着，只听"咔嚓"一声，程爷脚下的一块地板愣是被他踩折了！众人都不知道发生了什么，过去一看，都笑了起来。程爷露出了少有的带有歉意的表情，不叠声地说："没事，没事！"众人一看这，也都又笑了起来。

这里没事，最多就是赔点钱修好地板。可在楼下折了地板的地方，正坐着一桌人在那里吃饭，一桌饭菜全毁了。这些人不干了，有一个就骂了一句："上面的是什么畜生，吃草料罢了，怎么还把蹄子伸下来了！"

程爷哪儿听得了这个，三步并作两步，从楼上跳了下来，一把就想抓住刚刚说这话那人的脖领子。可没想到遇到的是个练家子，没抓到，于是两人拳脚相加打了起来。程爷嘴里喊着："让你骂！"

"骂你是轻的！"

俩人正在那儿打，桌上另一位爷说话了："这个地方是什么衙门管的？"

众人一听，是个官啊！单雄信本来就一肚子火，一听这话更是气不打一处来，几步跳到了楼下，骂道："山野小店，喝多了酒打架，提什么衙门。官家是吧？打的就是官家！"跳上去就要打！

但张公谨他们三个一听，声音熟啊，也来到了楼下。按住单雄信一看，认识！尉迟南和尉迟北，还有小王爷罗成。张公谨忙上前拦住了程咬金和众人，说："这位是幽州府罗王爷的公子罗成——罗少千岁，各位大水冲了龙王庙了！"程咬金一听，得，又打错人了！张公谨接着说："这罗少千岁是秦琼秦大哥的表弟，他母亲是秦大哥的亲姑母，想必此次罗少千岁也是为秦大哥母亲的六十大寿来的！"众人一听，都明白了，这位来头不小啊。单雄信就上前一抱拳说："原来是罗公子，久仰！刚刚言语冲撞，还望公子不要见怪！"可这罗成却是英雄年少，就没有把在座的人放在眼里。他看见大家肃然起敬的眼神很是享受，所以没搭理单雄信，就转过身去了！

单雄信什么人？三省绿林总会的总瓢把子，什么场面没见过，哪里受过这等侮辱，一甩袍袖上楼去了。张公谨等人也是一脸没意思加没办法，谁叫人家是王爷呢！

再来说说秦琼，被他的几个好兄弟拉下水，板子也挨到了屁股上。眼见两个月的期限就要到了，刘刺史也不管不顾了，由三日一比较改为两日一比较。可这一个多月下来是一点眉目也没有。这不，今天又是双日，又该比较，只得随卯去挨他的十五板子。秦琼和他一起办此案的五十三人一起来到了衙门，刘刺史很生气，只得牵罪于他们，不由分说，拔签就打。五十四个官差，每个人的亲戚朋友都来府前看看，希望能有转机。大门内外都围满了，打完一个出来一个，亲人围着就哭成了一片，都搀着，挽着，扶着，背着，驮着回家去收拾杖疮，场面惨不忍睹。秦琼本是练家子，这十几板子挨到屁股上本也只是伤了皮肉，但心中不免升起一丝忧伤，泪水在眼中闪烁！

秦琼是最后一个出府门的，心中很是凄凉。妻子本来也要来府门口接他，但被秦琼说服留在了家中。秦琼还是想衙门受的苦自己一个人扛就够了，回到家里他想要一个安静的家。从衙门出来，他一瘸一拐地走在齐州的大街上，低着头生怕碰见熟人。都是血性的汉子，如今两天就被打一顿，他颜面无光啊。走着走着忽然听见有个声音喊："秦旗牌！"秦琼抬头一看，张社长。"秦旗牌受此无妄之灾，小老儿在此新开了一家酒肆，请旗牌到店中小坐，老汉暖一壶好酒替旗牌解闷！"

秦琼看是张社长，因为和他平时聊得也比较多，知道他们府里的事，正好不想回家，便说："长者赐，少者不敢辞！"

二人于是来到店里，店面不大，却也被老汉收拾得井井有条。店中小二一看张社长和秦琼走了进来，忙把他们请到了一个雅间，上了几个小菜，又暖了一壶酒，斟了一杯说了声："旗牌慢用！"便退了下去。秦琼端起酒杯，眼中不禁有泪流了下来。张社长一看秦琼这样，便好言相劝："秦旗牌不要悲伤，拿住响马自有升赏之日，别伤了身体！"

"我不是哭这个，区区这几十板子还不会把秦琼怎么样。只是想起一位故人，他有恩于我，并且告诉我让我千万不要在公门中当差。我当时不解，只想凭借自己的一身本事，搏个一官半职。如今受此等窝囊气，不是昧着良心去收老百姓的血汗钱，就是睁着眼睛去包庇权贵，再不就是横行乡里，鱼肉百姓。面对当前这世道，一身的抱负何处施展？整天一副行尸走肉，如今又将父母给的身体，也遭到别人的毒打，羞见故人，所以眼中落泪。"

张社长说："旗牌说得是啊，如今战乱频发，你们官府压力很大。可我等小老百姓的日子更是不好过啊，上次若不是遇到秦旗牌，我城南的那家老铺可能早就不是我的了。由于打仗，这买卖本来就不好做，再加上新税，说是什么人头税。唉，日子一天不如一天了啊！"

"人头税上面是有公文的，我猜又是开挖运河的银子不够了。一条运河，听说才修到一半还不到，老百姓就受不了了。要是全修通，老百姓的血都会被抽干的，到时候真不知道会发生什么！哎，不说这个了，来老人家，我们为这喝人血的世道干一杯！"

张老汉和秦琼又走了一个！慢慢地，秦琼心情好了起来，又和张老汉唠起了家常。他俩你一杯，我一杯地喝了起来。喝着喝着，店小二进来了，说有人找秦琼。秦琼进来一看，那人却是樊虎。

"秦大哥，有要紧事！"

"哦，什么事？"

樊虎压低了声音说："小弟刚才和朋友在贾家楼喝酒，喝了一会就去厕所。经过马厩的时候，看到有十几匹高头大马在那里吃草料，就感到奇怪。到店里认真一看，有好些个生人，五大三粗，衣着不凡。我猜想或许里面有程达、牛金也说不上，所以来叫你去看看，有几个兄弟还在那儿盯着呢！"

"哦，那我们去看看。张老伯，谢谢你的酒！"

于是两人便辞了张社长赶往了西门，来到贾润甫的贾家楼。先来到那两个兄弟那儿，秦琼顺着二人指的方向一看，的确有些不寻常，一个个虎背熊腰。第一个看见的是程咬金，在那儿喝酒呢。你想想程爷那长什么样啊，一看就不是什么好人，再加上换了一身衣服，跟个土财主似的，满脸横肉。尤俊达也不认识，但别的可都认识，只是站得远，所以也没看明白。

樊虎问秦琼："要不要把兄弟们都叫来？"那意思是我们这几个可能打不过这一帮人。

秦琼考虑了一下，说："还是先进去看看，打听一下再说！"

"我跟你进去吧，打起来也好有个帮手！"

"不必了，还是我一个人进去吧，你们见机行事！"

于是秦琼没声张，推门进到了贾家楼。单雄信他们一桌，柴绍他们一桌，都在那里喝酒，举着酒杯在那里敬酒，秦琼什么时候进来的他们就愣是没看见。但秦琼一进门可就什么都看清楚了，首先看到的是单雄信他们一桌。秦琼也没有再细看，猛一回头转身就走了出来，见到樊虎气不打一处来地说："单员外你没见过吗？王伯当你没见过吗？还叫我来抓程达、牛金！幸亏我进去看了，不然你叫我如何下台！走，回去再说！"

众人一听都大眼瞪小眼地互相看着，跟着秦琼就往外走。却也巧了，在门口却又撞上了贾润甫！

"二哥！"

"贾润甫！"

"来了怎么不进去？单二员外他们都是来给你母亲祝寿的，好像那两桌的也是，我正要让人去叫你呢！怎么就好走呢？"

"给我的母亲祝寿！"秦琼把这茬都忘了，一下头都有点晕，拿眼瞪着樊虎！

"这么着，"秦琼考虑了一下说，"你们现在就叫兄弟们去准备寿宴所用的一切，告诉我母亲和媳妇让他们也准备一下。九月二十三可就是明天，抓紧去办！"

然后秦琼去见单雄信他们。贾润甫看秦琼穿着公服，就给秦琼换了一身自己新做的衣服，一起笑着走进了贾家楼！

贾润甫进去后对众位说："众位，小弟着人把秦大哥请来了！"一听秦琼来了，贾家楼一下就热闹了起来。秦琼忙走上前去和众人打招呼。这一打招呼不要紧。秦琼一看单雄信来了，北平府的表弟也来了，而且唐公李渊的女婿柴绍也来了。秦琼一时幸福感涌了上来：有兄弟是真好！

和张公谨、史大奈、白显道等人也打了招呼，和在幽州没少帮秦琼忙的尉迟兄弟也打招呼问好，和王伯当、齐国远、李如珪一起共生死的兄弟也是一顿感慨！

这时可就冷落了一个人，谁啊？程咬金。本指望和秦琼再叙叙旧，没想到秦大哥根本不认识自己。再加上看到秦琼这些兄弟都是有来头的，只有自己大老粗一个，又不受人待见。劫道吧，劫了柴绍；打架吧，打了罗成！这叫什么事，于是一个人在那里喝闷酒，越喝越没劲，越喝越生气，一拳就砸在了桌子上！众人都吃了一惊，程咬金也心里有稍许歉意，但又回不过弯来，在那儿不知道怎么办，场面一下冷了下来。秦琼这时就问单雄信："这位兄弟是？"

"噢，他是尤俊达的朋友，功夫是相当了得，也仰慕贤弟你，一起过来给你母亲过寿的！"

"哦，那是秦琼怠慢了，谢谢兄弟给秦琼这个面子。来兄弟，干了这一杯！"

程咬金看了一眼秦琼说："太平郎，你不认得我了！"

众人一听吃了一惊："太平郎？"

原来秦琼的小名叫太平郎，这里没有几个人知道。秦琼也吃了一惊，问："你是？"

"我是程一郎啊，斑鸠店的！"

"你是程一郎？"秦琼把他拉到了靠灯的地方，认真地看了看说，"你怎么长成这样了？"

众人一听，不禁都笑了起来，这程咬金的确长得太难看了！大家一笑，程咬金也觉得不好意思了，笑道："小时候生病，我妈没钱给我看病。正好一个江湖郎中经过，说他的药能治百病。我妈信了，给我买了一丸。吃完后，就变成如今这副模样！"

"不对吧，是错投了猪胎吧！"尤俊达忽然插了一句。

众人又笑成了一片。秦琼笑完又问："你娘好吗？"

"好，在尤员外府上。"

秦琼听完，把程咬金往前带了一步，向大家介绍说："单二哥、众位兄弟，这位可是我们家的大恩人！当年我和母亲逃难，要不是他们母子收留，就没有我秦琼了。后来由于年景不好，各奔东西了，今天想不到在这里又遇见了。在这里我要郑重地敬他一杯酒，以谢他们母子当年的救命之恩！"

"来，一郎，我们哥俩干了！"

"好，我干！"

大家一看，都为这两兄弟的重逢感到高兴，气氛达到了高潮。秦琼也是酒喝到了高兴处，扶着程咬金来到了桌子旁边，问长问短，问寒问暖。可他就把屁股上的伤忘了，来到桌子跟前一屁股坐了下去，坐下去后一阵钻心的疼。秦琼咬牙倒吸了一口凉气，眉头紧皱，额头上的汗都疼了下来，手中的酒杯也应声掉到了地上。众人一看，这是怎么了？都上前去问。

秦琼也是坐得有点重，疼得眼泪都下来了。单雄信等人忙上前把秦琼从座位上扶了起来，一看凳子上都有血了。大家可就傻了眼，看着秦琼。

秦琼一看，也瞒不住了，便说："是因为常叶林地界被劫了一笔六千两的解银，上面又逼得紧，所以刘刺史两日一比较，拿不到劫银子的响马，就把我们一顿毒打。也不打紧，刚刚是和咬金聊得高兴，忘了！"

单雄信一听，有这事？我怎么不知道，一想常叶林地界，那是尤俊达的地盘啊！就看了看尤俊达，尤俊达也不敢看单雄信，装作什么也没有发生，看着秦琼。

单雄信于是问："查出点什么没有啊？"

"只知道那响马叫程达、牛金，别的什么也不知道，一点头绪也没有！"

"常叶林小孤山是吧！"程咬金突然问。

"贤弟说什么？"秦琼问。

程咬金端过一大碗酒来，猛喝了几口，又重重地把酒碗放到了桌子上。

"叔宝，明日与令堂拜寿后，就有程达、牛金交差了。"

"哦，"秦琼心中一喜，"在哪里？"

"当时那解差记错了名字，什么程达、牛金，就是程咬金和尤俊达，是我和尤大哥干的！"

众人一听，酒都醒了，柴绍吓坏了，脸色都白了。秦琼说："这事可大可小，不能乱说，开玩笑可使不得！别看我挨打了，给我宽心吧？"

"秦大哥，你小看我了，这是什么事，谁说谎谁是畜生。"

程咬金一边嚷，一边从腰里摸出十两银子，一把放在桌子上说："这就是解银，小弟本打算做寿礼的，秦大哥拿去和齐州的样银比对，看对否？"

秦琼本来看人这么多，想为程咬金挡一挡，等一会再商量一下到底怎么办。抢劫官银，死罪啊，这里人多嘴杂，他不想程咬金有事。但程咬金这么一说是彻底瞒不住了，怎么办呢？他随手把十两解银攥在手里，场面一下安静了下来。

过了一会，单雄信说话了："叔宝，依我看咬金和尤俊达的确是昏了头抢了这解银。大错已铸成，但他们两个此次是为你母亲祝寿的，况且咬金和你是从玩小到大的兄弟。如果此时去和你投案，那是必死无疑，我看还是想个两全的办法才行！"

"单二哥，你把我秦琼想成什么人了，我怎么会拿我兄弟的性命去换我的前程？别说只是十几板子，就是要杀秦琼，秦琼也不会皱一下眉头，出卖朋友那不是秦琼干的事。况且是一个听到我只挨了十几板子就愿意拿性命去换的从小玩到大的兄弟，咬金、尤大哥你们放心走吧，这事秦琼来顶！"

程咬金一听秦琼这么说："事是我们做的，一人做事一人当，怎么能由你来顶，拜完寿后我们就去投案。"

尤俊达也说："是啊，害秦大哥受苦，我是万万没想到的，一死而已，我们去！"

秦琼一听，手一摆说："两位兄弟别说了。"沉思了一会儿，秦琼转身在招文袋中取出应捕批来，说："这是济州府让我查办常叶林劫案的应捕批，上面有程达和牛金的名字。我说了这件事我来顶，那么这批文就没用了。"

秦琼说完，嚯的一声，双手把应捕批撕了个粉碎，一把丢在了火中。众人这才反应过来，都去拦时，捕批已经成了灰烬。柴绍还有幽州来的兄弟那是知道的，就是单雄信等人也知道。无故丢失应捕批那是大罪，有丢性命的危险，而这次是故意烧毁捕批，传出去秦琼必死无疑！

众人一看秦琼撕了捕批，眼里都涌出了泪水，被秦琼感动了，有这样的兄弟是真好！

此时柴绍想了想说话了："我这次带来了唐公李渊——我岳父给秦大哥母亲的寿银三千两。"

众人一听都明白了，单雄信说："我有金银合起来一千两吧！"

罗成一听，都不少啊，自己也只带了一千两，原来以为多了，但眼前的这些人厉害啊，看来是少了。但情况特殊，就不比脸面了，于是也说："我也为姨母带来了一千两寿银。"

"我有二百两。"

"我也有二百两。"

……

不一会儿，在场的寿银加起来可就超过六千两了。秦琼一听，说："你们是来干什么的啊？带这么多银子干什么！"眼睛里也泛起了泪花。程咬金也是一愣，说："各位，就当大家先给我和尤俊达垫的，回头我给大家伙补上！"

单雄信知道程咬金不会写字，就想拿他开开心，说："写个字据吧！"

众人一听都哈哈地笑了起来，大家都觉得这事就过去了。别的事都好说，只要有银子就行了，心里的石头也算是落了地，就又喝了起来。

可这时候一个人说话了，谁啊？徐懋功。和单雄信一起来的两个老道之一。此人在潞州和秦琼有交往，心思缜密，考虑事情全面，只听他说："众位，你们以为这银子有了就完了吗？秦大哥回去说银子找到了，那劫银子的响马呢？说是二哥出的，凭什么二哥出啊，人家会怀疑是不是二哥抢了解银，如今看事情包不住，又拿了出来。说是二哥母亲拜寿的银子，六千两啊，我们亲眼见了，信了。可其他人谁会信？你们想过没有？"

"是啊，那怎么办呢？"众人说。

"最厉害的还不是这个，咬金可是信任咱们，当着我们的面把抢银子的事说了出来，这里三四十号人呢！秦大哥更是当众烧了应捕批，如果传出去，银子即使找回来，他们两位也是个死罪！"

单雄信说："是啊，得想个万全之策！那……"

"我看诸位都是有头有脸的英雄，我们今天为了秦大哥母亲的六十大寿，敬重秦大哥的为人走到了一起，那就是缘分。在这里我提议不如我们就在此地结为异姓兄弟，共同进退如何？"

单雄信一听，说："是啊，都结为兄弟好啊，同气连枝，是个好办法。如果大家不嫌我一介莽夫，我愿意结拜！"

于是单雄信那一伙带头同意了。

徐懋功又问柴绍："柴大官人以为怎么样？"

"其实我也在想怎么办呢，道长的这个办法甚妙！秦大哥的朋友就是我柴绍的朋友，我当然同意！"

"柴大官人果然爽快！"

徐懋功于是又转身问罗成："罗公子是幽州罗老王爷的公子，想必一定有自己的打算，如何考虑我们都不责怪。如果结拜，我们很高兴，一起行大礼，喝血酒，以后我们就是兄弟。当然小兄弟也可以选择不结拜，想秦琼是你表哥，你们也不会把这些事乱说！不知小王爷如何打算？"

众人一听徐老道想得周全啊，都佩服起徐懋功来。罗成的确在刚开始认识这些人的时候就没有把他们放在眼里，上次不搭理单雄信就说明了一切。随着程咬金和秦琼的件事的解决，罗成就发现，这些人虽然看起来五大三粗，都是些说粗话，干粗事的人，但自己却打心眼里越来越喜欢这些人，有这样一群兄弟何乐而不为呢？于是他走到单雄信跟前，双手一抱拳，说："单大哥，小弟年幼，两天前冲撞了大哥。请大哥大人不计小人过，原谅罗成，是小弟有眼不识泰山！"

单雄信本来一听徐懋功问罗成，就有气，心想：这还问什么，肯定不同意呗！单雄信本来把脸转过去了，但一听罗成走了过来这么说，他也是一脸不好意思。他双手一抱拳，还了个礼说："唉，没什么原谅不原谅的，我都忘了，咱们以后就以兄弟相称！"

徐懋功于是说："好，那在座的各位，不知有谁不同意结拜的，我们也不勉强，说一声，只要不把今晚的事说出去，那就可以离开了！"

徐懋功顿了一顿，看大家都没异议，心里的一块石头就算是落了地，立即和魏徵着手准备结拜的事。

首先，按年龄排定了座次：

老大：魏徵，老二：秦琼，老三：徐懋功，老四：程咬金，老五：单雄信……四十六：罗成。

完了拈香结拜，烧黄纸，喝血酒。因为有四十六个兄弟，所以他们被野史称为贾家楼四十六友！

第二天就是九月二十三，秦琼母亲的六十大寿。秦琼衙门里的那帮兄弟已连夜把秦琼家里装点一新。秦母和张氏换了衣服，在门口迎客，所有的一切都安排得妥妥当当就等来客。

首先来的是单雄信他们，因为都是绿林人士，今天又想给秦琼长脸，所以一路上拉着寿礼的马车是披红挂彩，斗大的"寿"字到处都是。一行二十多人，十多辆马车，鞍鞯是新的，穿戴是新的。那派头，不知道的还以为是哪儿的达官显贵呢！老百姓看这阵势都问："这是给谁拜寿的啊，可了不得啊！"就老老少少跟了一大帮，呼呼啦啦地来到了秦琼的家门口。秦琼一看这阵势，心里也有想笑又不好笑出来那感觉，心想：这老几位还真能装。十几个人又一起下马，看他们下马了，秦琼忙迎了上去，互相假装客气着，拉寿礼的马车排了一路。兄弟们一个个都看傻了，都悄悄地问秦琼："秦大哥，这些都是什么人啊？介绍我们认识吧！"

秦琼一听："忙你们的！"又拿眼瞪了一眼樊虎，樊虎做了个鬼脸，假装没看见，一脸喜气地招呼单雄信他们。这一路人整整两千四百两银子！还有人参啊、鹿茸什么的，众人就想，这得是什么情分啊！

几位刚忙完，还没来得及喘口气，接着来的是罗成。这位小爷也喜欢讲个排场，所有五十多个手下、随从清一色官服、官靴，队伍排成两路，腰间挎着腰刀，所有的马车新披挂、新布帘。车被擦得锃光瓦亮，前面十几匹高头大马，上面骑着尉迟南、尉迟北、张公谨等人。别看罗成是见过世面的人，不过这是他第一次一个人出远门，路上围了这么多人，不免头有点晕。

街上的人都问："这是谁啊？干什么的？"

"祝寿的，看不见马车上的'寿'字吗！"

"今天谁过寿啊？这么多祝寿的！"

说话间，罗成就来到了秦琼的家门口，众兄弟一看这阵势——太给力了！秦琼忙迎了上去，为母亲和媳妇引见："母亲，这位就是姑母的儿子——罗成，今天特意给您拜寿来了。"

罗成见了秦母，一扶前襟就跪了下来，先把三个头磕到了地上，说："姨母，父母亲军务缠身，派侄儿来给您拜寿。小侄恭祝姨母大人福如东海，寿比南山！"

秦母忙上前把罗成扶了起来，一看这罗成白净俊秀，风度翩翩，一十七岁，长得是一表人才，把秦母喜欢得拉着罗成的手就不撒开了。那是问长问短，问东问西。秦琼看到这，笑着摇了摇头，张罗着让其他兄弟先进屋。

这拨人的到来，又让樊虎等人忙活了半天，众兄弟都丈二和尚摸不着头脑，什么人呢？

樊虎是听秦琼说过的，就对众人讲："这是幽州王罗艺的独子。罗老王爷手握十万雄兵坐镇幽州，秦大哥误伤人命被发配到了那里，却因祸得福认了姑父，在幽州做了半年的旗牌官。后因为想念母亲，被罗王爷介绍到山东来护儿——来大总管的标下也做了个旗牌。本来人家好好的，硬是被你等拉来蹚这浑水，还挨了板子，你们说你们是兄弟吗，干的这叫什么事？"

"这主意不知是谁出的，这会了又怪我们！"

"干活，这些人真是的！"

又是一千多两！兄弟们都惊呆了。

后来又陆陆续续来了一些客人，转眼可就快到中午了，秦琼出门看了看，柴绍快来了吧！

果然远远地看见一队人马浩浩荡荡地走了过来，柴绍那是稳重人，车还是那车，马还是那马，不过是自己换了一身穿戴。柴绍是英俊潇洒，风流倜傥，那是人中龙凤，穿什么都精神，今天更是帅到家了！

秦琼看柴绍来了，忙叫了母亲和老婆一起出来迎接。柴绍看秦琼的母亲也出来了，忙从马上下来，双手一抱拳，对着秦琼说："这位想必就是今天的寿星了，晚辈柴绍祝您老福如东海，寿比南山！"

秦琼忙向母亲介绍："这位是唐国公李渊的郡马——柴绍！"

"哦，那谢谢唐国公了，让你们费心，老生有罪啊！"

"您说哪里话，秦大哥可是我们全家人的救命恩人啊，这算得了什么？"

说完柴绍又向张氏一抱拳，说："想必这位就是嫂子了？"

"柴郡马客气了，快里边请！"张氏带着笑说着，就把柴绍往家里让。进到屋里，和兄弟们又是一阵客套，好像他们从不认识一样，很有意思！

等收完柴绍的寿礼，众兄弟那是真傻了，足足三千两啊！樊虎又说上了："这位就是当年在楂树岗秦大哥救的那位唐国公的女婿，这次专程来拜寿的，顺带报恩，那礼不得重一点！"

"要是我救了他们一家就好了！"其中的一个说。

"就你，别做梦了，吓得你敢去，不要命了！"

"还是秦大哥好本事啊！"

"为人还好呢，做好事不留名，走时没说名姓，后来追着问实在没办法才说的！"

"那怎么今天才来报恩？"

"地方不知道啊!"

这时不知道王伯当什么时候来到这里,一听他们在说这事,来了兴趣。

"不止这样,名字也听错了。"大家转头一看是王伯当,赶紧给他让了个座。王伯当接着说:"秦琼这个名字他只听到一个琼,然后看到秦琼一摆手,那意思是名字告诉你了,回去吧!那位唐国公也不知怎么理解的就理解成了琼五。后来给秦大哥修了一间报恩祠,画了画像,还立了牌位,受人香火。秦大哥莫名其妙地变成了琼五大仙!"

"这唐国公可能是看秦大哥伸着五个指头,所以理解成琼五了,不过这个唐国公还真是一个有情有义的人啊!"

"什么有情有义啊。"王伯当看柴绍他们不在,小声地说,"琼五大仙,琼五大仙,越拜不是越穷吗?!秦大哥到潞州穷得又是当锏,又是卖马。秦大哥后来看到牌位时都哭了,赶紧让柴绍把祠堂给拆了!"

哈哈哈,众人笑到了一起。

秦琼这时正好路过听到了,也忍不住笑了起来,说:"好了好了,众位兄弟忙去吧,别说了!"

官场上也来了很多人,许多和秦琼相识的人都来了,家里可就坐不下了。加上看到程咬金和尤俊达,秦琼心里就有一份担心,万一要让谁给认出来可就麻烦了。思来想去,贾家楼上住的兄弟还是安排在贾家楼算了,官场上的人安排在家里,分开,也免得兄弟们喝得不自在。于是为秦母拜完寿以后,客人被分成了两拨,一拨上了贾家楼,由贾润甫先照看着;秦琼先在家里照应官面上的人,等到下午这些人走了,秦琼就来到了贾家楼。樊虎、连明也被秦琼叫着跟了来和这些人相互认识一下。到贾家楼一看,这些人喝得都已经是东倒西歪了,一个个把真实的面目全露了出来。连魏徵和徐懋功都开喝了,划拳行令的,躺在桌子旁边睡觉的,对在一起吹牛的,靠在一起谈心的,三五个凑在一起谈理想、谈野心的,好不热闹。和刚刚官面上见的那是两回事,这才叫高兴,秦琼等人也一头扎了进去。

到了第二天,按例柴绍要去拜访一下当地唐公认识的官员,顺便打理一下常叶林的劫案,于是他来到了刘刺史的府上。

刘刺史听是唐公李渊的女婿,忙出来迎接。从柴绍口中刘刺史得知六千两解银已凑足，一口答应，任何事都不是问题。两人又叙了叙旧，柴绍就告辞出来了。

罗成也去拜访了来护儿，因为是罗艺的旧将，所以对罗成礼遇有加。来总管一听秦琼被打，气不打一处来："我当时就不该让秦琼去帮他们查案，活该他们充军发配，明天我就去把秦琼要回来，呸!"

罗成回到贾家楼后，众人一听事都办妥了，秦琼和众兄弟又喝了一场。第三天，众兄弟都相继告辞要回去了。秦琼本来想多留他们几天，但又担心人多嘴杂，就怕说破常叶林的事。所谓天下无不散的宴席，说了声珍重，道一声后会有期后，众英雄就散了，这个事也就暂时告一段落。

第七章　督总管麻叔谋

DIQIZHANG DUZONGGUAN MASHUMOU

　　到现在我们该来说说杨广那条让百姓处于水深火热的运河了，因为它不但耗费了大隋朝大量的银子，还需要耗费数以万计的河工，说它劳民伤财是一点也不为过。修河是体力活，耗损大，河工生活条件差，得病的多，得了病以后也没人管，晕倒顺势就埋在了运河的土方里。还有跑了的，所以河工缺口严重。杨广昏了头给修河督总管个权利——河修到哪里，河工就在哪里现抓补充。所以搞得老百姓一听运河修到了当地，带着妻儿老小就迁到别处去了。

　　在运河刚刚开挖的时候，隋炀帝杨广就在朝中物色挖河督总管的人选，没有合适的。眼看日期将近，宇文述想了想举荐了一个人，此人名叫麻叔谋，怎么回事呢？原来麻叔谋是宇文述的侄女婿，入伍从军很多年，手段平平，一直没有混出什么名堂来。自己又不甘平庸，天天就在他老婆的耳根边磨，让她到宇文述跟前去说说。因为银子早就送上去了，却迟迟没有消息！这位宇文小姐那是太了解麻叔谋了：整个一个庸俗人，没什么本事，还一副驴脸整天拉得老长。结交的也就是一些地痞流氓，还脾气大。今天惹这个，明天惹那个，和他一起的人没一个不骂的。这位宇文小姐也不知当年她爹怎么就看上他了，如今看到他就是一肚子气，也理解他叔叔宇文述。她心想："叔叔也够难为的，你说就这么一位，给他一个什么差事呢？放到哪儿都得替他操心！但也没办法，去跑一趟吧，没有希望起码也让麻叔谋死心！"

　　于是宇文小姐就到宇文述跟前提了一下此事。不想没过多长时间杨广就问宇文述修河督总管的人选，宇文述当时也没有别的人选，想："打仗不会，挖河应该会吧！"就把麻叔谋举荐了上去，不想杨广真的同意了，任命麻叔谋为挖河督总管，全权负责运河的修建事宜！

麻叔谋本来想的是在军中谋一个职位，听是让管挖河，这能干什么啊？但运河开挖以后，他才发现手下的河工乌泱泱的好几万啊。运河宽七八十米，深二三十米，人在里面就像蚂蚁一样，而且朝廷拨的银子自己都没时间数去，几十万两几十万两地拨，这麻叔谋心里可就乐开了花。副总管叫令狐达，刚开始的时候还能得点好处。到后来等麻叔谋熟悉了挖河的过程后，这令狐达就一点也沾不到边了。麻叔谋把重要的职位都换上了自己的人，从路线设计到河工的抓捕，再到朝廷银两的拨付，别的人是一点也沾不上。得到好处以后，麻叔谋别的人都不管，他就认识宇文述，所以别说河工，就是那些监工的军卒，他也从来就没当人看。朝廷上随着宇文述得到好处的增多，对麻叔谋是越来越满意，经常在杨广面前说他的好。在家里媳妇也对他开始另眼相看，老麻家从此一飞冲天，挖河管事的当中有很多都是他们家的。

到后来，麻叔谋不甘只在朝廷拨付的银两上下手，胃口是越来越大。奉旨开挖运河，河道路线他说了算。于是边开河边打听，前面有什么重要地方，比如说官家的祖坟，或是前贤的祠堂，或是富商的宅院。打听到后，这麻叔谋便修改河道，单单从那里经过，以此来讹人家的银子。所以一路上这麻叔谋尽干的是刨人祖坟、拆人庙宇的损事。

转眼运河修到了曹州，曹州刺史名叫孟海公，在曹州城外有一片地是他家的祖坟。这麻叔谋手下的人就打听到了，问麻叔谋怎么办？麻叔谋在那里想，令狐达说话了："麻总管，这孟海公是朝廷官员，官已至刺史，我看还是卖给他一个人情算了！我们从别的地方绕道过去吧。"

"什么，算了？我如今是奉旨开挖运河，朝廷官员怎么了，这一绕道朝廷又要多花多少银子你不知道吗？不管他，照样挖！"

其实麻叔谋想的是：这朝廷的官员有哪个是不贪的，手里有的是银子，更别说官都到刺史了。我逮都逮不到这么好的机会，你让我算了，开什么玩笑！

所以军卒们照着图纸就在运河经过线路上疏散老百姓，贴安民告示，通知孟海公迁坟。孟海公一听自己在朝为官，朝廷开河却要刨自己家的祖坟，这叫什么事呢？但人家是有圣旨的，赶紧打听负责修河的是谁，原来叫麻叔谋，想了想从来没听说过。有知情的就告诉他这麻总管好像和宰相宇文述有点关系，修了一路的河，也刨了一路的祖坟，说不让刨也容易，给他一笔银子就可以。孟海公一听心想这事要这样就有缓，穿好了官服就来到了麻叔谋的营帐之中。麻叔谋一听是孟刺史，赶忙把身边的人都支了出去。两人客气了一阵以后孟海公就提到了自己祖坟的事，这麻叔谋一脸无奈地说："不行啊！"又拿眼看了看孟海公，孟海公把身体往麻总管那边靠了靠小声说："那请总管明示这事怎么就能行？"

"确实不行，这上面拨的银两本来就不够。如果到这里河道改了，那就又花出去好几万两，不好交代啊！"

"哎，麻总管！"

麻叔谋想了想，笑着伸出了五个指头，说："五千两银子！"

孟海公一听要五千两银子，心里就是一惊，一甩袍袖走出了麻叔谋的中军帐回去了！麻叔谋一看，本来他也没想管人家要五千两，一般要是觉得多，可以还个价啊。但这孟海公是个清官，别说五千两，就是一千两也拿不出来啊。孟海公为人又耿直，一听他要五千两银子赌气走了。麻叔谋很生气，立刻派人前去刨孟海公他们家祖坟。

派去刨坟的有两个人，一个叫刘耍，一个叫赵京。这两个人在麻叔谋身边从他开始挖河就一直追随，两人一听让去刨孟家祖坟，带着五十多个人就来到了曹州城外，别的坟头先不管，看准孟家祖坟就命人开始刨。这老孟家的祖坟修得好啊，有专人负责看管，一看有人来刨坟，赶紧去叫老孟家的人。那看坟的一走，这哥两也不忙着刨，到处看看！

到里面进去一看，老孟家在这曹州世代为官，父亲就是这里的刺史，爷爷也是做官的。孟家一门还出过许多名人，文臣武将都有，坟头修葺一新，老孟家在当地影响很大。看完后两个人不禁肃然起敬，命人退了出来，心想：作孽啊！两人等到快中午了孟海公还是没有来，这两位就犯难了，刨还是不刨呢？那位刘爷就说："还是去问问麻总管吧！"

"问什么问，这孟海公要是不管、不拿银子，麻总管肯定让刨，甭费那劲，刨吧！"

"可这人家好好一座坟，刨了可惜了！咱干的可不是人事啊！"

"嗨，你还不知道麻总管吗？几时你见他没银子给办过事的，而且孟家是大户人家，这祖坟里不知道有什么陪葬品呢。这麻爷不放心，可能一会就到，看咱们没刨还不一顿臭骂，不是人干的也得刨啊！"

"他来干什么？"

"他怕咱俩把他的东西给拿走啊，这地底下刨出来的都是他麻总管的，你不知道啊！"

"呵呵，你厉害啊，好，那就刨吧！"

"刨吧，养驴还不知道驴脾气吗！"

没过一会儿，麻叔谋果然来了。刘耍望着赵京笑了笑，赵京赶紧又上去催了催。不一会这孟海公父亲的坟可就让他们给刨开了，是一座石棺，弟兄们不敢开。麻叔谋一看这，催促道："快打开看看，磨蹭什么呢？"

众兄弟都相互看了看，心想：这差当的，这不盗墓贼吗？但又没办法，七手八脚地就上前把棺盖打开了。麻叔谋想这一定有陪葬品，就跳了下来亲自到了棺材旁边看看。见里面有一具骷髅，被子还好好地盖在上面，军士刚要去掀被子，麻叔谋喊了一声："慢着，我来！"说完麻叔谋伸手就把被子掀了起来，掀开以后就见从被子里面冒出一股气来。麻叔谋睁大眼睛看陪葬品没注意，正好饱饱地吸了一口。之后他就觉得恶心，喘不上气来，忙站了起来，头一阵阵地发晕，看军卒也有了重影。军士们一看都退了出来，麻叔谋吓得赶紧用手扶地几步退了回来。刘耍和叫赵京一看忙上前扶住麻叔谋，搀着回到了营帐当中。

到帐中后把麻叔谋吓得，自己这是怎么了，莫非世上真的有鬼，越想越害怕，天还没黑呢，躺到床上就睡了。一觉醒来后可也好，头也不晕了，眼也不花了！麻叔谋心里非常高兴，原来是虚惊一场，笑了几声，跪在床上就给菩萨磕了几个头，嘴里说着："菩萨保佑，菩萨保佑！"

穿好衣服后麻叔谋觉得有点饿，就吩咐厨房给做点吃的。自己洗了把脸后饭菜已经做好端了上来，麻叔谋坐下来就先来了一杯酒给自己压压惊。但酒喝到嘴里后一股怪味——马尿味，一口就吐了出来。麻叔谋以为是厨子使坏，叫人把厨子叫来按在地上就是一顿打。那厨子打完了还不知道怎么回事呢，就问："麻总管，为什么打我们啊？"

"为什么打你们不知道吗？"

"确实不知道，我们犯什么错了？"

"还不承认，好！这酒你们喝什么味？"

"哦，是酒有问题？！"厨子上前端起一杯酒就喝了下去，没问题啊，又倒了一杯拿下去给另一个厨子。那位一喝说："没问题啊，好酒啊？怎么了？"疑惑地看着麻叔谋。

"麻总管，这酒没问题啊！"

"什么没问题，还骗我！一股马尿味。"

那厨子又尝了尝说："是没问题啊，上等的女儿红啊，刚拿来时间不长，您都喝过好几回了。"

麻叔谋又叫了一个军卒过来尝了尝，军卒说："麻爷，确实好酒！"

麻叔谋一听，自己又倒了一杯，一喝，还是那味！

"还敢合起伙骗我，来人，统统拉出去杖责二十！"

几个人就在那儿喊，可这二十板子还是挨到了屁股上。麻叔谋这是解了气了，拿起筷子又夹了一筷子菜放到了嘴里，也一股马尿味，呸呸……吐了出来，火腾地一下就起来了："嘿，这些人着实可恶，菜里也给我尿尿。来人，把三个人都给我拉出去砍了！"

这麻叔谋以前那是好胃口啊，吃什么就没有他觉得不好吃的，吃得也快，从来就没觉得这吃饭会是个问题。但这以后，麻叔谋是吃什么都一股马尿味，厨子不知道换了多少，可没一个让他称心的。眼看着这位麻爷的身体越来越差，都皮包骨头了。有一天也是急了，他来到厨房恶狠狠地说："今天你们要是再做出来的菜一股马尿味，我就杀了你们几个！"厨子一听，心想：跑吧，麻叔谋命人看着。不跑吧，那是必死无疑。他是闻了殃气嘴里一股马尿味，说他又不听。没办法，还是到外面转转看有什么新鲜的食材吧！

其实是这厨子当天买菜的时候路过一个坟场，看见一个席子里面裹着一个刚死的小孩，心里就想：既然我活不了了，那就让你老小子也尝尝新，给你人肉吃，杀我的时候我再一说，恶心不死你！到了坟场，拎了块肉就回来了。

　　炒了两个菜，又给温了壶酒，就给送过去了。这个厨子洗了把脸，坐在门口等死！想不到过了一会来一个军卒把盘子和酒壶都拿来了，笑着对这位说："麻总管觉得好吃，让你下午继续做！"

　　"啊？"

　　"夸你做的菜好吃呢，好好做吧！"

　　"啊，这畜生喜欢吃人肉！"厨子呆呆地看着军卒心想，半晌没言语一声！

　　转眼到了下午该做饭的时候，厨子想："给他做点什么呢？还用人肉，让他知道后把我给宰了！还是换别的肉吧，兴许他吃了一顿人肉一冲这病就好了呢，试试！"想好后就用牛肉炒了几个菜端了上去，又被叫了去："怎么又是一股马尿味，中午我还吃得好好的，说，怎么回事？"

　　"好好，麻总管，您等一会，我这就给您重做！"

　　厨子又到坟场拎了一块肉回来了，做好了端上去一吃，好！还赏了厨子五两银子。但这厨子心里明白："给五两银子管什么用，肉没了，明天怎么办呢？"愁得这厨子一晚上没睡着觉，上吊死的心都有，心想：这怎么说呢！不说是死，说了也是死。到了第二天，待在厨房还在想辙，到中午了这菜还是没做，被麻叔谋叫了去："为什么不做饭？"

　　"回老爷，这不知道怎么说，您还是杀了我吧，我实在是没办法了。"

　　"我有办法！说什么事？"

　　"这不好说！"

　　"你照直说！"

　　"不瞒老爷，我以前听我们村的老人说过，什么都吃着一股马尿味，说这是一种病，吃药不管用，必须得用相应的食材去调。也就是什么吃伤的，还得用什么才能调过来。我又听说您是挖坟的时候得上这病的，所以我昨天没告诉您，在坟地里给您找了块人肉做成了菜让您吃，没想到您真吃着好。我就想您这病就算好了，下午给您送过去的菜是牛肉炒的，结果您还是吃着一股马尿味。后来不是给您换了吗？人肉做的，您又觉得好。但如今坟地里的小孩已然吃完了，小的不知这饭该怎么做，所以没做！"原来这厨子那是逼得穷途末路了，突然想起来编了这么一故事，这么一说让他吃人肉不就合情合理了吗？

不想这麻叔谋听完后信了，心想：我原来是得了病了，怪不得呢！既然人肉好吃那也有办法。"来人。"麻叔谋把刘耍和赵京找了来，悄悄地对他们说："去，找个今天挖河累死的河工送到厨房去！要新鲜的。"

那两位一听这，也不知道干什么，就叫人抬了过去放到了厨房里。饭做好了给麻叔谋送去，麻叔谋吃了一口，呸，还一股马尿味！

"你说什么我就给你什么，还不是昨天的味？"

"确实是那肉啊，我亲自切下来的，没错啊！"

"那怎么还是一股尿骚味，再想想，昨天的肉和今天的一样吗？"

"一样啊！昨天坟场是个小孩，如果您吃着还是不行，那……"厨子说完这好像想到了什么，脸色都变了，赶紧停了下来。麻叔谋听到这，早明白了，说："是个小孩，来人！"

"总管？"

"挖河的里面有小孩吗？"

"没有，都是干活的，您要小孩干吗？"

"去，去附近村子里悄悄抓两个来！"

因为平时军卒都抓壮丁，所以附近村里小孩没防备，没一会两个人就抓了两个小孩来到了麻叔谋的中军帐，说："总管，抓来了！"

"送到厨房！"

两人一听，怎么小孩也让送到厨房啊，洗菜吧！两人就把小孩送到厨房，厨子一看送来了两个活的，两个小孩眼睛水汪汪地看着他，心想：自己这作的是什么孽啊！怎么办呢？心里这么想可就又僵在那里。麻叔谋一会又派人过来问，厨子来到麻叔谋的中军帐，说："麻爷，我还没杀过人呢！"

"这好办，我去！"

完了后，麻叔谋的生活又规律了起来，这老小子又活了过来。孟海公因为麻叔谋刨了自己家的祖坟，一气之下在曹州反了，自立为王。曹州百姓非常支持他，起兵不到一个月，手下的人数已经上万。他带着人来到运河边找麻叔谋报仇，麻叔谋早跑了。曹州一段麻叔谋交给了令狐达，孟海公也不想把事闹大，带着队伍退回了曹州。麻叔谋也不管他谁反了，造反不归他管，一路伤天害理的继续修着他的河！有了孟海公的这次教训，麻叔谋就在全国范围内招募武艺出众的军丁到他这里听用，巧的是秦琼也被来护儿派到了麻叔谋的开河大营当中！

秦琼听自己被派去督促河工开挖运河，一打听，运河现在已经挖到了荥阳地界。于是秦琼别了母亲妻儿，来到荥阳投批。到荥阳以后，投宿到了一个小村子里，村子名叫牛家集。

吃过饭以后秦琼去外面走了走，走到村头的时候见有几个老者在那里闲聊，秦琼便凑上前去听他们聊什么。

一个说："前日张家的孩子被抓了去。"

"昨天王嫂子家的杏儿也被抓走了。"

"最可怜的还是赵家，夫妻俩多少年了，好不容易才生了个儿子，像得了个金娃娃一样，昨晚也丢了！"

"是啊，单单我们村，到今天为止就丢了十二个小孩了。家里还有孩子的都把孩子用笼子锁起来养。哎，什么世道啊！"

秦琼听完觉得奇怪，就问："为什么无故会有那么多小孩丢了呢？"

"壮士有所不知，此地负责修河的麻叔谋好吃小孩，这十几个小孩都是让他偷了去吃了。"

"大叔别说笑了，道听途说也不能这样没边啊！"

"不是我胡说，被盗去孩子的也不止我们一个村儿，修河修了一路那是吃了一路。无风不起浪，没这种事，怎么会有这种说法？"

"大叔，这人都说未必就是事实。不瞒大叔，我是一个捕快，今晚我就为你们除了这一害，只要他们敢来，抓住他们自有说法！"

"壮士能抓住他们最好，需要什么你尽管说。我们这里的年轻人都被抓去修河了，都剩下一些老幼妇孺。不过壮士放心，只要你说一声，能做什么我们一定尽力去做。"

"其他的什么也不需要，就是我一个人可能盯不过来，大叔你们几个也在自家院子的房顶上盯着点，有什么动静就来告诉我！"

"好，这个没问题。"

于是在当天夜里，秦琼便走出了院门，找了个僻静的所在，把村子盯了起来。巧的是天黑了没一会，秦琼便看见两个黑影走了过来。到了近处一看，果然是两个人。秦琼先放他们过去，悄悄地跟在他们身后，只见这两个人进了村子以后就悄悄进了一户人家。果然是有小孩的人家，不一会儿，便扛着一个小孩从屋里跑了出来。秦琼一看，大喊一声："哪里去！"说着就是一拳，那贼不曾防备，重重地挨了秦琼一拳，疼得瘫倒在了路上，把个小孩也摔到了路边。秦琼一步跨进了小孩家里，那个盗贼也出来了。秦琼上前就是一脚，踢倒在了门边，一把按倒在地，捆了起来，挨一拳的那个也被村民绑着推进了屋里。

审问得知：此二人一个叫刘耍，一个叫赵京，还有一个同伙叫陶柳，三人来盗孩子，是挖河督总管麻叔谋派他们来的！

"麻叔谋派你们来的，有什么证据？"

"我们不敢胡说，不信你们看，我们夜行衣底下就是官服。"

秦琼扒开一看果然是官服，又问："麻总管派你们抓小孩干什么？"

"这……"

"快说，不说打死你们！"

"抓去……抓去供他吃喝！"

此话一出，激起了众怒，尤其是丢了孩子的，拿牙咬的有，拿鞋底抽的有，脚踢的也有，一时场面就乱了。秦琼怕众人将他们打死，也想到这只是二人的一面之词，怕有人使诈，便上前拦住了众人，说："众位，众位，麻叔谋是朝廷大员，我觉得决不能做出此事，抓住了这两位打死他们也容易，但事情还是查不清楚。我想这样，不如将此二人绑送到麻总管那里。若是他派来的，便会放人。如果不是，麻爷断不会留他们的性命，一样是死。这样却可以抓出幕后真凶，大家看怎么样？"

"壮士说得有理，壮士为本村除了这一害，一切听壮士的！"

秦琼一看大家都同意，第二天解着这两个贼人就来到荥阳投批。麻叔谋和令狐达此时正在中军帐商议如何开凿河道，有人报，山东大行台来护儿门下旗牌秦琼来投批！

两人一听是来护儿的人，就坐下让进来。两人一看果然是一表人才，麻叔谋就着秦琼做了一个副使。秦琼谢了，谢完秦琼又跪了下来说："小人有事奏报!"

"哦，只管说。"

"卑职奉差来荥阳的时候经过牛家集，拿住了两个偷小孩的贼人，而此二人却反诬是麻爷门下。"

"哦，他们叫什么?"

"他们一个叫刘耍，一个叫赵京，我特解来，请麻爷发落!"

只见麻叔谋脸色一沉，说："是谁抓住的?"

"是卑职!"

"抓捕盗贼是地方上的事，与你我无关，你怎么去管这些事? 我们开河的事还忙不过来呢，去放了，别来烦我!"

秦琼一听，这老小子还真吃小孩啊! 心里是恨得咬牙切齿，但自己却为官差，加上开河事很多，每天忙着自己的事，慢慢地他就把这事放下了。后来他就发现，原来令狐达他们也知道麻叔谋吃小孩的事，但苦于他后面有宇文述撑腰，没有办法只能闭着眼睛让他为害民间，干这令人发指的兽行。

再来说说修运河的事，按图纸上的设计，荥阳这地方的运河是要穿城而过。秦琼他们贴了告示以后，粗粗统计了一下需要搬迁的光大户就有一百八十多户，秦琼只能硬着头皮在那里苦口婆心地劝老百姓搬迁。荥阳刺史听到这以后，也不希望荥阳这座古城一分为二，知道麻叔谋胃口大，想了想也没什么，有办法! 他把这些大户聚到一起，在一起凑了三千两黄金，经过麻叔谋的手下悄悄地将金子和众人请求运河改道的手本一起放到了麻叔谋的床前。待麻叔谋早上醒来，一眼就看到了刺眼的金子，吓得从床上跳了下来，又看了看手本，笑着说："我昨夜梦到宋襄公送我金子，求我不要让运河从荥阳经过。见我不同意，又说要另送来黄金三千两，如今果然应验。老祖宗说的也罢，老百姓说的也罢，只要有金子，就依他们吧!"于是吩咐手下修改运河图纸，绕开了荥阳。

此时的秦琼正按原来的设计方案动员老百姓搬迁，有人来报说运河不从荥阳过了，设计改了! 他一听，火一下就起来了，这准备工作都做了八成了，却突然说要改。自己和令狐达在动员老百姓之前就向麻叔谋说过，这荥阳不同别的地方，历史悠久，而且是兵家重地，是不是考虑修改设计图纸。那麻叔谋是立刻给回了，说那样会迁回王气，而且改道投入会多出来几十万两，要减缩开支。可如今老百姓都快搬完了，他却又说要改道。秦琼气不过，就来到了麻叔谋的跟前讲理。

秦琼说：“前日麻总管说图纸不能变，影响王气，还说改道会多用人工和钱粮，如今为何又突然命令改道？”

“秦琼啊，这改道是上面的意思，去办差吧！”

“别和我来这一套！原来河道上的老百姓都搬得差不多了，必须要给他们个说法！”

“秦琼，如今修改了河道不正如了你的愿了吗，叫那些老百姓都搬回来就是了！”

“说得轻松，搬迁不需要银子吗？这且不说，我算过了，这新河道比原来足足多出去三十多里地，就是改道这也绕得太远了，这又是什么意思？”

麻叔谋一听秦琼竟然质问起自己了，一下也恼了，说：“秦琼，我差你去修河，你管他长出去三十里干什么。人工不要你家人工，钱粮不用你家钱粮，你自己吃几碗饭你自己不知道吗？不要以为你是修河副总管就可以在我面前叽叽歪歪，我告诉你秦琼，我能给你这个副总管，我就能撤了你！”

“你以为老子愿意在这里干吗？在你这儿干，老子一肚子火！你一路作了那么多孽，老小子你出门小心遭雷劈！”

“好，不想干赶紧收拾东西给我滚！什么东西！”

秦琼一听，心里那个气啊！强忍住了没继续爆粗口，一甩袍袖走了出来，迎面就碰上了令狐达。他也没理人家，气冲冲地走了。令狐达一看心里也不明白，到中军帐，见到麻叔谋后才知道原来秦琼和麻叔谋干了一仗。而麻叔谋对令狐达的解释是宋襄公托梦给他，让他保护城池，说有天旨，能怎么办呢？令狐达想了想说：“这秦琼可是来护儿的人，这样让他回去不妥吧！”“让他走，谁叫来护儿啊！”麻叔谋又在中军帐外挂了一面白牌，免了秦琼的副总管职位，遣回原籍，此事方罢。

秦琼出来后，也没有再回来护儿那里去，在齐州城外找了个地方，接来了老母妻儿，隐居了起来，不问世事！

这麻叔谋的运河继续往前修，继续伤天害理，骇人听闻地来到了相州。

相州刺史名叫高潭盛，麻叔谋吃小孩的事早传到这儿了。麻叔谋到相州以后，就命令自己的中军官到高潭盛那里要河工、要工具、要银子。完了之后这中军悄悄地还要两个小孩，这高潭盛一听要小孩，就从心眼里恶心这麻叔谋。高潭盛那是个直脾气，心里面想嘴里就说："要说这麻总管要河工我们给，要工具、要银子我们都给，小孩却没有！"

"高刺史，这是为什么啊？"

"听说这麻总管要了小孩去是要吃了他们，这种禽兽不如的事情我干不出来！"

"高刺史，你怎么知道麻总管要吃了这些小孩呢？"

"我听说的！"

"无凭无据的可别乱说，我们麻总管是谁啊，容不得你胡说。"

"他是谁啊？我还真的不知道！"

"高刺史，你可要对你说的话负责。我这里送你一句话：脖子洗干净好好在这儿等着！"

说着这位中军一甩袖子走了出去，回来到麻叔谋跟前，和他一说这事。麻叔谋听了火冒三丈，说："岂有此理，这高潭盛胆子也太大了，竟敢当面就说我吃小孩！他是不知道马王爷长几只眼啊！"说完麻叔谋穿好盔甲骑马提枪，匆匆带了五十多个兄弟就来到了高潭盛的刺史府。

可高潭盛早走了，等中军走了以后他带着家眷就逃走了。他想明白了：这个刺史不干了，可让他没想到的是麻叔谋会亲自来抓他，而且来得这么快。他的车队怎么能跑过麻叔谋的快马呢，大概跑出去十多里地的时候，麻叔谋追上了高潭盛他们的车队。高潭盛架着马车跑，麻叔谋在后面紧追不放，没一会五十多个军卒就把高潭盛他们一家围在了当中。两个军卒过去就把高潭盛抓起来绑上了。正在这危急的时刻，路边走过一队人马，为首的一个骑着高头大马，手里提一根镔铁棍。高潭盛一看就对着他们喊："壮士救命，此人就是麻叔谋，专吃小孩。我是相州刺史高潭盛，壮士救命啊！"

路过的这位是谁呢？此人是太行山大寨主雄阔海。长得五大三粗，三十多岁的好年纪，使一条镔铁棍，有万夫不当之勇。一听见有人说麻叔谋在这，提着棍子就停了下来，问："谁是麻叔谋？"

"那个骑马的就是!"高潭盛一听有门,忙说。

"不错,我就是麻叔谋,你问这干什么?"麻叔谋一看这大汉带的人不多,十几个人,就没放在眼里。

"听说你吃小孩?"

"都是这些人胡说,我要押他回去治罪!"

"治他的罪,你是干什么的?你一个修河的要治他的罪?你就那么牛啊?"

"关你什么事了?你是谁啊?你吃几碗饭自己不知道吗?"

"呵呵,告诉你,我叫雄阔海,太行山大寨主,土匪。没人管你是吧?今天我管管!"

雄阔海说罢,提着镔铁棍催马就冲了上去,麻叔谋举枪相迎,但他哪里是雄阔海的对手啊!打了没几个回合就坚持不住了,拨马闪到了一边,吩咐手下的军卒:"给我上!"手下的军卒一看麻叔谋打不过这土匪,都站在那儿没动!其实这麻叔谋平时对军卒不好,军卒稍微有点疏忽不是打就是骂,而且一点油水都不分给这些军卒,还克扣他们军饷。这些军卒有哪个是真心为他卖命的?巴不得出来雄爷这么一位给他们出出气呢,看他打不过,谁也不帮他站到了两旁。麻叔谋一指这些军卒,说:"你们上啊,擒住此贼我每人赏银五十两!"

其中的一位笑着应声说:"麻爷,银子那么有用你让银子上!"

雄阔海一看这,说:"嘿,有意思啊。第一次看见这样的,身边带了五十个人没一个帮他们主子的,呵呵!"站在一边看起了热闹。

"混蛋,回去看我怎么收拾你们!"

"不用回去了,现在就来吧。"这军卒说完挥刀砍向了麻叔谋,麻叔谋见这种情形,拨马就跑。那是五十个军卒,哪跑得了,有一个眼疾手快的,一刀就砍向了麻叔谋的马腿。马一条腿就折了,一下摔倒在了路边。麻叔谋也摔了个四脚朝天,五十个军卒一下围了上去一顿乱刀将麻叔谋砍死在了当场。

砍死麻叔谋后,这些军卒憋了几年的气总算是出了,一个个擦了脸上的血笑了,说:"真他妈的痛快!"又走了过来朝雄阔海一抱拳,说:"雄爷,谢谢你为我们除了这一害!哪天有机会请你喝酒!"

"客气了,众位兄弟如今杀了麻叔谋回去恐怕不好交代吧,不如跟着我雄阔海，保证亏待不了各位！"

"不了，家里还有妻儿老小，这还没到那个地步呢。如果哪天混不下去了我们再去找雄爷！"

"好啊，雄阔海在太行山等着各位！"

"好，后会有期！"

五十个军卒一摆手走了。高潭盛又上前跪倒拜谢雄阔海的救命大恩。雄阔海一看高潭盛这样，忙从马上下来，把高潭盛扶了起来，说："不必行此大礼！路见不平罢了。"

"壮士救命大恩永生不忘！"

"哪里！哪里！举手之劳，况且麻叔谋也不是我杀的！"

"唉，若没有英雄出手，高某今天必死无疑，还是要感谢英雄。"

"哈哈，好了好了。我知道你谢我了，我接受了，别说了行吗？"

"好好，不说了！"

"如今你还要回相州去当你的刺史啊？"

"不了，这朝廷的官如今是越来越没意思了。既然跑出来了，罢了，不回去了。"

"不知你如今有何安排呢？"

"唉——想我高潭盛为官数载，如今混得连个栖身之所都没有，凄凉啊！"

雄阔海一听他叫高潭盛，激灵了一下，忙问："你叫什么？"

"高潭盛！"

"高低的高？"

"是啊！"

"潭水的潭？"

"是啊！"

"你既然叫高潭盛，那这事就是老天爷安排的。这么着，你也不用感慨什么无栖身之所了，以后太行山就是你的家，你到太行山当我们大寨主吧！"

这是怎么回事呢？原来这雄阔海在太行山拉起了人马以后，那是衣食无忧。可自己后来想想，老这么过也不是个事，弟兄们不能当一辈子土匪啊。听别的地方有人起兵造反当了皇帝，自己也想起兵，但苦于自己斗大的字不认得一升，没文化，所以你造反不让天下人笑掉大牙吗？于是他一直在物色一个人选，条件之一就是得认识字，又去算了一卦，那卦上就说："你叫雄阔海，首先你名字里有个阔。那和你一起造反的那个人名字里必须有个高字，这样才能海阔天高。光这还不行，你们心不往一处想也难成事，所以名字里也必须也带个水旁！"这雄阔海在弟兄们中间这个找啊，愣是没有。如今巧了，管了个闲事竟然对上卦了。高潭盛，名字里是既有高，又有水旁。潭水的潭么，雄阔海就是不识字也知道这里面一定有水旁！加上这高潭盛官位已到刺史，必是读书人；不给麻叔谋送小孩，必是一个疾恶如仇的人。踏破铁鞋无觅处，得来全不费工夫，就是他了！

高潭盛一听他这话不敢相信，问："英雄，你说什么？"

"你到我太行山做我们的大寨主，我为二寨主。完了以后我们起兵造反，那你就是皇帝，我给你当元帅，共谋大事！"

"开什么玩笑，我高潭盛吃几碗饭我自己很清楚，这事干不了！"

"嗨，你怕什么，我们都算好了，就缺你这么一位头领，别的我们都准备好了。太行山我人马已经五万有余，再把你的相州作为起兵的根据地，我们大事可成！"

"什么，五万人马？"

"是啊，苦于没有一个领头的。那算卦的说和我起兵的人，名字里必须要个高字，名字里还得有水旁。你都有，这就是天意啊！"

这高潭盛这时就有点晕，迷迷糊糊自己就是皇帝了，是不是在做梦啊？

于是高潭盛和雄阔海带领五万人马到了相州后起兵造反。高潭盛为相州白御王，雄阔海为领兵大元帅，人数发展到七万有余！所以杨广让麻叔谋修了一路的运河，修了一半不到，气反了孟海公，逼反了高潭盛，替杨广狠狠地推了风雨飘摇的大隋一把！麻叔谋死后，令狐达接替了他的挖河都总管的位子，有鉴于前，令狐达自然收敛了很多！

秦琼到齐州城外隐居，日子过得倒也清闲，整天养花种草，教儿子练武识字，但在这段时间秦琼在这齐州城外收了一个奇人！

怎么回事呢？一天秦琼在家闲着没事到外面去走走，一路也不知道去哪儿，边走边看看农家的景象，一片片的庄稼，一群群的牛羊。也不知道走了多长时间，秦琼远远地就看到有一群牛，一个十几岁的少年在那儿，像是放牛的。只见这少年长着四方脸，浓眉大眼，皮肤黝黑，一米八的大个，身体好啊。身上纯粹看不见骨头，穿蓝色的粗布上衣，头上扎着蓝色的方布头巾。秦琼走到跟前，正好两头牛在那里打起来了，一片尘土飞扬。放牛的那小子也看见了，坐在那里看，秦琼觉得有意思也走了过去看。可这两牛打了半天也没分出个胜负来，秦琼看了一会就想要走。这时，这放牛的也恼了，对着两头牛就喊上了："看你们，打了半天也没分出个胜败，还是别打了，顶出血来回头张叔又要说我。"

那牛也没理他，继续还在那儿顶，少年一看来了气，拿一个树枝上前想轰开它们。可那两头牛打得正眼红哪里管他，还在那儿顶。少年气性一下上来了，扔了树枝，嘴里喊了一声："靠！"他上前一把抓住两头牛的犄角，秦琼一看吓坏了，两头牛此时正杀得眼红，这小子此时上去非常危险。他刚要上前去拉，却不想这少年上去一把就抓住了两头牛的犄角。秦琼一看这架势那叫迅雷不及掩耳啊。抓住牛犄角后大喊一声，两膀一用力，两头牛竟然让他不可思议地给慢慢分开了。分开了也还不是事，两头牛被分开还是不服输，还在那儿顶。少年见这形势，深吸了一口气，先右手用力一推，一头牛被推了个趔趄。两只手抓住另一头牛的犄角两膀用力一掰，大喊了一声，只听"啪"一声，这头牛的牛角愣是让他给掰了下来！

秦琼一看这，惊得汗都出来了，不禁叫出声来："好力气啊！"感叹天下竟有如此奇人，便来到年轻人身边，问那后生："小伙子，叫什么名字？"

后生转过头看了秦琼一眼，憨憨地说："罗士信。"

"哦，让我看看你手里的牛角。"

后生顺手就把牛角递给了秦琼，秦琼一看牛角，骨头茬是新的，真是这会给生掰下来的。"呵呵，好啊！"又问，"你父亲叫什么？"

"我父亲被抓去修河了，母亲死了！"

"那现在谁照顾你？"

"我叔叔，别人都叫他张社长！"

"哦，张社长！"秦琼想不会是他认识的那个张社长吧，就对少年说，"那你带我去见你叔叔，我有事和他商量！"

罗士信于是便带着秦琼来到了张社长家，秦琼一看，果然是他，心里就是一喜。张社长看是秦琼，也笑着迎了出来，说："什么风把秦旗牌吹来了，失迎啊！"

"哪里，张社长的家原来在这城外啊！"

"老母亲在城里住不惯，如今正好城里生意不好做，所以也没办法。我关了铺子，在这里种地糊口！"

"哦，你铺子都关了，为什么？"

"哎，不瞒旗牌，本来兵荒马乱的生意就不好做，加上终日都有闲事，挖河让交银子，打仗也让交银子。哪天再来个收税的，搅得你根本没法安心做生意，所以关了铺子，到农村躲躲！那秦旗牌怎么也来到此处呢？"

"说来话长。"秦琼就把到荥阳修运河的事告诉了张社长。张社长一听，头发都竖起来了，问："还有这事！"

"是啊，我知道后也觉得惨无人道，但又有什么办法呢？杨广荒淫无度，宇文述一手把持着朝堂。作为堂堂修河督总管，干得怎么样先不说，吃小孩！哎，这大隋朝我看是快完了！"

"秦爷，我们也不管他大隋怎么样，我们要不再喝两杯吧！"

"张社长，不了，我今天来找你是有事相求！"

"哦，有事相求？旗牌请说！"

"刚刚引我进来的那个十五六岁的少年，张社长可认识？"

"认识啊，他是我家邻居家的孩子。父亲被抓去修运河，母亲死了，无依无靠。我看这孩子可怜，就给他碗饭吃在我家里帮我放牲口！"

"刚刚我路过村口，看他用双手分开斗牛，还力拔牛角！着实令秦琼吃惊啊！"

"呵呵，我也看着稀罕。可稀罕是稀罕，我家的牛可遭殃了。他放的牛牛角全都是残缺不全的！"

"张社长，我看这小伙子条件很好，如果有人再加以悉心雕琢则前途不可限量。我有心收他到我那里教他一点武功，不知张社长意下如何？"

"旗牌说哪里话，这可是这小子前世修来的福，小老儿巴不得呢！旗牌要是喜欢，这孩子以后就跟着旗牌你吧！"

"哦，那谢谢张社长了！"

"哎，说起来旗牌也是替我家的牛做了一件好事啊！哈哈，哈哈！"

于是罗士信便来到秦琼家里。从那天以后，秦琼教了他很多东西。大概小半年的时间吧，罗士信在秦琼的悉心调教下进步飞快。秦琼还教了他一些枪法和锏法。罗士信学会了简单的武功，而这些简单的武艺在他勤加练习以后可就不是那么回事了，使起来威力惊人。他还学会了骑马，秦琼按他那体格给他找了匹好马！学会了识字以后他拜秦母为母亲，拜张氏为嫂嫂，和他们亲得就跟一家人一样！

第八章　杨广征高丽

DIBAZHANG YANGGUANG ZHENG GAOLI

　　好日子总是过得很快，一年过后，杨广气不过高丽不来朝见，决定亲征，尽管群臣力谏还是无济于事。杨广命令宇文述父子统领五十万人马从陆上进攻，来护儿带领三十万水军从水路挺进，杨广自带二十万人马后面接应亲征高丽。杨广军令一出，全国上下都开始调兵准备。来护儿此时就想到了秦琼，他是知道秦琼本事的。这次来护儿率军三十万，秦琼要是能做他的先锋官，那就万无一失了。打听到秦琼的住处后，来护儿马上派人带着他的文书去请秦琼!

　　却说秦琼一家人正觉得无事，忽然来了一个旗牌官打扮的人问："请问这里可是秦家?"

　　"军爷问这干什么?"

　　"我要找一个叫秦琼——秦叔宝的。"

　　"在下就是，不知军爷有何事?"

　　这旗牌官一听是秦琼，忙下马见礼，秦琼也请他进屋。那人坐下后便说："奉来爷将令，请将军为前部先锋!"

　　秦琼一听这，不看，也不接令，说："秦琼何德何能，如何能担任前部先锋一职。况且家母年老多病，实在不能前去。请兄长转告来公，美意秦琼心领了，实不能前去，来公还是另选他人吧!"

　　旗牌一听这，说："秦将军，这么好的事我们求都求不来呢! 你再想想，还是去吧?"

"确实是家母有病，不能前去应征，望兄在来爷面前说明一切！"秦琼然后又写了一封信说明原委，交于来人。那旗牌官见他执意不去，只得拿了书信回去复命。见到来公，把书信递给了他。来公看完书信，又看了看旁边的樊虎，说："秦琼托母亲病重不肯前来，这如何是好？"

原来来公要招秦琼但又不知道他的去向，四处打探后得知他有个好兄弟叫樊虎。于是来公就把樊虎招进了自己的水军大营，秦琼的住的地方就是樊虎告诉他的。如今秦琼不来，来公犯难了，樊虎笑了笑说："来元帅不必忧虑，其实要让秦大哥来并不是难事！"

"哦，怎么讲？"

"秦大哥是个孝子，我们只要说动秦母，则秦大哥必来！"

"怎么说？"

"秦大哥的母亲是明事理的人，如今怕是她不知道秦琼不做前路先锋的原因是要照顾她，哪个母亲不希望自己的儿子出人头地有一番作为？秦大哥的母亲更是这样，我们只要晓之以理，她必定让秦大哥来为国效力！"

"好，我这就派人去！"

这次来公找到了郡丞张须陀。张须陀看了来公的帖子便知道了来公的意思，当日就鞴马来到了秦琼家中去做秦母的工作："令郎原是将门之后，英雄了得。如今国家有事，正应该建功立业，怎奈他却推辞不去。"

"怎么不去，这事我怎么不知道？"

"秦将军说是您老有病，需要在家照看，所以不去。"

"大丈夫死了当马革裹尸，既然有这样的机会，怎么能为了我而放弃。况且我身体好着呢，不需要他照看。张郡丞只管去，明日我便叫他去军中应征！"

"好，老夫人您留步！"

第二天，秦琼把家中的事安排停当以后，换上了公服，到来公那里领了前部先锋一职。

此次兵进高丽，招兵的时候却又逼反了一位豪杰。此位豪杰名叫窦建德，贝州漳南人。

窦建德出身大户，从小体恤民众疾苦。儿时，窦建德看到一位老乡家里死了人没有钱安葬，便把自己家的耕牛送给老乡去办丧事，被人传颂。

此次杨广亲征高丽，扬言要领兵一百万，下令在全国征兵，窦建德也应征入伍。由于武艺出众，又有些名气，被选为二百人长。正在此时当地又发大水，新招募的士兵很多家都在灾区。有个叫孙安祖的听到自己的家乡发大水，想回家去看看母亲，就到长官那里去请辞。不想长官不同意，于是和长官争执了起来。那长官火了，要打孙安祖，孙安祖拿出刀跳起来捅死了那官。出了此事后，孙安祖便去找窦建德商议一起造反。两人一拍即合，窦建德说："大丈夫不死，当立大功，岂可逃了让别人去杀。"于是两人一起起兵造反，响应的人很多，几天时间人数已有一万有余！

此事很快传到了朝中，杨广令太仆杨义臣领兵十万前去平乱。杨义臣，隋之名将，极会用兵，所到之处匪患皆平。没多少时日，便来到了济渠口，离窦建德的军队已不远了。杨义臣先遇上的是另一路反王张金称，这张金称竟然不知死活地去叫阵。杨义臣因初到济渠口，地形不熟，又看到张金称只是一介勇夫，想以计取之。张金称看杨义臣拒不出战，信心那是更足了，每日都去叫骂。杨义臣只是闭门不战，任其辱骂。只看到后来张金称开始松懈，也不派人去看杨义臣的动向，每天只在阵前叫骂。却不知在其军左右，杨义臣已悄悄安下三千伏兵。一日杨义臣突然从营中杀出，张金称慌忙迎战。忽然又听一声炮响，三千伏兵从两边杀了下来，张金称的军队从中间被一分为二。杨义臣前后夹击，没一会儿，贼兵大败而逃。

此时，窦建德与孙安祖已经知道张金称大败。此时窦建德集团中的一号人物却是高士达，也是一员难得的虎将，三人在一起商量如何对付杨义臣。窦建德说："杨义臣是隋之名将，用兵如神。现在又杀败了张金称，全军气势正盛。不如我们先暂避一时，固守住，等稳住局势再说！"

高士达说："我军刚刚组建，正待胜利来稳定军心，如果不战死守，恐怕会伤及军心啊！"

"也不然，我听说杨义臣此次来是要速战，粮草不多。我们只要顶过去二十天，敌军粮草定然不济。到时候再出兵去攻，必然大获全胜！"

"二十天……杨义臣刚打完张金称，营内必定疏于防范。今夜不如我们去劫营，叫他见识我义军的厉害！"

"杨义臣带兵多年，我看机会很小，还是不要去了，万一……"

"窦将军，我主意已定，就凭我的本事，就算不能取下杨义臣的狗头，也定叫他知道知道我的厉害。"

于是，高士达领着一万人马前去劫营。三更时分，高士达领兵直冲进杨义臣的军营。进去后才发现是一座空营，知道中计，命令军士们赶紧撤退。此时忽然四面喊杀声震天，没等高士达明白过来，却有一支箭飞来正好射中了高士达的咽喉，坠马而亡。

此时，窦建德见高士达中了埋伏，带人来救，也被隋军杀败。窦建德与孙安祖只带了两百多人逃到了濮阳，又紧急招了几千人，守着这座孤城。眼见杨义臣所向披靡，窦建德此时又生一计，让孙安祖带着黄金珠宝到长安贿赂权贵。因为杨义臣脾气直，朝中很多人都与他不和，就想想办法把他调换，以解此围！

孙安祖到京城以后托人找到了段达、虞世基等一班权臣，使以重金。没有几日，就有旨意下来：

> 杨义臣出师已久，虽有战功，但为何按兵不动，意欲何为？姑念老臣，令杨义臣不再担任军中任何职务，另调将官，剿灭余寇！

此时的杨义臣正准备破城剿灭窦建德，突然有圣旨下来，说自己已不再担任军中任何职务。杨义臣哭笑不得，挥泪而别，变更了姓名以农樵为乐！

窦建德见杨义臣已去，便又领兵收复了失地，召集了人马。几个月之内，窦建德又一次拥兵一万有余。

大业九年（公元613年），杨广亲征高丽。来公领兵三十万从水路出发，宇文述领兵五十万从陆路出发攻打高丽。来公先用计智取坝水，而后暗渡辽河，一路顺风顺水。随后他便兵逼平壤，杀了高丽一员大将乙支文礼，这是水路。而另一路旱路，元帅是宇文述。高丽谋臣乙支文德听说宇文述是好利之徒，便诈降进军营刺探军情。宇文述信以为真，领着乙支文德到处炫耀。不但这样，因为好大喜功，一路上走得很慢。来护儿他们的进军速度又很快，水军和陆军就相隔得很远了。后来乙支文德逃走，宇文述才明白过来，但军中情况已经被乙支文德摸了个清楚。宇文述因为急着追赶水军，中了乙支文德的埋伏，全军覆没。他和两个儿子幸运地逃了回来。杨广见陆军已败，水军也只能撤回。秦琼因为屡立战功，所以得了金盔金甲，在军中显得特别显眼，却被宇文述的家将认了出来："正月十五灯下打死公子的就是他！"

宇文智及等人一看，容貌和画像上的差不多，而且使的也是双铜，几人看定了后便回到了自己营中！

到了第二天，宇文述差人到秦琼那里说要犒赏秦琼，让秦琼到他那里去一趟。秦琼一听是宇文述就多了个心眼，去的时候叫上了樊虎。两人来到宇文述的营中，到中军帐门口，见有一个旗牌。秦琼报了姓名以后那旗牌说："元帅有令，只让秦先锋一人不带兵器相见！"

秦琼只得将双铜、佩刀交给了樊虎，走进了中军帐。进去以后，见宇文述端坐在中间，两边站着他两个儿子，都全副披挂。便上前见礼，呈上手本。

"你可就是秦琼？"

"正是卑职。"

"与我拿下！"

众武士上前一把将秦琼按倒在了中间。

此时，与秦琼一起来的樊虎听动静不对，从缝隙中一看秦琼被按在了中间，知道情况不对，就退了出来急忙去找来护儿。

"秦琼，你是条汉子，你记得在仁寿四年正月十五你干了什么？杀我爱子，我岂能容你！"

秦琼来时就觉得不对，进门又让解了兵器，心里后悔得不行，心想：怎么就没防备呢？但事已至此，秦琼一看也没什么好瞒的了就说："宇文惠及强抢民女，草菅人命，他死有余辜！"

"好一个死有余辜，把秦琼拉出去给我砍了！"

正在此时，来护儿来了，下马后直接闯进了宇文述的中军帐。听要杀了秦琼，来护儿就问："慢着！什么原因宇文大人要杀我将官？"

宇文述一看来护儿来了，便笑着说："误会，误会，还不快放了秦先锋！"

"宇文大人，既然是误会，那我们就告辞了！"

"不送！"

回去营帐以后，秦琼就把当年如何杀了宇文惠及的事告诉了来护儿。来公一听："怪不得宇文述要杀了你呢！"

"杀了他儿子，宇文述一定不肯善罢甘休。来公，还是让秦大哥走吧！"樊虎说。

"哎，说的什么话。秦先锋曾有坝水大功，现已经上报。秦先锋不能就这样走，什么事有我来护儿！"

"来公，宇文述已经知道是秦琼杀了他儿子，肯定会想方设法杀我报仇。今天来公帮我躲了过去，可以后呢？这宇文述在朝中根基甚深，秦琼死不足惜，但家中还有老母妻儿，望元帅天恩，放秦琼走吧！"

来公一听秦琼这样说，也没有了主意，但想想朝廷对像秦琼这样的人才都容不下，除了可惜之外还能说什么呢？来公见秦琼去意已决，便安排了一切：

一、让秦琼在齐州荣归故里，让樊虎也一起跟了去。二、送他金银无数。秦琼也没耽搁，星夜便返回了山东，见了秦母、张氏、怀玉和罗士信，第二天又拜谢了张须陀。张须陀也因为秦琼的归来多了个帮手，加上罗士信、樊虎、唐万仞几个人合力，山东一带匪患减息！

杨广到高丽后一下损失了宇文述的五十万人马，心中非常沮丧。但杨广心想自己还有五十万人马，不能就这样退兵，就又重整兵马，二次杀向了平壤。高丽皇帝一看隋军来势汹汹，平壤眼看就要被攻陷，便派使者前去诈降。杨广很是高兴，认为可以不战而屈人之兵最好，就停止了进攻和来使谈议和的条件。在这空当，高丽得到了宝贵的喘息机会，加高了城防，补充了给养，增派了守城的人手。当杨广要他们出城投降的时候，他们却矢口不提投降的事。杨广很是生气，大骂高丽不守信用，命令士兵又开始攻城。但最好的时机已过，平壤城迟迟就是攻不下来！

此时，在隋军中黎阳监运名叫杨玄感，为什么要提此人呢？他是越王杨素的儿子，因为帮杨广登基夺位，杨素前几年那是权倾朝野。但在一次和杨广喝完酒以后杨素却不明不白地死了，有传说他是被杨广用药酒毒死的，所以杨玄感表面上不说什么，心里却在找机会报仇。这次杨广亲征高丽，杨玄感认为机会来了。他谎称军中有人造反，开始在当地招兵买马，没有多久，就有了几万人马。而此时，为杨玄感出谋划策的人正是李密，就是那位秦琼当铜卖马时和王伯当一起的李密。后来王伯当不是说他被皇城里的人看中了吗？就是杨玄感。李密也不含糊，起兵以后就为杨玄感想好了上、中、下三条计策，供杨玄感选择：

上策：杨广远征高丽，在辽外，南边是大海，北边有胡戎之患。只需在此时带兵阻断其归路，前有高丽，南有大海，北有祸患，回又回不去，又没有粮草供给。不足一月，必不战而降，可得天下！

中策：杨广出征高丽，长安必定空虚，不管其他，直取长安，进可攻、退可守，而且粮草供给很是充足！

下策：图东都洛阳，因为离我们近。而东都防守坚固，城中守军又多，恐很难取胜，所以为下策！

杨玄感听完想了想说："现在百官家小都在洛阳，若不取之，怎么能动其根本。经过东都而不取，怎么能显我义军之军威！所以公之下策，实为上策。"

李密还要来劝，见杨玄感主意已定，便按他的说法，准备攻打东都洛阳！但就像李密说的，东都城防坚固，而且守军又多，自己招募的士兵又缺乏训练，他们打了一个多月，愣是没打下来。此时，得到消息的杨广那是丢下了一切跑了回来。也就是说，到最后高丽还是没有打下来。杨广是担心他在洛阳的娘娘啊，领着三十多万军队回来了。回到长安以后，他把气都撒在了杨玄感身上，命令宇文述和来护儿带着二十万军队一起前去平叛。

杨玄感一看这，赶紧就跑，一路上被来护儿追得相当狼狈。后来粮草没了，杨玄感就想去路过的县城中补给一下。李密等人是力劝不听，而此事的结果便是他们被这个小小的县城给绊住了。三天没打下来，被追上来的来护儿一举歼灭。杨玄感被斩于马下，李密等人被押解回了长安。

后来王伯当得知了李密被押解往长安的消息，便在去长安必经之路上坐等李密等人的到来。李密他们一行有四个囚犯，押解他们的八个军差，到那里后都被王伯当他们药倒。王伯当救出了李密，并相约一起去投靠瓦岗的小霸王翟让！

第九章　程天子出世
DIJIUZHANG CHENGTIANZI CHUSHI

几个人去瓦岗山路过潞州的时候，李密突然想到要邀请单雄信一起去落草，而王伯当想的是：单雄信如今不比我们，我们是走投无路，而他家财万贯、良田千顷，要他和我们一起去落草，不是当兄弟的应该干的事。所以就说："玄邃兄，我看不妥。不如我们先去瓦岗，等我们站稳脚跟再来请他入伙也不迟。"

李密那是帮杨玄感反过一次的人，他想得更多。他说："哎，王兄说的什么话。如今我们要干就要干大，这就不止落草这么简单。想那翟让人马虽多，但冲锋破敌的将领却少，为了我们兄弟能走得长远，一定要拉单二哥入伙！"

"人家现在衣食无忧，怕是不会和我们一起去！"

"要不你们先去瓦岗打点一切，我自往单二哥那里去一趟。凭我三寸不烂之舌一定能说动单二哥同上瓦岗，共图大事！"

"好吧，那我们几个人先去瓦岗等你！"

于是几人分头行事，王伯当领着众人上瓦岗去投奔翟让，而李密则改了一身道人的装扮赶往了八里二贤庄。

王伯当等人又走了两三日，便来到了瓦岗寨。寨中翟让不在，只有徐懋功和李如珪等人。原来翟让造反请的能人正是徐懋功。王伯当看到徐懋功，笑着说："原来这世上心里最乱的人是徐三哥你啊！"

"伯当，说的什么话。我老道也是寨主几次派人去请磨不开情面，别拿我说笑了！"

"哎，三哥说哪里话。如今小弟落难来到瓦岗，见到三哥高兴还来不及呢，怎么会笑你！"

"落难到此？"

王伯当便把怎么救的李密，又怎么在潞州分开的事向徐懋功说了。徐懋功沉思了片刻，说："李密此去，凶多吉少！"

再说李密与王伯当等人分开以后，一路无事。眼看就要到八里二贤庄，突然身后有一个人问："李兄，你哪里去？"

李密转头一看，此人武士打扮，是杨玄感手下都尉詹气先。李密见是他，也没多想，答道："到这里来访一个朋友！"

李密答完突然想，此人公人打扮，而自己此时是个逃犯，需得小心此人！于是又补充说："幸亏我叔父上下打点，才免了身上的重罪，不知詹兄在这里干什么？"

"哦，在此访一位亲戚。"

"既然詹兄有事，那就此告辞，有机会我们再叙！"

"好，李兄一路好走！"

说完两个人就分路而行了。原来这詹气先在杨玄感战败时已经归顺，虽然杨广杀了三万多人，但此人却混成了捕快头头。在詹气先认定此人就是李密以后，便悄悄地跟在李密身后，见李密进了二贤庄，便去官府告官。

李密来到二贤庄后，管家单全说单员外此时不在二贤庄，往饶阳去办事了。但单全在这二贤庄却不只是管家这么简单，他和单雄信那是比亲兄弟还亲，而且单雄信的朋友单全基本都认识。看是李密，单全也认识，忙把他请到了二贤庄，命人设酒宴招待李密。在席间，李密就说出了自己的担心——詹气先。刚说到这，只听到庄外有人叫门！李密此时忙把自己身边的佩刀拿了起来，单全一看，说："李兄不必惊慌，我先出去看看！"

单全于是带了一二十个家丁出去，开了门见果然是官府里的人，便故作镇定地说："几位官爷不知有何贵干？"

其中有个官差上前客客气气地问："单员外在吗？"

"我家员外去西乡办事了，不在庄里！"

"那这庄里谁说了算？"

"我叫单全，是二贤庄的管家，几位有事可以和我说！"

"那就是你了，有人举报说一个叫李密的钦犯，逃到你庄上来了。此人系重要人犯，我们要进庄搜查！"

"官爷，此人我等不知，我家主人也从来不认识什么叫李密的人。如今员外出门在外，我们是守法度的人家，绝不敢收留重罪的钦犯。大人只凭有人胡说便要进庄搜查，未免也太不把二贤庄放在眼里了。"

"让开，我们这是执行公务，耽误了正事你们担待得起吗？"

"对不起，如果你有凭据可以进庄搜查，没有凭据你们休想踏进二贤庄半步！我们不惹事，但也绝不怕事。"

说着，一二十个家丁提着棍子，个个怒目而视往前走了一步，站在了庄口！

这几个差人看了这阵势，知道单雄信不好惹，况且又经常得人家好处，便笑了笑说："我们也是公务在身，单爷不必发怒，只是问个明白。如今看果真没有，我们就告辞了！"又对着手下说："走，回府！"

单全站在门口看着这些人走远，命人关好了大门。刚回到后面书房，又听见庄外有人敲门，单全来到门口大声问："三更半夜的，谁啊？"

"王伯当！"

单全一听是王伯当赶紧叫人打开了大门把他们迎了进来。一看，王伯当、齐国远、李如珪等一共八个人，都是客商打扮。原来是徐懋功怕李密出事，让他们几个前来接应，单全忙把他们让进书房，一起吃酒不说。

却说詹气先因为县衙没有抓住李密心有不甘，骑马出了城便来到了潞州知府，将此事报与潞州知府知道。知府一听是李密，不敢马虎，马上提兵出城去二贤庄抓人。来到二贤庄便命人把庄园包围了起来。那詹气先立功心切怕李密从后门跑了，便向知府要了二十个人来到后门亲自把守。可他们不知道的是此时的二贤庄里的这几位，区区几十个人去抓，那根本就是儿戏！

书房里的几位听说官军围了二贤庄，高兴得不行，尤其是齐国远和李如珪两人，提着家伙就要出去。李密上前拦了下来，说："各位兄弟，现在时机尚未成熟，我们不能闹出太大的动静，还是想个办法，在二贤庄里面解决了他们比较好！"

单全说："是啊，员外不在，还是智取为好！"

"好，那我们怎么办？"

单全说："这么着，我们庄里后院有我们染布料的靛池四五间，我们可以在那里下手！"

"好，我们去靛池埋伏。单兄，你去引他们到靛池边来。"

说好之后，单全开了门，满脸堆笑地迎了出去说："各位大人，这么晚了，不知到二贤庄所为何事？"

"少废话，有人看见李密进了你们二贤庄了，让开，我们要进去搜查！"

"回老爷，刚才就来一伙公差就说李密在我们庄上，但我们不知道，就说他没在我们庄上。他们走后我们在庄上一找，这李密还真让我们给找着了！"

"啊，找到了，那他现在在哪里？"

"我们把他绑在后院了，我带老爷们去！"

"好，前面带路！"

那公差笑着叫两个兄弟守着门口，然后带着众兄弟们跟着单全就来到了后院。等他们到后院以后，王伯当、李密他们突然从背后杀了出来。众军士哪见过这个，吓得就往后面退去，却不知道后面是靛池，扑通扑通全掉进了靛池。这靛池很深，四周滑溜溜的，没一会这四十多个军丁全都淹死在了里面。王伯当和李密去前门解决了那两个把门的，而其他人则来到了后门。杀在最前面的是齐国远，而可怜的詹气先还没明白怎么回事呢，就被从后门猛冲出来的齐爷一斧子砍为两段。别的军士见状撒腿就跑，但哪能让他们跑了，众人追上前去砍瓜切菜一般把这二十多号人也全解决了。然后李密又让众人将投降的士兵绑在了靛池的柱子上，把士兵的尸首全部扔进了靛池。事情到了这个地步，李密想这纸里包不住火，几十条人命，肯定会累及二贤庄，与其坐等着官兵来抓，不如就此反了！

单全就觉得这个主意自己不能拿，去问夫人，可半天她也没个准主意。单全没法，只得和李密等人在单雄信不知道的情况下，带上了值钱的东西，将他的家眷接上了瓦岗寨。后来单全找到单雄信，告诉他二贤庄没了，家眷已经被接上了瓦岗！单雄信听后头有点晕，看着单全，单全像一个做错事的孩子一样不敢看单雄信，抬头看着天空。单雄信捋了一下胡子，什么也没说，叹了一口气跟着单全也上了瓦岗寨。

再来说说从高丽战场上回来的秦琼，与张须陀共事本也愉快。但没过多久，宇文述便打听到了秦琼的所在，秘密差人带着文书到张须陀那里去提人。

张须陀一看要拿的人是秦琼，大吃一惊，回屋便写好了回文。原来张须陀也深知宇文述不好惹，文书上宇文述给秦琼定的罪是谋反，要拿他去长安。张须陀知道秦琼与宇文述有过节，而自己与秦琼这段时间更是朝夕相处，秦琼根本没有机会参与谋反。他气不过便写了一个辩本为秦琼辩解了一番，写好回文后，又命人去请秦琼。没一会儿，秦琼便来到府衙，两人相互见礼后，秦琼便问："通守，不知叫秦琼来所为何事？"张须陀也没说什么，把解文递给了秦琼，秦琼看后拍案而起："宇文老贼到底还是不肯放过秦琼！秦琼何时与杨玄感是一党？这是栽赃，通守明察！"

"我也不信此事，你看这是我写的回文！"

秦琼接过回文看了起来，原来这回文中写明了秦琼来山东所立的所有军功，并说明山东、河北全靠秦琼，若无此人山东必乱！而且还写明秦琼与自己日夜相伴，绝不可能谋反，自己愿以命相保！

秦琼看后，虽然知道宇文述一定还不肯饶了自己，但仍然对张须陀感激不尽，视为知己。此一路差人被挡了回去，而秦琼不知道的是宇文述是发了两道文书的。另一路文书发到了山西平阳县。平阳郡丞叫周至，见宇文述差人拘拿秦琼家眷，便派了十几个衙役拿了令牌去秦琼家拿人！

这十几个人来到秦琼家中后，首先遇到的却是罗士信。众人都知道这位爷力大过人，武艺又好，还不好说话，只得上前客客气气地说："罗将军，长安差人来让我等拿秦琼的家眷，我们是执行公务！"

"为何要拿秦大哥家眷？"

"说秦大哥谋反，当然我们也不信，只是先让几位去衙门走个过场，等事情弄清楚你们再回来！"

"不去，要去你们去！"

"这……不好吧，这我们回去不好交差啊！"

"叫你们走，惹恼了老爷，一人赏你们一顿打！"

郡丞见说不进去，知道宇文述要的人不拿是不行的，但拿秦琼的家眷又有罗士信，怎么办呢？正在那儿为难呢，此时有一位老成一点的差人说道："老爷，这却不难，只需调开罗士信便可，而这罗士信脑子一根筋，只需要这样……"

于是周至周郡丞派了一个能言善辩的差官去请罗士信，说周通守已决定回文长安，说秦琼的家眷已经逃走，没有拿到。请罗老爷过府去走个过场，此事已经过去请他放心！

这罗士信一听说此事能过去，心里一高兴，想也没想就和来人一同来到了衙门。看了回文后郡丞又要留罗士信吃饭，而罗士信江湖经验太少，被周至在菜里下药麻翻。于是罗士信、秦母、张氏、秦怀玉被周至押在了木笼囚车连夜押解去了长安。

在去长安的路上罗士信慢慢地醒了过来，隐隐约约听见有人哭泣，自己又动弹不得，睁开眼睛一看，自己身在囚车当中，就有点明白了。罗士信那是暴脾气，怒从心头起，恶向胆边生，大吼一声，两肩一挣将囚车的盖顶掀了起来。两手一用力，手栓已断，双脚一蹬，脚镣已断，踢碎了车拦跳了下来。这些官差哪见过这样的人，谁也不敢过去阻挡一哄而散了！但车子还需要人赶，没有办法罗士信只得自己推着车往前走！这位就没想起来，把秦母他们的囚车也砸开一起走多好啊！一路这劲费的。

走着走着，来到一片树林里，刚进树林，忽然从树林两边跳出来十几个大汉。罗士信也不慌，放下车子，在路旁拔了一棵枣树下来，就要和来人拼命，而那些人中的一个却认出了罗士信，不禁叫了一声："罗士信！"罗士信一看这都认识啊，是贾润甫和樊虎他们。原来他们看到秦琼的家眷被抓走了，就想在半路营救，不想罗士信已经救了秦母他们了。这罗士信可能是由于天黑转了向了，本来是要回家，如今却朝相反的方向在走。

贾润甫说："也罢，再往前数十里就是豆子坑，有兄弟接应，我们先到那儿再说！"

但话音未落，只听后面喊杀声四起，原来是那周至带着五六百军丁追了上来。罗士信一看是周至，正要找他呢，还送上门来了，向贾润甫他们要了一匹马，抄起一杆枪催马就冲了上去。这些官兵早被罗士信打怕了，见他手里提着枪又杀了过来，像黑铁塔一样，哪个敢上去，一个个早跑了。罗士信也不追赶，有了上次的教训罗士信明白了，如今最重要的是保护好秦母他们，所以打马又回到了秦母身边，保护着秦母等人朝豆子坑方向走去。

走了没一会儿他们来到了一个三岔路口，却听见当嘟嘟一阵锣响，又冲出了一队人马，为首的是一个黑大个，贾润甫一看："程咬金！"程爷怎么在这呢，原来程咬金和尤俊达在常叶林劫银子的事后来也不知怎么走漏了消息，地方官要讹他们五千两银子，两人那个气啊，心想：自己好不容易才劫了六千两银子，这小子什么心没操，什么事没干，开口就要五千两，叶子够蓝啊！一气之下杀了那狗官，带着银子和家眷到豆子坑落了草。今天在这劫道呢正好遇上了秦老夫人，程咬金很是高兴，带着秦母他们一伙就要上七里岗去见他的母亲。秦母等也是没法只得先上去，到了岗上见到尤俊达，又见到了程母。两个老太太抱在一起就是哭啊，两人在一起寒暄了半晌，才想起其他人来。咬金妈就问到了秦琼，秦母说："哎，我们总算是到了一个安全的所在了，但太平郎却不知怎么样了！"

程咬金一听这话说："伯母放心，要不我今夜就领几百个兄弟，去平原把秦大哥劫上寨来，您看怎么样？"

贾润甫说话了："不妥，此时张须陀和秦大哥领兵六七千人，你带几百人前去，不但让秦大哥难做，还可能性命不保！"

罗士信："还是我去一趟吧！"

贾润甫说："不妥！营里的军士们都认识你，怕不好脱身！"

此时站在一边的单全说："我去如何，别人不认识我，便于行事！"

贾润甫一看大喜，说道："单兄若去最好，与军士不熟，秦大哥又信任你，是不二人选！"

于是，秦母写了一封信让单全带上，离了七里岗山寨，连夜兼程赶到了军前去找秦琼。军卒一听领着单全就来到了秦琼的营帐当中。秦琼一看是单全，知道有事，就退开了左右，请单全坐下。单全看军士都出去了，拿出了秦母的信，又把秦母被抓的事说了一遍。

秦琼听完后仰天长叹："这宇文述是要把秦琼往死路上逼啊！也罢，大隋朝，你杀了秦琼的爷爷、父亲，如今又来杀秦琼，我保你干吗？秦琼反了！”

想好后秦琼修书一封给张须陀说明缘由，连夜与单全离开了平原军营，奔七里岗豆子坑而去。到七里岗和家人团聚以后，又与程咬金、尤俊达相商一同前去投奔瓦岗，合兵一处，共谋大事！至此，瓦岗已聚集了头领翟让，以及徐懋功、李密、王伯当、单雄信、秦琼、程咬金、尤俊达等一批英雄豪杰，队伍的人数也到达了三万多人，成为一支谁也不敢轻视的武装力量！

这翟让是怎么成了瓦岗的大寨主的呢？翟让在造反之前是洛阳的法曹，因惹了一宗人命官司被判了死罪。后被狱吏黄君汉放走，逃跑后就在瓦岗起兵造反。没打算干什么大事，能发展这么大他是做梦也没有想到。单雄信、秦琼、程咬金、尤俊达他们几个上山以后，翟让觉得自己再也不能当这个寨主了，为什么？能人太多，而他一介武夫，自己很清楚他驾驭不了。所以在一次大家一起喝酒的时候，翟让就提出让秦琼来当这个大寨主：“众位兄弟，翟让在这瓦岗本来只是想保全一条性命，不想在众位兄弟的扶持下，瓦岗发展到了今天。我首先谢谢大家，来，我们弟兄干了这碗！”

“好，来我们大家干了！”

翟让接着说：“今天，秦琼——秦大哥等英雄也来到了瓦岗，我们就不能只是苟活于世。我想要让他带着我们去干一番惊天动地的大事，大家说好不好？”

“好！”

“所以，”翟让一边说，一边把秦琼扶了起来，“翟让今天就正式把寨主的位子让给秦大哥，大哥万勿推却！”

“哎，寨主说哪里话，秦琼绝不敢接这寨主之位。既然瓦岗在寨主的领导之下有了今天，那这寨主的位子我看还是继续由翟兄你来坐最好！”

“这瓦岗寨主之位我如今绝对不能胜任了。我们知道，秦大哥大仁大义，在高丽的战场上战功显赫，后来荣归故里在山东又屡立奇功。如今秦大哥来到我瓦岗，以你的威名，受寨主之位上合天意，下顺民请，寨主之位非秦大哥莫属！”

众人都连声叫好！

"唉！翟大哥抬举秦琼了。我秦琼是一个只会打仗的粗人，决不能胜任这寨主之位。如果翟兄执意要让出这寨主之位，不如我推荐一位：单雄信。他是三省绿林总会的总瓢把子，那这瓦岗寨主之位想必单二哥也驾轻就熟。单二哥！"

单雄信听到这里，笑了起来，说："说笑，说笑，我单雄信也是粗人一个，叔宝你都难胜任，让我来，不行，不行！"说完单雄信转身推了推王伯当说："你来？"

"什么啊，玩笑啊！"

众人一听秦琼和单雄信这样说，都僵在了那里，不知如何是好。此时徐懋功转念一想说话了："既然几位都谦让这寨主之位，我看不如此事由天定！"

众人一听这都问："怎么讲？"

"我们明天在聚义厅外立一面瓦岗的大旗，你们几个轮着上去拜旗，谁拜的瓦岗大旗迎风招展，我们就拜谁为寨主！"

大家一听："新鲜，有意思！"翟让点头同意，秦琼也同意。徐懋功又说了："不过到时候拜到谁是谁，众人不能说三道四，他自己也不能推脱，大家看怎么样？"

"好！"

于是第二天一早，徐懋功就在聚义厅门口准备了一个台子，台子上竖了一面瓦岗的大旗。台上设一香案，两边各站几个军士。众人都来齐后，徐懋功上到台上，向众位军士也说明了今天拜旗的目的是要为瓦岗选出一位新寨主。其实徐懋功早有告示贴了出去，兄弟们都知道了，涌到这里就是想要看一看这新寨主是谁！接着徐懋功又宣读了他和翟让晚上定下来的今天参加拜旗的人选：

翟让：瓦岗大寨主，人送外号小霸王，武艺出众，勇猛过人。

秦琼：名将之后，带兵经验丰富，武艺出众，战功卓著。

单雄信：三省绿林总会的总瓢把子，武艺出众，具有领袖气质。

王伯当：名门之后，武艺也好，有经天纬地之才。

李密：和杨玄感反过一次，胸中有大智慧。

尤俊达：武艺出众，带来了几万人马和几千两银子。

程咬金：勇猛过人，也带来了人马和银子。

读完拜旗的人选以后，徐懋功看了看天，宣布拜旗开始！

说来天公有时也作美，当天万里无云是个大晴天。当然徐懋功通晓天文，他早算出来了，不然也不会出这么一个主意。

第一个上前去拜旗的是原寨主小霸王翟让，只见翟让面色从容地来到了台上，台下立刻响起了军士们的呐喊声。翟让微微一笑，朝台下看了一眼，接过军士手里的三根禅香，一步上前，跪在蒲团上一拜，大旗没有动静；二拜，还是没有动静；三拜，大旗依然直直地树在旗杆上。翟让笑了笑，走了下来。

第二个上台的是秦琼，欢呼声更大了。秦琼是众望所归，但他上前拜了三拜，旗子好像故意没看见、没听见一样，依然纹丝不动。这是称了他的心了，他也走下台来。

第三个是单雄信，他本来也没想当这个大寨主，几步跨上台来，也不管台下士兵的呼喊声，上前接过禅香，"啪啪啪"三拜之后，起身插进香炉便走了下来，笑着说："我下次还是不拜了吧，他妈太紧张了，徐老道出的什么馊主意啊！"

台下爆发出一阵笑声！

下一个上台的是王伯当，因为一个多月以来，王伯当是和军士们接触最多的，底下的军士们知道王伯当满腹经纶又武艺出众，加上口才好又有亲和力，王伯当上台后众兄弟报以最大的欢呼声。得亏王伯当经过见过的也多，不然这会一定路都不会走了。王伯当还回身朝台下一挥手，又迷死了一片，几步来到案前，接过禅香跪下来就是三拜，大旗依然没动。王伯当看了看大旗，摇了摇说："还是没有当寨主的命啊！哈哈。"

台下又是一阵哄笑！

本来下一个上台拜旗的应该是蒲山公李密，但这李密和前面的这几位可不同。李密心思缜密是个非常有心计的人，他此时心里想的是这拜旗时间越长对自己是越有利，为什么？李密看见北方有一片黑云慢慢压了过来，这瓦岗寨主虽说只是个土匪头子，但那也是好几万人马啊！确实不能给这些大老粗领着，太可惜！所以他就假装没看见王伯当下来，在那里闭着眼睛养养神。旁边的尤俊达看见就莫名的一口气，用手捅了李密一下："蒲山公，该你拜旗了！"

李密这才整理了一下衣服，慢慢地走上了法台，来到了瓦岗大旗前，从军士手中接过檀香口中念念有词："李家的列祖列宗，保佑不孝子李密能一拜成功！"又慢慢地跪了下来，郑重其事地弯腰拜了下去，但这大旗此时却仍然纹丝不动；又拜了一拜，仍然不动，最后干脆趴在那里半天也不起来。尤俊达和程咬金看着尤其厌恶，都把头低了下去。三拜拜完以后李密整理了一下衣服走了下来，整个过程台下一片死寂。

尤俊达一看李密下来了，几步就来到了台上，接过香拜了三拜就走了下去，众人一片欢呼声。尤俊达笑着看了看李密，那意思是：没那命就利索点，看见我了没有！

最后应该上台的是程咬金，程大爷也几步来到台上，接过禅香，正要拜时，确实如李密所见天上的云已经聚集得很多了。程爷一拜的时候，旗角被风吹得动了一下，众人的心都提到嗓子眼了，不禁都"啊"了一声。程咬金也觉得风快来了，想快点拜完给翟让拜，想这风让秦琼赶上，于是赶紧又拜了第二下，大旗的另一角又动了一下。众人的心又是一提，心想：可不能让这位当了我们的大寨主，活脱脱一个魔王啊！紧接着程咬金又拜了第三下，忽然一阵风吹来，瓦岗的大旗被吹得整个都飘了起来。台下的军士们都笑成了一片，欢呼着。可回头再看看台上的程咬金，他一脸的看不懂，茫然。怎么就是自己呢？程咬金稀里糊涂地成了瓦岗的寨主了！

见僵在台上的程咬金，秦琼、徐懋功等人都大笑成了一团。军士们簇拥着将程咬金抬了起来，绕着瓦岗山转了一圈。回来见到众兄弟后，这程大爷还是有点郁闷，心想：自己斗大的字不认识一升，如何能当这文有徐懋功，武有秦琼、单雄信的瓦岗寨的寨主。瓦岗如今有三万之众，自己只会劫道、杀人，典型的土匪，怎么弄？

正愁呢，秦琼等人看到程咬金这个样子，在众人面前也不好再发笑。几人来到聚义厅把程爷放到了寨主的位子上，下来要朝拜的时候越看越不像，忍不住又笑成了一团，说："这咬金是遇上难事喽！"

参拜完毕，翟让、秦琼等人回到了住的地方，见秦母、程母的时候又笑了一阵。秦母和程母也没忍住，看着程咬金发笑。这时也没有外人，程咬金过去拉着秦琼要他来当这个寨主。秦琼笑着说："这事你就别推了，已经定了，我们拜旗之前说得好好的！咬金你也别怕，放心，有我们兄弟们呢！"

"怕？我程咬金就没怕过。只是我想这寨主应该是你秦大哥啊，对我来说这福分有点大，消受不起啊！"

徐懋功此时却好像若有所思，见程咬金这个样子，上前说："秦大哥，我们不如要做就将此事做大，也不做什么瓦岗寨的寨主，不如我们趁着这个机会正式起兵反了大隋吧！"

几人一听，也觉得有道理。现在杨广统治下的大隋王朝民不聊生，连年战乱加上天灾干旱，老百姓处在水深火热当中，各地起兵反隋的势力已经有很多。如今瓦岗拥军三万，正好可以干些大事，或许可成！

"好，就这么定了，具体怎么干呢？"

"我们需要造一点声势！"

"怎么造？"

"咬金不是说这么大的福分消受不起吗？我们就再往他脸上贴一点金，过几天把他的寨主上任大典办成新君加冕大典！"

"好啊！"众人都向程咬金投以羡慕的目光。

徐懋功一听大家都同意，就问程咬金："咬金，你想做什么王呢？"

"我想做魔王！还问我想做什么王，主意都是你出的，倒来问我！"

听程咬金这么说，众人都笑了起来！徐懋功没笑，若有所思地说："魔王！魔王！也好，不如咬金你就叫混世魔王。民间传说这杨广是一只大老鼠所变，你这个魔王正好除了杨广这个鼠妖，如何？"

众人一听说："好啊，徐老道你什么脑子啊，怎么想出来的？佩服啊！"

于是众人商议，尽快为程咬金准备登基大典，场地、人员等均由王伯当负责调度。为了给程咬金造势，没过几天，徐懋功就让军士们不经意间在瓦岗的一个山洞里挖出了一个石头人，上面写着字，大概意思是："咬金是救天下老百姓于水火的魔王，是上天派下来的大德天子。"登大宝的日子也写了出来，正好是程咬金的寨主上任大典的日子。挖到后就让军士们到各地去传。于是水到渠成，程咬金这个以前卖私盐、卖耙子的粗人，占山为王的响马，摇身一变成了瓦岗山的大德天子、混世魔王，所谓时势造英雄，程天子横空出世了！

在王伯当的主持下，程咬金的登基大典办得极为正式，相当排场。原来瓦岗人才济济，这次大典所有人的潜力都被王伯当挖了出来。当天的瓦岗山焕然一新，新建的宫殿虽然远远比不上杨广的大，却也显得很有那么一回事。红色的地毯，铺得到处都是，红色的灯笼挂得也很有章法，军士们全副披挂，文臣武将列于两旁山呼万岁！程咬金端坐殿堂之上，接受军士们的叩拜。程爷这瘾过得"一览众山小"了。军士们见到这样的场面也是第一次，看到后对瓦岗更有信心了，认为瓦岗一定大有前途，也死心塌地地跟着他们的程魔王了！

程爷的登基大典完了后，众人都退去了，只剩下程咬金和山东的几个兄弟。程爷便下来一屁股坐到了台阶上，叫了声："他妈，太累了！"众兄弟也都长长地出了一口气。秦琼这会看着程咬金，就觉得他不一样了，再也笑不出来了。感觉很奇怪，觉得这场登基大典作用太大了，不禁暗暗地佩服起王伯当和徐懋功来。程咬金看着秦琼那样看着自己，心里不禁毛了起来，忙问："秦大哥，你别这样看我，我后背发凉。以前你让我干什么我都没怕过，但如今我一看见你们看我我心里就没底！"

众人一听这，都笑了起来，秦琼笑了一下说："人生真是很奇妙，一个人怎么可以变得这么快呢？"

"说我？我可什么都没变，我还叫程咬金，你们还是我兄弟！"

"哈哈，咬金不必解释。我不是说你变了，我是说我们看你的时候，是感觉大不一样了！"

"我还是去睡觉吧，你们这些人慢慢聊！"

众人一看程咬金要走，都摇了摇头，说："这位是皇帝！"接着又哈哈地笑了起来！

第十章　计收裴元庆

DISHIZHANG JISHOU PEIYUANQING

第二天，仿照旧历每天早上都要早朝议事，由于今天是程咬金第一天上早朝，所以程咬金也非常难得地按时来到了大殿。众人叩拜完了以后便开始议事，没想到第一个进言的却是原蒲山公——李密：

禀天子，今瓦岗兵多粮足，但不可图一时之安逸。若旷日持久，则人困马乏，大敌一到，则不堪一击。如今必须奋发图强，积累实力，不如直取荥阳，休兵馆谷，待士勇马肥，再与他人争名利！

李密说得很对，瓦岗自起兵以来，虽然也有些行动，但下山不是劫粮，就是去劫财，真正的练兵机会根本没有。若再这样下去，瓦岗根本没有战斗力，必然成为一群乌合之众。李密的才干令朝堂一震，这是大家都没有想到的！

大家于是商量怎么打下荥阳，最后决定大德天子混世魔王程咬金和王伯当坐镇瓦岗，秦琼领兵马大元帅，翟让为先锋，徐懋功为军师，拥军两万进军荥阳。一路上翟让所向披靡，不仅打下了荥阳，而且还把金提关也打了下来。这就了不得了，一道道战报报到了程咬金那里。可把程大爷憋坏了，眼睁睁看着兄弟们在前方痛快，自己只能在瓦岗干看着，心里就想着要去。他却被王伯当死死地按在了瓦岗。王伯当看着程咬金着急的样子笑得都不行了。

再说说翟让他们，拿下了荥阳和金提关以后瓦岗获得了大量的粮草和补给，正高兴呢。然而此地却是张须陀的防区，军卒来报："荥阳太守杨庆及张须陀提兵两万来讨荥阳！"

秦琼一听是张须陀来了，由于之前在山东任职时张须陀对秦琼有情有义，待其甚厚，如今他来了，秦琼很为难地说："各位将军，这张须陀是秦琼前上司，待秦琼甚厚……"

翟让说："元帅，实不相瞒，之前我和张须陀也交过手都败在了他枪下。你不好出手，我也不是他的对手，不如我们暂守荥阳，避其锋芒吧！"

听到这李密说话了："元帅，翟将军，我看那张须陀也好对付，他不过是一个有勇无谋之辈。这次张须陀带的人马多，还曾几次大败翟将军，他必然没有把我瓦岗放在眼里，是想一口气将我们吃掉。明日翟将军只管前去迎敌，我自有法对付他！"

翟让看李密胸有成竹，虽然心里有顾虑，但还是领命而去。第二天，翟让提五千人马迎战张须陀。一看是翟让，这张须陀果如李密所说没有把瓦岗军放在眼里。翟让战了几个回合拨马就败了下去。张须陀想也不想，催马就追。来到一片小树林中，忽然喊杀声四起，李密早就在此地准备了两千弓箭手，一时箭如飞蝗。而张须陀的五千人马疏于防备，一会儿工夫都倒了下去。张须陀咽喉中箭，当场毙命！

翟让此时开始对李密另眼相看了，心想：看来李密确实胸中有大智慧，是杨玄感小人而已！

二人回营交令，秦琼得知张须陀中箭身亡后心情沉重。带了几个兄弟来到了小树林中，找到了张须陀的尸体，趴在尸体上哭了一会儿后找了一块空地，和几个兄弟一起挖了个坑把张须陀埋了。立上了木碑，以便后人能找到他埋葬的地方。完了之后，几人便回到了营中。

取荥阳的隋军中没有了张须陀，军中没有了主将，成了一群乌合之众。翟让只带着人马一冲，隋军便四散而去。瓦岗军威大震，人数增加至五万多人，李密也在瓦岗军中起了更大的作用。瓦岗军军容空前肃整，士气分外高涨。

杨庆和张须陀失利的消息很快传到了杨广的耳朵里。杨广很是震惊，随后便令张大兵为元帅，山瓦关总镇裴仁基为先锋，统兵十万兵发瓦岗！

这张大兵是何许人？杨广又为何如此信任此人呢？张大兵是张衡的儿子。那张衡又是谁呢？此人是杨广的内侍卫总管，前面我们交代过，当年杨广的父亲杨坚就是张衡勒死的。对杨广来说这是给他解决了大问题的，所以张衡为他儿子讨了这个差。这张大兵就算是个白痴，也得让他去！还有张衡是内侍卫总管，应该说是个太监，怎么会有儿子？呵呵，人家不是生下来就是太监好不好，是后来生活逼得他净了身入宫当了太监。这次他是舍了老脸为儿子要来的这个差事，走之前他把儿子张大兵叫到跟前，说："儿啊，此去瓦岗，甚是凶险，你害怕吗？"

"父亲，孩儿不怕！"

"说得好，瓦岗一群乌合之众，我们十万天兵，怕他什么！我这次还把山瓦关总镇裴仁基给你要过去了，那是征战沙场多年的老将。他还有个有本事的儿子叫裴元庆，打遍天下还不曾有对手，所以此去是万无一失。"

"孩儿知道！"

"但你也要记住，瓦岗是肯定会被他们爷俩打下来的。打仗得靠他们，所以惹不得。但你是元帅，功劳不能让他们都抢了去，得让皇上看到这瓦岗是你打下来的，懂吗？"

张大兵那也是待在军中多年了，如今他也是心中有数，听父亲这么说，他点了点头！

第二天，张大兵领齐十万人马，浩浩荡荡地向瓦岗而去。一路无事，来到瓦岗山下以后，整顿了一下兵马。转天裴元庆银盔银甲胯下银鬃马，手中一对八棱亮银锤，点齐五千人马和父亲裴仁基一起前去叫阵。

此时的瓦岗一听朝廷来了十万人马征剿，也不敢怠慢，全军退到了瓦岗寨严阵以待。看有人来挑战，秦琼也点齐五千人马，放炮出营，带着众将下山应战。混世魔王程咬金在后面观兵瞭阵！

第一阵，隋军派出的是裴元庆。小伙子催马来到阵前那叫一个精神，而瓦岗第一阵派上的是大刀王君可，两人来到阵前互通了姓名后就打在了一起。裴元庆这小伙子，十八岁的好年纪，双锤那是经高人指点过的。本来锤是重兵器，但被裴元庆舞得轻巧灵动，密不透风。王君可使的是大刀，本来他的刀法也是经高人指点过的，甚是精妙。但和裴元庆的双锤打起来是怎么打怎么别扭，不敢砍，也不敢磕，只能挡。所以没一会儿，王君可的刀杆竟然被裴元庆砸弯了。王君可觉得不妙，还是撤吧！想好以后虚点一刀，拨马就败回阵中去了。裴元庆一看王君可跑了，愣了一下，心里很高兴。这是小伙子第一次在真正的战场上打仗，一时没回过神来，反应过来以后高举双锤，在战场上跑了一个小圆场。隋军阵中欢呼声一片，军士们被裴元庆的情绪所感染，士气一下就起来了。裴元庆跑了一圈后，又策马站在了阵前，那意思是：还有应战的没有？

这次瓦岗派出的是尤俊达。这尤俊达使的是五股通天叉，秦琼是想看一下这小伙子对这叉怎么样。因为这兵器毕竟不常见，但这裴元庆的确是练过的，丝毫不乱，锤磕在叉上当啷啷乱响。尤俊达的叉对裴元庆也沾不上边，没几个回合，尤俊达也败下阵来。裴元庆怎么能让尤俊达再跑了，催马就追上前去。此时裴仁基一看时机已到，指挥隋军也冲了上去。若是旁人，此时定然慌了手脚，但秦琼统兵多年，早就准备了五百弓箭手压住了阵脚。见隋军冲了上来，命令五百弓箭手放箭，箭像飞蝗一样飞向了隋军。裴仁基一看这就吃了一惊，这瓦岗军中有高人，忙令鸣金收兵，两支队伍各自回营。裴仁基虽未大胜，但也算旗开得胜，带着裴元庆来到中军帐交令！

"张元帅，今日阵上副先锋裴元庆战败敌军战将两名，大败瓦岗军，先锋裴仁基交令！"

"是吗？好，那抓来的人呢？"

"这——禀元帅，并未擒获敌将！"

"那可有敌将的人头呢？"

"也未斩得贼军首级！"

"那如何说大胜。军令如山，我叫你此阵必要大胜，而你却未擒住一员敌将。面对一群乌合之众，又未歼敌一人，还有脸到我这里来说什么大胜！"

"元帅有所不知，瓦岗军并非乌合之众，其军中必有能人！"

"我今天阵前看到了，瓦岗一群乌合之众。裴元庆连赢两阵，本可以一阵将其剿灭，你却鸣金收兵贻误战机，还在这里长他人志气。来人，将裴仁基拉出去重责二十军棍！"

裴仁基一听不记军功，反要打自己，这是怎么了。山瓦关总镇就有点不适应，抬头看了看张大兵，见真有军士过来拉出去要打。裴仁基还想解释一下，忙喊了起来："元帅，元帅，我有话说！"

　　这时裴元庆也不答应了，站起来就要和张大兵理论。裴仁基一看裴元庆站起来了，他知道自己这儿子脾气火爆，忙大声呵斥道："元庆，跪下！"

　　裴元庆听父亲发话了，只得跪了下来。裴仁基于是被带了出去挨二十军棍。但裴仁基这不打仗都十多年了，哪受得了这个，挨到十几下的时候就疼得叫出了声。裴元庆受不了了，起身来到了帐外，趴在了父亲身上。裴元庆那意思是要替父亲挨这剩余的几下。张大兵一看裴元庆趴上去了，忙说："好了，好了。剩下的先给他记着，以后若再犯，一起治罪！"

　　怎么回事呢？原来这张大兵是个急功近利的人，此次攻打瓦岗山，张大兵是有野心的。有了裴氏父子，他要在最短的时间内剿平瓦岗，以扬名立万。他知道，领兵打仗，第一个军令要严。此次裴仁基第一次出兵，张大兵就打了裴仁基，目的就是要让众将知道，他要从严治军，还要让众将知道这军营里面谁说了算。不过看裴元庆也趴了上去，知道打瓦岗没有裴元庆可不行，加上自己的目的已经达到，于是便叫中军先放了裴仁基。裴元庆狠狠地瞪了一眼张大兵的背影，扶着自己的父亲回到了先锋营。众将一看，都不知道发生了什么，就问："怎么打了胜仗还被打了呢？"

　　裴仁基一代名将被打了，气得一句话没说走进了自己的营帐处理杖伤！

　　再说秦琼等人回到瓦岗以后，就说起了这个裴元庆，秦琼先说："这裴元庆果然是名不虚传，一对锤在我瓦岗几乎无人能敌！"

　　程咬金一听这个说话了："我看这小子也没什么厉害的，不如明天我去会会他，让他尝尝程爷的三板斧！"

　　徐懋功瞪了一眼程咬金说："魔王，哪有皇上亲自上战场杀敌的啊。裴元庆这小伙子，年纪轻轻一身好本事。如今瓦岗正是用人之际，这样的人才更是不可多得，争取让他来我瓦岗，我看还是智取为上！"

　　"是啊，裴元庆毕竟年轻，战场经验不足。如果光有他，也好对付，不过他父亲裴仁基是隋之名将——山瓦关总镇，要算计他我看不易！"

　　"他家里还有什么人？"

　　"除了母亲，他还有个妹妹！"

　　一句话提醒了徐懋功，不如就在裴元庆的家眷上动点脑子招降这裴氏父子，几个人相商定下了计策。

　　瓦岗山下一个派出去迎战裴元庆的是齐国远，为什么呢？因为齐国远一看就是个恶人，心眼又多，他们是要阴裴元庆一下！众人一起准备了一夜，给齐国远做了一对假锤。齐大爷这对锤，个头大，用木板制成，里面全都是空的。如今要在战场上迎战裴元庆，却马虎不得，一不留神就会送了小命。他们怎么会用假锤呢？原因是他们还在里面装上了石灰粉、辣椒面。除了这个，徐懋功还悄悄递给了齐国远一包东西，让他也放到了粉面当中。一切准备好了以后，众人觉得没问题就都回去睡了。

　　第二天，两军来到了疆场之上。怕儿子在战场上吃亏，裴仁基也去了，屁股还一阵一阵地疼。裴元庆今天是憋着火来的，准备拿瓦岗的人撒撒气，催马上前去叫阵。秦琼按计划点的是齐国远。齐国远一听，早准备好了，提着大号的双锤，来到了阵前。

　　裴元庆一看齐国远手里的锤吃了一惊，心想：这瓦岗军中果然有能人啊，他们当中竟有可以使得了这么大锤的人物！他心里虽然这么想，但没露声色，指着齐国远说："来将通名！"

　　"瓦岗阵前左将军齐国远，你吃我一锤！"他说着催马就朝裴元庆冲了过去。裴元庆一看过来那人和他使的大锤，就没敢硬碰，打算以巧招取胜。可几个回合后，齐国远还占了上风，想不通！

　　打到后来，裴元庆也不管他了，因为齐爷这锤到处都是，想不碰太难了，索性举起双锤就朝齐国远的锤砸了过去。只听见"嗵"的一声，他那锤竟然是假的，一下让裴元庆打烂了。这假锤一烂，石灰粉、辣椒面都飞了出来，齐国远那是知道的，一闪身躲了过去。裴元庆哪见过这个，头上身上到处都是，最厉害的是眼睛里也撒进去不少。裴元庆一下什么也看不见了，眼睛钻心地疼，捂着眼睛任胯下马驮着自己跑回了阵中，心里对瓦岗的这些人、对齐国远那个恨啊！

　　此时的瓦岗军欢呼声一片，他们回营庆功不说。再说这裴仁基带着儿子回到营中以后，立即找人为裴元庆处理眼睛里面的石灰粉、辣椒面。可处理干净以后，裴元庆这眼睛还是睁不开，而且泪流不止！军医所有办法都试过了，几天了还是不行。裴仁基也一边骂着瓦岗山的这些土匪，一边叫军士到附近民间去找。遍访名医，说来也巧，往金提关方向去的几个军士还真找到了一位名医。名叫高一寿，人称高一手，尤其善治眼疾。几个人就把高一寿请到了先锋营当中，而此时张大兵也来到了先锋营看裴元庆的眼睛。一听有神医，赶紧让请进了大帐。高一寿进来以后，在军卒的指引下见过了元帅和先锋，就来到了裴元庆跟前。他翻看了裴元庆的眼睛，只见双眼布满血丝，有明显的发炎症状。又把了一下脉，一会儿摇头，一会儿点头，似有心得，走到案前开了一个方子，叫军士去抓药。又拿出一个小瓶，递给裴仁基，说："每日把这药在眼睛上抹一点，分三次。药抓回来以后，每天煎三次，饭后服用，这眼疾没几天就好了！"

裴仁基看了看这药膏，就问："请问神医，这药膏该如何用？"

"裴将军过来看！"只见这高一寿把药瓶打开，从里面拿出一个小药勺，从里面蘸了一点药膏后涂在了裴元庆的眼睛上。一股凉凉的感觉，裴元庆眼睛里的疼痛感顿时消失了。高一寿说："裴小将军请试着睁开眼睛往上看！"裴元庆试着睁眼但还是睁不开，高一寿又在裴元庆的眼角上擦了擦，又觉得舒服了许多。

"裴小将军，试着眨几下眼睛！"

裴元庆试着眨了几下，疼痛感完全没有了，便会心地笑了起来，摸着起身，趴到地上就给神医磕了一个头，说："谢神医再造之恩！"高一寿忙上前扶了起来，说："小将军太客气了！"这裴元庆这几天被这眼病折磨惨了，看不见太痛苦了。裴元庆空有一身本领使不出来，自己都绝望了。现在觉得自己的眼睛还能有好的可能，所以如此感激！

张大兵一看裴元庆的眼睛已无大碍，也没理裴元庆，起来转身就走了出去，那意思是他们打了败仗不高兴。裴仁基也没理他，忙让军士给高神医准备诊费，不想高神医却不收。裴仁基亲自拿着银子毕恭毕敬地走到高一寿面前说："先生一定收下！"

"哎！裴将军为我大隋子民劳师前来平叛，我等只是举手之劳，怎敢收将军的诊费。"

"不可，先生医术高明，妙手回春，这是老朽的一点心意，请万万不要推辞！"

"将军不必客气！"说完高一寿就要往门外走。裴仁基忙上前拦住，说：

"一定收下！"

那高一寿一看也无奈，忽然说："裴老将军如果要谢，久闻老将军长于丹青，不如赐在下墨宝一幅！"

裴仁基一愣，哈哈大笑，忙叫人准备笔墨。他心里非常高兴，不一会便写好了，字体遒劲有力，浑然一体。原来这裴仁基对自己的字很有信心，一听神医要他的字，很是高兴。原来自己的字这么有名，都传到荥阳这里了！一想这高一寿可能是为了收藏，不但把自己的私印盖了上去，而且把自己的先锋印也盖了上去。写好后，他双手拿着交给了高一寿。送走高一寿以后，裴元庆只能老实地在帐中养病不提。

原来这高一寿并非什么神医，而是由徐懋功所扮，此去先锋营专门只为求裴仁基的一幅墨宝。齐国远锤里面的是害人得眼疾的粉末，而高一寿药箱里的药膏则为解药，怎能不见效！

得手后，徐懋功便模仿裴仁基的笔迹给在山瓦关的裴老夫人写了一封信。信中说裴仁基和裴元庆等都已投降瓦岗山，让夫人并家眷跟着来人速上瓦岗山与他们团聚，免遭杨广迫害。他加上了私印，又盖上了先锋印。写好后又让秦琼等人看了看，也觉得可以乱真，便即刻让王伯当前去送信。在王伯当还没有走的时候，徐懋功却觉得要让裴仁基等人投降，似乎还少点什么。他灵机一动，又将写好的书信一把撕毁，重新又写了一封。写好后秦琼一看，笑着指了指徐懋功。一旁的程咬金不知发生了什么，丈二和尚摸不着头脑，忙问秦琼。秦琼等人笑得更厉害了，把程咬金窘在了一旁。原来徐懋功自从程咬金当上了大德天子、混世魔王以后，就一直在留心给瓦岗再找个皇后。如今听说裴元庆还有个妹妹，长得很是漂亮，于是就有了主意。在书信当中他又加了一句：裴仁基已经把女儿裴翠云许给了大德天子程咬金为妻。大家再一看程爷这模样，故此发笑。程爷一听也觉得徐老道这事办得有点缺德，这不是一朵鲜花插在了牛粪上吗？程咬金不同意，但徐懋功说："这裴仁基是隋之名将，你把人家家眷骗上山来，人家未必投降。要是他女儿成了瓦岗的皇后，那老爷子就是浑身是嘴也说不清楚，所以只能这么做！"

大家一听，也觉得徐老道说得有道理，不过就是便宜了程咬金这小子了。此时程大爷也不好说什么，于是大家分头准备，一边高挂免战牌，一边派王伯当等人去山瓦关带着书信接裴老夫人和小姐裴翠云同上瓦岗山。

　　说话间，王伯当等人便来到了山瓦关，进府通报说裴仁基有家书到了。家人于是传了进去，没一会儿，来人便领着王伯当等人来到了府里。裴老夫人在客厅等候，相互见礼后，王伯当便拿出了书信递给了裴老夫人。裴老夫人看完后觉得有点蹊跷，怎么会有这种事呢？但看到裴仁基的私印和先锋印后就打消了疑虑。又看王伯当一表人才，就信了，心想：早就不想保这杨广了！于是裴老夫人忙叫人收拾东西，又回屋和女儿裴翠云一说。姑娘也没有什么心理准备，父亲说怎样那就怎样吧！于是也收拾好了东西，套了两辆车，随着王伯当，一起被骗上了瓦岗山！

　　因为程大爷要娶媳妇，瓦岗虽然高挂免战牌但也没闲着。大家又把程咬金登基那天的家底又抖了出来，把瓦岗寨重新又拾掇了一遍，甚至连树上都挂满了红布红灯。瓦岗寨一片喜气洋洋，只等裴家母女的到来！

　　过了几天，王伯当派人说："裴老夫人来了！"众人一听都忙成了一团，大德天子、混世魔王亲自出寨迎接裴氏母女。瓦岗山山清水秀，一条红毯直直地铺到了大殿门口。军士队列两旁，文臣武将披挂整齐。裴老夫人虽说是见过世面的人，但如此礼遇却也是头一次。下了车后都一一与众人引见了，见完礼后一行人便来到了大殿之上。老太太在信中看到了，要将自己的女儿嫁给大德天子。今天一见也特别留意了一下程咬金，身材魁梧，气度不凡，颇有帝王之气，心中很是满意。这人与人的审美观就是不一样，程爷就长得那样，竟然也看上了。在这过程当中，裴老夫人便问起了裴仁基。徐懋功早就交代好了。如果裴夫人问起，便说裴老将军因军务在身，正好去金提关做一些收尾的事。因为有些隋军不愿意投降，说是他们心中只有裴仁基，非要让裴老将军去他们才投降，不过一会就回来！

　　裴老夫人一听，说："噢，我说呢！"

　　程咬金这时说话了："裴老将军在军中威望很高，兄弟们都很拥护他。这是好事啊，是我等学习的楷模！"

　　"是啊，你们还有个好儿子。那裴元庆，初到我瓦岗时银盔银甲，小伙子靓啊！"

　　……

　　裴老夫人被他们几个一通侃，搞得心里很高兴。这血压就有点高，有点头晕，遂告辞由徐懋功引着来到了后院。裴老夫人刚一坐下，徐懋功便上前。只见徐懋功一副道士打扮，仙风道骨，说："老夫人，裴老将军说你们如果今天来，就让我们今天准备大婚。因为老道算得今天正是一个吉日，而再要等这样一个日子就要到来年二月初六了，不知老夫人意下如何？"

　　"啊，这么急啊！"裴老夫人扭头看了看翠云说，"那如果老爷这么说，你们就去准备吧，宜早不宜迟啊！"

　　"谢老夫人！"

　　于是徐懋功命人下去准备了，秦琼等也是憋了好一阵了，但事关重大，都没露声色。裴老夫人心里就想着女儿今天就要出嫁，而且嫁的又是大德天子，不知道自己是该笑，还是该哭啊。但她怎么也高兴不起来，而裴翠云却只是在那里啼哭，心里早没了主意！

　　当天，在瓦岗众兄弟的帮衬下，程咬金成功地娶到了媳妇。裴老夫人越到后来越觉得这事情不对，为什么？因为自始至终就没见到老裴家的人啊！她心中不觉起疑，但到了后来，这事就不是裴老夫人说了算了，被几个亲家拉着就到后堂休息去了。

　　到了第二天，程咬金和裴翠云一起来给母亲见礼，老夫人就又问起了裴仁基。程咬金来时就觉得一定会问，就把徐懋功和秦琼等人也叫了来。听老夫人问，就说："这……我不知道！"

　　"现在你是我女婿，老实说！"

　　"老实说，可这事不好老实说！"

　　"说，怎么回事？"

　　"您老别生气，是这么回事。您老得有个心理准备，就是……我那岳父裴仁基和舅爷裴元庆还未曾投降瓦岗山，如今还在山下的隋军大营呢！"

　　"啊，果然如此。你们这么一群大老爷们就这么欺负我们孤儿寡母啊。瓦岗山合着就这点本事啊，斗我夫儿不过，就拿我们母女做文章。还大德天子呢，还说是替天行道呢。你们英雄啊，这就是坑蒙拐骗，就不是好汉所为！"

　　秦琼此时也被说得有点挂不住了，他没想到这裴老夫人如此厉害，但也据理力争："老夫人此言差矣。我们做这些事是有点不近情理，但我们也是为了让你们一家团聚。那裴元庆银盔银甲，胯下银鬃马，手中八棱亮银锤，武功的确厉害。但我瓦岗战将云集，我是不忍下手杀他才出此计策，目的是想让裴老将军和裴元庆弃暗投明。杨广荒淫无度，弑父杀兄，任用佞臣，不仅大兴土木，还四处兴兵，可谓是劳民伤财，生灵涂炭。而裴老将军一代名将，所谓良禽择木而栖，我们不想张须陀将军的惨剧在他们两人身上重演，所以还请老夫人三思！"

"听秦元帅一席话说得也极有道理。我也知道这杨广不得民心，我也明事理，但如今你们办的这事叫我如何去见我的丈夫和儿子？"

"老夫人请宽心，我等自有办法让你们一家团聚。"

裴老夫人什么话也没有说，领着女儿含着泪回到了自己的房中。

这事办妥以后，秦琼等人便想如何去迎战裴元庆手中的那对锤。要设计擒他，需有人将他引离战场。徐懋功拿眼在人群中一扫，看见了齐国远。齐国远看徐老道看自己，后脊背一凉，忙上前说："军师，让我去迎战裴元庆，不如直接把我拉出去杀了！"

众人一听这，都笑了起来。

徐懋功没笑，原来没想到人选，但一看齐国远，还真合适！裴元庆见了齐爷那还不跟他玩命啊，引离战场这种事，小菜一碟！于是徐懋功冷冷一笑，说："齐国远听令！"

"末将在！"

"明日令你头阵迎战裴元庆，务必要将他引入瓦岗寨西侧的小树林中！"

齐国远一听，得，军令这就来了！他心想：要这样就没办法了，还是回家准备去吧！

回到家里，齐国远准备了两件事：

一、心想要对付裴元庆，还得用我那假锤。毕竟那锤自己使着最顺手，也最有杀伤力，于是着手又糊了一对假锤。

二、军师要我将裴元庆引到瓦岗寨西边的小树林才算完事，这之间可有好一段路呢。别还没到地方呢裴元庆就追了上来，那我小命玩完，于是就到秦琼那里把黄骠马借了来。

准备好了以后，齐国远那是经过见过的，回屋就去睡了！

第二天，两军来到疆场之上。这次首先出来叫阵的却是瓦岗的齐国远，在军前带马跑了一圈，提着他那一对超大号的假锤，策马站在了阵前，瓦岗军一阵欢呼！

裴元庆一看出来的是齐国远，心想：可算是逮着了，这次我要这贼人死在我的锤下！于是裴元庆也不等将令，催马就来到了阵前，也不通名姓，举着双锤就杀了过来。可杀了几个回合，也别扭啊，齐爷这锤不能碰啊，别碰了又撒一脑袋石灰粉。想了一会儿，裴元庆回到阵中提了一条枪又冲上来了。齐爷一看他提枪过来了，心想：得，这回这假锤就成了两个灯笼了，还是跑吧！齐爷想好后拨转马头就朝瓦岗西面的小树林跑了过去。这裴元庆对齐国远恨得牙根半尺长，看齐国远跑了，催马就追。裴元庆这马——银鬃马，那是宝马，一阵风一样追了上去，得亏把黄骠马换过来了。就这到小树林的时候，两匹马的距离已经很近了。

来到小树林中，眼看裴元庆就要追上了齐国远，突然一阵锣响，裴元庆心中暗暗一惊，"不好，有埋伏！"一带丝缰，停了下来。这时一队人马出现在了裴元庆面前，大旗上挑着一个斗大的"秦"字。裴元庆知道来的正是秦琼，调整了一下呼吸，稳定了一下情绪，把自己的双锤又提到了手里，静观其变！

只见秦琼催马提枪来到了裴元庆的跟前，说："裴元庆，快快下马受降，我饶你不死！"

"要我投降可以，只要你们能赢得了我手中的锤！但我看瓦岗只是些在阵前用石灰粉和辣椒面的草寇而已！"

裴元庆说完，看了一眼齐国远。

秦琼说："裴元庆，你不要以为天下没有人能胜得了你，年纪轻轻，不要口出狂言！"

"那好，秦琼，今天我们就来战个高低，你快催马来战！"

"擒你裴元庆，还用不着我秦琼出马，我只派我手下一个普通的将官就可让你知道我瓦岗的厉害！"

　　说完秦琼回头又对罗士信说："士信，你上去和裴将军玩玩，记着不要伤着他。"

　　说这罗士信可是一员虎将啊，秦琼为何到此时才想起他来。原来罗士信是力大过人，但是脑子不太好用，秦琼怕他在疆场上有个闪失，一直让他跟在自己的身边。今天迎战裴元庆，正好用他来灭一灭裴元庆的气焰。

　　罗士信一听让自己上，提着他的大铁枪，催马就来到了裴元庆的面前，互通了姓名以后两个人就杀到了一起。第一回合，罗士信见到裴元庆抡起大铁枪就朝裴元庆砸了过去。裴元庆一看心中一喜，用单锤去磕，想他这铁枪一定是飞了。因为这锤是重兵器，枪往锤上砸不是作死吗？但等罗士信的铁枪砸到锤上的时候，裴元庆才知道不是那么一回事。这一磕把他的锤生生地磕到了一边，火星直冒，厉害啊！第二回合，裴元庆就多了份小心，举起双锤朝罗士信也砸了过去。罗士信也不躲，枪杆一横朝上一架，嘴里喊了声："开！"只听"嗵"的一声，裴元庆的锤又被磕开了。几个回合以后，裴元庆脸色都有点发白，就觉得这罗士信厉害啊。自己的虎口都有点发麻了，自己还从来没有过这种感觉。而罗士信回过马来一看自己的铁枪，枪杆被震弯了。

　　只见他慢悠悠地下了马，没管裴元庆，枪头朝地上一杵，左手抓住枪杆的上端，右手握住铁枪杆弯了的地方，双手一用力，大吼一声。秦琼也是第一次见，裴元庆都看傻了，弯了的铁枪杆竟然让他给慢慢地撑直了！瓦岗的军士们一看这，都欢呼了起来。秦琼一看时机差不多了，便叫罗士信回到了阵中，催马又来到裴元庆面前，说："裴将军，不知伤到了没有？"

　　"还没有人能伤得了我裴元庆呢，让他打马来战！"

　　"裴将军，我今天还带来了两个人。"秦琼说完朝队伍中一挥手，从轿子里走出两个人来。裴元庆一看竟然是自己的母亲和妹妹，忙下马来到母亲身边，抚着母亲的手问："母亲，你们怎么在这里？"

　　"儿啊，这一言难尽。如今的事实是，我和你妹妹现在已是瓦岗山的人了。杨广暴虐，瓦岗乃仁义之师，你妹妹现在已是瓦岗军大德天子的皇后了，我看你们还是降了吧！"

　　"怎么会这样？投降瓦岗父亲是万万不会同意的！"

　　"你回去劝劝你父亲，杨广的时日不多，怨声载道。你们保他，保得住吗?"

"保不住也要保啊,为武将者战死沙场是我们的荣耀。"

"孩子,别傻了,你们死了,叫我和你妹妹怎么办啊?"

说着三个人在一起哭成了泪人。过了一会,裴元庆一回身对秦琼说:"秦元帅,降与不降我得回营去问我爹,还请元帅先照顾好我母亲和妹妹!"

"裴将军,你去吧,照顾她们是应该的!"

说完裴元庆擦掉眼泪,翻身上马要离去的时候,却突然想起件事来,拨转马头向秦琼说:"秦元帅,张大兵命我等今日出战一定要斩一名瓦岗的将官回营,不然我爹就要被杖责五十军棍。我爹他年事已高,不知秦元帅可否让两名将官随我前去交差,完了之后我们一定想办法放他们回来。"

秦琼一听转过头命令卢明星、卢明月两兄弟随裴元庆进营去走一趟!众人用绳子将两人简单地捆了几道,又拿刀在绳子上划了几道暗伤,只要两人一挣,这绳子便会断掉。走时秦琼又交代了一句:"看形势,机灵点!"

于是裴元庆便拉着两人来到了隋营当中,又叫了几个军士,一起押着卢明星、卢明月兄弟向中军大营走去。裴元庆满以为这次一定能让元帅张大兵满意,而且想好了要怎么给他们俩兄弟脱身。想好以后,他迈步就走向了中军大帐,远远地听见有人挨打。裴元庆有了不祥的预感,走近一看,挨打的果然是父亲裴仁基。

原来有人告密说裴仁基家眷已经上了瓦岗,而且妹妹已经是瓦岗的皇后。张大兵又见裴元庆迟迟不归,心中怀疑,便在帐中审问起裴仁基来。忽然看见裴元庆带人来到了中军帐,张大兵脸上一下绽开了笑容,迎了上去。裴元庆看自己的老父亲已经被打得血肉模糊了,心中压了许久的怒火涌了上来,大喊一声,举双锤就朝张大兵砸了过去。此时卢氏兄弟也挣脱了绳索,跳了上去,解决了张大兵身边的亲兵。别的军士一看裴元庆手里的锤一个个都不敢上前,裴元庆只一锤,张大兵顿时死在了当场。此时裴仁基看着举着双锤的裴元庆,又看看被砸得没了人形的张大兵,知道此事已不可挽回,眼睛一闭领着隋军投降了瓦岗。

之后,瓦岗山影响力呈几何基数增长,相继招募了许多人马,扩充了实力,人数迅速增加到了十万有余。

这几场仗瓦岗打得很漂亮，人们重新认识了元帅秦琼、军师徐懋功。此二人是攻城攻心、取城夺寨的行家里手，也使人们认识到李密眼光的独到。在一系列举措进行之时，正是李密用他的远见卓识为瓦岗的前进指明了方向。当然，程咬金的皇帝瘾也过得差不多了，大败隋军以后，瓦岗进入了全面休整的阶段。而裴仁基此次投降瓦岗对大隋朝来说也不过就是又一次的失败而已，并未动到大隋的根基。杨广心里有底，因为他知道，大隋还有一位起着中流砥柱作用的人物还在，他就是靠山王——杨林。

裴仁基此次的失败也迫使杨广打出了这张王牌，令杨林率军四十万前往瓦岗平叛！杨林，隋之名将，隋文帝杨坚的弟弟，大隋朝一半的江山都是他打下来的，使一对裘龙棒。虽年过六旬，但依然勇猛不减当年。在这十几年时间里，他亲自培养了十二家太保，武功学识都有很高的造诣。此次平叛，杨林把这十二个人都带在了身边。而且杨林交友甚广，为了此次平叛，靠山王杨林动用了老脸，请来许多好友相助。有幽州王罗艺，双枪将丁颜平，还有潼关帅魏文通。幽州王罗艺自不必说，一条罗家枪神出鬼没，但罗艺是秦琼姑父这事杨林却并不知道。而丁颜平，使得一对独门双枪，老头子也六十多岁了，一生没打过一次败战，并且打仗从来不穿盔甲，一对花枪攻击力极强。魏文通，杨林的徒弟，得意门生，一直镇守潼关，正值当打之年，使得一口神刀。此三人也随军来到了瓦岗山下，整个瓦岗山乌云密布，大战一触即发！

因为瓦岗军已击退了两路前来平叛的隋军，全军士气高涨。瓦岗的防御工事是由王伯当专门负责修筑的，可谓固若金汤。所以为了争取主动，杨林到瓦岗以后，便马上着手在山下大摆一字长蛇阵，以此引瓦岗军前来破阵。瓦岗军如不来，则瓦岗士气必损；若来，瓦岗则失去了天然的屏障。但杨林摆的这阵并不是简单的一字长蛇阵，那是杨林几十年的研究成果。而且有高人做阵，蛇头由潼关帅魏文通镇守，蛇胆则由丁颜平镇守，蛇尾放的是幽州王罗艺，杨林自己亲自镇守蛇身。一字长蛇阵用去了自己带来的四十万人马中的三十万，老杨林是想用这一字长蛇阵：一来笑瓦岗只是一群乌合之众，二来消灭瓦岗于此时此地！

第十一章　金锤挂凤镗

DISHIYIZHANG JINCHUI GUAFENGTANG

先按下瓦岗不表，说说隋炀帝杨广。这一年杨广被瓦岗的事搅得不胜其烦，如今有靠山王杨林去征剿瓦岗，一块石头落了地的杨广就乘此机会去散散心，突然想起自己在太原还有个表哥呢！天下这么多人都在造反，不知我这位表哥怎么样了，就想去太原看看，于是传旨李渊，他要去太原巡游。

因为有李姓为王的说法，李渊躲到了太原。虽然这种说法现在已经没有人提了，但李渊深知自己的这位表弟此次来太原，绝不是来看亲戚这么简单，于是李渊找人想商量一下看如何是好。

来的人有他的三个儿子李建成、李世民、李元吉，女婿柴绍，还有裴寂等人。几人经过一早上的商量认为，此次在杨广面前得装，几个人便着手准备起来。李渊原不近女色，赶紧又添了几个小妾，而且把太原的烟花之地都整理好了让李渊记住。平时爱惜百姓，如今则装成一副鱼肉百姓的样子，还花钱制造了几起冤案。花钱请很多乞丐来太原，一时间，太原的空气紧张了起来。

说话这杨广就来到了太原，李渊领着全城大小官员、老百姓出城迎接。杨广看李渊如此重视自己，放心了一点。来到李渊的府里一看，参加了李渊的家宴，发现李渊很会过日子嘛，又放心了一点。在当晚，杨广又留在李渊府上和他同榻而眠。听到李渊对太原的烟花之地如此熟悉时，杨广彻底放心了。之后的日子，杨广便是真正来太原玩的，看亲戚的。

过了几天，杨广和娘娘们闲来无事，来到了李渊的后院当中游玩。李渊听杨广去了后院，大惊失色，匆忙赶了过去。李渊那也是见过世面的人，为何一听杨广去了自家的后院会有如此反应呢？原来，李元霸被关在后院当中！

作者按：隋唐史上最有争议，也是最厉害的人物登场了。说他最有争议是因为史书上说，李渊的四儿子叫李玄霸，但出生后不久便死了，所以应该是查无此人。况且，李渊的子女人才济济，李世民自不必说，就是大儿子李建成都是文可治国，武可安天下的人物，女儿也是女中豪杰。如果再加上这么一位打得令天下英雄丧胆的李元霸，那么李渊的江山就是天上掉下来的，唾手可得。所以他是最有争议的，但是《隋唐英雄传》已经经过上千年的传颂，经过几代人的加工、修饰，李元霸已是隋唐英雄中不可缺少的一位。其传奇的一生令无数人为之津津乐道，成为《隋唐英雄传》中最经典的一段，所以又不得不写。

李元霸，李渊的第四个儿子，出生的当天乌云满天，电闪雷鸣。一个道士在元霸两岁的时候来要收他做徒弟，李渊夫人窦氏舍不得，拒绝了道士的请求。这个道士是磨破了嘴皮子最终还是不行，最后摇着头，念叨着："可惜了，可惜了！"道士就走了。哪里知道道士走后两年，李元霸还没学会说话，目光呆滞，面容呆傻。而且他异常害怕打雷，一遇到阴天打雷便躲到屋里不敢出来，嘴里说着："轰隆隆——"捂着耳朵，好像特别怕的样子。李渊夫妇也是用了很多办法教他，都没用。最后也没法，只好当傻儿子养着。窦氏因为李元霸反应慢，说话少，怕他吃亏，就在平时多关照一下他。李元霸对母亲也非常好，看着母亲过来就傻傻地笑。因为窦氏感激秦琼在楂树岗救了他们一家，所以在家也经常求菩萨保佑他，拜一下他的画像。每次窦氏都要给这个缺心眼的儿子说："儿啊，他可是我们家的救命恩人，是我们的恩公。要没有恩公琼五，我们一家就都让坏人给杀了，所以要记得报恩，以后看见恩公，要记得谢谢人家！"所以尽管当时李元霸对这些事还不是很清楚，但对琼五大仙的画像，李元霸是牢记在心的，并记住了："这人是我们家的恩公，是个好人！"后来，又说这个恩公不叫琼五，叫秦琼，于是李元霸也记住了，并且记得特别牢。

在李元霸十岁的时候，还是有点傻，整天无事，有时也找府里面的小孩玩。但玩着玩着，就把人家小孩玩伤了，不是胳膊折了就是腿断了。到后来这些小孩都不和他玩了，他也觉得和他们玩没意思。原因是没怎么玩呢，他们伤了。大人都来说他，母亲责备他，父亲数落他，后来他就一个人玩。有一天，李元霸看见后院兵器架上有一对锤，就拿过来玩。因为这个没刃不会伤到他，李渊夫妇也没去管它，就让他拿着锤整天摆弄。后来见他很喜欢，就在后院专门找了一块地方让他玩锤。这李元霸，自从有了这对锤，也不找府里的小朋友惹祸了，也不使小性子了，整天在后院摆弄他这对锤。一对锤五十多斤，但十岁的李元霸摆弄它们就像摆弄两个木头锤一样，舞得虎虎生风。俗话说："兴趣是最好的老师。"没有师傅教他，可他在玩耍当中摸索出了一套自己的练习方法：他在自己的脑子里假想一个对手，他要使锤把他击败。这么练以后，李渊的后院可是遭了殃了。假山被他用锤打了个粉碎，奇石被他砸了个稀烂，在他练锤的地方方圆二十米范围寸草不生！家丁们刚开始不知道，到吃饭的时候去叫他吃饭，被几锤砸得吐了血。孩子们更是不敢靠近，只知道李元霸练锤的时候是发狂的时候，靠近他很危险。两年过去了，无师自通的李元霸功夫大进，双锤的速度一锤快过一锤，一式胜过一式。李元霸也觉得他的对手越来越难对付，打得越来越过瘾了！

一天，姑爷柴绍到后院闲转，来到了李元霸练锤的地方。没一会儿柴绍就发现四弟这锤不得了啊，力量先不说，攻势犀利无比，似乎以自己现在的武功此时连靠近他都难。于是柴绍找人端了杯茶，看李元霸练完后把他叫到了跟前，把茶递给了他，又笑呵呵地用手摸了摸这小子的头。李元霸一看是柴绍，也叫了一声："姐夫！"柴绍更喜欢了，便问："元霸，想吃什么告诉姐夫，我请你吃！"

"我想吃牛肉！"

"好啊，咱们走！"

于是柴绍带着李元霸就出了府门，来到了附近的一个饭馆里，先来了一斤牛肉。这李元霸一见牛肉端上来，也没跟柴绍客气，拿起来就吃。他那吃相，柴绍看着都快疯了，整个拿牛肉当馒头吃。柴绍怕他噎着，忙叫给上了碗汤，没一会工夫一斤牛肉没了。柴绍嘴张得大大的，眼睛瞪得圆圆的，本想一个小孩一斤牛肉，自己还得帮一把才能吃完，现在不够了。柴绍问："元霸，还要吗？"

"要，我还想吃！"

"你可别撑坏了。"

"没事，我在家吃都没事！"

"就肉，我都吃不了这么多！"

"姐夫，我还想吃！"

"好，小二，再来一斤！"

于是小二又端上来一斤，柴绍又让小二给他倒了碗汤。柴绍在一边定定地看着，这一斤牛肉又让李元霸吃了，柴绍是一筷子没动。李元霸吃完，拍了拍肚子，打了个饱嗝，站起来看了看柴绍，那意思是：饱了，咱走吧！

柴绍两个眼睛瞪得溜圆，不禁哈哈地笑了起来。这小子太能吃了，掏出了银子结了账，从饭馆里面走了出来。来到大街之上，柴绍也没急着回去，领着李元霸在太原的大街上转转，让他消消食。此时街上正是热闹的时候，卖什么的都有，糖葫芦、羊肉串、小泥人、小面人这些孩子们见了都喜欢的东西，柴绍问李元霸："要吗？"

"不要，没意思！"

"别跟姐夫客气，想要就说！"

"真的，姐夫！"

柴绍心想：合着这小子就喜欢吃肉啊！柴绍摇着头笑了笑。走了一会两人不知不觉来到了一家铁匠铺门口，柴绍抬头一看"王记铁匠铺"，也没在意。看里面生意挺好，正准备走，回身看了看李元霸，却发现他被铁匠铺里的一样东西迷住了。柴绍仔细一看是一对锤，柴绍也眼前一亮。这对锤做得精细啊，全身乌黑，锤头六棱的，上面镶着六个铁钉，锤把和锤头一次铸成浑然一体。李元霸上前，用手摸了摸这对锤，又看了看，双手握住锤把，一把把这对锤从兵器架上提了起来。柴绍一看，这锤大了，不适合他用，就想上前去劝。此时铁匠铺的掌柜王掌柜也赶紧走了过来，此人生得好体格，在屋内炉火的映衬之下，更显得结实。看一个小孩在摆弄他的锤，怕压着小孩，就伸手去接李元霸手里的锤。

"小孩，别乱动！"

可李元霸此时双锤左右一分，以为老板要抢他的东西，闪到了一边。柴绍一看，慌忙过去拦住了王老板。而这黑大个老板也被这小孩的这一举动震着了，眼珠子瞪大了一圈，说："这锤一只可就是一百三十斤啊！"

后经老板介绍：这锤名叫擂鼓瓮金锤。双锤重二百六十斤，是放在店里当招牌用的。做的时候就不是按能用的兵器重量做的，整个比普通的锤大了一圈。不想今天被十岁的李元霸拿起来舞了一回，真是开了眼界。柴绍此时看了看李元霸，他如获至宝，在那里认真地端详着擂鼓瓮金锤。柴绍看着就喜欢，心想：天意啊，这对锤就是给元霸准备的！就问老板："这对锤多少银子？"

"本身是不打算卖的，现在看就按铁价卖了吧！您给五十两银子！"

柴绍摸了摸身上的银子，不够！"五十两银子没问题，出来得匆忙，没带那么多，我一会送过来行吗？"

"您是？"

"哦，这是唐公李渊的四公子，我是唐公的女婿——柴绍。"

"那太行了，唐公可是我们太原的大恩人啊，这锤就当我孝敬他老人家的。"

老板说完叫伙计出去买了几挂鞭炮，在自家门口放了起来！

柴绍一看这，笑着说："哪有这样的道理，银子一定送来！"

柴绍领着李元霸买锤又风光了一把，心里很高兴。他回到府里以后就差人送银子去了王记铁匠铺，人家也毕竟是小本生意嘛！

李元霸自从换了这对擂鼓瓮金锤以后，也觉得练起锤来越来越起劲了，对手好像被他打得无力还手一样。每练一次满意一次，再打一次再又过一次瘾，心中甚是痛快！

有一天，李元霸在后院练锤，一对锤上下翻飞，正舞得兴起。这李元霸可就没注意自从自己换了锤以后，自己练锤的圈子可比以前大多了，练着练着不觉就练到了后院的墙根底下。李元霸也恰好练到高兴处，看见一堵墙，就把锤抡了几圈。一对锤舞得嗡嗡直响，然后使足全力就朝后院墙砸了过去。只听哗啦啦一声巨响，整个一段后院墙让李元霸一锤砸倒了！挨着院墙有一条胡同，平时也没什么人，但院墙一倒，这个胡同顿时热闹了起来，就听见有人喊："老孙头两口子被压在墙根底下了，快救人啊！"

原来在这里卖豆腐的老孙头两口子被压在了后院墙下，这还有活吗？柴绍此时正好过来看李元霸练锤，忽然听到一声巨响，柴绍赶紧跑了过来。看李元霸傻傻地还站在那里，忙把他拉进屋里。然后他又组织家丁把老孙头两口子的尸体挖了出来，把这次事故定性为后院墙年久失修，倒了砸死了老孙头两口子！等李渊赶过来的时候，柴绍已经把这事处理得差不多了，尸体被家里人抬回去了。柴绍先给了一百两银子让他们的儿子把两人埋了，后来又派人送去了四百两。还派了几个家丁去帮忙办丧事。李渊听说老两口只有一个儿子，又在衙门里为他谋了一个差事。完了以后，李渊觉得作为官员，后院墙倒了压死了两个人，属于天灾人祸，自己这样处理应该说得过去。回到后堂呷了一口茶，长出了一口气，就夸柴绍此事处理得很好，很恰当，但柴绍似乎有点为难，想说点什么！唐公就问："这后墙好好的怎么会倒了呢？"

"嗯……禀岳父，这墙其实是元霸一锤砸倒的！"

柴绍本来想不说，但心里还是担心李元霸手里的锤不定哪天还会惹出更大的祸来，所以只得如实说了出来。

"什么，你再说一遍？"

"今天这后院墙，实际是被元霸用锤实实砸倒的！"

李渊一听这，心里的火腾一下就起来了，忙道："去把元霸给我找来！太不像话了，都砸出人命了！"

没一会李元霸就被叫了来，唐公满屋子找打元霸的家伙，找了一会也没找到。他抬头看见墙上挂着的一把宝剑，上前一把把剑抽了出来，提着剑就要杀了李元霸，口中喊道："我杀了这个逆子！"

柴绍一看这，忙上前拦住了唐公，说："四弟有错，但请岳父看在他半傻不灵的分上饶了他吧！"

唐公也不是真要杀了李元霸，见柴绍抱着自己，顺势一把扔了手里的剑，一屁股坐在了凳子上。

"这畜生闯下如此大祸，说又不听，打又不疼，杀又不行，怎么办呢？总不能关到笼子里养着吧？"

说到这里，唐公眼睛一亮，说："对，就把他关起来养！"

于是让柴绍把家里人都叫到了后堂，把自己的主意说了出来。窦夫人一听也是叹了口气，他都把后墙一锤砸倒了，也只能关到笼子里养了。

第二天，李渊就让人给李元霸在后院当中做了个笼子。李元霸每天被关在笼子里，有专人负责他的三餐。但没过几天，问题又来了，李元霸被关得实在没意思，晚上便在笼子里乱叫，吵得大家都睡不好。大家想必须让他白天练累了，晚上才能安静地睡觉。不过练锤必须有专人看管，于是柴绍每天早上便来放李元霸出来练锤，晚上又关回到笼子里面，这才算安静了一些日子。不过就是苦了柴绍了，每天都陪李元霸练锤。有时候李世民也过来盯一会，日子一长，李元霸和柴绍、李世民之间的感情可就深了。全府上下李元霸只听柴绍一个人的，李元霸走到哪里也离不开柴绍，不然一定出事。唐公有一次都被李元霸推了个定蹲。没办法啊，养了这么个儿子，但唐公还是很欣赏李元霸的武功。他心想，这就是我李渊的儿子，没错！

时间一晃几年过去了，李元霸十五岁，杨广做了十二年的皇帝。大业十二年（公元616年），杨广来到了太原看表哥李渊，不经意间领着他的娘娘妃子就来到了李渊的后院。李渊赶紧上前拦了下来，说："陛下，后院关着我的儿子李元霸！"

"怎么了，他见不得人吗？"

"并不是。陛下有所不知，我这儿子力大无穷，脾气古怪，我怕他伤人，所以拿笼子把他关起来养着！陛下还是不去为好！"

"会有这样的人吗？"

这时，听见后面有人哈哈大笑了起来，杨广转头一看，心想：这人该笑，笑得是时候！

此人是谁？笑的人正是杨广的站殿将军、金银殿帅，宇文述的第二个儿子，杨广身边的红人，被杨广封为"横勇无敌将，天宝大将军"的宇文成都！他身着金盔金甲，肋挎宝剑，三十五岁的好年纪，正值当打之年。一听李渊说他儿子十五六岁的年龄会伤着皇上，心里觉得可笑，便笑出声来，那意思是我在这儿呢！

作者按：也有人说宇文成都是宇文化及的二儿子。说他天生膂力过人，兵器使的是凤翅镏金镗。二十出头的年纪就在平南陈的时候立下赫赫战功，而隋唐史上此时宇文化及才三十出头的一个花花公子，怎么会有一个三十多岁的儿子？倒是宇文述能叱咤朝堂十几年，单凭阿谀奉承是不行的。如果有宇文成都这样一个有本事的儿子，倒是挺合理的，所以此神最终归位为宇文述的第二个儿子。

杨广一看他笑，说明他不服气，就问："宇文将军，有兴趣陪李元霸玩玩吗？"

宇文成都一听："皇上，我不跟小孩儿玩！"

李渊一看自己好心一劝，不曾想让宇文成都很不爽，就上前又往回拉了拉说："犬子不才，怎敢和金银殿帅比试！"

"哎，你刚才不是说这李元霸怎么怎么厉害，如今怎么又谦虚起来了！"杨广又转过头对宇文成都说，"成都，点到为止！"

"臣领旨！"

李渊一看没有办法，只得让家人打开了笼子将李元霸放了出来。别看李元霸平时傻里傻气的，今天一从笼子里放出来，一眼就看上了宇文成都的金盔金甲了，口中嘟囔着："太漂亮了！"这眼神和他看到擂鼓瓮金锤时的眼神一样，都开始放光了！李渊上前拉着李元霸对他说："元霸，这个人想和你比试一下武功，你要小心，可也不能伤着他，明白了吗？"

"好，明白了！"李元霸嘴里这么答应着，眼睛还瞅着他那盔甲。

李元霸慢慢地来到宇文成都面前，说："你想怎么比？"

"念你年幼，不欺负你，听说你力大无穷，我们比力气吧！"

"好！怎么个比法？"

宇文成都就发现在后院的墙脚，有一对小的石狮子，上面一层土，看来是好久没有动过了。不大，宇文成都估计自己可以举得起来，就来到了石狮子跟前，李元霸也跟了过来。宇文成都一指石狮子，说："我们来比举石狮子！"

"好，你先来还是我先来？"

宇文成都那是想吓退他，想让他见识一下，于是说："我先举个样让你看看！"

众人都退后了几步，让出个场地来。只见宇文成都来到石狮子跟前，深吸了一口气，俯下身子，一只手抓住狮子的一只前爪，一只手抓住底座，大喊了一声。宇文成都不愧为大隋第一勇士，石狮子应声被他举过了头顶。杨广和众人都不禁叫起好来。

只见宇文成都又举着石狮子绕了一圈，然后稳稳地将它放到了地上，吐了一口气，调整了一下盔甲，众人又是叫好声一片。宇文成都来到李元霸面前一抱拳，那意思是：轮到你了！

李元霸又看了看宇文成都的这身披挂，傻笑了一声就朝石狮子走了过去。李元霸半傻不灵，但好胜心却极强，加上力量过人，所以每次比武都想办法要完胜对手。这次看宇文成都举石狮子，说实话这两个从小就是李元霸的玩具。由于这几年长大了，所以许久没有碰了，太轻！看宇文成都只举一只，李元霸心里早想好了，他要举两只！于是李元霸来到刚才宇文成都举过的那只石狮子跟前也是一只手抓住前爪，一只手一托，石狮子就起来了。但没走几步，却又放了下来，众人一看这，不禁都笑了起来。却只见李元霸看了看大家，又把另一只石狮子也搬了过来，调整好了位置。此时众人眼睛都看直了，心想：这小子不是想来两个吧！

李元霸来到两个石狮子中间，两只胳膊掏在两只石狮子的前爪的空隙里，用胯顶住底座，两膀一用力，喊了一声："起！"两只石狮子竟然都让李元霸给架了起来！

此时杨广也不禁站了起来，众人头都向前伸去，被李元霸吓着了，"这是人吗？"都不相信眼前发生的一切，却只见李元霸挎着石狮子，也慢慢地围着场地转了一圈！

杨广此时带头叫了一声"好"，鼓起掌来，众人也都叫起好来。李元霸把两只石狮子轻轻地放到了地上，也轻舒了一口气，朝宇文成都也是一抱拳，那意思是：怎么样，服了吧！

宇文成都是个好胜的人，李元霸虽然有点傻，但他这个眼神令宇文成都很受不了。和李元霸不同的是，宇文成都身上有大隋第一勇士的光环，他输不起。虽然他也看出这小子的力气比他大的不是一星半点，也确实吃惊不小。但多年的戎马生涯使他很是自负，想李元霸力气大，但武艺不一定比他高，于是上前对杨广说："禀皇上，李元霸果然神力，有些本事。我明日想与他在校场上正式比个高低，请皇上恩准！"

"好，有你们两个勇士，实乃我大隋之幸。我也想看看他到底谁厉害，准奏！"

众人也随着杨广笑了起来，宇文成都拿眼看了看李元霸，心里那个气啊。李元霸又在看自己这身金盔金甲呢！真是个执着的男人。

闲话不说，一转眼来到了第二天，李渊已命部下准备好了一切。杨广端坐在校场的高台之上，众娘娘在一边陪同。为了让杨广高兴，李渊又令一万军士在一旁观战，以壮声势。一切准备停当，李渊上前说："禀皇上，宇文将军和小犬已在校场等候，比武能否开始？"

杨广说："开始吧！"

只见李渊一声令下，战鼓齐擂，兵器乱碰的声音响成一片。校场上，宇文成都金盔金甲，胯下浑红兽，手中提着一条凤翅镏金镋；再看李元霸身穿盔甲，胯下一匹铁青马，手中一对擂鼓瓮金锤。小伙子第一次上战场，战鼓一响身上的血液立刻就开始沸腾了起来，他就是为打仗而生的！一催坐骑风一样朝宇文成都冲了过去。宇文成都也不含糊，一催浑红兽也冲了上来。两人来到了校场中央，照面后宇文成都举镋就朝李元霸砸了过去。李元霸举双锤一磕，一百多斤的锤啊，宇文成都幸好早有心理准备，换另外一个人，这镋一定飞了。但就这样，宇文成都心里都是一惊，虎口开始发麻。二马一错蹬，宇文成都回镋又朝李元霸左肋扫了过去。宇文成都这一招也是来者不善啊，就欺负李元霸年轻战场经验不足。李元霸见他的镋又来了，只得回身一锤，护住自己的身体，锤镋又碰在了一起，当啷啷一声响。军士们欢呼了起来，这两位都是高人啊。这第一回合让宇文成都明白，不能和李元霸的锤硬磕。此时他的虎口都青了，心里想着怎么用巧招赢了李元霸。而第一回合只是让李元霸觉得宇文成都武艺很好，很难得的一个对手。他是那种从来就不知道担心的人，也不多想，拨马就又冲过来了。

转眼几个回合过去了，宇文成都尽力躲着李元霸那锤，李元霸是越打越精神，但也觉得不过瘾。为什么？总是打不着啊！宇文成都寻找机会，李元霸滴水不漏。又打了几个回合，李元霸也觉得有一点吃力了，毕竟自己攻的时间长了，消耗了大量的体力，嘴里不觉嘀咕了起来："哎呀，太累了，得歇会了！"这话可被宇文成都听见了，心里暗喜，心想：你累了，那就轮到我了！却不曾想这只是李元霸随口一说，无意当中宇文成都就上了李元霸的当了。宇文成都于是重整旗鼓，这一回合举镗就朝李元霸砸去。李元霸一看镗来了，心想：这次可不能让你再跑了！李元霸双锤一架成十字形，接住宇文成都的镗后双锤一锁，宇文成都的凤翅镏金镗被李元霸的双锤锁了起来。二马一错蹬，李元霸两臂一用力差点借力把宇文成都从马上拉下来。宇文成都一惊，心想：可不能让这小子把我拉下去啊！

　　宇文成都心里这么想，死攥着他的镗杆就较上劲了。只见两匹马被这两个人拉得东倒西歪，前仰后合！李元霸看着宇文成都说："撒手，不撒手我把你拽下来！"

　　李元霸说完两臂一用力，宇文成都的马又是一个趔趄。他再顺势一拉，想把宇文成都拉下马来，就说："你快松开吧，你拉不过去的！"宇文成都也不愧为大隋第一勇士，在马上和李元霸用上了真劲。他大吼一声，想把镗拉出来，慢慢这镗杆还真拉过去了。李元霸心中暗喜，还真不赖，也大吼一声，调动身上的每一块肌肉，用力地拉了过来。而此时的宇文成都被李元霸这么一拉，忽然就觉得胸口发热，嗓子眼发咸，眼前一黑。宇文成都下意识地松开了凤翅镏金镗，镗被李元霸硬生生夺了过去。军士们发出震天的叫好声，李元霸回身把凤翅镏金镗插到校场，骑着马举着双锤绕着校场跑了一圈，李元霸高兴啊！宇文成都看自己败了，慢慢地下了马，来到凤翅镏金镗跟前。当他要用力拔出镗时，胸口又是一热，压也没压住，一口血吐了出来。幸亏此时所有人的目光都在李元霸身上，没看到宇文成都吐血。宇文成都连忙用脚把吐出来的血迹用土盖上，又擦去了嘴角的血丝，调整了一下气息，站在浑红兽旁边休息了一会，才上马来到高台。他来到杨广面前，单膝下跪，双手抱拳："皇上，微臣输了！李元霸的确厉害，臣战他不过！"

　　"爱卿不必自责，辛苦了，请爱卿一旁休息！"

　　这时李元霸也由李渊引着来到了杨广面前，跪了下来。杨广问："李元霸，好样的。我大隋现在正缺你这样的勇士。说吧，你想要什么，朕赏给你！"

李元霸笑了笑，看了看宇文成都说："我只要一样东西！"

"哦，你说想要什么？"杨广有些奇怪，饶有兴趣地问。

李元霸一指宇文成都，说："我要他身上穿的那盔甲！"

众人一听都相互看了看，宇文成都也是一脸通红，起身就要把盔甲脱下来。而此时杨广却哈哈大笑了起来，用手挡住了宇文成都，那意思是：不用！杨广接着说："好，那朕现在就命人为你量身打造一副一模一样的金盔金甲送你。不止这样，朕再送你宝马一匹，满意吗？"

"呵呵，好啊！"

"来人，把朕的那匹板肋癫麒麟牵来！"

没一会儿，校军场当中就牵来一匹鞍鞴整齐的宝马，把李元霸乐得三步并作两步跑了下去，骑着它又在校场跑了一圈。众军士一看笑成了一片，宇文成都则对杨广报以感激的目光，应该说杨广心里有时候也是明白的！

李元霸此时兵器、披挂、坐骑已全部配齐，金锤挂凤镜一战成名！他不仅年纪轻轻，而且战败了鼎鼎大名的宇文成都，全天下都在传颂他的美名！

第十二章　大破一字长蛇阵

DISHIERZHANG DAPO YIZI CHANGSHEZHEN

　　再来说说瓦岗山，众人一看杨林在山下摆了一字长蛇阵，也确实绝大多数人都没有见过，不知道这是干吗。秦琼听罗艺说过，此阵名叫一字长蛇阵，但却不知道怎么去破阵。众人都将目光瞄向了徐懋功，徐懋功也摇了摇头，说："我也不会！"

　　程咬金一听这话说道："那怎么办，干脆投降算了，一帮没学问的！"

　　"胡说，我们不会，我们可以找会的人来啊，就知道投降！"

　　"你老徐都不会，谁会？"

　　"我想到一个人——罗成，秦元帅的表弟一定会！"

　　"怎么想的，他爹罗艺在山下摆阵，你让他来帮咱们破阵？开什么玩笑！"

　　"这就看二哥和他交情怎么样了，我可听说这罗公子武艺极高。既然秦二哥都听过，那罗成一定会破！"

　　秦琼一副为难的样子说："不大可能！"

　　"要再加上秦老夫人呢？"

　　"对，对啊，我去找我妈！"

　　于是秦母给罗成的母亲写了一封信，秦琼给罗成也写了一封信，说明了罗成此行的意义关乎瓦岗的存亡，又分析了一下天下的局势，拉了拉家常。本打算让秦琼亲自走一趟幽州，但考虑到秦琼是兵马大元帅，离不开。于是这差事又找到了王伯当，王伯当找了几个兄弟以后，骑着快马赶往幽州去请罗成来破这一字长蛇阵！

　　且说王伯当等人没几天就来到了幽州境内，几番打听后找到了罗成，并把书信一并交到了罗成手中，说明了瓦岗现在的情况。罗成一听也吃了一惊，现在自己的表哥已是十万人马的兵马大元帅了。几年不见，这消息着实令人振奋。虽然此前杨林来找罗艺帮忙时也提到了秦琼，但为了打消罗艺的顾虑，也没多说。今天听王伯当一说，瓦岗山如今闹大了，闹出了名堂。你想啊，杨林此次平叛为什么带了那么多人？因为杨林也知道这瓦岗厉害啊，要获胜，必须把自己的力气都用上才行！

　　这罗成也是热血男儿，十几年间跟随罗公也学了不少本事，这杨林的一字长蛇阵父亲还真和他说过。听到表哥在外建功立业，自己本来就手痒。此次表哥又来信请他，说真的很想去，但一想到自己的父亲正在瓦岗的一字长蛇阵中，却又犹豫了起来。转头看见桌上还有一封书信是给母亲的，便想听一听母亲怎么想，拿着信去后堂拜见母亲。

　　来到后堂以后，罗成便把书信递给了母亲。他母亲看完信以后，气愤地站了起来，说："我早就告诉过你父亲，杨广是个昏君，何必为他卖命。可你爹老糊涂，说什么昏君也是君。这次倒好，他帮着杨广去打自己的亲侄子。你姑母信中说要你上山去帮他们破一字长蛇阵，不然瓦岗在劫难逃。怎么办呢？总不能叫你去打你爹啊！"

　　"我也正为难呢，可表哥能到这一步不易啊，我们不帮谁帮啊？"

　　"说的也是！嗯，这么着，你去吧。但千万别让你爹知道，完事了你再回来，破得了破不了都快回来。毕竟我们也只有这一门远亲了，给瓦岗的人说清楚，千万不能让他们伤了老爷！"

　　"孩儿知道了，那我这就去准备了？"

　　"好，那你快去准备吧，该带的都带上，一切小心！"

　　罗成拜别了母亲，就回到自己房中准备去了，没一会就准备好了。也很简单，几件衣服，又带了一点银子，自己的兵器、马匹。他又叫上了史大奈等几个与秦琼相熟的朋友，来到了王伯当那里，说好明日出发。王伯当一听心里一喜，没想到罗成答应得这么痛快，又佩服了一遍徐懋功真神人也！几个人相约明日出发，一起上瓦岗共破一字长蛇阵。至此，隋唐史上又一位英雄登场了，他就是少年罗成！

话说简单一点，罗成等几人来到了瓦岗山上，程咬金和秦琼等人都迎了出来。故人见面话特别多，一路客气着就来到了大殿之上。程咬金又命人摆下酒菜大家叙叙旧。说来也巧，在大家把酒言欢，正在兴头上的时候，门卒进来说山下杨林营中有战书送到。这已经不是第一封战书了，大家心里一沉，都拿眼看着罗成。好像罗成太年轻了一点吧，十八岁，白袍白甲，一条枪，能行吗？罗成也不以为然，用筷子夹起菜不紧不慢地在那儿嚼着。程大爷看到这，实在忍不住了就问罗成："贤弟，这一字长蛇阵，你破得了吗？"

"我爹和我说过！"

"那是怎么回事呢？"

罗成放下了筷子，拿了几个酒杯，对众人说："这一字长蛇阵，来时我看了，由阵头、阵胆和阵尾三部分组成。杨林坐镇蛇身，通过设在蛇胆中的旗语台指挥整个一字长蛇阵。蛇头由魏文通镇守，兵力集中，是一支生力军。虽说打蛇打七寸，但对此阵来说，蛇头上聚集了隋军中的精锐之师，而且机动性能好，不好打。如果集中兵力单单去打蛇头，也会吃亏，而长蛇阵各部分之间的支援会很快。因为在蛇胆处立有一根柱子，柱子上有一个小吊楼，上面有四个旗语兵，通过旗语把战场上的情况迅速传达给杨林。"

程天子这会插话了："那我们去打蛇胆，既然蛇胆中的小吊楼那么关键，我们攻上去一把火把它烧了不就完了吗？"

"这却不行。因为蛇胆在长蛇阵的中央，一旦被人攻击，则杨林就会指挥蛇头和蛇尾两处前来增援。不一会儿我们就会陷入重围，全军覆没啊！"

"那我们去打蛇尾，总可以吧？"

"这蛇尾先不说是由我爹镇守，说这蛇尾由十二根尾骨组成，兵源越来越少，但骑兵越到后面越多，机动性能非常好。它由杨林的十二家太保分别镇守，各处相互支援。只要撑住一个时辰，蛇头一到，正好各个击破。这蛇尾却是个美丽的陷阱啊！"

"打这也不行，打那也不行，那怎么办呢？"

"要破这长蛇阵却也不难，就是要切断蛇头、蛇胆和蛇尾的联系，让杨林的指挥台形同虚设。然后我们再各个击破！"

"怎么讲？"

"切忌添油战术,今天打蛇头,明天打蛇尾,这无异于送死。要破杨林的一字长蛇阵我们必须全寨出动,动用我们所有的力量,全面出击,来个快刀斩乱麻!瓦岗实力今非昔比,我看破这长蛇阵,定可一战而胜!"

众人听完罗成的介绍,对长蛇阵也有了一定的了解。更重要的是,看着小罗成胸有成竹地把一字长蛇阵的特点很有条理、很清楚地讲了出来,让人觉得这老兄弟可信,对破长蛇阵又多了几分信心。众人于是在酒宴上又喝成了一片,都端着酒给罗成敬酒。罗成也不含糊,与众英雄说笑在了一起。

第二天,秦琼命令瓦岗全寨做好准备,精神头提到十二分上来,准备转天去破阵。程咬金、秦琼、罗成、徐懋功等人又在一起商量了一下具体人选:

阵头决定由王君可和翟让两员勇将前去攻打,两人只要拉住魏文通便是大功一件!

阵胆由秦琼和罗成两兄弟前去,因为这丁颜平是世外高人,别人去可能只是枉送了性命。罗成也想用他这条罗家枪去会一会丁颜平的独门双枪。

阵尾则由史大奈、尤俊达等其他瓦岗英雄去攻打,目的有两个:

一、别伤了罗公。

二、缠住蛇尾,不让他们接应其他人。

当阵中所有人都攻上去后,这杨林老爷子由谁去对付呢?瓦岗人才济济,裴元庆手里的那对锤也够老爷子喝一壶的!杨林那里就交给裴元庆了。

瓦岗还有一位最厉害的爷呢,罗士信做什么呢?秦琼怕他有什么闪失,把他交给了他最信任的人——单雄信,他们两个去做各路的接应。因为罗士信太有用了,谁都想要他过去,不妨就让他在阵中哪儿难打就到哪儿去,身边有单雄信那是万无一失!

最后程咬金和王伯当观兵瞭阵!呵呵,程咬金那个气啊!

转过天来,各将来到了中军帐。秦琼知道此次破阵全仗罗成,也想捧捧表弟。来到帐中,各将到齐后,秦琼来到台下,将罗成拉到了元帅案前。这罗成也知道这是表哥捧自己,谦让了一会儿便也就站在了中军帐的元帅旗下。秦琼领着众将参拜元帅,罗成振奋的眼泪都快下来了。完了之后,开始点将。

这罗成,整个点将过程滴水不漏,既不失威严,又令人赏心悦目!

派将完毕,各将都下去准备,罗成又命传令官去向杨林下战书,瓦岗今日来破一字长蛇阵！整个瓦岗山战鼓响彻云霄，军旗漫天飞舞，队伍浩浩荡荡来到了阵前。一通战鼓后，罗成大旗一挥，各路人马杀向了隋军的一字长蛇阵。

先说翟让和王君可来到阵头，见潼关帅魏文通正策马站在那里等他们。二人也不通名，王君可举着大刀就冲了上去。可这魏文通也的确厉害，几个回合过后，翟让一看王君可不行了，催马也杀了上去。二战一，就这也看不出是谁占了便宜。只看见刀如雪花一样乱飞，枪缨子到处都是。但没一会儿，魏文通就摸清楚了两人的进攻套路，开始应付自如。又过了一会，魏文通便慢慢地开始占了上风。王君可和翟让也是越打越别扭，心里也觉得不得劲了。眼看就要败下阵来，就在这个节骨眼上，单雄信领着罗士信到了蛇头这里。一看两人战不过魏文通，单雄信便叫罗士信上去帮忙。这罗士信一听让自己上，心里高兴，提着他的大铁枪催马就冲了上去。到了他们跟前，叫了声："你们两个下去，让我来！"翟让、王君可一看是罗士信来了，心中一喜，心想：今天这任务就算是完成了！一带马，退了回去。魏文通一看又来一个，拿眼认真一看，这人长得和黑铁塔一样，手中一条浑铁枪，没见过，叫了声："来将通名！"

罗士信一听问自己名字，就说："罗士信！"

魏文通一听这名字没听过，心里就有点看不上这罗士信。虽然面相厉害，我看他也是没什么本事，心里想定，提着刀催马就杀了过来。罗士信一看对方过来了，催马也迎了上去，见到魏文通，抡着大铁枪就朝他砸了过去。魏文通举刀杆相迎，只见一阵火星乱冒，当的一声，魏文通就觉得自己心都快跳出来了。再一看刀杆都弯了，虎口也被震出血了，回马过来站定，心里就想："这傻大个可是太厉害了，这仗没法打了，我还是走吧！"心里正这么想呢，看罗士信举着铁枪又杀了过来，他一惊，拨马就败了下去。阵头的隋军一看自己的主将败了下去，也是一震，只一回合啊，顿时士气全无。单雄信此时命令瓦岗军冲了上去，阵头这里杀成了一片。没一会工夫，原来以为拖住魏文通就算胜利的瓦岗军此时已取得了全胜。单雄信见罗士信还在阵中冲杀，想还要去接应其他各路，便想叫住罗士信。可此时的罗士信正杀得兴起，根本听不到他的声音。单雄信觉得此时别说叫他叫不应，就是靠近他都会有危险。没有办法，罗士信只得一人前去接应其他路的瓦岗军。

　　单雄信来到了阵胆丁颜平老爷子那里，见罗成和丁颜平已经打到了一起。只是罗成此时脸涂成了黑色，还沾了点小胡子，手中枪，胯下马，白盔白甲，怎么看怎么别扭！秦琼站在一旁为他压阵。单雄信于是提着金顶枣阳铄走到了秦琼身边，告诉秦琼，阵头此时已被打乱！秦琼一听，心中一定，点了点头，又看起了罗成和丁颜平的三枪会！

　　只见丁颜平这老爷子这双枪，枪法凌厉，气势逼人，四个枪头枪枪都是要害。秦琼都替罗成捏了一把汗，后悔那会怎么让表弟上去了，毕竟他只有十八岁啊！

　　再看罗成，提着十二分的小心，应付着丁颜平，心中暗暗佩服起了这老爷子，这枪是六十多岁的人在使吗？要力道有力道，要招式有招式。罗成的罗家枪要说也是名满天下，但对丁颜平却连近他身都难。只是凭借着他年轻，反应快，两人战了三十多个回合还未分胜败。

　　秦琼也在那儿急呢，想办法怎么才能赢了这丁颜平。正想呢，傻小子罗士信不知怎么杀的，也杀到了阵胆这里。看这么多隋军，也是杀红了眼，不管三七二十一催马就冲了进去。他抡开大铁枪就朝隋军扫了过去，只见隋军在丁颜平身后乱成了一团。秦琼一看，这罗士信打仗，不按常理出牌，怎么冲到后面去了。但效果非常好，心想也对，丁颜平是厉害，但他只有一个人，我们有三个，双拳难敌四手。于是就令瓦岗将士也冲了上去，秦琼、罗成和单雄信三位英雄和丁颜平打在了一起。而这丁颜平此时根本没办法去指挥隋军作战，加上罗士信那铁枪抡得就像风车一样，在隋军中左突右冲，根本无人可挡。隋军被冲得支离破碎，根本形不成战斗力。而瓦岗军士也被罗士信这种打法一震，心里想：这太搞笑了，打仗还能这样！用现在话说就是步兵里面冲进去一辆坦克，勇不可当，士气大振！不过一个时辰，隋军就所剩无几了。秦琼一看，这儿打这么热闹可不行，我们来干什么来了，就朝罗士信喊了一嗓子。这罗士信虽说是杀红了眼，但秦琼的声音此时他却听到了，回头看了看秦琼。秦琼忙说："士信，去把那吊楼打下来！"

　　罗士信一听让他去打吊楼，催马就来到了吊楼旁边。他找了半天没找到火把，便直接拿自己的铁枪朝旗杆上砸去。只听见嗵的一声，旗杆被砸了一个坑。吊楼上那四个旗语兵此时可慌了神，被罗士信这一砸，魂都没了。吊楼也开始摇晃了起来，罗士信抢起铁枪又是一下，木头渣子乱飞了起来。但这旗杆有小号缸的缸口那么粗，这砸到什么时候是个头啊！正在这时，齐国远骑着马过来了。这齐爷其实就在后面看呢，看到旗楼下面的人被罗士信打跑了，提着一桶油就来到了旗杆跟前，用力泼到了旗杆上，一把火点着了。这齐爷是山大王出身，这放火是行家里手，烧旗杆这功劳，别人是抢不走的！一看旗杆着了，吊楼上的这四位可就急了，一个个都从吊楼上跳了下来，跳下来或许还有一线生机啊！

丁颜平一看吊楼被烧了，知道这阵胆已经被打破，再战下去也无意义，虚点一枪，拨马便败下阵去。这老头子一辈子没打过败仗啊，不想今日却晚节不保。他也没脸再见杨林，骑着马离开了战场直接回家去了，一代英雄谢幕而去！

回过头来再说杨林，坐镇蛇身指挥一字长蛇阵。但今儿这瓦岗军却似有高人指点，四个指挥旗都报告说有人攻打，一时也不知道去支援谁。后来看直接有人把吊楼烧了，自己也坐不住了，领着自己的人马去阵胆丁颜平那里增援。刚出了寨门，此时裴元庆按罗成所说，看杨林出来便要堵住杨林，不让他去增援，堵在了杨林前面。杨林一看是裴元庆，气就不打一处来。杨林是最痛恨士兵投降的，更痛恨像裴元庆这样的勇将也投降瓦岗，就想训斥一顿他。他用裘龙棒一指裴元庆，说："裴元庆，你不配与老夫交战，滚回去，叫你父亲前来答话！"

"杨林，我奉命来此取你性命，你少啰唆，快快打马来战！"

"不知死活的东西，朝廷养你多年，给了你多少俸禄，如今你却去做贼。看你年少，不想死就速速退去，让裴仁基前来，我有话和他说！"

裴元庆也不着急，耐着性子和杨林就在那里磨，说："我父亲很忙，他不会来的，你有话就对我说吧！"

"跟你也没什么好说的，你吃我一棒！"

说着，杨林提着裘龙棒催马就冲了上来，和裴元庆就打在了一起。几个回合过后，杨林就发现裴元庆这对锤子了不得啊，果然是名不虚传，舞得是张弛有度，密不透风。十七八的年纪有如此造诣，杨林颇感意外，暗暗感叹自古英雄出少年啊。但虽然这么想，杨林这对裘龙棒也不是好惹的，被杨林舞得是虎虎生风，又似巨蟒缠腰。又战了三十几个回合后，秦琼他们几个扫掉了蛇胆以后也来到了杨林这里。见裴元庆正与杨林交战，也不管他，按罗士信的那套再来，命令军士们冲上前去杀敌立功。罗士信又冲到了最前面。这会有人就问了，难道秦琼这会就不害怕有人算计罗士信吗？当然怕了，但此时罗士信已经进入了无敌的状态，根本没有人可以近得了他的身，所以让他放开了打！而杨林此时觉得应付裴元庆都有点吃力，分身乏术，看着罗士信、秦琼他们在自己阵中左突右冲也一点办法没有。杨林不知道瓦岗有罗士信这样的勇将，他更不知道自己穷其一生研究出来的一字长蛇阵，怎么让自己有一种有力使不上的感觉呢？他很想知道是什么人在指挥！他突然想起当年自己平南陈的时候是何等的勇猛，而今天却只能眼睁睁地看着自己的精锐部队被这些所谓的乌合之众一片一片地扫平，是什么原因呢？

　　道理其实很简单，错不在杨林，杨林勇猛依旧，其实错在杨林的隋军不得人心。人们希望有一支队伍可以推翻大隋王朝，使他们过上安居乐业的生活。有这种想法的人瓦岗军中有，隋军中也有，而杨林此时的作用只是一块绊脚石。他的下场也只有一个，那就是被一脚踢开！再者说，长江后浪推前浪，杨林的武艺可以和裴元庆、罗成、罗士信等一较高下，但体力已经远远不行。和裴元庆战过一百回合以后，杨林已经渐渐支持不住了。当然此时的裴元庆也体力不支，但转过马来，只休息一会，就觉得又可以再打几个回合。杨林的恢复速度则远远没有这么快，况且他是和裴元庆的双锤打，自己的虎口早有点吃不消了。但想到先皇创立的基业，杨林又提了一口气，催马冲了上去。裴元庆哪管杨林想什么，举锤就砸。杨林举棒相迎，又是一声巨响。杨林觉得虎口一阵钻心地疼，回过马来一看，虎口都裂了。他也不管了，催马又朝裴元庆冲去，一幅悲壮的画面令人揪心，不忍直视。

　　再说蛇尾，本来打得好好的，兵力远在瓦岗之上。罗公也调度着隋军迎战瓦岗军。因为有罗公在，瓦岗军很难占到便宜，也不好和罗公真打。见到他，瓦岗众将士都避开，罗公都感到奇怪，怎么没有人和自己打呢？心里正想呢，忽然看见阵胆的吊楼着火了。隋军将士都看见了，而他们都很明白，吊楼烧了，意味着一字长蛇阵被破了，所以一有机会就溜，活命要紧。正所谓兵败如山倒就是这个道理！而杨林的那十二家太保，一看到吊楼着了，也都惦记着他们的义父，看士兵们都溜了，也都催马来到了杨林那里增援。罗艺此时成了光杆司令，蛇尾没人了！

十二家太保来到杨林这里，一看杨林所率领的隋军也已所剩无几。杨林正在战场上和裴元庆死磕呢，几个人一商量，隋军大势已去，救了杨林快跑吧！于是冲到疆场之上，几个人分头迎战裴元庆，另外几个人保护着杨林就朝南败了下去。

至此，杨林的一字长蛇阵被罗成领着的瓦岗军打了个落花流水。此一战退去了丁颜平、杨林这些老一辈英雄身上的光环，却成就了罗成的少年英名；打出了罗士信这一勇冠三军的名将，使罗士信一战成名；也打出了裴元庆的金字招牌，更打出了瓦岗的威名。各路反王纷纷前来依附，瓦岗人数迅速增加到了二十万。此时罗艺有十万，唐公李渊也只有三万，瓦岗成为天下谁都不敢小视的一支力量。

在瓦岗寨中，虽然此次大败隋军，但有一个人却相当郁闷，此人正是大德天子、混世魔王程咬金。因为作为皇上的他，不管是战张须陀，还是招降裴元庆，还是此次大破一字长蛇阵，程大爷的任务只有一个，那就是观兵瞭阵。这可把这位爷憋坏了，看着兄弟们在战场上厮杀，自己整天无所事事，身上都快起痱子了。此次杨林被打败以后，程大爷便铁了心不做这鸟皇上了，开始物色大德天子的后继人选。他心想：秦大哥最合适，但人家决然不会同意，牛鼻子徐懋功也不会同意。哎，谁来替自己当这个皇帝呢？

一天早朝，大家又在一起议事，说是议事无非也就是说说笑笑，大家一起聊聊家常而已。忽然，蒲山公李密站了出来，说："启禀皇上，微臣以为当前瓦岗兵强马壮，我们不能坐以待毙，应该主动出击，领兵占领州县，扩大瓦岗的地盘，以图再进！

程咬金眼睛一下子亮了，又仔细地看了看李密，心想：李密，蒲山公，要学问有学问，要远见有远见，是个不二人选。于是程咬金便问："李密，那我们该如何行动呢？"

"可先取下洛仓，此是朝廷存放粮草的地方，以后可以利用洛仓为基地，兵逼洛阳。"

程咬金看了看秦琼和徐懋功，两人都点了点头！众人也表示赞同，程大爷心想：如果此战略能变为现实，那我就把这鸟皇帝让给李密当！

没过多久，瓦岗军便拿下了洛仓。李密又命人开仓放粮，附近的老百姓又是一片好评，瓦岗军成功地在洛仓站稳了脚跟。

回到瓦岗山以后，程大爷便在朝堂上郑重地宣布要将大德天子让给李密。原因只有一个，现在瓦岗已拥兵二十万，自己斗大的字不认识一升，无力领导瓦岗军干更大的事情，希望将皇位让给蒲山公李密。李密听了这心里也是一惊，便说："瓦岗在魔王的带领下从原来的区区万人发展到现在的拥军二十万，足见魔王深得民心，受军士们爱戴。李密何德何能，万不敢领受！"

"这事就这么定了。我注意李密不是一天两天了，我这想法也不是一天两天了，取荥阳是李密进言的，张须陀是李密设计杀的。此次，李密又带人攻下了洛仓，一来补充了瓦岗的粮草，二来也有了攻下洛阳的基础。瓦岗要想有进一步的发展，必须要有这样的人领着大家伙才行！"

众人还要劝说，程大爷又说了："我是皇帝，这件事我说了算，换！"

大家一看程咬金这次是铁了心了，都互相看了看叹了口气。也没办法，既然是皇帝下了旨，换就换吧！

于是瓦岗寨更名为金庸城，李密号为魏公。因为以前曾有一个魏公，为了区别，李密称西魏王。于当年二月，称元年，建金庸城为都城。房玄龄为左长史，邴元真为右长史，杨得方为左司马，郑德韬为右司马，翟让为司徒、领东郡公，单雄信为左武大将军，徐懋功为右武大将军，裴仁基为河东郡公，秦琼为兵马大元帅，程咬金为先锋、领一字并肩王。至此瓦岗又进入了一个时段，由李密领导的全新时段。李密以他非凡的才能，带领着瓦岗众将占洛仓，入东都，接着火烧天津，瓦岗军声威大震。一路打下来缴获了大量的物资和财物，实力大增，李密也赢得了大家的信任。

第十三章 计杀翟让

DISHISANZHANG JISHA ZHAIRANG

此时，随着瓦岗军的发展壮大，尤其是在李密正规化瓦岗的过程当中，重用了大量和他一起来的兄弟。对程咬金的山东一系的也没有做大的调整，但却把原来翟让的手下，也就是正宗瓦岗山的人换下来不少。这让翟让心里很不舒服，虽然自己被拜公封侯，但手下时常在自己面前诉苦。

李密此时拥军二十万，如鱼得水，面对好不容易得来的权利，他怕会有什么闪失。一方面他努力保持和程咬金、秦琼等这些山东系的关系，另一方面他也悄悄派人盯着翟让等人的动静！

有一天晚上，翟让请朋友喝酒，到后来酒喝得有点多，触景生情便在一起议论起李密如何看不起原来瓦岗山的兄弟，冷了将士们的心。有一个叫王儒信的兄弟就说了："翟头领，你可要为我们兄弟做主啊。你就是我们的主心骨，不如你领着大家，把瓦岗寨重新给夺过来，我们兄弟一起像以前那么快活？"

翟让一听，忙喝道："不可胡说！"

此时翟让的兄长翟宽也说："寨主只能自己做，怎么能让给别人呢？你如果不做，当初也应该让给我来做啊！"

本来翟宽也是一句玩笑话，想缓解一下酒桌上的气氛，不想这话却为他们招来了杀身之祸。酒桌上所有的话都一字不落地传到了李密的耳朵里。李密听后大怒，就想找机会杀了翟让他们。

此时大隋平叛将军王世充领兵前来，李密便让翟让前去应战。由于翟让也是一介武夫，被王世充杀败，只得回营交令。李密又令秦琼和徐懋功前去破敌，王世充大败，只带着几千人败走。回营后，李密置酒为几人庆功。席间，由于翟让打了败仗，心里不爽，等着李密处罚自己。可李密却没说什么，翟让的心情慢慢地好了起来，也和众人喝在了一起。李密此时想的却不只是处罚那么简单，他是想除掉翟让。正面杀，秦琼等人一定为其讲情。况且翟让为瓦岗前头领，杀了他会令将士们心寒。但一想到他说的那些话，李密在席间便坚定了杀翟让的心。

一天，李密请翟让喝酒，顺便也请了翟宽、裴仁基、郝孝德等人。酒宴摆好后，李密吩咐将士们都出去，只留了几个人在席间服侍。但此时翟让的随从王儒信等人都在，李密又把他们也支到了帐外，几个人就喝了起来。翟让先端起酒杯说："来，我等一起敬魏王一杯！"

"翟将军谢谢了，不过你们是瓦岗的元老，应该是我敬你们一杯啊！"

"还是魏王先请！"

"翟将军请。不仅如此，今日我还为将军准备了一点小礼物，就是不知道将军有没有本事拿走啊！"

"哦，那翟让倒要看看。"

"来人，把我给将军准备的礼物拿上来！"

这会只见一个军士拿着一张弓走了出来，李密又说："近来我得了一张神弓，百发百中，拉满六百石。这好弓必须要能人使用方能发挥他最大威力。翟将军善于骑射，若将军能拉开此弓，我就将此弓送给将军！"

"是吗？那就让我试试看！"

于是翟让接过军士手里的神弓，深吸了一口气，两膀一用力，这弓的确是一把好弓。翟让那是用尽了全力才慢慢拉开了，转眼看了看魏公，那意思是：我可拉开了，这弓可就是我的了！但此时翟让不知道的是：在其背后站着一个人，是李密麾下军士，名叫蔡建德。正在翟让把弓拉满的时候，蔡建德拔出刀来，照翟让的脖子就是一刀。顿时鲜血从翟让脖子喷了出来，如牛的一声吼叫以后，翟让便倒在了地上，眼中满是疑惑。可惜一位惯战的将军却不明不白地死在了自己人手里。见翟让被砍翻在地，一队人马涌了进来，拿住了翟宽等人。裴仁基、郝孝德等人也是一脸的不明白：翟让怎么了就？

事后李密给翟让等人定的罪名是私自议论朝政，妄图谋反，并处死了翟宽、王儒信等人。

此事秦琼等人听说时都吃了一惊，想起与翟让的种种情谊，对李密也有了重新的认识，互相对望了一眼，叹了口气！

但形势没让瓦岗的众英雄再多想。没过几天，王世充又召集两万人马袭击洛仓，被李密用兵挡了回去。但王世充却兵锋一转，杀向了洛阳以北。李密又展示了其非凡的军事才华，一路将王世充赶到了黄河边，而他早命人烧了河上的浮桥。王世充的队伍来到河边见没了浮桥，只得下河，淹死了一万有余。他只带着几千人逃过河来，又遇大雪，士兵又被冻死了一大半，瓦岗大获全胜。到此时，瓦岗已拥兵三十万，四方的反王都有书信来，愿意归附李密麾下。

第十四章　锤震四平山

DISHISIZHANG CHUIZHENG SIPINGSHAN

　　杨林的四十万大军在瓦岗被秦琼和罗成等一些少年英雄击得粉碎，回到长安的隋炀帝杨广知道以后大怒，在朝堂上大骂朝臣："一群饭桶，一群饭桶！区区一个瓦岗，朝廷几次平叛，数十万人马，数百万银两的花销，而现在的瓦岗却被你们越剿势力越大。瓦岗被你们说得神乎其神，怎么办，难道要朕亲自去剿吗？朕养你们有何用处？饭桶，都是饭桶！"

　　杨广是越说越气，骂了一会不觉得头有点发晕，闭目养了一会神，然后看了看满朝的文武大臣，怒其不争地说："朕这些日子都快被瓦岗军给烦死了，想清静清静。以后有关瓦岗的所有事情你们自己看着办，别来烦我！"

　　说完杨广一甩袍袖，走了。众大臣都相互看了看，为这位小爷的这种大气做法而佩服，为自己没有多嘴而庆幸，也为老杨林数十年征战沙场而不值。宇文述等人则因为又少了杨林这个眼中钉而更加地肆无忌惮，和他的儿子宇文化及、宇文成都一起把持着朝堂。整个大隋一片阴云密布，全国各地反隋的大旗一面一面地竖了起来！

　　我们上文说过，隋炀帝杨广倾全国之力在开凿疏通全国各大水系的运河，而巧的是运河在大业十二年（公元616年）完工了。我们的这位主一听这个好消息马上决定游幸东都，去洛阳散散心！文武重臣全部陪驾前往！

　　众大臣一听，这是急着去死啊！因为现在全天下各地都有造反的人，而我们这位陛下还什么都不知道呢。各地告急的文书、奏折都被宇文述等人压了下来，所以这位主现在认为天下除了瓦岗，别的地方还是老杨家说了算。

所以一听运河通了，就想和自己的妃子、娘娘去洛阳玩玩呢！真是不作死就不会死啊。

大臣们心里明白，可就是没人敢在杨广面前说。杨广那脾气，刚做皇上登基的时候伍建章骂殿，杀了人家二百多口，一个不留。听说好不容易跑了个伍云召，现在也是一路反王。第二次亲征高丽（现朝鲜半岛）劳民伤财不说，杨素的儿子杨玄感造反，吓坏了杨广。当时他远在高丽，军队又都被他带了出去，老婆孩子都在洛阳呢。杨广是丢了所有的物资，光着跑回来的。还好洛阳没被打下来，但想想再要几天就可以打下来的高丽，想想好不容易打下来的城池那么轻易就拱手又还给人家，杨广对造反那个恨啊。一阵把杨玄感收拾了不说，杨广还把造反时吃过反军开仓放下来的粮食的老百姓都挖了个坑埋了，好几万人啊！

想想这，人家说什么就是什么呗！而且为了显示他的大隋盛世，显示他对他的老婆是多么好，这次杨广还下令造了很多大船。由于征高丽的时候船都没回来，或是被毁了，所以所有的船都是新的。整个船队，油漆一新，载着他的皇后、妃子、文武百官浩浩荡荡、风风光光、劳民伤财地向洛阳进发了！

这个消息一传十，十传百就传到了瓦岗。李密和众人一听，可就坐不住了，这是一个杀杨广的绝好机会啊。杨广不在长安，没了天然的屏障，没了坚固城池保护，自己的千军万马又不能都带在身边，这小子不知死活啊！徐懋功等人立即在一起筹划怎么才能截杀杨广于运河，求建功业于当世。

一、凭瓦岗的实力，只有三十万人，虽然击退了朝廷的三次围剿，但截杀杨广力量还是太单薄。还好全天下还有许多路反王，不如联合各路反王。一则，可以壮大截杀队伍的力量；二则，各路反王还可以交流一下感情，选出一个督盟主来。现在全天下来看，瓦岗的影响是最大的，不只是打退了朝廷的三次围剿，而且把战火烧到了天津，使全国的反隋势力信心大增，所以督盟主非瓦岗李密莫属。如果成功截杀了杨广，这天下就是李密的！所以很有必要带这个头！李密那是文化人，他立即就着手办这事。和祖君彦一起起草反隋檄文，号召天下英雄一起起兵反隋，截杀杨广。

二、商量在什么地方把杨广给截下来，几个人坐下来把运河的地理形势细细地过了一遍，问题主要是不能离长安和洛阳太近，否则杨广一进城想再让他出来可就太难了。再就是集结的队伍很多，粗粗地统计了一下实力在十万以上的就有十几路，人数合起来可能有百万之众，所以地方不能太小。秦琼是修过一段运河的，他听了后说："我知道个地方，在差不多河道三分之二的地方有一座山名叫四平山。原来不大，但修河的土方太大没地方处理，四平山四周路又好走，所以把土都拉到了那个地方。那里一下成了一块地势很高的开阔地，四周都有上下山的路，用于屯兵再合适不过了。"

所有问题都解决了以后，大家就分头开始准备。先来说一说祖君彦的檄文，原来祖君彦也是富家子弟，其父祖珽是北齐仆射，曾杀掉北齐忠臣斛律明月。所以，当薛道衡推荐祖君彦给文帝杨坚时，杨坚说："是那个杀了斛律明月的人的儿子吗？朕不会用他！"祖君彦如此文才，又是贵族世家，由此郁郁思乱。等他投靠李密后，终于有机会申斥隋廷，私仇在心，文章自然犀利透骨。在几昼夜的冥思苦想后，一篇文采飞扬，为后世传颂的反隋檄文便问世了。李密看后很是满意，抄写了若干份分发到了各路反王手中，内容如下：

瓦岗军李密讨隋炀帝檄文

自元气肇辟，厥初生人，树之帝王，以为司牧。是以羲、农、轩、顼之后，尧、舜、禹、汤之君，靡不祗畏上玄，爱育黔首，乾乾终日，翼翼小心，驭朽索而同危，履春冰而是惧。故一物失所，若纳隍而愧之；一夫有罪，遂下车而泣之。谦德轸于责躬，忧劳切于罪己。普天之下，率土之滨，蟠木距于流沙，瀚海穷于丹穴，莫不鼓腹击壤，凿井耕田，治致升平，驱之仁寿。是以爱之如父母，敬之若神明，用能享国多年，祚延长世。未有暴虐临人，克终天位者也。

隋氏往因周末，预奉缀衣，狐媚而图圣宝，胠箧以取神器。及缵承负扆，狼虎其心，始瞳明两之晖，终干少阳之位。先皇大渐，侍疾禁中，遂为枭獍，便行鸩毒。祸深于莒仆，衅酷于商臣，天地难容，人神嗟愤！州吁安忍，阙伯日寻，剑阁所以怀凶，晋阳所以兴乱，旬人为蟹，淫刑斯逞。夫九族既睦，唐帝阐其钦明；百世本枝，文王表其光大。况复隳坏磐石，剿绝维城，唇亡齿寒，宁止虞、虢？欲其长久，其可得乎！其罪一也。

禽兽之行，在于聚麀，人伦之体，别于内外。而兰陵公主逼幸告终，谁谓鹖首之贤，翻见齐襄之耻。逮于先皇嫔御，并进银环；诸王子女，咸贮金屋。牝鸡鸣于诘旦，雄雉恣其群飞，袨衣戏陈侯之朝，穹庐同冒顿之寝。爵赏之出，女谒遂成，公卿宣淫，无复纲纪。其罪二也。

平章百姓，一日万机，未晓求衣，昃晷不食。大禹不贵于尺璧，光武不隔于支体，以是忧勤，深虑幽枉。而荒湎于酒，俾昼作夜，式号且呼，甘嗜声伎，常居窟室，每藉槽丘。朝谒罕见其身，群臣希睹其面，断决自此不行，敷奏于是停拥。中山千日之饮，酩酊无名；襄阳三雅之杯，留连讵比？又广召良家，充选宫掖，潜为九市，亲驾四驴，自比商人，见要逆旅。殷辛之谴为小，汉灵之罪更轻，内外惊心，遐迩失望。其罪三也。

上栋下宇，著在《易》爻；茅茨采椽，陈诸史籍。圣人本意，惟避风雨，讵待朱玉之华，宁须绨锦之丽！故璇室崇构，商辛以之灭亡；阿房崛起，二世是以倾覆。而不遵古典，不念前章，广立池台，多营宫观，金铺玉户，青琐丹墀，蔽亏日月，隔阂寒暑。穷生人之筋力，罄天下之资财，使鬼尚难为之，劳人固其不可。其罪四也。

公田所彻，不过十亩；人力所供，才止三日。是以轻徭薄赋，不夺农时，宁积于人，无藏于府。而科税繁猥，不知纪极；猛火屡烧，漏卮难满。头会箕敛，逆折十年之租；杼轴其空，日损千金之费。父母不保其赤子，夫妻相弃于匡床。万户则城郭空虚，千里则烟火断灭。西蜀王孙之室，翻同原宪之贫；东海糜竺之家，俄成邓通之鬼。其罪五也。

古先哲王，卜征巡狩，唐、虞五载，周则一纪。本欲亲问疾苦，观省风谣，乃复广积薪刍，多备饔饩。年年历览，处处登临，从臣疲弊，供顿辛苦。飘风冻雨，聊窃比于先驱；车辙马迹，遂周行于天下。秦皇之心未已，周穆之意难穷。宴西母而歌云，浮东海而观日。家苦纳秸之勤，人阻来苏之望。且夫天下有道，守在海外，夷不乱华，在德非险。长城之役，战国所为，乃是狙诈之风，非关稽古之法。而追踪秦代，板筑更兴，袭其基墟，延袤万里，尸骸蔽野，血流成河，积怨满于山川，号哭动于天地。其罪六也。

辽水之东，朝鲜之地，《禹贡》以为荒服，周王弃而不臣，示以羁縻，

达其声教，苟欲爱人，非求拓土。又强弩末矢，理无穿于鲁缟；冲风余力，
讵能动于鸿毛？石田得而无堪，鸡肋啖而何用？而恃众怙力，强兵黩武，惟
在并吞，不思长策。夫兵，犹火也；不戢，将自焚，遂令亿兆夷人，只轮莫
返。夫差丧国，实为黄池之盟；苻坚灭身，良由寿春之役。欲捕鸣蝉于前，
不知挟弹在后。复矢相顾，墼而成行，义夫切齿，壮士扼腕。其罪七也。

直言启沃，王臣匪躬，惟木从绳，若金须砺。唐尧建鼓，思闻献替之言；
夏禹悬鞀，时听箴规之美。而愎谏违卜，蠹贤嫉能，直士正人，皆由屠害。
左仆射、齐国公高颎，上柱国、宋国公贺若弼，或文昌上相，或细柳功臣，
暂吐良药之言，翻加属镂之赐。龙逄无罪，便遭夏癸之诛；王子何辜？滥被
商辛之戮。遂令君子结舌，贤人缄口。指白日而比盛，射苍天而敢欺，不悟
国之将亡，不知死之将至。其罪八也。

设官分职，贵在铨衡；察狱问刑，无闻贩鬻。而钱神起论，铜臭为公，
梁冀受黄金之蛇，孟佗荐蒲萄之酒。遂使彝伦攸斁，政以贿成，君子在野，
小人在位。积薪居上，同汲黯之言；囊钱不如，伤赵壹之赋。其罪九也。

宣尼有言，无信不立，用命赏祖，义岂食言？自昏主嗣位，每岁行幸，
南北巡狩，东西征伐。至如浩亹陪趾，东都守固，阌乡野战，雁门解围。自
外征夫，不可胜纪。既立功勋，须酬官爵。而志怀翻覆，言行浮诡，危急则
勋赏悬授，克定则丝纶不行，异商鞅之颁金，同项王之刓印。芳饵之下，必
有悬鱼，惜其重赏，求人死力，走丸逆坂，匹此非难。凡百骁雄，谁不仇怨。
至于匹夫蕞尔，宿诺不亏，既在乘舆，二三其德。其罪十也。

有一于此，未或不亡。况四维不张，三灵总瘁，无小无大，愚夫愚妇，
共识殷亡，咸知夏灭。罄南山之竹，书罪未穷；决东海之波，流恶难尽。是
以穷奇宼于上国，獚狳暴于中原。三河纵封豕之贪，四海被长蛇之毒，百姓
歼亡，殆无遗类，十分为计，才一而已。苍生懔懔，咸忧杞国之崩；赤子嗷
嗷，但愁历阳之陷。且国祚将改，必有常期，六百殷亡之年，三十姬终之世。
故谶箓云："隋氏三十六年而灭。"此则厌德之象已彰，代终之兆先见。皇天
无亲，惟德是辅。况乃欃枪竟天，申繻谓之除旧；岁星入井，甘公以为义兴。
兼朱雀门烧，正阳日蚀，狐鸣鬼哭，川竭山崩。并是宗庙为墟之妖，荆棘旅
庭之事。夏氏则灾衅非多，殷人则咎征更少。牵牛入汉，方知大乱之期；王

良策马，始验兵车之会。

今者顺人将革，先天不违，大誓孟津，陈命景亳，三千列国，八百诸侯，不谋而同辞，不召而自至。轰轰隐隐，如霆如雷，彪虎啸而谷风生，应龙骧而景云起。我魏公聪明神武，齐圣广渊，总七德而在躬，包九功而挺出。周太保、魏公之孙，上柱国、蒲山公之子。家传盛德，武王承季历之基；地启元勋，世祖嗣元皇之业。笃生白水，日角之相便彰；载诞丹陵，大宝之文斯著。加以姓符图纬，名协歌谣，六合所以归心，三灵所以改卜。文王厄于羑里，赤雀方来；高祖隐于砀山，彤云自起。兵诛不道，《赤伏》至自长安；锋锐难当，黄星出于梁、宋。九五龙飞之始，天人豹变之初，历试诸难，大敌弥勇。上柱国、司徒、东郡公翟让功宣缔构，翼亮经纶，伊尹之佐成汤，萧何之辅高帝。上柱国、总管、齐国公孟让，柱国、历城公孟畅，柱国、绛郡公裴行俨，大将军、左长史郉元真等，并运筹千里，勇冠三军，击剑则截蛟断鳖，弯弧则吟猿落雁。韩、彭、绛、灌，成沛公之基；寇、贾、吴、冯，奉萧王之业。复有蒙轮挟辀之士，拔距投石之夫，骧马追风，吴戈照日。魏公属当期运，伏兹亿兆。躬擐甲胄，跋涉山川，栉风沐雨，岂辞劳倦，遂起西伯之师，将问南巢之罪。百万成旅，四七为名，呼吸则河、渭绝流，叱咤则嵩、华自拔。以此攻城，何城不陷；以此击阵，何阵不摧！譬犹泻沧海而灌残荧，举昆仑而压小卵。鼓行而进，百道俱前，以今月二十一日届于东都。而昏朝文武、留守段达等，昆吾恶稔，飞廉奸佞，久迷天数，敢拒义兵，驱率丑徒，众有十万，回洛仓北，遂来举斧。于是熊罴角逐，貔虎争先，因其倒戈之心，乘我破竹之势，曾未旋踵，瓦解冰销，坑卒则长平未多，积甲则熊耳为小。达等助桀为虐，婴城自固，梯冲乱舞，徒设九拒之谋；鼓角将鸣，空凭百楼之险。燕巢卫幕，鱼游宋池，殄灭之期，匪朝伊暮。

然兴洛、虎牢，国家储积，我已先据，为日久矣。既得回洛，又取黎阳，天下之仓，尽非隋有。四方起义，足食足兵，无前无敌。裴光禄仁基，雄才上将，受脤专征，遐迩攸凭，安危是托，乃识机知变，迁殷事夏。袁谦擒自蓝水，张须陀获在荥阳，窦庆战没于淮南，郭询授首于河北，隋之亡候，聊可知也。清河公房彦藻，近秉戎律，略地东南，师之所临，风行电击。安陆、汝南，随机荡定；淮安、济阳，俄然送款。徐圆朗已平鲁郡，孟海公又破济阳，海内英雄，咸来响应。封民赡取平原之境，郝孝德据黎阳之仓，李士雄虎视于长平，王德仁鹰扬于上党。滑公李景、考功郎中房山基发自临渝，刘兴祖起于白朔，崔白驹在颍川起，方献伯以谯郡来，各拥数万之兵，俱期牧野之会。沧溟之右，函谷以东，牛酒献于军前，壶浆盈于道路。诸君等并衣冠世胄，杞梓良才，神鼎灵绎之秋，裂地封侯之始，豹变鹊起，今也其时，鼍鸣鳖应，见机而作，宜各鸠率子弟，共建功名。耿弇之赴光武，萧何之奉高帝，岂止金章紫绶，华盖朱轮，富贵以重当年，忠贞以传奕叶，岂不盛哉！

若隋代官人，同吠尧之犬，尚荷王莽之恩，仍怀蒯聩之禄。审配死于袁氏，不如张郃归曹；范增困于项王，未若陈平从汉。魏公推以赤心，当加好爵，择木而处，令不自疑。脱猛虎犹豫，舟中敌国，凤沙之人共缚其主，彭宠之仆自杀其君，高官上赏，即以相授。如暗于成事，守迷不反，昆山纵火，玉石俱焚，尔等噬脐，悔将何及！黄河带地，明余旦旦之言；皎日丽天，知我勤勤之意。布告海内，咸使闻知。

在檄文最后又把杨广即将游幸东都，以及一起联合截杀杨广的想法也加上发给了众反王。

檄文发出去以后，大家都知道了杨广要下扬州，经各方打听以后惊讶地发现消息竟是真的。于是大业十二年（公元616年）春，十八路反王齐齐地聚集到了江苏的四平山，准备截杀杨广！人数超过了一百万，杨广终于把祸闯大了！

这十八路人马，那是什么样的都有，有像伍云召这样眼睛里冒着火想给自己全家报仇的名将之后，有割据一方的豪杰，有受冤揭竿而起的英雄，也有做皇帝梦没醒穿着龙袍穿来的二货。有跑来看有什么油水捞的小人，也有站在一边看热闹不嫌事大的凡人，总之是鱼龙混杂，各怀鬼胎，每个势力心里都有自己的小算盘。

但既然来到了四平山，这几路反王就坐在了一起，讨论这仗该怎么打。毕竟现在来看这事小不了，得先商量商量，做到心中有数。徐懋功徐老道于是就把自己的想法说了出来："诸位，这蛇无头不走，鸟无头不飞。如今既然大家为了替天下的老百姓除了杨广这一害，总得有个发号施令的人，也就是督盟主，大家看是不是？"

"是啊，我们应该选这么一个人出来，领着大家一起干，扳倒杨广。"

"依我看，这四平山截杀杨广是你们瓦岗给天下发的檄文，既然头是你们开的，那这发号施令的也应该是你们瓦岗，大家说是吧？"

"对。"大家都点了点头，相互看着小声地应和着，瓦岗深入人心啊！

李密一看很是高兴啊，说："我李密才疏学浅，怎能当此大任，大家还是另选高明吧！"

其实众反王那时候是想选程咬金作为督盟主的，是李密会错意了。为什么呢？因为在大家的心里立起瓦岗这面旗的人实际是程咬金。因为程爷那八十三天混世魔王被徐懋功弄得既合天意，又顺民心。程爷又打败了三次朝廷的围剿，至于主意是谁出的大家都不知道，也不想知道。还有就是这几天接触下来大家就觉得程爷这人心直口快，为人豪爽，而且没有当过皇帝的那种架子，所以大家很是喜欢！至于为什么把位子后来又让给李密了，程咬金给大家一说，又是一个劲地佩服，更觉得这人可信！

看李密说话了，大家都相互看了看，心想：得，这位应上了！场面冷了下来。李密也没弄清楚情况。

这时有人说了："不如大家先把兵马大元帅定下来，完了再来定这督盟主，好不好？这元帅我选秦琼秦叔宝，别的原因我就不说了，也不说为人。光秦二哥的那两条铜和那条枪我就服，再加上大大小小的仗打过百场，这是咱们在座的哪个也比不了的，是吧！"

"对，我也选秦琼。"

"我也是！"

……

秦琼此时被说得脸红一阵白一阵的，起身忙说："众位，高抬秦琼了。想此地人才济济，藏龙卧虎，我秦琼哪能和众位比啊，还是另请高明吧！"

"别推辞了，秦大哥，来，我们举手表决。"

在座的所有人都把手举了起来。

徐懋功于是说："好吧，既然这样，这兵马大元帅就是秦琼了，以后兵马调动唯秦元帅将令是从。"

徐懋功接着说："那如果兵马大元帅是秦琼的话，这督盟主大家看选谁呢？"

徐懋功给秦琼使了个眼色，那意思：你来提议，魏王李密！

然后秦琼站了起来，说："我选魏王！"

大家都相互又看了看，既然秦大哥都说话了，那就魏王吧。但大家心里都有一点不舒服，感觉像被人骗了，而且先前的那种兄弟情义一下好像淡了许多。人家不白干活啊，原来西魏王是想当督盟主啊！

秦琼心里也不是滋味，看了看李密，又看了看徐懋功，但事情算是办下来了，李密成功地坐上了反隋联军督盟主的位子。

各路英雄也都在私下里喝高兴的时候相互较量一下。秦琼就发现，这联军里面果然是人才济济。瓦岗有罗士信、裴元庆，其他反王那里也藏龙卧虎啊。在之后的几天，秦琼发现能打的还有几位。一是伍云召，心里压着两百多条人命的仇恨，不要命地苦练，等的就是这一天。伍云召也没客气，大家也都知道，伍云召是候选的先锋中的一位。还有一位也吵吵着要当先锋——伍天锡，陀螺寨的大寨主。头戴鱼尾乌金盔，身穿鱼鳞乌金甲，手执半轮月混元流金镋，坐下乌骓马。立于阵前，犹如巨灵神开山一般。手中的混元流金镋重八十斤，三十多岁，为人有点二，两膀子有用不完的力气。在陀螺寨占山为王，至今没有遇到过对手。还有一位太行山的大寨主雄阔海，身长一丈，腰大数围，铁面胡须，虎头环眼，声如巨雷，使一条混铁棍，使得神出鬼没。两臂有万斤气力，跟伍云召是拜把兄弟，为相州白御王高潭盛的兵马大元帅。

伍云召、伍天锡、雄阔海都想当这反隋联军的先锋。有人就提出让他们到校场比试一下，谁赢了谁就是先锋。于是三人就提起兵器来到了校场，伍天锡和雄阔海先打了起来。大家一看，真厉害啊，这两位。一个使镋，一个使棍都是重武器，兵器磕碰在一起，火星子乱溅。这两位是真打上了，看得大家心惊肉跳。但战场上的这两位心里清楚，这几下根本伤不了对方，只是让大家看看他们的本事。这伍天锡是没有什么私心的，一心想在四平山为自己扬名。但雄阔海却是想让伍云召来领这个先锋的职位，让他出出心中的一口恶气，为自己一家二百多人报仇！两人在校场打了一百多回合也没分出胜败来，众人一看这也不是办法啊，万一伤了哪个就不好了！

后来还是徐懋功想得多，徐懋功想，伍云召是最合适的人选，所谓哀兵必胜，男儿都想有这样的机会。但伍天锡和雄阔海也确实都有本事，而且性如烈火，不如让他们把这股劲留到疆场之上，岂不更好！

徐懋功一边想，一边就把想法告诉了秦琼。秦琼这时也着急呢，这么好的功夫得来不易，不好选啊。一听徐懋功这么说，他眼睛一亮，笑着拍了一下徐懋功，说："还是你老道有主意！"于是这三位主，都成了联军的先锋。一切准备停当，一百多万人坐等杨广的船队经过四平山。

回头再来说说这杨广，一路走得是不亦乐乎。每到一个地方，当地的官员就变着法地给这位体察民情的皇帝做准备，有准备食物的，准备贡品的，还有准备美女的。本来杨广就带了很多美女，这样一来，杨广就更忙了。后来有人报告前面四平山的地界发现有大量人马在集结，但宇文化及想：不知道他们是干什么的，也许是他们彼此在争地盘也说不定。就没有告诉杨广，直到联军把河道也控制起来，才不得不把这事告诉隋炀帝杨广。杨广一听人数已到百万，心里不禁一惊，急命靠山王杨林火速带领人马前来保驾护圣，又在附近的州城府县拉过来一些兵马。那杨广也是跟着杨坚打过战的，心想自己这就算御驾亲征。他沉着地指挥着众位将领，调动兵马，一时间杨广也调齐了一百万人马，浩浩荡荡地向四平山杀来。看着杨林，看着宇文成都，看着这一百万的隋军，杨广信心十足，心想：一群乌合之众，今天让你们看看我杨广的厉害！不让我下扬州去玩，和你们玩玩也挺好。

说实话，这杨广也是有些本事的，平南陈的时候，也打过很多漂亮仗。两次亲征高丽，虽然没有取得什么实质性的进展，但却可以看出杨广是不怕打仗的。众反王一看，也有一点佩服起他了。短短十几天时间就可以汇集百万大军，而且军容肃整，武将云集，大有和反隋联军一决高下的气势。

来到两军阵前，一边元帅是杨林，一边元帅是秦琼。经过几个月的休整，杨林是憋着一口气想要和秦琼再决雌雄。他很清楚秦琼手里的人，最厉害的是罗士信，其次是裴元庆。杨林来到疆场之上先要看看是何人来挑战，如果来的是这两位，那是宇文成都的，其他的人再说！

秦琼先派上来的是伍云召，伍云召来到阵前，指着隋军就骂："快让杨广出来受死！"杨林一看不认识，就对着众将说："这一阵谁出战？"见从旁边闪出来一个人，杨林一看，杜彦杜老将军。杜老将军双手端枪，说："元帅，这第一阵交给老臣吧。如若不胜，请纳下这颗白头！"杜彦，大隋元老，立下过赫赫战功，虽已过了花甲之年，但勇武不减当年，手握一条神枪！

"好，杜老将军，一切小心！"

杜彦一催坐骑来到了两军阵前。一看是杜彦上来了，这杜彦伍云召认识啊，和自己的父亲是世交。老头子性格倔强，勇冠三军，这怎么办呢，打还是不打呢？"杜老将军，你不该还保着大隋，保着杨广啊，叫我如何下得去手啊！"于是打马上前几步，一抱拳，说："杜老将军，晚辈伍云召有礼了！"杜彦点了点头，笑了笑说："孩子，今天你我在战场上既然见了面，以前的事都不要提了，我们枪法上见高低吧！"

于是，杜彦一催坐骑冲了上来，雄风不减当年。伍云召也无话可说，看老将军先冲了上来，自己只得也催马冲了上去。他们交手了没几个回合，伍云召就觉得杜彦的枪法好啊，不愧为一代名将。和自己交手的这几个回合一点也不落下风，而且作战经验丰富，一点破绽也没有，怎么办呢？一边想，一边小心地应付着，稍不留神伍云召脸上被杜彦的枪尖划了一下，血出来了。这一划伍云召气一下上来了，也不管什么交情了，大吼一声，把十分的力气就使了出来。那个眼红的劲上来了，没几个回合，杜彦受不了了。这位老英雄看到伍云召有如此能力，心里非常高兴。说实话杜彦这几年看着杨广的所作所为心里非常生气，也在骂杨广，不是人干的事啊。不过出于一位武将的忠心杜彦坚持了下来，武将以战死沙场为荣，我杜彦只管打仗。今年我六十多岁了，死又有何惧！

本来以杜彦的身手以及和伍云召的关系，杜彦只要拨马败走，伍云召是不会追的。但杜彦想老了也抖一把精神，提起一口气又催马冲了上来。伍云召这会是杀红了眼的，看到杜彦冲上来抖枪就刺。杜彦拿枪一拨，但没有了力气没拨开，伍云召一枪结结实实地刺进了杜彦的前胸！伍云召一个激灵，一看杜彦一口血已然吐到了当场，嘴角露出了一丝浅浅的微笑！伍云召朝天大吼一声，心里的那个悔啊。十八路反王高兴啊，旗开得胜，伍云召骑着马慢慢地退回到了本阵。

第二阵秦琼派的是陀螺寨大寨主伍天锡。伍天锡那是高兴人，一听让自己上，提着他的混元流金镋就来到了阵前跑了个小圆场。将士们的士气一下起来了，又高高地举起了他的镋。将士们一阵欢呼，好像他已经打了胜仗一样。

杨林久经沙场，输一阵根本没放在心上，不过就是可惜了杜老将军。但一看秦琼第二阵还是没有派裴元庆和罗士信，杨林就问："众将谁去应战？"

只见又闪出一位，谁啊？薛道衡。

这薛道衡可是一位才子啊，能文能武，手持一条画杆方天戟，也是一位隋朝的元老。隋文帝杨坚对他很是器重，但到了隋炀帝杨广这没领那情。薛道衡和杨林那是生死之交啊，虽然年过半百，但总想为大隋再尽一份力，以报杨坚知遇之恩。薛老将军一看杜彦输了，想为大隋朝的老将们争一口气，于是出来请令出战！

杨林一看是薛道衡，心中也是一震，就说："老将军精神可嘉，但年事已高，不如先站立一旁，等有机会一定让老将军过一把战场瘾！"

杨林那是知道的，因为忙着写书，薛道衡体力已远不如前，上阵杀敌已不复当年之勇。况且对面的可都是虎狼，上去可能枉送了性命。再者，杜彦已经输了一阵了，第二阵容不得马虎。如果再输可能会影响我军的士气，所以杨林还在物色人选。薛道衡一听杨林这么说，一下就下不来台了，众将也都在那里嘀嘀咕咕。薛道衡就下了马来，扑通一下跪在了杨林的马前，说："薛道衡请令出战！"

杨林忙下马，扶起薛老将军，拿眼看了看他，说："好，薛老将军应该为尔等之楷模。国家养兵千日，用在一时，老将军虽年过半百但仍想着报效国家。来人，为老将军擂鼓助威！"

转头又看了看薛道衡，小声在他耳边说："将军一切小心，打不过回来！"

薛道衡一抱拳，翻鞍上马，提着方天戟一催坐骑来到了阵前。伍云召在下面看得清楚啊，怎么薛道衡上来了，又是一位忠臣良将啊，太可惜了！

伍天锡可不认识，大叫一声："来将通名！"

"薛道衡。"

"大隋朝没人了，怎么都是一群老家伙上来送死。我看你年迈，劝你一句，回去抱孙子吧，别替杨广卖命了！那小子弑父鸩兄，连年战乱，逼得民不聊生，老百姓都苦不堪言。你们这些老将还拼了老命地保他，值吗？"

薛道衡一听他这么说，心想：嘿，你小子今天算是问对人了，跟你好好说说。

"你一个草寇敢和我论什么值与不值。这是先主辛苦打下来的锦绣江山，是多少将士抛头颅洒热血换来的太平盛世。你们不但不思感恩却在这里聚集人马兴风作浪。我主即位十二年干出了多少雄才大略：三次亲征高丽，使高丽永久臣服于我大隋；兴修水利，恩泽万世连通了全国各大水系；体恤民情，亲自多次遍访民间，广开言路，开科举广招天下英才；北平突厥，实现了前朝多少代人做梦都不能实现的统一局面。作为一个君王你们还想让他怎么样？你们说他无故兴兵，是劳民伤财，是为了一己之欢，那你们占山落草老百姓就可以过上太平日子了吗？"

伍天锡一听，也确实有道理，但自己说得也没错，还是不和他废话了。

"休要胡说八道，就让我们手中的兵器说了算吧。"

伍天锡说完，大吼一声举起锐催马冲了上来。薛道衡那也不是吃素的，嘴里哼了一声："和我说，说得过吗？"也提着方天戟冲了上来。说了一会还把老头子的气说上来了，打了三十几个回合，伍天锡愣是没占到点便宜。杨林一看也是一惊，不但说得好，打得也提气啊，不禁喊了一声："好！"大隋朝的将士们一看，这薛道衡原来不只会写文章，方天戟也很给力啊，也不禁欢呼了起来。隋军的气势一下被薛老爷子调动了起来。薛道衡一听，心里一下兴奋了起来，感觉自己又回到了二十几岁，手中的方天戟是上下翻飞，要力道有力道，要招式有招式。弄得个伍天锡手忙脚乱的，只有应付之功没有还手之力。隋营里爆发出一阵阵的欢呼声。可时间一长，毕竟六十几岁的人了，加上伍天锡正值壮年，力气又大，兵器又重，薛老将军慢慢就有点力不从心了。更要命的是伍天锡看出来了，十八路反王那里又爆发出一阵阵的欢呼声。这薛老爷子这会可就想跑了。于是刚和伍天锡打完一个回合，薛老爷子虚点一枪，伍天锡用锐一拨，薛老爷子一拨马就要跑。可伍天锡哪能那么容易让他跑了，拨马就追，说来也容易，没几步追了上来，一锐就把薛道衡砸死在了马下。

怎么回事呢？原来薛道衡那匹马已经是匹老马了，薛道衡念旧没舍得换，最后跑不动了！那马也被伍天锡的锐带到了大梁骨，一头栽倒在了地上。本来也没砸多重，只是带了一下，但栽倒在地之后就再没有起来，死了！马也尽力了！十八路反王那里又爆发出雷鸣般的欢呼声！

杨林肠子都悔青了，怎么让薛道衡上去了呢！连输两仗，必须得赢回来，也不管他们派谁了。

"宇文成都听令！"

"末将在！"

"这一仗你来，务必得胜，壮我军威！"

"末将领命！"

却说杨广被十八路反王截杀在了四平山，杜彦和薛道衡先后被伍云召和伍天锡打死在了两军阵前。杨林被迫打出了自己的底牌——宇文成都，杨广的站殿将军、金银殿帅、天宝大将军。宇文成都那不一样：金盔金甲，腰上挎着刀，手中凤翅镏金镋，胯下赤炭火龙驹，那是人中龙凤。他一催坐骑来到了疆场之上，用镋一指，道："谁来领死？"冷酷啊！

隋军一看上的是宇文成都，气势一下起来了，欢呼声不断，战鼓响彻云霄。

这时本来也轮到太行山大寨主雄阔海上阵了，雄阔海一看是宇文成都，眼一下都直了，火腾的就起来了。一挥手中的镔铁棍，催坐骑来到了元帅秦琼跟前，说："元帅，雄阔海请战！"

这雄阔海为什么对宇文成都这么来劲呢？原来几年前，由于宇文成都在高丽战功卓著，杨广很是喜欢，就命人为他量身打造了金盔金甲和腰上的佩刀，还赏了他一匹宝马赤炭火龙驹。更露的是还赐了一面金牌，上面写着："横勇无敌将，天宝大将军。"对宇文成都来说这就光宗耀祖了，为武将者别无所求了啊。但这就是说宇文成都天下无敌了啊，在全天下来说可就有不服的，这雄阔海就是其中之一。要说这位雄爷真不辱没人家那姓，三十一二的好年纪，手中一条镔铁棍重八十斤，能弓善射。他就不信这个邪，凭什么他就叫横勇无敌将，得找他比试一下。这位爷还不是那种光想想的人，他提着镔铁棍，做了一张硬弓可就来到了长安！

其实雄阔海虽然三十多了，一身本领，但却苦于无用武之地啊。这次去长安，一是想看看水有多深，自己到底有几何勇战；二是想借这个机会让宇文成都看看自己的本领，谋个差事建功立业。

来到长安后，雄阔海就在宇文成都经常路过的地方卖弓，而且说明只要哪位英雄能拉开，这弓分文不要，白送！几天过去了，宇文成都始终都没出现过，而这弓也没有一个人可以拉得开，这雄阔海心里可就有底了。有一天雄阔海远远地看见宇文成都骑着马过来了。一看，果然高人啊，那气场就是不一样。雄阔海也不管那些，站在宇文成都马前面就叫卖道："卖硬弓，卖硬弓，能拉开此弓者分文不取，拉不开此弓者千金不卖！"

宇文成都那是聪明人，拿眼看了看雄阔海，这是让自己去拉啊。看热闹的人也越来越多，也是艺高人胆大。宇文成都翻身下马，来到了雄阔海跟前。把弓接过来拿在手里，看了看，心中就是一惊。好弓啊，一定出自名家之手！但他表面上没露出任何的声色，冷冷地说："真的只要拉开分文不取？"

"是的！"

"好！那我试试！"

雄阔海往边上站了站，众人也给宇文成都让开了一个圈。只见宇文成都调整了一下步伐，长出了口气，活动了一下，左手握弓，右手一拉弓弦喊了一声"开"。

随着他的这一声，弓慢慢地被拉开了，众人都鼓掌叫起好来。但让雄阔海没想到的是宇文成都又叫了一声，两膀再一用劲，"啪"一声，这弓硬生生被拉折了！

众人都先愣了一下，随即掌声又响起来了，叫好声又是一片！

宇文成都上马走了，雄阔海一个人站在那里，这是没给他留一点脸啊！

所以雄阔海今天在疆场上遇到宇文成都，那是要一雪前耻啊，眼睛里冒着火想和宇文成都玩命呢！

秦琼一看雄阔海主动请战，说了声："去吧！雄将军小心。"

雄阔海回头看了看宇文成都，一催马来到了疆场之上。宇文成都一看，也不认识，喊了一声："来将通名。"

"太行山雄阔海。"

雄阔海说完举起镔铁棍就冲了上去，宇文成都摆镋招架。当兵器碰到一起，这雄阔海气才消了一点，为什么？宇文成都这镋重啊，只几个回合，雄阔海手中的那条自认为也是练过的镔铁棍在宇文成都手里应付得很是轻松。难怪人家那么傲呢，那是有资本的。又打了几个回合，这雄爷可就有点吃不消了。伍云召也看出来了，一催马冲了上去，说："大哥，让给我！"

雄阔海一听，拨马就把宇文成都让给了伍云召。打了十几个回合，伍云召也不行了，伍天锡又上去了。

秦琼这时把脸都捂上不忍心看了。这几位可都是土匪出身，竟用上了车轮战，秦琼能说什么呢。一回身看了看，程咬金在那儿笑呢，再一看十八路反王，都摇着头笑呢！男人啊，世界上最奇怪的动物，自己被欺负，气得跟孙子似的，看着有人欺负恶人，高兴得跟孙子似的。秦琼也不吱声，看着他们三战一。

杨林一看，什么情况，三战一，这是笑我隋军无人啊。往两旁一看，还真没人，这大隋的将领是青黄不接啊。年轻的当中，也只有这个宇文成都了。看了半天都没找到合适的，而在战场之上，就一战三，宇文成都那条锐在十几个回合后就开始占了先了。杨林一看，贤侄，可以啊，露脸啊，嘿嘿，命令"擂鼓助威"。

这一打，可就是几个时辰过去了。这时间一长，宇文成都那条锐可就有优势了。锐杆子长，控制范围大，而且很有杀伤力，碰一下，挂一下，带一下那都是伤啊。眼看三个先锋撑不住了，秦琼在心里也暗暗佩服起了宇文成都，好厉害啊。于是命令将士鸣金，把三位先锋招了回来。宇文成都这一战三就算赢了。

隋军将士欢呼声震天，宇文成都下马喝了点水，所有的人都在给宇文成都祝贺。乘着这口气，宇文成都翻身上马，提着锐又来到了阵前。隋军又是欢呼声一片。宇文成都心想，一战三都赢了，估计无人敢来应战了，今天就这样了。但他却不知道，瓦岗山上还有两位，罗士信和裴元庆还不曾出战。本来应该见好就收，但心高气傲的宇文成都没有得到片刻的休息，又上来了。

裴元庆十六七岁，血气方刚，一看宇文成都那傲劲，催马就来到了元帅秦琼跟前，说："元帅，裴元庆请战！"

"裴小将军小心！"

于是裴元庆催马就来到了疆场之上，宇文成都一看来了一员小将，就没把他放在眼里，用锐一指："来将通名。"

"山瓦关裴元庆。"

这宇文成都一听是裴元庆，那是山瓦关总镇裴仁基的儿子啊。他年龄不大但一对锤名闻天下，宇文成都心里可就有一震的感觉，但表面上一点都没露出什么。由于自负，再加上已经胜了一阵，这宇文成都也没多想，催马就冲了上去，照着裴元庆的脑袋就是一锐。裴元庆双锤一架，宇文成都的锐被架了出去。第二回合，宇文成都远远地就朝裴元庆的前胸扎了过去。裴元庆双锤往前一顶，又叫了一声，宇文成都的锐被磕了出去。回马过来，宇文成都横着锐就扫了过去。裴元庆哼了一声，左手锤一磕锐头，右手锤立马就奔着锐杆去了。宇文成都忙一侧身，右手松开了锐杆，才勉强躲过了这一锤。三个回合以后，宇文成都才发现不是说对手有多厉害，他发现了一个明显的问题，自己体力不行了，动作没有裴元庆快。这一战三消耗了他太多的体力，而这裴元庆却又是一个劲敌，体力好精力充沛，而且马上功夫了得。但宇文成都那傲气，那名气，很明显地告诉他必须坚持，自己是不能败的，更何况是败在这样一个小将手里，丢不起这人。

这三个回合，裴元庆虽然表面上看很轻松，应对自如，化解敌人的进攻于无形。实际上裴元庆可是感觉出这宇文成都这锐的分量来了，名不虚传，尽管一战三，尽管只喝了一口水，但战斗力之强悍令人惊叹。裴元庆想既然能把他的锐磕出去三次，那也必须坚持。裴元庆心里想定，便催马冲了上去，迎着宇文成都举双锤就砸了下去。宇文成都举锐招架，只听当的一声响，裴元庆的双锤被架了出去。回马过来裴元庆举锤又朝宇文成都的胸口砸去，宇文成都用锐一拨，四两拨千斤可能就是这么来的。裴元庆锤上的力量瞬间被化解于无形。两军阵前欢呼声如雷，两个人锐来锤往，打了个昏天暗地，眼看可就到了黄昏，将士们都喊不动了。秦琼这时也想是不是明日再战，但看到这一回合裴元庆占了先，就没了这想法。杨林也觉得是不是让宇文成都休息一下，明日再战。可一看宇文成都又占了先了，再坚持一会吧，说不定就赢了，于是还在那儿打。

只见两人又战到了一起，裴元庆举锤砸去，宇文成都想再来个四两拨千斤，用巧劲去赢他。但这次裴元庆可就注意了，一看他又拿锐来拨。裴元庆左手锤让给宇文成都去拨，腾出右手锤，一锤就砸在了宇文成都的凤翅镏金镋的镋翅上。只听见当啷啷一声响，宇文成都双手紧握镋杆往回一拉，勉强没让镋飞了。也许是用力过猛，也许是剧烈的震动所致，宇文成都就觉得嗓子眼发咸，胸口发闷，感觉很不好。这感觉很熟悉，李元霸金锤挂凤镋时就是这种感觉。

宇文成都心想：不好，要吐血了！他虚点一镋拨马就败了下去，反隋联军当中爆发出雷鸣般的欢呼声。裴元庆也纳闷呢，没打到身上啊，奇怪地拿眼看着宇文成都。只见宇文成都都没来得及回到阵中，压也没压住，忍也没忍住，一口鲜血就吐到了当场。两眼一黑，晃晃悠悠地栽倒在了马下。

裴元庆那个高兴啊，举双锤跑了个小圆场向将士们示意，欢呼声震天！

杨林忙鸣金收兵。

秦琼那是知道杨林的，怕裴元庆吃亏，也鸣金收兵了。

各路反王去庆功不必细说，主要来说一说这宇文成都却是旧伤复发，这可要了血命了。杨林叫人把宇文成都抬回了帐中，赶紧去找了御医来替他诊治。杨广也来到了帐中，杨林忙上前去解释。这群强盗怎么无耻，怎么三战一，以及怎么打了一下午，为什么吐的血。杨林还表示了歉意，是自己太想求胜而令宇文成都受伤，不怪别人，都怪自己！他把责任都揽到了自己身上。

杨广一听，说："怎么能怪皇叔呢，胜败乃兵家常事，只能说这些响马太狡猾了，欺负我阵中无人啊。想我大隋人才济济，到如今面对几个响马却束手无策，被打得灰头土脸，连朕的站殿将军都被打吐了血了。我想好了，今天开始，在全国招募能征惯战的习武之人，以备听用，不知道国家养你们这些人是干什么的。"

"皇上说得极是，明天老臣亲自出马，去会一会这群反贼！"

很明显，靠山王话语之间是有点赌气的，拼死守护最后的一丝尊严！

杨广一听也觉得刚才说的话有点重了，毕竟自己的叔叔也在，忘了，忘了！他就说："唉，皇叔是靠山王，是朕的左膀右臂，怎么能亲自出战呢！令众将中军帐议事！"杨广说完又来到宇文成都的床前，安慰了宇文成都几句，又嘱咐御医一定要悉心诊治。杨广要说有时也是很人性化的。

中军帐议事的结果是召太原的李元霸前来，在李元霸来之前阵前高挂免战牌！

于是任凭秦琼派谁，以及怎样辱骂，杨林就是坚守不战。秦琼也想了别的办法，但杨林都一一化解了，靠山王果然厉害。

再来说一说太原，李渊接到了圣旨说让李元霸去四平山。李渊是听说了四平山十八路反王截杀杨广的，同样他也听说了这反隋联军的元帅正是秦琼。这可就作难了。当年在楂树岗要不是秦琼，李渊一家早成了刀下鬼了，而就是在那时生下了李元霸。由于惊吓，李元霸生下来后就不太正常。眼睛瞪得溜圆，小手乱抓，小脚乱蹬。他走路早，一岁的时候就会跑了。但说话迟，四岁了还不会说话，把李渊一家可急坏了。他特别喜欢吃肉，尤其是牛肉，小小年纪饭量惊人。骨骼奇特，五六岁身上就有明显的肌肉，好使锤。从小就在母亲的教导下看着秦琼的画像长大，听的都是"孩子啊，这可是咱们家的恩人啊，要知恩图报啊"等一些话。从记事开始，一直到十四五岁，他听到的是这些。那时候没有相片，但画师的功夫了得，听着你说的样子就可以画个八九不离十。再加上柴绍几次见到秦琼，对样子又做了些修改，所以画像上的秦琼和本人就相差不大了。也就是说李元霸虽说是傻，但秦琼他认识，并且知道他是自己的恩人。李渊也想着问题不大，应该可以放心。

此去四平山，李元霸是第一次上战场，李渊怕他吃亏，想得派个人一起去。由于平时李元霸最听柴绍的话，所以让柴绍去。李渊觉得人还是有些单薄，又看了看几个儿子。李世民这时站了起来，说："父亲，我也去吧，人多好有个照应。"

李渊一听，说："正合我意啊。"又派了两千铁甲军一起去四平山，毕竟得有自己的军队才放心！

这铁甲军都是李渊在自己的军中百里挑一、精挑细选的，而且都配有好马，所以战斗力强悍，机动性能好啊！

一切准备好以后，队伍即刻出发开往四平山。

可在这当中，柴绍心里有事啊。反隋联军当中，除了秦琼秦二哥以外还有其他人啊，光贾家楼就结拜了四十六个兄弟啊。元霸那锤，磕着就死，沾着就飞啊，怎么才能让元霸不伤着他们呢？柴绍想啊想，两天过去了，还是没想出来。说话可就到四平山了，可把柴绍给急坏了，也没个人商量商量。拿眼一看，二弟李世民正好经过。对啊，世民平时就办法很多，交友甚广。特别是拜在刘文静门下以后经常和他在一起讨论国家大事，而且世民在这些事上颇有见解。虽然只有十八九岁，但读过的书不计其数。因为在太原的关系，全天下的人和事他也经过见过不少。比如程咬金的急流勇退，李密的雄才大略。当然在朝中他也听说了杨广的淫逸无度，麻叔谋的残忍贪婪。在柴绍口中他也知道了秦琼当铜卖马的落魄，七煞反长安的果敢，贾家楼结拜时的义气。所以，想办法世民最合适了，早该想到他了。于是，他当晚就把李世民拉到自己的帐中一起商议。

李世民一听，这事也真比较难办。办得重了，杨广知道了那是通敌大罪。办得轻了，这元霸半傻不灵，万一在战场上砸死几个结拜的兄弟那就不好了。

"让他们走，那肯定不行。"

"是啊，秦大哥那可是元帅啊，百万之众怎么能无故退兵呢！"

"我们不去也不行，人家可是皇上啊。"

"不行，父亲大人肯定不同意。"

"哎，我们不让元霸打的人，告诉他不就完了吗？"

"不行，我也想过，来不及啊，况且秦大哥手下的人我也不全认识啊！"

"噢，你是想不伤着秦大哥手下的人啊。我们何不暗中通知他们做个标记，然后元霸看到标记就不打呢！"

"对啊，这个办法好！"

"后天我们可就到四平山了，休整一天，大后天我们可就和他们打起来了。怕就怕元霸一两天他记不住啊，不如我们把标记做好了，让他们戴上。多一天时间让元霸准备，也少了往返的环节，不是更安全！"

"是啊，别一到战场元霸全忘了就糟了。不过我有办法，就按你说的办，最重要的就是想想做个什么标记好呢？"

"既不能太明显，又要让元霸一见人就看见。不如插个旗吧，颜色鲜艳一点的，就插个黄旗吧。让秦大哥后面带个小兵扛着他的元帅大旗，他背上再背一面黄旗，太搞笑了！"

两个人笑到了一起，眼泪都下来了。

李世民又说了："不如一人围一条黄色的围巾，这个容易找，也容易戴。"

柴绍一听就急了，说："女人才围围巾呢，你让那些大老粗一人围条围巾，杀了他们算了。"

看柴绍急了，李世民没绷住，笑了，两人又笑成了一团！

········

两人思来想去，最后还是把标记物定为了一面小黄旗。可以插在盔缨上，也可以别在胸前，尺寸不大，颜色鲜艳。于是柴绍做了一个样品，又附了一封书信叫人一起送到了秦琼的营中。

秦琼接到信一看，柴绍写的，李元霸要来了，难怪这两天高挂免战牌呢！为了避免伤到瓦岗的兄弟特意做了标记，每人插一个小黄旗。秦琼手里拿着小黄旗把信递给了徐懋功，众人都围了过来，"李元霸要来了！"

程咬金一看众人都不说话，就说："李元霸，怕他个鸟啊。他金锤挂凤铠赢了宇文成都，我瓦岗的裴元庆也几锤把宇文成都震吐了血了。怕什么，还插旗！"

"是啊，我们还有傻小子罗士信呢！"

秦琼还在那儿犹豫不定。

"唐公李渊对秦琼不薄啊，堂堂一方郡侯，对秦琼那是要恩有恩，要义有义。如今要在战场上相见，又写书信，又做标记，是何等的情义。如果硬战，先不说输赢，是否辜负了人家一番心意！"杨广的生死好像不重要了，奇怪的事情！

"既然柴绍这么说了，先准备小黄旗，至于怎么办，不如和魏公商量一下。"

于是，秦琼把这事报于了西魏王李密。李密一听，就说："我瓦岗的将领突然每人插个小黄旗，为什么啊？别的反王都会怀疑，这不好说。万一这事传出去可就不好了。我是都盟主，你是元帅，不合适啊。我看我们还是专心截杀杨广，不管来的是谁都一样！"

徐懋功听完，说："那万一这李元霸真的厉害，我们所有的人都不敌，岂不是枉送了性命？"

"这——"

"如果能打赢固然好，分发小黄旗也是以防万一！"

"那我们怎么向其他的反王交代呢？"

"魏王可以这么说：'各营各寨都没有统一的标记，不好管理也不好区分。现根据人数二十万人一种颜色，反隋联军统一管理，不分你我，统一指挥。我瓦岗二十万人一种颜色——黄色。'不就说过去了！"

众人一听，都指着徐懋功笑了起来。

于是第二天，秦琼中军帐分发小黄旗。

秦琼说："最近，由于隋军坚守不战，而我反隋大军又来自五湖四海，来源甚广，我们必须做好和隋军长时间作战的准备。我们各路反王商议决定，每二十万人一种颜色作为标记，统一管理，统一指挥。众将从今天起，都要统一佩戴小黄旗，违军令者斩！"

众将听到命令后，都领了自己的小黄旗各自回营，可有一个人留了下来。秦琼一看裴元庆留下来了，就问："裴将军，还有事吗？"

"秦元帅，我不插旗，我嫌它丢人！"

"哦，为什么啊？"

"我听说这小黄旗是你们听说李元霸要来而插的，还说插上这小黄旗李元霸不打，是吗？"

"这你是听谁说的？"秦琼看了看徐懋功说。

"别管我是听谁说的，一听到李元霸要来，还没怎么着呢，自己先吓得把旗插脑袋上，这人我丢不起！我们不是都自诩是能征惯战的将军吗？就说这李元霸厉害，大不了不就一死吗？战死沙场本身不就是身为武将的荣耀吗？更何况他李元霸金锤挂凤镋赢了宇文成都，我裴元庆也几锤把宇文成都震吐了血了。谁赢谁输还两说呢，所以这旗，我不插！"

秦琼一听也有道理，但怎么跟他说呢，说其实我们也不想伤着李元霸，这不扯吗？正在那犹豫呢。

裴元庆一看秦琼也不知道怎么说，还僵在了那里，哼了一声，把小黄旗放在了帅案上，走出了中军帐。

年少气盛啊！

回过头来再说一说柴绍，书信发出去以后，这柴绍拿着小黄旗就来到了李元霸的帐中。李元霸一看是柴绍，心里很高兴，以为姐夫又来找他玩了，迎了上来。他看到柴绍手里的小黄旗，就问："姐夫，这是什么？"

"元霸，你还记不记得我会打雷啊？"

柴绍边说边把右手攥成了拳头，举了起来。

"记得记得。姐夫，我就怕你这个，快把手放下来。"

原来李元霸浑浊猛愣，天生神力，打打不过。李渊有一次都被李元霸推了个定蹲，骂他他又不懂！全家人拿他没有一点办法，所以只能哄着。但这也不是个办法啊，一个十几岁的孩子，没个怕的人那还了得。在一个偶然的机会，柴绍就发现李元霸很害怕打雷。打雷的时候蜷缩在桌角拉都拉不出来。柴绍是知道闪电完了会有雷声的，所以有一次，打雷的时候柴绍就和李元霸说："元霸，你害怕打雷吗？"

"嗯，害怕！"

"那你知不知道这打雷谁管？"

"这还有人管，我不知道，谁啊？"

"我！"

"哈哈，姐夫，你别骗我了，瞎说！"

"你不信啊，姐夫打一个雷让你看看。"

于是柴绍一看见有闪电，就攥紧拳头往天上一举。

轰隆隆，就是一个雷。李元霸拿眼直勾勾地看着柴绍。

柴绍又看见一个闪电，又攥紧拳头往天上一举。

轰隆隆，又一个雷。李元霸于是就彻底信了，这天上的雷归姐夫管，所以从这以后，对柴绍的话那是言听计从。

今天，柴绍又想用这招，于是说："元霸啊，你还记不记得我会打雷啊？"

"记得，记得。"

"这天下会打雷的人却不止你姐夫一人。"

"哦，是吗？那还有谁？"

"你看见姐夫手里的小黄旗了吗？"

李元霸点了点头。

"姐夫把打雷这本事传授给别人了，他们手里或头上都有一面小黄旗！"

"是吗，人多吗？"

"四五十个吧！"

"那他们在哪儿呢？"

"我们现在要去的四平山就有很多！"

"啊，那咱不去四平山了，回吧！"

李元霸说着就去拿他那锤就要回去。柴绍觉得有点好笑，忙上前把李元霸拦住，说："元霸，不用回去。你想啊，那些人都是你姐夫的徒弟，我都和他们说好了，只要你不打他们，他们就不打雷吓你！"

"是吗？那敢情好。"话虽这么说，但李元霸表情可就有点不自然！

"记住了啊，有小黄旗的不打！"

"记住了！"

柴绍又叮嘱了几遍，看着李元霸认真的表情，心想这事就这样了，妥了！

话说两天后李元霸就来到了隋军大营，来到了杨广身边。杨广很是高兴，宴请了李元霸、李世民和柴绍三人。第二天，下战书给十八路反王。到了第三天，队伍一字排开，来到了两军阵前。胯下马，手中锤，策马站在最前面的就是李元霸！

反隋联军也来到了四平山脚下，伍云召、伍天锡、雄阔海三个先锋一字排开，站在队伍的最前面。秦琼领着众将在队伍当中，头上插着小黄旗，远远望去就像黄色的盔缨，不扎眼，但很明显。罗士信来了，有小黄旗。裴元庆也来了，但没插小黄旗，小伙子还没有想通呢！后面是李密带领着十八路反王在那里观兵瞭阵。战场上喊声如雷，战鼓齐擂，李元霸催马上前叫阵！

伍云召第一个上前讨令，秦琼嘱咐了一句："对手是李元霸，伍将军小心。"

"得令！"

伍云召催马提枪来到了疆场之上。李元霸一看有人上来了，也不通名，提着锤催马就冲向了伍云召，看到伍云召举锤就砸。伍云召顶了一口气，举枪招架。等两个兵器碰到一起时，伍云召吓了一跳，手里的枪被硬生生地砸脱了手。得亏架锤的时候头偏向了一边，不然脑袋也没了。那力量大啊，伍云召此时拨马回头仔细地看了看李元霸。李元霸看上去瘦瘦小小的，这力气是哪儿来的呢？伍云召心里那个苦啊。却只见李元霸举双锤又朝自己冲了过来，伍云召手里没了兵器拨马就败了下去。反隋联军从来没那么狼狈过啊，隋营中爆发出雷鸣般的欢呼声和笑声！

秦琼等人一看，这仗没法打啊，只一个回合啊。这伍云召他们是知道的，那武艺不说天下无敌，起码不弱啊，就高手过招也不用一个回合吧，太狠了这角色。秦琼正在为难呢，到底要不要派裴元庆去呢？裴元庆还没来得及出来请战呢，陀螺寨大寨主伍天锡大喊一声："我去会会李元霸！"说着催马冲向阵前。

伍天锡提着他的混元流金镋就来到了李元霸面前。李元霸一看，又上来一个，心里就想：刚跑了一个就又上来一个，好，有意思。李元霸用锤一指伍天锡，"有种你别跑！"

伍天锡吸取了伍云召的经验，没拿镋杆去挡，想远远地就用镋去把双锤拨开。但李元霸那锤硬啊，拨开了右手锤，左手锤可就过来了，一锤就砸在了混元流金镋上。当啷啷一声响，镋差点没脱手，伍天锡一身冷汗。回马过来以后他可就动上脑子了，不能再回去了，跑吧，根本不是对手啊。我们都是那孩子手里玩的一只家雀，小命他什么时候高兴想取就拿走了，太厉害了。但看了看手里的镋，起码没被磕飞啊，现在跑还得绕过李元霸，太狼狈了。不如再来一个回合，主意拿定，一催马就朝李元霸冲了过去，见了李元霸抖镋就刺，李元霸拿锤一挡，没挡到。原来伍天锡想虚点一镋跑，李元霸把左手锤交到了右手，弯腰一把就抓在了伍天锡的小腿上。他是想活捉伍天锡，二马一错蹬，可巧伍天锡的另一只脚被马镫挂住了。要换了别人，这时可能就松手了，但今天是李元霸，他的左手像铁钳一样卡在了伍天锡的小腿上。马一走，他一拉，只听刺啦一声，可怜的伍天锡被李元霸单手活劈在了疆场之上，那马拖着他一条腿跑了。

众人看到这场面，都咧着嘴，心里都觉得疼，闭着眼睛都把头转了过去，太血腥了!

这个死法惨啊，伍天锡两百多斤的汉子，单手抓着就撕成了两半，反隋联军弟兄们的脸都白了。这是人干的事吗，外星来的吧!

杨广看到后都不禁站了起来，真解气啊，大声道："劈了这群狗日的!"隋军将士眼都看直了，必胜的信念在军中蔓延，士气被李元霸一下就点燃了，欢呼声震天动地。

秦琼看后也是一惊，果然名不虚传，再派谁去呢？回头看了看裴元庆，没插小黄旗，这万一有个闪失。还是让罗士信去吧，起码头上有小黄旗，看看到底作用大不大，于是传令:

"罗士信听令!"

"末将在!"

"命你去战李元霸!"

罗士信，瓦岗名将，攻打杨林的一字长蛇阵一战成名。使一条浑铁枪，脑子有点浑，但力大无穷，坐在马上像座小山一样。反隋联军一看是罗士信，都欢呼了起来。

罗士信一催马来到了疆场之上，两个人互相看了看。李元霸瘦小枯干，胯下板肋赖麒麟，手中一对擂鼓瓮金锤。罗士信，虎背熊腰，胯下铁青马，手中一条浑铁枪，头盔的盔缨上插着小黄旗。李世民和柴绍可看见了，就怕李元霸看不见啊，可巧了李元霸真没看见他头盔上的小黄旗。李世民和柴绍那个急啊!

李元霸看了看罗士信，嘴里直嘀咕：这个看上去还行! 呵呵笑了一声!

两人都不通姓名，催马就战在了一起。李元霸举双锤就砸，锤带着风就奔罗士信去了。罗士信举铁枪就一挡，只听当啷一声响火星乱冒，双锤硬生生给架住了。二马一错蹬，李元霸呵呵一笑："可以啊，还没人能这样呢，你再接我一锤!"说完催马举锤又冲了上去。罗士信也不示弱，举枪杆又是一挡。当啷啷，两匹马都有点打软腿了，可马上的这两位，一点事没有。李元霸是越打越高兴，说："小子你厉害再接我一下。"罗士信是愈战愈勇，说："你有本事就来!"又是一个回合。

这两位，今天算是遇上对手了，将士们也开了眼了。尤其是李世民，心想，一直以来都以为我这兄弟厉害，天下无敌！但今天一看这罗士信，那是天外有天，人外有人啊。瓦岗不怪人家名气那么大，是有原因的。原来还只佩服秦琼一个，但现在看瓦岗藏龙卧虎啊！

回来再看这二位，李元霸在那儿倒两口气呢！罗士信也是喘着粗气看着李元霸，力量真好，瘦瘦的不知道这力气是哪儿来的，就说："你打完了，该我了，驾！"他催马举着铁枪就朝李元霸砸去。李元霸举锤招架，只听见当一声。李元霸也是一惊，力量可以啊。第二下，又是一声，火星乱溅，尘土飞扬。等第三下打完，罗士信一看，自己拿的那浑铁枪的枪杆弯了！人没事，马累坏了，兵器弯了！罗士信说："看我把你再整直了！"他也不管李元霸，就跳下马来！

李元霸和众人都不知道他要干什么，李元霸嘴里还嘀咕："这小子要干什么？"一拉丝缰，停下来看个究竟。

只见罗士信跳下马以后，枪尖一别插在了地上，左手抓住枪杆的一端，右手按在浑铁枪枪杆的中央弯了的地方，深呼一口气，两膀一用力，大喊一声！

众人一看这，心想他不是想把浑铁枪的枪杆给弄直吧，开玩笑，那是铁的！

随着他的一声大喊，却只见一百多斤重的浑铁枪的枪杆真的慢慢地被他徒手撑直了。反隋联军阵中爆发出如雷的欢呼声，就这力气，相当于给你表演一下。长脸啊，反隋联军的士气又回来了。

秦琼一看，再不能打了，这小黄旗作用不大啊，得亏上去的是罗士信，要是别人，早死翘翘了。如今打也打了，脸也露了，鸣金收兵吧！

当……

罗士信听到鸣金了，那是要自己回去啊，心里还是想和李元霸再战三百回合，但既然秦大哥让自己回去那就回去吧！于是调转马头就要走。李元霸一看罗士信要走，说："小子，想走，还没打完呢！"说着催马就追了上去。罗士信一看李元霸追了上来，弯腰就在疆场上捡了两块石头，回身就朝李元霸砸去。一块是奔李元霸去的，李元霸一侧身躲了过去，嘴里还直嚷嚷："小子，还带扔石头的！"而另一块是奔李元霸马脑袋去的，只听见当啷一声。

虽然马脑袋上带了护具，但马被这一吓，尖叫了一声，尥了个蹶子然后就是一阵乱转，这罗士信可就走了。

秦琼本想就此收兵，但裴元庆一看罗士信回来了，心想机会来了。他是铆着劲想和李元霸痛痛快快较量一次，于是没向秦琼请令一催马杀了出去。秦琼那个气啊！

裴元庆来到了李元霸面前，用锤一指李元霸，说："李元霸，你别狂妄，裴元庆与你大战三百回合！"

李元霸一听，说："裴元庆，好啊！"拿眼一看，这小伙子长得秀气啊！

裴元庆，十六七岁，银盔银甲，胯下银鬃马，手中一对八棱亮银锤，虎虎生风令人眼前一亮！

反隋联军的队伍当中爆发出如雷的欢呼声，为什么？裴元庆可就在几天前把宇文成都都震吐了血了，时间不长，所以这士气又高涨起来了。

李元霸一看，这小子人气挺高啊，有意思！

这时战场上一阵风吹过，战袍被风吹得飘了起来，马鬃毛随风一抖，四目相对。裴元庆此时就觉得男儿胆、英雄气浮了上来，身上鸡皮疙瘩都起来了。这趟裴元庆来得不后悔。相反，如果不来，那自己这一生是有缺憾的，就算被李元霸打死那也是值的！

想到这里，裴元庆举起双锤一催马冲了上去，李元霸举锤相迎。等这四个锤碰到一起的时候，李元霸对裴元庆佩服啊，是真有本事。锤的分量虽然没有他的大，但却不一样。裴元庆的锤是飘忽着下来的，不经过苦练和高人指点做不到这个份上，尤其拿锤接那更得小心。同样，裴元庆在第一回合后也吃了一惊，李元霸力气果然大，自己使全力打出的一锤却被他轻易磕开了，而且磕得虎口隐隐作痛。

将士们看的是痛快啊，战场上飞沙走石，火星乱溅，锤磕在一起像打雷一样，而秦琼却在那儿急呢。这裴元庆和李元霸都是世之虎将，伤了谁都可惜，都是正义力量的损失。这两人却都全然不知，在那儿玩命，看得人心惊肉跳。

这李世民又是一惊，又来一位，再一看，功夫不错啊。这来的时候自己和柴绍还写信让人家头上插个小旗呢，照现在这个样子，该插旗的是我们啊！

先不说伍云召、伍天锡两位，就现在上来的罗士信和裴元庆，那都是高人啊。尤其裴元庆这身武艺，这打扮，太喜欢了！

想到这，李世民拿眼看了看柴绍。柴绍看着他笑呢，那意思是：咱秦二哥厉害吧！

就在这时，瓦岗的这些人可就给李世民留下了很深的印象。这些人都是些有本事的人，心里想着如果能为自己所用可就太好了！

回头再来说裴元庆和李元霸，两人战了十几回合，还是不分胜败。但这十几回合过后，李元霸打高兴了，越打越高兴，越打越痛快，战神的状态可就出来了。只见李元霸双眼血红，头发也竖了起来，眉宇之间露着杀气。回马过来一把就把自己身上的盔甲撕了下来扔到了地上，赤身举双锤冲了上来。无敌的状态出来了，两边的战士们哪见过这个啊，都瞪着眼看傻了！

裴元庆拨马一看，这怎么了，李元霸怎么赤身就冲上来了。原来李元霸别看脸上没肉，但身上的肌肉线条却非常好。十四五岁，身上的肌肉早已成型，而且都被练成了丝状，不怪人家力量那么大啊！看到这种状态的李元霸，裴元庆一惊，好气势啊，好男儿就应该这样。换作别人，这会就吓都吓跑了，可裴元庆却催马举锤相迎。李元霸这播鼓瓮金锤可就砸下来了，就听见当啷一声巨响。裴元庆得亏抓得牢啊，这一锤力量可是太大了，两边的将士们看得目瞪口呆。这李元霸天神下凡，别说架出去，裴元庆手里的锤就像玩具一样，差点脱了手！

回马过来，这裴元庆可就明白了，这李元霸的力气大自己那不是一星半点儿。就这状态，别说一个裴元庆，就是十个裴元庆那也不是对手。好汉不吃眼前亏，蝼蚁尚且偷生，还是跑吧！等我回去苦练三年，回来再战李元霸。主意拿定，裴元庆拨马就败了下去，而此时的李元霸怎么能让你就这样跑了，催马举双锤就追。这几步可就追到了反隋联军的队伍前面了。

秦琼一看李元霸追过来了，心里开始犹豫不定，是放箭呢，还是放箭呢？这李渊一家对自己恩义有加，这一放箭，神箭手那可是太多了。但这不放箭，一旦让李元霸冲进来，那后果不堪设想。想到这，秦琼心一横，眼睛一闭说："放箭！"

只见如飞蝗一般的箭就朝李元霸飞了过去，李世民和柴绍也在那儿急呢。

却只见发了狂的李元霸挥动双锤拨打雕翎箭。神奇的是一支箭也射不到他的身上，甚至马身上也射不上，整个人和马处于无敌的状态！

柴绍和李世民一看这情况赶紧带领两千铁甲军冲了上去，杨林也指挥着自己的百万大军冲上了四平山！

秦琼那是有准备的，五千弓箭手压住阵脚，那孤身一人往前冲，那是十死无生。但面对今天的李元霸，秦琼很无语，弓箭伤不了他。没一会李元霸就冲进了弓箭手大营当中，用一句话形容"磕着就死，擦着就飞"再恰当不过了。所到之处兵器乱飞，哭喊声不断，血流成河。再被李世民和柴绍的两千铁甲军一冲，不善近战的弓箭手大营被冲了个七零八落，将士们四散而逃！

十八路反隋联军溃不成军，各自逃命！

秦琼一看这种形势，如果不挡一下李元霸及追兵，那损失会是致命的，截杀杨广的计划会变成围剿十八路反王的事实，就和程咬金说："咬金，我们得挡一阵！"

"二哥，走吧！李元霸太厉害了，挡不住啊！"

秦琼看了一眼程咬金，催马又追上了李密，说："魏王，你带着大家先走，我领两千人马断后！"

李密一听，看了一眼秦琼说："好，二哥小心！"

李密说完叹了一口气，催马领着众兄弟走了，留了两千人马给秦琼。

秦琼一看，程咬金、单雄信、尤俊达、王伯当等人都留了下来。

秦琼眼泪都快下来了，这有兄弟真好！

但大家虽然留下来了，心里却都七上八下的。这李元霸不认识这小黄旗，要真打起来，心里可都没底！留下来可就有点不能同生，但愿同死那意思了，悲壮啊！

秦琼知道，现在别人上去，基本就是送死，自己少说也领兵打仗多年，这种时候还是自己来吧。于是他策马提枪站在了队伍的最前面，程咬金等人都去劝，想换回他，毕竟他是元帅，第一个上太冒险。但秦琼很坚持，众人只好退了回来，看秦琼大战李元霸！

没一会儿，杀红了眼的李元霸就追了上来，赤身提锤无人能挡，看前面有一瓢人马，举着双锤就冲了过来。

　　秦琼催马举枪相迎，走到跟前的时候，李元霸一眼就看见了秦琼身后面背的熟铜锏，一下带住了马。像想起点什么来，又看了一会。秦琼也觉得奇怪，怎么就停下来了呢？只见李元霸眼睛慢慢恢复了正常，把锤收在了一只手里，看了看秦琼。程咬金等人一看，有门，别是把秦二哥认出来了吧！

　　果然，李元霸叫了一声："恩公！"下马双膝跪倒冲着秦琼就磕了三个头。

　　秦琼也忙下马把李元霸扶了起来，说道："战场之上，不必如此！"

　　"我来时，母亲让我务必不能伤着恩公！"

　　这时众人也都松了一口气，笑着围了过来。李元霸一看，头上都插着小黄旗呢，就说："有小黄旗的也不打！"

　　"这会他想起来了。"众人一听都呵呵地笑了起来！

　　这时李世民和柴绍也来了，柴绍向李世民介绍，说："这位就是秦二哥！"

　　李世民走到秦琼跟前，一抱拳跪了下来说："恩公在上，请受小弟一拜。"

　　秦琼忙上前扶了起来，一看这位李世民，小眼睛，大鼻梁，小嘴巴，皮肤白净，一身银盔银甲，一看就不是一般人物。这李世民本来还想和秦琼英雄惜英雄一番，但柴绍提醒说："此地不是说话的地方，容以后慢慢再叙。杨林的人马杀过来秦二哥可就不好脱身了，还是让二哥走吧！"

　　秦琼等人上马，一抱拳去追赶李密不说。

　　而李元霸、柴绍、李世民他们又换了个方向追杀了上去！

　　就这样，李元霸凭借着一人之力一举荡平了四平山的百万反隋联军，使战神的威名传遍四方。同时这也在秦琼等人心里种下了一颗种子，就是李渊一家都是知恩图报、勇武兼备的人物！不单单一个半傻不灵的李元霸在杀红了眼的情况下还能认出秦琼，给他下跪，而且李世民在明知可能有通敌大罪的前提下，在众目睽睽之下也给秦琼下跪行礼，无不令人折服！

　　十八路反王损失过半，各自回家整休，瓦岗损失不大，但裴元庆在四平山一战后却音信全无。杨广继续东都之旅，杨林、李元霸等人各回驻地。杨林回登州以后一病不起，但全国迎来一个短暂的平静期。

第十五章　太原起兵

DISHIWUZHANG TAIYUAN QIBING

　　大业十三年（公元617年），太原传来急报：李渊治理下的马邑鹰扬府校尉刘武周发动兵变，杀死马邑太守王仁恭，据马邑而自称天子，国号定杨。三月，刘武周攻破楼烦郡，进占汾阳宫，并与突厥勾结，图谋南下争夺天下。隋炀帝杨广闻讯大怒，要拿李渊到东都洛阳治罪。消息一传到太原，李渊赶紧召集文武大臣商量该如何是好，并且传令立即召回正在抵抗突厥的两个儿子李建成和李元吉，一起商量对策。谁都明白李渊一旦到洛阳那是凶多吉少！

　　李建成和李元吉战打得好好的，原因很简单，李元霸也去了，对付突厥，那不和玩一样吗？但一听父亲让他们回去，两人心里就觉得出什么大事了，于是命令大军撤退。在回去的路上，却雷电交加，下起了雨来。前文我们是交代过的，这李元霸什么都不怕，就怕打雷。听见外面打雷，于是他一个人缩在自己的帐篷里不敢出来。行军的时日已经耽误了，李建成和李元吉急也没用，也把不准他那脾气，劝死了但还是不出来。李建成忽然灵机一动，就笑了起来，说："元霸，原来你这么胆小啊！你也有怕的时候啊！"

　　"怕？不，我李元霸什么也不怕！"

　　"不怕那你倒是出来啊，胆小鬼！"军士们也爆发出一阵哄笑。

　　"敢说我胆小鬼，谁说的？"却只见李元霸提着锤走了出来，一脸的怒气。李建成看事有点大，不笑了，转念一想，便说："雷神说的，你本事大去找他啊。"

　　"雷神，他在哪儿？"

"有雷的地方就有雷神啊。"

"好，我去找他。我李元霸天不怕地不怕，会怕他!"

李元霸上马后举锤骂骂咧咧就朝山上去了，看到李元霸的举动大家更是笑成了一团。却只见李元霸举锤来到半山腰，还在那儿骂。突然，一道闪电不偏不倚正好劈到了李元霸身上，他旁边的草都烧了起来。李建成和李元吉一看，坏了，赶紧跑过去看，可惜英雄一世的李元霸被雷活活劈死在了半山腰上!

但细细想来，为什么李元霸别的都不怕，却单单怕打雷，而作为平常人的我们却不怕呢? 因为命中注定最后要了李元霸性命的正是雷电。原来他怕，一直都怕，有一天不怕了，举锤骂天，那就是李元霸大限已到，命该如此啊!

李建成和李元吉肠子都悔青了，为什么无缘无故要去激李元霸呢? 现在兄弟死了，哭都没地方哭去，回去可如何交代啊，父亲非扒了我们的皮不可! 不如回去后说是元霸他自己听见打雷，就非要和天争一个输赢，骑马追着闪电就上了山。我们拦了但元霸我们怎么能够拦得住，所以到半山腰被雷给劈了，都是我们的错啊! 元霸我们做兄弟的对不起你啊，都是我们不好。但这样说也是没有办法，你已经去了，我们说什么你别怪我们，好兄弟啊!

于是两人回到太原见了父亲李渊以后，就哭着把以上内容告诉了李渊。李渊一听，就觉得眼前一黑，差点没晕过去，说: "怎么说没就没了呢!"

看着两个儿子无辜的样子，也不好说什么，李世民也在一旁替他们说好话，毕竟兄弟一场!

"父亲，元霸可能生来就有此一劫，大哥和三弟也是没办法啊，我们还是给元霸办了后事再说吧!"

"好吧，这事你去办吧。办风光一些，也不枉我们父子一场!"

李世民于是下去了。下去后，李世民哭得是稀里哗啦，怎么就死了呢? 那么好的武艺，金刚不坏之身。虽然李元霸傻傻的，但从小玩到大，就是块石头都热了，那是真伤心啊。当然他也没怪大哥和三弟的意思，只是在那儿哭。毕竟只有十八岁，还是个孩子，自己的弟弟突然就死了，是谁也受不了啊!

在李元霸的棺材前面，李世民又哭了个昏天暗地。太原的官员都来吊唁这位乱世英雄的英灵。李世民在李元霸的牌位上写的是"战神李元霸之灵位"，他知道他兄弟最高兴别人叫他什么！

天慢慢地黑了下来，吊唁的人越来越少，李世民也一个人在那里发呆。这时轻轻地走进来一个人，来到李元霸的棺椁前，上了一炷香，拜了三拜后慢慢地来到了李世民的跟前。李世民一看，不是别人，正是刘文静。他不觉叹了口气，刘文静也劝道："秦王节哀！"

李世民一下又哭了起来。

一会，家人把晚饭菜也端上来了，李世民又要了一壶酒两个人喝了起来。他边喝边聊，聊一些元霸的身前事，让元霸知道其实有人记住他的。他的一生虽说短暂但却精彩得如烟花绽放：金锤挂凤镫，他就是为作战而生的；锤震四平山，武艺天下无双。如今他走了，我们想他啊！他们又哭了起来。

说着说着，两人就聊起了这次杨广要拿他父亲到扬州治罪的事。

"不能去，这是有去无回啊。就不去杨广也不能把我们怎么样，听说杨林病了，宇文成都又伤了，他自保都难，别说来打太原！"

"世民，不知你此次去四平山有何感想？"

李世民想了想说："一是我兄弟李元霸那是太厉害了，天下无敌！二是天下反我大隋的人是太多了，而且里面好像大多都很有本事。三是杨广已无人可用，大隋到了强弩之末。四是老百姓处于水深火热之中，都在煎熬。"

"那世民你有没有想过效仿秦二哥他们？"

"你是说……"

"大丈夫生于乱世当有所作为，如今太原百姓真心爱戴唐公，太原兵精粮足，三位公子又都已成人。此时不反，唐公一旦到了扬州，就会受制于杨广，到时后悔莫及！"

"我是早想反了，都说杨广的不是。这次四平山之行，我是多么希望自己像秦二哥他们那样有一群知己在身边，所有人都一条心做自己想做的事，去开创自己的一片天地，去建造自己心中的理想世界啊！"

"那何不利用此次机会反了呢！"

"就是不知道我父亲是个什么意思，我们家的事还是我父亲说了算！"

"公子何不去劝劝呢！"

"我也猜不透父亲心里想些什么，从小我就知道他做什么都对！这次召大哥和三弟回来，那意思就是不管突厥了。看来父亲也有这个想法，但这几天过去了，却还没动静！"

"唐公办事稳健、老成，迟迟没有动静那是有顾虑啊。如今宇文成都伤了，杨林病了，大隋已不足虑，会不会是原本依仗的李元霸的突然辞世令唐公迟迟下不了决心呢？"

"对啊，父亲这几天看起来闷闷不乐，我去劝劝他！"

于是李世民来到了晋阳宫把自己的想法告诉了唐公李渊。李渊吃惊地看着李世民，说："你怎么会有这种想法，这可是诛九族的大罪。世民，这种话不是乱说的，我要押你去朝廷治罪。"

"你押吧，但话我一定要说。父亲，元霸虽然走了，但我太原还有其他武将，还有大哥、三弟和我，我们不止元霸一个！"

李渊拿眼看了看世民，说："哎！小点声，不怕隔墙有耳？既然你这么说了，那我给你交个底吧，其实我担心的不是武将，而是兵马。我太原兵源不足十万，但放眼天下，兵马十万以上的反王到处都是。此时起兵，未免势单力薄。"

"这个父亲不用担心，太原老百姓衷心爱戴我们，如果我们招兵，不出一月我们就可以超过百万！我们要的只是父亲的一句话！"

"好吧，那你就去准备吧！"

刘文静和李世民立即开始着手张榜招兵，此时柴绍也赶到了太原，帮助征兵。不出所料，一个月的时间就招了十万有余，李渊很是高兴，心中没有了疑虑。

但此时，太原副留守王威和高君雅也看到了李渊招兵买马。这两位都是朝廷也就是杨广派到李渊身边监视他的，平时李渊就不爱搭理他们。这段时间看见李渊在招兵买马，两人可就开始嘀咕了。

"李渊想干什么呢，不会是想反了吧？"

"我看也是！"

"那我们赶紧上书告诉皇上吧！"

"等等。李渊这老小子平时就没拿我们当回事，这次非要给他点颜色看看。不如你我二人把他们父子抓起来押往东都，岂不是更好。我们立此大功，这太原以后就是你我的！"

"啊，怎么抓？李渊拥兵十万，如今又招募了十万，二十万人马那是开玩笑的？一人一刀我们连自己的尸体在哪都不知道！"

"二十万人马是实，但人马他不能一直都带着身边啊。你我是监军，又是朝廷派来的，等我们把他们父子生擒活捉，然后再昭告全军，说他要造反。全军群龙无首，李渊他们又在我们手里，这叫生米煮成熟饭，干没辙！"

"别做梦了，你我的人马加在一起不足千人，要抓住李渊父子谈何容易！"

"这我早想好了，最近由于连年干旱，我们可以组织一次祈雨。而祈雨李渊历来是非常重视的，家里所有的男丁都要去，到时我们将他们一网打尽！"

"我看没那么容易，还是上奏朝廷最为妥当！"

"王兄，机不可失啊！你我在太原十年有余，可谓是患难兄弟。我们可是太知道太原了，这可是块肥肉啊。上奏朝廷，顶多把李渊判个抄家灭门，但太原还是没我们哥俩什么事。多少人盯着呢，宇文家能让你我留守太原吗？干这一票，风险是有的，但成了，你我就是太原之主。何必替他人作嫁衣啊，王兄，想想吧！"

王威一想，也是这么个理，于是心一横，点了点头，干了！

之后两个人开始秘密准备，准备在晋祠祈雨的时候，抓李渊父子，以此向朝廷报功！为了增加胜算，两人又联系了一些平时和自己关系不错的将领。其中有一位叫刘世龙，却是李渊派在王、高二人身边的亲信。他听到他们要密谋捉拿李渊，表面上不露声色，留意他们进一步的行动，暗地里却将此事告诉了唐公李渊。李渊一听："这两条臭虫，胆子不小啊！"

李建成说："让我去抓他们前来，杀了这两个老小子！"

"还不是时候，时机尚未成熟，贸然抓他们，会引起朝廷的怀疑！"

裴寂就说："大公子说得对啊，不抓他们，闹出更大的事就不好了，始终还得防着他们！"

"嗯，得找个理由。"

于是李渊假造了一封他们给突厥的信，信上说朝廷如何空虚，正是机会等等的一些言语。又找了一些突厥的饰品、珠宝在抓他们两个的时候偷偷地放在了他们家里。就这样，以暗中勾结突厥，引突厥入中原为罪名，囚禁了王威、高君雅二人。两天后，恰巧突厥军队进攻晋阳，李渊于是名正言顺地将二人斩首，除掉了这两个不知死活的鸟人！

接着，李渊开始做起兵反隋的准备工作：

一、和突厥可汗暂时修好，臣服突厥可汗，约定共同反隋。突厥可汗在李渊大批礼品的面前表示同意！太原后方无忧矣！

二、加紧训练新招募的新兵，增加他们的综合作战能力。

三、非常喜欢李密给杨玄感出的第二条计策，准备先攻下长安，以图大事！

大业十三年（公元617年）七月，李渊率领二十万将士誓师，正式起兵造反。

一路上由于李渊军令甚严，士兵对老百姓秋毫不犯，再加上每到一个地方就宣布免除老百姓的苛捐杂税，所以老百姓夹道欢迎李渊的唐军。开始基本没遇到什么抵抗，一路顺风顺水、势如破竹。

走着走着，队伍来到了霍邑，李渊早就听说了，守霍邑的是名将宋老生。此人和宇文成都同出一门，使一把大砍刀，勇猛异常，将会是义军遇到的第一个劲敌！来到霍邑城下，李渊命令安营扎寨做好长时间作战的准备。再者，一路上虽然顺利，但天公不作美，一路小雨淅淅沥沥就没停过，是该让将士们休整一下的时候了！

面对唐军的二十万大军，宋老生的对策是坚守。城墙是加固加高了的，护城河是加深加宽了的，整个霍邑城严阵以待。而且宋老生手下有精兵三万，兵力上也一点不怵，兵力部署上可以看出这里是太原到长安的咽喉。李渊和李世民从高处看了看霍邑内部的防守部署，准备充分而且井井有条。这是一块硬骨头啊。

第二天，李世民作为先锋带着两万人马来到了霍邑城下，却只见霍邑城头高挂免战牌。李世民气啊，原本想以人多拿下霍邑，但这老头居然坚守不战，真是岂有此理。李世民只有下令攻城，一声令下，攻城的将士们扛着木板云梯冲了上去。半个时辰，将士们用肩膀和木板将就搭了一座木桥，后面的将士们都冲了上去。来到墙脚下，只见这些战士很快地就将云梯驾到了城墙之上，顺着云梯就往上爬。李世民一看来了精神，太能干了，不愧是跟着父亲南征北战的精英，练出来的兵也不一样。正这么想呢，却只见城头上出现了许多弓箭手。这可要了命了，冲上去的将士们暴露在了城墙根底下。隋军像射兔子一样，把唐军一片一片地射倒下去。第二波箭又来了，这次是带着火的，箭上都是蘸了油的。射到搭桥的木板上一下就着了起来，射到人身上更是了不得，整个城墙根底下一片火海。得亏下着雨呢，只有一小部分将士烟熏火燎地跑了回来。

李世民恨得咬牙切齿，换了个地方，命令再次攻城。这次将士们是带着盾牌去的，木板也还有，用水浇过，冲到了城墙下面。箭像雨滴一样射了下来，因为有盾牌，所以损失不大。战士们都挪着往前走，慢慢地爬上了云梯。往上挪，却只见有东西从城头上被泼了下来。油啊，而且是烧滚的油啊，惨叫声一片接着一片。泼完，几只火箭下来就只见又是一片火海。那点雨再也保护不了他们了，跑回来几个，但都被烫得皮开肉绽，惨不忍睹。李世民深深地体会到，这城池攻坚太难了，惨烈啊！于是命令鸣金收兵，回去想想怎么打，顺便也休整一下部队。

回到营中，李世民、柴绍和刘文静去见李渊，想想该如何攻下霍邑。不巧的是留守太原的裴吉此时派快马来报，得到情报说突厥背弃盟约将要去攻打太原，请唐公立即回去！

李渊一听，说："这如何是好？"

李世民想了想说："太原父亲起兵的时候留了三万人马驻守，而且守城工事坚固，就是突厥去了也不能把太原怎么样，一时半会肯定不会有什么危险。倒是这霍邑，我们拥兵二十万，如果不能速战速决，陷在这里就麻烦了！"

"哦，世民，真的不要紧？太原可是我们的根据地啊，丢不得，你母亲和众位将士的家眷都在那里，这万一……"

"父亲，这突厥出兵只是听说，情报的来源不知道准确不准确，再说难道你对太原还不了解吗？"

"好吧，攻下霍邑你们可有良策？"

"暂时还没有，这宋老生是隋之名将，如今他又坚守不战，着实困难啊！"

"困难，那就先打他几天，等他箭射光了，油也没有了，我看他怎么办！"

于是连着几天，唐军都一刻不停地攻城。果然不出唐公所料，宋老生的弓箭射完了，油也没有了，可他们又开始往下面扔石头。石头完了又开始往下面倒粪便，天哪，臭气熏天，得亏天气不热，还下着雨。那是老天爷保佑唐军啊，刚开始还说天气不好呢，如果不是这雨，唐军的损失会大得多，日子会难过得多。而宋老生的军队却士气越发高涨，宋老生站在城头微笑着看着苦不堪言的唐军！

李世民和刘文静又来到了中军帐，打了一天，这李世民身上也一股大粪味，情绪那是出奇的低啊。宋老生，着实让人无语啊，脑子里想的都是什么啊。唐军的损失都过万了，城下尸体垒成了山，李渊也是一脸无奈。李世民脱掉盔甲扶在门口透透气，看着城头上庆祝的隋军，他忽然就有了主意："父亲，我有一计可以破城！"

"哦，说来听听！"刘文静也围了过来。

"连日的攻城不克，宋老生一定自信心满满，你们看城头上的士兵都开始庆贺了！"

"你的意思是我们今晚去偷城？"

"不是，宋老生不会自负到那种程度，况且攻城不像偷营，很容易就会被发现。我是说明日我们派五千人马去叫阵，人数要少，而且选老弱病残去，军纪要散。那宋老生也憋坏了，看我们如此看不起他，加上自负，这个老狐狸一定会出来。我们再在左右设伏，到时一起冲下来一举将他拿住，岂不是好！"

"他们会出来吗？我们前去叫阵已半月有余，任如何辱骂他们都不曾出战，为什么明天他们一定会出来呢？"

"父亲，以前他不出战是因为我军气势正盛，他要避开我军的锋芒。但今天，我军到霍邑已经快二十天了，士气可以说到了谷底，老家伙的表情说明他也看出来了。所以我们只要抛以诱饵，老家伙一定出门迎战。"

"好！如果真的这样，明日就让建成去叫阵。你和刘文静各领一万人马埋伏在左右，看到宋老生出来就一起冲杀出来缠住他。我和柴绍领两万人马直接奔霍邑而去，一举将它拿下！"

"这老不死的！"

到了第二天，天竟然晴了！李渊命李建成领五千人马来到了霍邑城下叫阵。众将还在那儿琢磨呢，怎么只给了五千人马！万一宋老头要是出来可怎么办呢！这不是开玩笑嘛！但军令既然出来了，那就必须去，但李建成也想好了，只要宋老头出来就跑！

宋老生一看有人在叫阵，而且带的人马不多，这是欺负我宋老生年迈啊。机会不错，出去透透气，让那大粪味熏得头都疼！于是他点齐五千人马，开城门，放吊桥冲了出来。李建成一看，命令士兵们冲，自己掉头就跑。军士们一看他跑了，也跟着一起就往回跑。宋老生一看跑了，催马就追了上去。一把大砍刀举在手里，面如紫茄，黑鼻孔，大耳朵，胸前飘着白胡子，年过花甲了但还是那么勇猛！不简单啊。却只听见两边喊杀声四起，宋老生一听，不好，中埋伏了。他赶紧指挥着将士们往城里撤，但队伍早被李世民和刘文静的部队拦腰截断。好不容易宋老生杀到了吊桥旁，却只见城头的旗帜不知什么时候已经变成了唐。定睛一看，李渊双手叉腰站在城头上。原来，李渊和柴绍乘着宋老生在下面乱战，带着两万人马就进了霍邑城中，高喊："宋老生已死，还不早降！"守军一听，这还打个什么劲啊，于是三三两两地都投降了大唐。李渊没费多大的气力就占领了霍邑城，并且俘虏了大量的隋军将士！

宋老生看霍邑丢了，在那里后悔不已，却忘了防备。此时军头卢君谔不知不觉当中走近了宋老生给了他一刀，可惜了一身功夫的宋老生被一无名小辈砍死在了霍邑城下，令人唏嘘不已！李世民此时也赶到了吊桥旁，一看宋老生已死，下马一把抱住卢君谔，说："小子，可以啊！"卢君谔得到了英雄般的待遇。就这样，唐军进入霍邑城，贴了安民告示，百姓一片赞扬之声。唐军名利双收，在霍邑休整了几天以后，继续向长安挺进！

之后顺风顺水，唐军进军至河东郡的汾阴、龙门一带。当时的河东郡境内的黄河渡口主要有两处，南面的蒲坂和北面的汾阴。蒲坂有名将屈突通重兵把守，唐军于是选择了从汾阴渡过黄河，先期渡过去大约六千人马。同时派遣使节招揽黄河以西的各股反隋武装，关中实力最强的一路反王孙华投降了李渊。唐军主力虽然还没有进入关中，但黄河以西的冯翊、合阳、韩城等地先后落入了李渊的控制当中，此时屈突通的河东驻军反而被孤立了起来。

屈突通是隋之名将，他一面命人坚守河东城，一面派遣桑显和从蒲津桥、冯翊郡去偷袭刚刚渡河的唐军王长谐部。王长谐被打了个措手不及，不过缓过劲来的王长谐在孙华的配合下抄了桑显和的后路。桑显和大败而回，同时撤掉了蒲津河上的木板阻止唐军追击。不过这也使屈突通陷入绝境。本来处于黄河拐点附近的河东蒲坂城就没有多少回旋空间，隋军把蒲津桥一断，唐军若从东面和北面围上来，河东就成了孤城死地。李渊虽然派了一些部队进入关中，其实主力尚在河东，围住蒲坂一点问题都没有！

唐军内部在先攻河东还是先进长安的问题上产生了两种不同的意见：一部分人主张先攻河东，认为河东蒲坂如不先拿下，进入关中也不能安心。到时候如果长安也拿不下来，就如芒刺在背，我们将腹背受敌极为被动。李世民则主张先取长安，认为在当前洛阳一时决不出胜负的情况下，谁先占领长安谁就占据了政治制高点，才会有机会号令天下图谋霸业。如果屯兵河东城下数月难以攻破，难免士气受损功亏一篑。

最终李渊采纳了李世民的意见，率领大军主力进入关中，仅留刘文静、王长谐等人牵制屈突通。李渊所部进入关中后就开始放手发动群众。大业十三年（公元617年）九月，李世民攻取渭河以北诸县，柴绍和平阳公主以及段纶等人攻取渭河以南诸县；李渊和李建成则抢占永丰仓，堵截关东其他势力向关中进军的道路。到大业十三年（公元617年）十一月，关中郡县除长安以外全部落入唐军的势力范围。随后唐军发起了对长安的总攻，如同探囊取物一般唐军没有遇到多少抵抗长安就被攻了下来。唐军很快占领长安城，平阳公主功不可没，这是怎么回事呢？

李渊的子女中老大是李建成，老二是李世民，三儿子是李元吉，四儿子是李元霸。但是前文说到在永福寺李渊为自己的女儿挑了一个好郡马，那就是柴绍。他的这个女儿排在李世民之前，是李渊的大女儿，排行老二。平阳公主从小爱的就是弓马，玩的就是枪棒。前文不是说吗，结婚的时候都考验过柴绍的武艺，再加上练到了今天，在当地那是小有名气！

　　柴绍接到李渊的信以后，匆匆地赶往了太原。这位公主也没闲着，心想我爹他们要干大事，能帮点什么忙呢？不如招募一点人马，多少是个帮衬啊！她主意拿定就开始着手准备，在自己院子里摆了一张桌子，开始招兵。他们找了几个家丁四处贴告示，但想不到的是一个月的工夫，这位公主竟然招了惊人的七万多人。她自己还不闲着，那是女中豪杰，也不怵这些人，竟然自己学着练兵，开始正规化的训练。经过一段时间的训练，那是有模有样，地方乡邻都佩服得不行，夸赞她是"巾帼不让须眉"。

　　等到李渊带兵来到长安，看到自己女儿领的这些人马，着实来了个大惊喜。柴绍都吃了一惊，李建成、李世民和这位公主抱在一起跳成了一团，了不起啊！人们都把她领来的人叫作"娘子军"。

　　屈突通虽然亲自率军试图夹击李渊，但始终无法突破潼关一带的防线与刘文静僵持了足足一个多月。待到李渊拿下长安后形势骤变，屈突通只好弃城东逃。不料部将桑显和反水，带着刘文静的部将窦琮在稠桑将屈突通抓获。经过一番思想工作，桀骜不驯的屈突通投降唐军，归入李世民的麾下征战。

　　就这样，唐军的人数到了三十万。大业十三年（公元617年）十一月，长安攻陷！从起兵到攻陷长安，李渊用了四个月的时间。

　　李渊进入长安以后，就宣布遥尊隋炀帝为太上皇，拥立炀帝孙代王杨侑为帝，改元义宁，是为隋恭帝。恭帝封李渊为唐王，以李建成为唐王世子；李世民为京兆尹，改封秦国公；封李元吉为齐国公，封公主为平阳公主。

第十六章　隋炀帝之死

DISHILIUZHANG SUIYANGDI ZHISI

　　李渊起兵，甚至长安被攻陷的消息身为皇帝的杨广却并不知道，此时的杨广正在扬州陪自己的娘娘和妃子尽享人间欢乐。杨广其实心里明镜似的，自己时日不多，他是不愿意在恐慌当中度过这段时间。他喝酒的时候就和这些妃子、娘娘们说："想我杨广这辈子值了，几百万人马的胜仗打过，辉煌过！寄人篱下的日子也过了，落魄过！想我如今享尽荣华富贵，权倾古今。修长城，修东都，修运河，而且还三伐高丽，谁当皇帝也不敢这么做，我做了，难道为男儿者这样还不够吗？我今年都五十了，老了，修不动了，再不玩也玩不动了，所以不管他什么瓦岗，也不管他什么人造反，剩下的时间我什么也不管了。为百姓我兴修水利，为社稷我殚精竭虑，可到头来呢，这些人说我劳民伤财，都叫我暴君、昏君！我为什么还操那份心？"然后又指着众位娘娘说："你们天资聪慧，对我死心塌地，天底下最懂我的就是你们几个了。这辈子我够了，为红颜，江山算什么！他们要就让他们拿去，我不稀罕！有你们几个陪伴，死了我都值！"

　　话虽这么说，杨广那也是聪明人。尽管没有人向他禀报军情，也没有人在他面前提起全国的局势，但杨广从太监和宫女们的表情上隐隐约约地感受到自己时间不多了，局势已经非常糟糕了！于是在照镜子的时候杨广总是不经意说上这么一句："好头颈，谁当斫之！"这么好的一颗头颅，谁会把他砍下来呢？

　　终于在大业十四年（公元618年）三月十一日，宇文化及叛乱。当叛乱的士兵来到杨广面前时，杨广才明白怎么回事。这他太清楚了，宫外的太监和宫女早已换了，士兵进宫那就是来要他的命的，因为他也这么干过！参加叛乱的有宇文化及、封德彝、司马德戡等人。宇文化及自然不必说，把持朝政多年，司马德戡负责东都的防务，封德彝两朝元老，都是杨广身边的红人。杨广一看是这些人造反百思不得其解，就说："我确实对不起全天下的老百姓，但对于你们，富贵已极，位高权重，你们为什么要叛乱呢？"

宇文化及等人也不回答他，封德彝开始历数杨广的罪状。杨广对着封德彝说："你是一个文人，怎么也这样啊？"封德彝一时惭愧退出了大殿。这时杨广的爱子赵王杲，年方十二，在杨广的旁边痛哭不已。叛军裴虔通将其斩杀，血溅到了杨广的龙袍上。杨广心灰意冷，提出最后一个要求，喝毒酒自尽。因为毒酒自尽所用时间太长，宇文化及他们等不及，所以没有同意。但他们还是给杨广留了个全尸，让令狐达用白绫将其缢弑，享年五十岁。

杨广死后几个妃子纷纷拿出早已准备好的匕首自杀了。宇文化及心疼啊，杨广这辈子把大把的精力花在女人身上，这几个女人也终究没有让他的心思白费。但毕竟人还是怕死的，萧皇后和大多数妃子就只是在那里抹泪。宇文化及等人一看大事已成，忙去收拾宫外的烂摊子。萧皇后等人就用床板为杨广和几个妃子做了个棺椁，把他们埋在了御花园中。

隋炀帝杨广就这么死了，他真的活够了吗？当然不是，从死的时候看他害怕了。杨广怕了，他在女人身上花的心思太多，他舍不得她们。经他挑选出来的女人那绝对是顶级的，现在却便宜宇文化及那老小子了。宇文化及之所以叛乱就是因为他看到杨广身边的这些女人心里痒痒，不然他已权倾朝野，何必呢！杨广还怪自己太过自负，我行我素，随性，把父辈辛辛苦苦打下来的江山拱手让人。虽然杨广嘴上说这一生够了，但其实远远没够，他的抱负还没有实现，想做的事还远没有做完！到最后自己连一副像样的棺椁都没有，更不要说保护自己的子孙，保护他钟爱的女人，他觉得自己做错了！但世界上没有后悔药卖，最终一事无成，只留下千古骂名！

当晚，宇文化及就留宿在了杨广的行宫当中。第二天，宇文化及立隋炀帝的侄子杨浩为帝，自己为丞相，率领十万大军分水陆两路向洛阳进发。在洛阳的隋朝官员有很多听到宇文化及叛乱和杨广已死的消息都很震惊。更要命的是，宇文化及此时正率领十万大军朝洛阳方向而来。大臣们商议后决定，不能让宇文化及的阴谋得逞。因为杨侗是元德太子杨昭的儿子，与皇室血缘最近，于是元文都、皇甫无逸、卢楚等人提议，在洛阳共同尊立他为皇帝，大赦天下，改年号为皇泰，史称其为皇泰主。追谥隋炀帝为明皇帝，以段达、王世充、元文都、卢楚、皇甫无逸、郭文懿、赵长文为内阁。委托他们以机密要务，当时洛阳人称这七个人为"七贵"。

权力中心形成以后，面对来势汹汹的宇文化及，皇泰主杨侗很是闹心，洛阳没有多少兵马，这怎么是好？

七贵之一的元文都献计说："主上何不赦免了李密的谋反大罪，然后许之以好处，再封以官爵，让李密去挡住宇文化及！等到他们两败俱伤，然后我们再出兵，李密和宇文化及两股势力就可以一举歼灭！"

"可李密会听我们的吗？他可是土匪啊！"

"只有这一个办法了。主上，如今我们洛阳兵少将寡，无人可以阻挡宇文化及。李密是我们唯一的希望，请主上速速决断，晚了就来不及了！"

"好吧，众卿觉得如何？"

其他人也都表示赞同！于是杨侗派遣使者任命李密为尚书令、太尉、魏国公，由李密平定宇文化及，然后入朝辅政！

李密接到圣旨后心中就是一惊，说："这道圣旨非同小可啊，那意思如今我们瓦岗军不再是占山为王的土匪了。如今我们有了正式的官衔，地位显赫，大家看如何？"

程咬金那是急性子，一看让说，扯着大嗓门就开始说了："我看这个洛阳皇帝是想拿咱们当枪使，明摆着洛阳空虚，宇文化及又拥兵十万，这小子是想白使唤我们！咱不能去，也不接受他的册封，跌份！"

秦琼也觉得程咬金说得对，就说："如今宇文化及弑君篡位，他已是众矢之的。我们没有必要再接受洛阳的册封，我们可以直接联络其他反王一起剿灭宇文化及。一旦接受册封，则我们只能靠这个有名无实的皇帝，无意当中把自己孤立了起来，不划算啊！"

魏公考虑了一下，说："我却不这样认为，接受册封，我们出师有名。虽然这个朝廷有名无实，但那也是朝廷啊。全国各地的地方势力就会支持我们，这对于我们来说是有百利而无一害的。反正我们是要打宇文化及的，有个魏国公的名号也不错!"

程咬金看了看秦琼，就觉得心里不痛快! 莫名的!

秦琼此时想徐懋功了，要是牛鼻子老道在，他一定能劝魏公不去接受这狗屁封赏。那徐懋功在哪儿呢? 在处死翟让的过程中，李密因为徐懋功以前是翟让的军师，差一点连徐懋功一起处决了，是众人求情才保下来的。之后，魏公一看到徐懋功就好像有点不自在，就让徐懋功去守黎阳了。

于是李密接受封赏，拦住了宇文化及去东都洛阳的去路。宇文化及所带粮草不多，想要速战，李密就是坚守不战。后来宇文化及收到李密的书信说是没必要自相残杀，不如议和，并约定给他支援粮草! 宇文化及一看，心里一下放松了下来，便按正常的供应补给全军。粮食很快就被将士们吃光了，而之后李密却拒不提供粮草。宇文化及得知受骗后大怒，率军渡过永济渠，同李密的军队在童山展开激战，一直打到了黄昏。本来战局对瓦岗军很有利，但不巧的是李密却突然中箭倒地，战士们以为李密死了，失去主将四下逃散，被宇文化及将形势翻了过来。眼看就要溃败下去，秦琼来了，他将李密救起并集结队伍力战。将士们像又有了主心骨一样，奋力厮杀了起来。千军易得，良将难求，说得一点没错。秦琼像牛头人一样在最前面全力厮杀。更可怕的是秦琼的影响是以片计的，他周围有程咬金、罗士信、单雄信等兄弟，那都是以一当十的人物，对付小兵如砍瓜切菜一般。全军士气大振，宇文化及只得撤退，但宇文化及再次将士兵集结起来后，人数已不足两万，大势已去!

宇文化及见状，索性用毒酒毒死了杨浩，在魏县称帝，国号大许，改元天寿，并任命了百官，过了一把皇帝瘾!

宇文化及错了，错在不该杀了杨广，更错在他不该称帝。到此时宇文化及成了过街老鼠，一下成了全天下的公敌。杀了杨广让他惊动了一个他最不该惊动的人，那就是杨义臣。尽管被隋炀帝听信流言贬职为民，尽管隐居山林，发誓不再过问世事，但杨义臣一听到隋炀帝被杀，还是拿出自己那张老脸开始招兵，发誓要杀了宇文化及替杨广报仇! 乡亲们这才知道那个整天戴着斗笠钓鱼，没事喝点茶的白头发白胡子老头原来是杨义臣。乡邻们大喜过望，连忙把自己的儿子、孙子交给了杨义臣，期望着杨义臣领着他们杀了宇文化及建功立业，并且教他们点本事光宗耀祖！十几天工夫杨义臣就招了五千人马！他招兵的这个地方正是夏明王窦建德的地盘，有人就把这消息告诉了窦建德。窦建德一听是杨义臣，那印象是太深了！

想当年，窦建德刚刚起兵，还很年轻。那时候一起造反的还有高士达，人数三万，但朝廷派来平叛的正是杨义臣。凭着初生牛犊不怕虎的冲劲高士达和杨义臣干上了，可杨义臣用骄兵之计一举击败了他，还力斩高士达于马下。之后杨义臣一路追着窦建德他们就是杀啊，一直追杀到了几百人。最后追着实在没办法了，窦建德都有伸脖子过去让杨义臣杀了的那种想法，可就有人出主意派人到长安去散布流言说杨义臣要反。那杨广可就真信了，革去杨义臣的兵权，窦建德这才捡了条命！如今一听到杨义臣，窦建德那是太意外了，在他眼里大隋会打战的只有杨义臣一个！如果能招他到自己麾下那就太好了，心里这么想，窦建德就派凌敬去试试！

凌敬，窦建德手下主簿，遇事很有主见，升职为祭酒，和杨义臣交厚，有大志向！

凌敬来到杨义臣住所，只见杨义臣身穿灰色长衫，头扎英雄巾，气度不凡，须发皆白却依然神采奕奕！凌敬见了杨老将军，深深地作了一个揖，说："故人别来无恙！"

杨义臣抬头一看，一个身穿青色布袍、头戴葛巾的儒生站在面前，而且称自己为故人，不认识啊，就说："你是？"

"凌敬自别太仆（尊称）许久，不想太仆已须发皆白。想当年在太仆手下凌敬收获颇丰，至今仍感恩戴德。此刻相逢犹如拨云见日，在凌敬梦中已出现多次了！"

"原来是凌敬兄啊，许久不见不知可好？"

"烦太仆相问，凌敬都好。"

"今日为何有闲暇工夫到我陋室一叙？"

"太仆不请我进屋坐坐吗？"

"哦，快里面请！"

两人于是来到了里屋，杨义臣叫人给凌敬倒了杯茶，又寒暄了一会。

"不知兄长在何处谋生？"

"自从与太仆分开以后，我居无定所，全天下没有我凌敬的容身之地。后来听说窦建德正在招募天下有识之士，于是就去试试。不想窦公胸襟广阔，极能容人，因此就归附于夏（也就是窦建德处），现在官拜祭酒之职。因为最近听说太仆露面在招兵声讨宇文化及，所以来看看老将军！"

说话间，凌敬叫人把礼金拿了上来。杨义臣一看，指着桌上的金银问："这是为何？"

"我主窦建德久慕公之才华，特令凌敬将礼物送上，聊表寸心！"

"窦建德曾与我为仇敌，如今却送礼物给我，定有原因吧？"

"哪里，如今天下隋炀帝被杀，群龙无首，我主欲为百姓除害，以安天下。世间百姓只要有一才一艺者都想为他效死力，而公胸怀经天纬地之才，不如投靠夏主。夏主现在拥兵十万有余，若再加上太仆的雄才大略，那对付宇文化及绰绰有余。这既可以为隋主报仇，还可以圆了太仆平生所愿，一展抱负。不好吗？

"退一步再想，太仆虽然已招数千人马，但是这些兵将缺乏训练，更没有实战经验。宇文化及现在少说也有两万之众，而且有城池固守，请太仆三思！"

"哎！忠臣不事二君，烈女不嫁二夫！我既然为隋臣，如今若再投靠夏王，试问有何面目立于天地之间！但细细思量凌敬兄一番肺腑之言，确实也有道理。闻得窦建德能礼贤下士，甚通情理，我只想为隋主报仇，别的不管。如果他允我三件事，我便从之，如若不然，绝不敢从命！"

"哦，哪三件事？"

"一不称臣于夏，二不显我姓名，三则擒获宇文化及报了弑君之仇，当放我回归田园隐居。"

"原来是这样，想我主不是贪图功名之人，只要太仆肯出山共同擒杀宇文化及，别的应该都不是问题。我回去与我主奏明太仆心意，太仆也准备一下，明日我再来与太仆一起去见夏王！"

"好吧，老朽静候佳音！"

于是凌敬出门告辞回去了，回到营中见到窦建德，就把杨义臣的三个要求告诉了窦建德。窦建德一听有点蒙，问道："这什么意思？"

"杨义臣这是仿关公降汉不降曹。主公这次是想杀了宇文化及增加我们在全国的影响力，杨老将军却想保全他忠义的名节。这与我们不冲突，所以主公完全可以同意！"

"可我确实是想留住他！"

"以我对杨老将军的了解，这断不可能！杨老将军一生忠义，如今七十有余，还性如烈火。他如果不想投靠夏王，那是一点办法都没有！"

"哎，太可惜了。这么一位能人，却埋没在山野之中，想来这是我一手造成的。也罢，只要能杀宇文化及，不归顺就由他吧！"

于是杨义臣就率领着窦建德的两万人马浩浩荡荡向魏县杀来，而同时去剿灭宇文化及的还有李密的手下王薄。宇文化及在魏县招兵的时候他就带着三千人马已然混进了宇文化及军中。还有唐公李渊的弟弟淮安王李神通和李靖带领两万人马，也已于杨义臣他们之前来到了魏县！

宇文化及一听来的是李神通，李世民没来，就没把唐军放在眼里，率军出城迎战。却不知李靖善于用兵，一边让淮安王李神通正面和宇文化及作战，斜刺里又派大将刘宏基率领五百飞骑队来取宇文化及首级。宇文化及手下大将杜荣、马华两只方天画戟前去招架，却不想被刘宏基一刀将两人的方天画戟齐齐斩断。宇文化及一看形势不妙，拨马就逃。李靖看准机会搭弓上弦就朝宇文化及射去，却不想被也在逃命的杜荣挡了个先。杜荣应弦落马，许兵大败！宇文化及连夜带领人马和萧皇后逃到了聊城。

唐军在聊城二十里外安营扎寨，李靖让淮安王在营中休息，自己带着几个人上到聊城附近的一座小山上，亲自看个虚实。却只见烈日炎炎下的聊城虽小，居住的人口却甚多。房屋建得密密麻麻，城墙很高，护城河是加深加宽了的，宇文化及早有准备！李靖就问旁边的军士："你们怎么看？"

"宇文化及准备得很充分，易守难攻！"

"是啊，城里人口又很多，兵源很充足，不好打啊！"

"哈哈哈，什么易守难攻，宇文化及死期已至！"

"哦！"左右的士兵都一脸茫然！

回到营中，李靖就命人张贴榜文，大量收购鸟雀，而且价格不菲！附近的老百姓看到后都觉得是一条生财之道，于是放下手里的活，纷纷去抓鸟雀。

不到十天的工夫，已有几千只了。淮安王也看不懂啊，要这么多鸟干什么啊？吃吗？这爱好奇怪啊！

但不管怎么样鸟抓来了，李靖又命令众将将买来的核桃钻一个小孔，将里面的东西掏空，再把火药放了进去，也做了几千个。此时，杨义臣带着窦建德和他的两万人马也来到了聊城，在距聊城七十里安营扎寨。李靖一看又来了两万，那宇文化及必死无疑！就派使臣前去，表示愿意一起联合斩杀宇文化及。窦建德一听都是来杀宇文化及的，高兴啊，请使臣喝了一顿酒款待了一番以后，这两支队伍就正式联合了起来！王薄听说后也设法和他们取得了联系，并且相约好了时日，一起攻打聊城！

在攻打的前一天晚上，李靖就命令将士们把有火药的核桃绑在了小鸟的腿上，全部放入了聊城。这些小鸟被放出来以后，都飞到了城中找吃的。绑火药的核桃系的是活扣，一会就都开了，火药被散发到了聊城的各个角落，李靖又命人向聊城放火箭！这下淮安王知道了，对着李靖呵呵地笑了起来，将士们也觉得李靖真是奇人啊！

就只见聊城一时间火光冲天，李靖用暗火烧得城内一片通红，粮库、草料场烧得尤其猛。宇文化及此时正与萧后酣寝宫中，忽见火光冲天，忙出营巡视。让李靖、窦建德他们不知道的是，此时李密的手下王薄以救火为名，积存了够三天的饮用水后，命令在全城井中投毒。

到了第二天，宇文化及见军士们被烧得焦头烂额，而后又上吐下泻，完了便一病不起。吓得宇文化及放声大哭，以为自己遭了天谴，将不久于人世。宇文化及坐卧不安！正在这时窦建德、杨义臣和李神通、李靖开始四面攻城，宇文化及哪里挡得住。窦建德此时方见英雄本色，带领士卒率先冲进了聊城当中。他见了宇文化及，提着偃月刀就冲了上去。宇文化及也不含糊，挺枪就挡。两人战了二十几个回合，宇文化及哪里是窦建德的对手，见宇文智及前来接应，拨马就跑。此时杨义臣截了宇文智及的大营正好纵马来到了窦建德跟前，对窦建德说："主公快去安抚城中百姓，此贼就交给我了！"窦建德说了一声"好"，就催马去扫清余党，安抚百姓。杨义臣看了一眼跑了的宇文化及，眼睛里冒着火地开始追！

宇文化及骑着马在前面跑，有几个不知死活的想去挡住杨义臣。只见杨义臣眼睛死盯着宇文化及，看都不看来人，手起刀落来人已被斩于马下！有人建议从水路跑，于是宇文化及找了几条船就跑。跑了一段时间却只见杨义臣白发飘飘，头扎英雄巾立于船前又追了上来。宇文化及一看，要了血命了，自己又不会游泳，还是骑马在陆地上跑心里踏实一点！于是他又弃船逃跑，那杨义臣跟的是不紧不慢，眼睛死盯着宇文化及。宇文化及身边的随从越来越少，最后实在跑不动了，也不跑了，把脖子伸到杨义臣面前，说："你来个干脆的吧！"杨义臣喝令军士绑了押在了囚车之上！凌敬那是一路看着他抓住宇文化及的，不怪窦建德想把脖子伸给让杨义臣砍啊。宇文化及是这样，就自己遇到，也得这么干！凌敬对杨义臣佩服得是五体投地。

一切完了以后，杨义臣就一抱拳。凌敬也是没想到，就说："太仆，有话直说！"

"如今宇文化及已擒，老朽心愿已了，请凌敬兄转告夏王，杨义臣走了！"

"太仆还是到城中亲自和夏王说吧！"

"不了，到城中少不了又要耽误些时日。老朽就此告辞，凌敬兄勿留，保重！"

凌敬一听也没办法，只好抱拳说："太仆保重！"

看着杨义臣离去的背影，凌敬感慨万千。如此一位儒雅的将军，就这样消失在夕阳当中。看着他在家钓鱼的样子，多么迂腐的一个老头啊，但是到了百万军中，他的才华展露无遗。十几万的军队被他调度得井井有条，军令严整，有时候想想人活一辈子为了什么呢？为君主，人家也许视你为草芥。为美女，杨广、宇文化及之辈就是榜样！为功业，多少人在战场拼杀只为了建功立业，但如李元霸、杨林又如何呢！更别说宇文成都、伍天锡之辈。在凌敬心中他们都不如眼前的这位老爷子活得好，静如处子，动若脱兔，他永远知道自己要的是什么。即使是固执的忠诚，也是固执得让人折服！因为他做的是自己！

老爷子一路不停，朝自己的家，像普通老百姓一样的家奔去。他还顺便看看风景，老爷子很是高兴。走着走着不觉天色黑了下来，就来到一个小酒馆，坐下准备吃点东西。可这会就有一个身材很小巧的小哥突然过来，一抱拳问："您是杨义臣老将军吗？"

杨义臣很是吃惊地说："正是老朽！不知?"

"老将军请随我来，我家主子有事相请！"

"你家主子是谁?"

"老将军不必细问，见了就知道了。"

杨义臣就跟着这个后生来到了外面，又走了一会，来到一个角落。杨义臣一看，原来这里躲着二十几个人。由于天黑看不清楚，杨义臣就问那后生："不知谁是你的主子?"

只见这些人跪倒了一片，有一个就说话了："杨老将军，请救我们的性命！"

杨义臣一听是个女的在说话啊，就细细看了这些人，都是女的，而且穿着也各不相同！有太监的，士兵的，还有普通人家的，但看着就那么别扭。

"你们是?"

"我们都是杨广的妃子，被宇文化及霸占。他把我们关在聊城，聊城被攻破以后，我们无栖身之所，便换了衣服扮成男人和难民一起来到了这个地方。我们都是一介女流，如今也没个依靠，我们再不想过那种人不是人、鬼不是鬼的日子了，请老将军救我们。"

"你们要我怎么救你们呢？如今我也是有心无力，不如去找你们的父母吧?"

"不瞒老将军，能去找的都去了。我们这些都是父母已去世，或无法找到父母的苦命人。我们姐妹都想好了，别无所求也不连累老将军，请老将军送我们出家为尼！"

杨义臣一听，吃了一惊说："这……"

却只见这些妃子都一个个哭成了泪人，说："请老将军成全！"

杨义臣久居于此，知道在不远处就有一家尼姑庵，名叫水月庵。但送二十几个如花似玉的女人到庙里面当尼姑，是个男人都不会忍心，作孽啊！但想想生于乱世的她们有什么办法呢？

于是杨义臣连夜就将她们送到了水月庵，那些妃子们对杨义臣那是千恩万谢！如果你有幸进到一座尼姑庵里，发现里面全是一群美女，你也不必唏嘘，不必感叹。因为她们不只是身世可怜，看破红尘的一些世俗女子，也许在里面会有一两个皇妃也说不定啊！

李密在童山大败宇文化及，派人向皇泰主报捷。李密高兴啊，如今战败宇文化及自己的路就开了，他又为自己制定了三条计策：

一、进洛阳入朝辅政，位列三公，然后，挟天子以令诸侯。李渊有长安，我有洛阳。李渊有杨侑，我有杨侗。李渊拥兵三十万，我也拥兵三十万，灭了其他反王一举建立西魏王朝。

二、和杨侗撕破脸，自己本来就是强盗，还怕背造反的骂名，早已习惯了。先灭了杨侗占了洛阳再说！

三、最坏也还有以金庸城为基础，先称帝。毕竟机不可失啊！

这次李密在形势上是完全主动的，三条路都可以走，似乎走到最后是水到渠成的事。因为真正令大隋伤筋动骨的正是李密率领的瓦岗军，他们是整个起义军的一面旗帜。如今大隋已经灭亡，宇文化及又是被瓦岗所败，可谓实至名归，所有的事情开始顺了起来。如今接到圣旨，让李密入朝辅政，那就按第一个计策来吧，于是带着两万人马轻车简从地向东都洛阳开了过去。

原来东都听到宇文化及被李密打得大败这个消息也是很高兴，隋泰主杨侗下旨让李密即刻动身入朝辅政，而在当时却有一个人喊了一声"慢"。

此人正是王世充。那我们就不得不介绍一下王世充这个人了。王世充字行满，本姓支，西域胡人。年幼时父亲早亡，而后其母被汴州长史看中改嫁。长史姓王，于是改姓王，小时候熟读经史，非常喜欢兵法和龟测之术。成年后任江都宫监，在职期间办的事，修的行宫很合杨广的胃口，人又善于察言观色，所以升得很快！

杨玄感叛乱时开始领兵，打过不少漂亮仗。大业十一年（公元615年），杨广巡视北方边塞，被突厥始毕可汗带兵围在了雁门关，王世充知道以后带兵去营救杨广。王世充在军中蓬头垢面，夜不卸甲，睡觉的时候席地而卧。后来虽然杨广不是由他救出来的，但杨广听说这些以后将其破格升职为江都通守。但李密好像是他的克星，他碰到李密必败，而且败得很惨。印象最深的一次是在洛北的时候，李密打得王世充丢盔弃甲，被赶到了黄河边。王世充没有办法只能下水，士兵被淹死了无数，好不容易游到了对岸又下起了雪。士兵们差不多都冻死了，王世充也是命大逃了回来，所以王世充知道李密来对他绝对没有好处。说不定第一个收拾的就是自己，所以他要阻止李密到洛阳来。

隋泰主看了看王世充，就问："卿家有何话讲？"

"微臣觉得不能让李密进洛阳！"

"这是为什么？"

"李密现在虽然是西魏王，但骨子里却流着强盗的血液。他的前身是瓦岗，与朝廷为敌数年，怎么能说归顺就归顺。况且与宇文化及相比，李密威胁更大。如果宇文化及是一只狼的话，那李密就是一只虎，一只下山的猛虎。李密一到洛阳，那我等都将成为他的刀下之鬼！所以决不能让李密进洛阳。"

"可我们已经册封了李密为魏国公，此时食言，会令天下人耻笑的！"

"主公难道忘了，我等册封李密是为了什么吗？我们是想让李密和宇文化及以贼捉贼，两败俱伤，我们再坐收渔翁之利。如今，宇文化及是灭了，但李密没有丝毫损失，让他进洛阳，无异于引狼入室，自取灭亡！"

"李密已经接受了册封，那就意味着归顺我主。现在我们公然在朝堂之上猜忌有功之臣，那谁还会相信我们，谁还会替我主效命。"元文都说。

"是啊，这样议论猜忌，如果让魏公听到，就是不反也反了！"

"你们想一想：李密接受册封，一可以让他的大后方无忧，二可以使他出师有名，号召天下英雄共同剿灭宇文化及，三可以得到一个魏国公的名号，他何乐而不为！"

"那请问尚书大人，宇文化及的十万大军我们尚难对付，假如我们不招李密入朝辅政，李密的三十万大军我们该如何是好？"

"那我们总比直接请他进来要好得多！起码还有机会！"

这会儿却听隋泰主杨侗说话了："众卿别说了，我主意已定，召李密入朝辅政！就算他是一只猛虎，我也认为他是不会咬我们的猛虎，而是助我大隋复兴的一只猛虎，散朝吧！"后来就有了李密接到的那道圣旨。后面发生的事李密却完全不知道，也绝对猜不出来！

王世充没有办法，散朝回到家中就大骂元文都和卢楚误国，还对身边的亲信说："元文都这些人不过是些办理文案的书生而已，他们哪里知道李密虎狼一样的人，怎么会辅助我主复兴大隋。李密一定会把我们一网打尽的，而且我们和李密的军队作战多次，他们军士的父兄被我们杀了很多。一旦李密主持朝政，我们这些人统统会死在他的手里！"

他的手下忙问："那我们该怎么办呢？"

"为今之计只有一条路！"王世充说完了看他的这些兄弟。

在座的几位将军互相看了看，无毒不丈夫，心一横，干了！他们都说："一切听将军的！"

大业十四年（公元618年）七月十五日，王世充率兵突袭含嘉门发动政变！元文都等人组织军队誓死抵抗，但无济于事，不能和王世充的正规军相抗衡。不久王世充的军队攻入太阳门，抓住了卢楚。而后王世充又命人将皇泰主所在的紫薇宫团团围住，却迟迟不进攻。皇泰主觉得事情有缓，便命人趴在宫墙上问王世充为什么要举兵？

王世充说："元文都和卢楚等人误国，是要将主公往火坑里推，而让他们几个保全性命。如此阴险小人，我定要除之。主公将元文都交给微臣，微臣即刻罢兵！"

听完以后，所有的人都把目光投向了元文都，那意思是：他就是救命稻草！于是一个大臣扭头就向皇泰主说："主公，把元文都交出去吧，这样可以保主公的平安啊！"

"是你等平安吧！"

"元大人，以你一个换我们这么多人，值了！"

"你以为我元文都死了你们就平安了吗？做梦吧，王世充会放过你们？你们会一个个地步我的后尘，死无葬身之地！"

皇泰主此时叹了一口气无奈地说："可如今王世充逼宫，你叫我等如何是好？"

元文都仰天长叹一声："好吧，主公保重！元文都先走一步！"元文都向隋泰主鞠了一躬就命人打开宫门走了出去。于是王世充被封为左仆射，总领内外事务，集军政大权于一身。中午的时候王世充就把郭文义、赵长文等人也杀了。这样王世充政变取得成功，洛阳成为他的地盘。

此时，李密领命已到温县，听到王世充控制了洛阳，元文都等人都已被杀，便回到了金庸城。李密压根就没把王世充放在眼里。在李密眼里王世充只不过是一个只知道溜须拍马，阿谀奉承的小人，是一只不折不扣的猴子，竟然敢发动政变杀死元文都破坏自己的计划。李密勃然大怒，命王伯当留守金庸城，他亲自领兵二十万前去征剿王世充！

王世充随即在洛阳招兵买马，扩充自己的实力，甚至都到少数民族地区去招兵，人数到了三万。他又积极备战，加高城防，调动洛阳的每一丝力量准备和李密一决雌雄！他的手下也知道，李密的三十万军队马上就要来取洛阳，也马不停蹄准备着。说来也巧，有一天王世充的部下抓到了一个和李密一模一样的人，是洛阳当地的一个老百姓。王世充也觉得可笑，太像了，就命令将他好生看护，有大用处！

王世充又觉得洛阳没有屏障不行，到时候李密来到洛阳将城围起来，那我们就只有等死的份了。因此，他精挑细选了两万人马屯兵洛水南，只留一万人马驻守洛阳。李密则屯兵于北邙山上，扎下营寨以后命令各将中军帐议事！

"众将觉得如何攻打洛阳呢？"

老将裴仁基说话了："主公，王世充人马不多，他却把二万人马调到了洛水，那洛阳必定空虚。我们可以趁机去取洛阳，王世充必然回救。到那时那我们再随军掩杀，洛阳可一战而得！"

单雄信等人却说："王世充手中没有多少人马，何必绕道去打洛阳。这洛水区区两万人马，而我们二十万之众，十比一，直接碾压过去！"

"是啊，哈哈哈！"

全军就没把王世充放在眼里，裴仁基等人忧心忡忡，眼皮乱跳，但也确实是十比一，也没放在心上。

议事完毕以后众将又在李密营中喝起酒来，喝了个大醉而回！

李密和程咬金的军队一起扎营在北邙山上，单雄信则带领人马驻扎在偃师城北。由于自负，李密等人甚至都不曾修筑栅栏！

王世充也已领兵数年，知道用兵贵在神速，再加上李密多出数倍于自己的兵力，如果时间一长，将士们吓都吓死了。于是中军帐议事的时候他就打算去偷营，但让他想不到的是众将领都觉得不妥。

"魏军刚到邙山，必然有所防范，去偷营无异于去送死！"

"是啊，李密长于用兵，偷营这样的小伎俩定会被他识破！"

王世充灵机一动，说："你们说得也对，但昨天晚上我梦到周公了，他告诉我必须速战。否则我军将士将死无葬身之地，所以我才出此下策。有周公护佑，想来我军必然旗开得胜！"

"哦，这样啊！"

"既然有神灵护佑，那就打吧！"

"好！"

王世充于是领着众将在当晚就去偷营，带着五千骑兵冲进了李密的大营。李密猝不及防，骑马仓皇逃走。裴仁基组织军士与王世充力战，但被王世充所擒。王世充的人数很多，程咬金救起裴行俨，看形势不好只得也逃跑。整个魏军群龙无首，混乱不堪。

王世充领着骑兵顺道就杀到了单雄信的营寨。此时王世充将假李密用绳子绑起来，立于马上，对着单雄信的队伍就喊："李密已降，下马投降饶你们不死！"单雄信一看李密被擒都傻了，这是怎么了？再加上王世充来势甚猛，所以由不得单雄信多想。他手下的士兵看李密降了都放下了武器，单雄信只得投降！

王世充接着又叫人围住了偃师。守偃师的郑颋虽然看到李密被擒拒不投降，其手下却打开城门放王世充的军队进入城中，偃师也是王世充的了。

后来邴元真又带兵来救，看见李密被隋军抓住，而且偃师已丢，大势已去，在王世充没有用多大气力的时候也投降了！

此时的李密已经都逃到了洛口，定了定神以后只见有人来报："报，单雄信将军投降王世充！"

不一会来报："报，偃师已丢，守将郑颋投降王世充！"

又一会来报："报，邴元真投降王世充。"李密眼前一黑就晕了过去，怎么会这么快！快得让人不敢相信，一夜之间都没有了！真是一着不慎，满盘皆输！

李密就流着眼泪问旁边的军士："我们现在还能去哪？"

"禀主公，我们现在离黎阳最近，可以去黎阳暂时休整，完了再找王世充报仇！"

"黎阳！那是徐懋功的地方，想当年我差点杀了他，将他贬到黎阳。如今我兵败洛河，万一他有二心……我看我们还是直接回金庸城去吧，去找王伯当！"

走了不到半日，却只见魏徵和王伯当领着一群人马出现在李密面前。魏公大吃一惊道："为什么你们离了金庸城，莫非？……"

魏徵说："西魏王，金庸城丢了！昨夜五更时分，有一群穿着我瓦岗衣服的人马到金庸城下叫喊要开城门。郑司马于是上城查看，一眼就认出了是主公你。他们马上命令大开城门，出城迎接，却不想中了王世充的计，用的是假主公。我着了急，赶紧保护王娘娘和世子逃了出来，一路多亏王伯当等人与敌人力战我等才能脱险！"

"金庸城也丢了？想我李密拥兵三十万傲视天下，如今却无容身之所。天哪，你们说我活在世上还有什么用。啊？啊？"李密说着拔剑就要自刎，王伯当上前一把抱住了李密，说："主公，你这是干什么！想你受尽了天下之苦，好不容易才有今天的成就。现在虽然暂时失利了，但我们还有机会，主公何必自寻短见呢？"众人也哭成了一片，都劝李密。李密此时也稍微冷静了一点，看着身边的这些生死与共的兄弟，把剑收到了鞘中，说："也罢，兄弟们既然还当我李密是你们的大哥，以后只要有我李密的一口饭吃，众位兄弟就绝不会饿着，我们一定会东山再起！如今我军新败，士气低落，急需休整。黎阳我们是断不能去的，说不定此时也已经被王世充攻下来了。不如我们此时直接去投靠唐王李渊，在那里少不得封王拜侯。同样也少不了你们的荣华富贵，也不枉你们跟我一场。然后我们再等待时机，东山再起！"

"一切听西魏王的！"

被派去平萧铣的秦琼听到金庸城没了，瓦岗散了，他是怎么也不相信。走的时候还在一起有说有笑，才几天的工夫怎么就败得这么惨呢？二十万大军顷刻间没了。但后来听军士们一说整个战事的过程后，秦琼觉得一是太小看王世充了，骄兵必败！秦琼就想起来打下洛仓的时候，李密命人开仓放粮，却任由百姓自己去取。洛仓的粮食很快被抢了个干净，但洛仓的马路上，河道旁却有大量的米粮被洒落在地上，白茫茫的一片。秦琼心疼啊，都是老百姓过来的，这么浪费以后势必不会长久。这次战王世充，打了一辈子仗，被人偷营了，而且只顾自己逃命不管兄弟们的死活，把二十万人马扔在那里自己逃命。让人家用一个假李密就把兄弟们用了几年辛辛苦苦打下来的地盘骗了个一干二净，假如那时城头上站一个真李密那效果就大不相同了。二是人心散了。先是李密无缘无故斩杀翟让。想想翟让也只不过是酒后失言，便招来杀身之祸，而且死的时候都不知道是为什么！那种只可以共苦，却不能同甘的做法令人恶心。再就是接受皇泰主的册封一事，使他们以前的所有努力都失去了意义。军士们原来打算跟着李密可以开创一个新的世界，但他却为了个人的爵位而接受隋朝的册封。梦想瞬间破灭，所以才会一哄而散。但如今就连单雄信也投靠王世充了，我秦琼怎么办呢？敢问路在何方啊？

第十七章　李渊称帝

DISHIQIZHANG LIYUAN CHENGDI

　　再来说一下李渊，宇文化及的死对他也触动很大，就和他的儿女们商量一下该怎么办。

　　"如今长安我们打下来了，杨广、宇文化及都已经死了，那我们下一步该怎么办呢？"

　　"父亲不如也称帝吧，那么多反王都称帝了。现在光国号就有好几个，整个中原四分五裂，老百姓都糊涂了。我们拿下长安在全国震动很大，不如借着这个势头称帝。您是唐国公，在全国影响很大。好多年前不是有流言说李氏将称王吗？现在我们何不旧事重提，称帝以号令天下！"

　　"就别提什么李氏将称王了，这种提法差点要了你我这些李家人的命，还没记性！"

　　"父王有所不知，您是不想提这个流言，但天下的好多反王都姓李啊。有的不姓李都改过来了，我们这个姓现在很吃香哎！"

　　"别胡说了，说正事呢！"

　　"这我不是胡说，听说在河西有一个地方的官员造反，成了以后就不知道让谁来当他们的头领。最后实在没辙了，就在他们头领中选了一个姓李，名叫李轨的给安上了！"

　　"真有这事，那这是便宜那小子了！看来老百姓也是逼急了，大隋朝啊该亡了！"

　　"呵呵，他们不是被大隋的官员逼反了的！"

"那他们是为什么反的？"

"他们在河西的一个叫武威的地方，本来天高皇帝远，天下再乱也到不了他们那地方。本身地方也小，没多少油水，所以很少有人能想起那里！可好日子不长，有一天他们中的一些人听到了一个消息！"

"什么消息？"

"金城（兰州）有人反了！造反的人名叫薛举，此人长得五大三粗，十分魁梧。他为将多年，膝下有两个儿子，大儿子叫薛仁杲，二儿子叫薛仁越！"

"怎么了？长的三头六臂？"

"三头六臂怕什么，他们是听说这个薛举非常残暴。他占领金城以后基本上的人都归顺他了，但也有固执的，表示拒不投降。于是薛举当时就命令士兵把其中的一个带头的杀了，就地放了一堆火就烧熟了！"

"太狠了！"

"这还不算，这些没投降的一看，也吓坏了，都投降吧。可这位，把刚才烤熟的那位的肉用盘子装好，每人面前一份，吃了就接受他们投降！"

"啊，这还是个人吗？"

"对啊，他就是个畜生，可他那儿子更狠！"

"还有比这狠的？"

"他们本来都是武将出身，再加上事出突然，转过头来他们就打下了天水。打下来以后他儿子接收了愿意投降他们的士兵，但是对于不愿意投降的士兵，他竟然一个不留，全给杀了！"

"天哪，怪不得武威那地方的人会害怕呢！"

"不止当兵的害怕，老百姓也害怕！"

"为什么？他不会是连老百姓也杀吧！"

"不杀，杀了他们有什么用。他会掠夺他们的财物，那是秋风扫落叶，完了后是干干净净啊！"

"老百姓就那么听话？"

"呵呵，打下天水以后，薛仁杲那小子先把城里的富户找来，然后再逼他们交出财物。那小子也不知道在哪里听到一个方法，那就是把那些人倒吊着，然后再往他们的鼻子里灌醋。那些人是什么都说了，有的甚至都说到自己祖坟里的财物了！用这个方法，他们聚集了不少财物！"

"这对父子是怎么样的人呢！那后来去打武威吗？"

"去了，但由于他们事先得到了消息，而且准备充分，全城军民又众志成城，所以打了一个月，薛举愣是没打下武威来！"

"这有什么奇怪的，守不住那就得死啊！"

"可也终究说明李轨这个首领干得不错！没给咱老李家人丢脸！李轨称帝了，年号安乐。薛举也称帝了，年号秦兴。他们算什么？乌合之众！不如父亲也称帝，全天下响应的人一定很多，到时您就可以统领天下群雄干一番功业！"

"这……"

于是大业十四年（公元618年）五月二十日，隋恭帝被迫退位，李渊在长安称帝，建国号唐，改元武德，以长安为都城，以土运为德，崇尚黄色！李建成为太子，李世民为秦王，李元吉为齐王，裴寂为右仆射，刘文静为纳官，其他的官员有：李纲、赵景慈、窦唯、殷开山、萧瑀、韦义节、裴晞，还有名将屈突通。这些人组成了李渊的内阁，他们决定平天下先从薛举开始！

武德元年（公元618年）七月，薛举进犯泾州，李渊命李世民挂帅，领兵二十万讨伐薛举。李世民领兵到泾州以后，估计他们缺少粮草，一定是想速战速决，但闭门不战又怕伤了士气，所以犹豫不决。在来到泾州的第一天晚上，李世民梦到了宋老生。第二天他决定坚守不战，来到高墌城深挖护城河，加高城墙以使敌军疲惫厌战。

此时李世民却突然感觉四肢末端发凉，后来背部、全身都开始发冷。面色苍白，进而全身发抖，牙齿打战，命人盖几床被子仍不能制止。持续一阵后，寒战停了下来，但体温又上去了！众人忙叫来大夫看看，原来是得了疟疾。刘文静和殷开山这可着了急了。这疟疾可大可小啊，轻的几天就没事了，重的可是会要人命的啊。他们忙叫大夫加紧诊治，调用城里最好的药，治起了秦王的病！

李世民此时想，原来宋老生托梦不是为了教我怎么打仗，他是要害我得这场病啊。这宋老生太厉害了，人死了还可以借梦还魂！但想了想作战的策略不能改变，于是他一边静心调养，一边嘱咐刘文静、殷开山不可出战！

李世民病倒了，这二十万大军没了主心骨。尤其是唐军从起兵到现在还没有打过败仗，而如今听到城外薛举的叫骂早就有人受不了了。秦王在还能压住，但秦王一病倒，这种情绪就压不住了。有人就向刘文静和殷开山说要出去打，如今拥兵二十万怕什么。

"是啊，一味死守也不是办法啊！如今秦王病了，消息传到薛举那里敌军一定会士气大振。到时对我军将极为不利，还是早做决断为妙！"

刘文静和殷开山也觉得他们说得对。如今秦王病了，敌军如果持续攻城，那我们就被动了。不如在城外也筑起一道防线，减小高墌城的压力！

"那我们要不要先向秦王请示一下？"

"秦王刚睡着一会，还是不要惊动他了。况且我们只是在城外驻防，并没有出战，所以不算违反他的军令。"

于是殷开山率领两万士兵出了高墌城，在离城十里设下第一道防线！

薛举一听到这消息，呵呵大笑了起来，说："李世民小儿不会用兵，这两万人马就是喂到我嘴边的肥肉。"他命令薛仁杲率领两万人马前去讨阵，自己领兵两万去抄殷开山的后路。

薛仁杲来到阵前，一看殷开山还真费功夫。才一天工夫，唐军已经把防御工事做好了，而且在阵前列好了防守阵势。薛仁杲冷笑一声，命令将士们冲了上去和唐军就战在了一起。殷开山也不含糊，冲在队伍的最前面，始终和将士们在一起。突然却听到身后传来喊杀之声，薛举带着一队人马从后面冲了上来。两万对四万，没一会，唐军就抵挡不住了，原来修的防御工事此时一点作用也没了。唐军四散而逃，殷开山一看败局已定，带着左右向高墌城逃去！

薛举带着人就追到高墌城下，刘文静一看薛举的追兵就在咫尺，但是殷开山又不能不救！没办法他硬着头皮领着两万人马就冲出了高墌城去接应殷开山。但此时薛举的军队士气正盛，刘文静的队伍又没有摆开阵势，被薛举带人这么一冲，根本挡不住，唐军被冲了个七零八落。李世民此时还病着呢，一听外面很乱，出去一看薛举的人马已然攻进了高墌城，城墙上的军旗都换了。不一会就见殷开山和刘文静骑马赶了过来，道："秦王快跑吧，薛举的人马快打过来了。我让弟兄们先挡一挡，我们保护你突围出去。"

"怎么会这样，一觉醒来怎么就要跑呢？"

"秦王，我们先出去再说！"

于是几个人骑着马就逃出了高墌城。到一个安全的地方，刘文静就把事情的始末都告诉了李世民。李世民一听差点没气死，怒喝道："不是不让你们出战吗？"

"我们只是想多一层保护，却不想薛举从后面杀来！"

"你们那不是多一层保护，而是把一块肥肉送到人家嘴里。我们打人家的孤军深入，而你们却也来个孤军深入。如今我军消耗殆尽，薛举再乘胜追击去攻打长安，那后果不堪设想，所有的努力将付之一炬。你们两个闯下如此大祸，回长安我也保不了你们！"

三个人只得带领着残部回到了长安，李渊只撤销了刘文静、殷开山的爵位，抓紧调集兵马以迎战薛举。

薛举一战拿下高墌城以后，那也是雄心勃勃。他站在城头遥望长安，想着自己起兵的过程，凶险异常。他再想想自己现在取得的功绩，更加坚信自己的选择没有错。如今他已拥兵二十万，全天下没有几个人有这力量，希望薛家的列祖列宗能保佑自己完成千秋伟业。想着想着，薛举就觉得头有点晕，而且是越来越晕，不觉眼前一黑晕了过去。这理想有点大啊！

醒来的时候已经是第二天早上了，薛举越想越觉得晕得有点蹊跷，就请了一个巫师卜了一卦。巫师说是薛举起兵以后杀的人太多，是这些人的鬼魂在作祟。薛举问："那有没有办法解呢？"

"这股戾气很是厉害，弥漫得整个高墌城都是。想是大王杀这些人用的方法过于残暴，所以要解很是困难！"

"那意思是不是没有办法了？"

"今夜的子时是一个节点，能躲得过子时，那大王的病可痊愈。如果躲不过，那神仙也救不了大王！我在旁边设一神坛做法，协助大王逼走戾气！"

于是在当天夜里，薛举被吓死在了高墌城内，他的儿子薛仁杲继承了王位。但许多追随薛举的人看到薛举已死，薛仁杲只有二十几岁，认为起义军大势已去，纷纷离去，薛仁杲势力逐渐衰败。

李渊等人听到这个消息，都松了口气。这是天不亡大唐，给了大唐以宝贵的喘息机会。经过几个月的休整以后，唐军慢慢地恢复了元气。此时李世民请求率领十万人马再次征讨薛仁杲，在高墌城与薛仁杲相持两个月之久。薛仁杲劳师远征，所带粮草不多，长时间的对峙局面使薛仁杲粮草耗尽，许多士兵都开始悄悄地投降了李世民。此时李世民看准时机果断出击，势如破竹，薛仁杲被擒，西秦军全军覆没。唐军于是平定了陇右，铲除了争夺关中的心腹大患。后来李轨投降唐军，整个大后方平定，为以后的东进免去了后顾之忧！

第十八章　秦琼归唐

DISHIBAZHANG QINQIONG GUITANG

在李世民灭了薛仁杲回长安的路上，又传来了一个天大的好消息。疏于防范的李密竟然被王世充的三万人马击败，李密已经送书过来说要降唐！整个队伍都在欢呼雀跃。"谋事在人，成事在天！"这俗话说得一点也没错，老天保佑我大唐要创立千秋伟业！

秦王很是高兴，摆了一桌就和兄弟们开喝了。大唐形势一片大好，这李密投降了我大唐，在全天下来说我大唐就是正宗，众望所归，必定会有更多的人来依附，那统一天下指日可待！这酒喝得高兴啊，可到大家都喝得差不多的时候，那个高兴劲也过了，秦王就问大家："你们说这三十万打三万怎么就败了呢？瓦岗的那些人厉害啊，有秦琼、程咬金、徐懋功，有罗士信、裴元庆等如狼似虎的兄弟，怎么就败了呢？"

刘文静就说了："我听说是大意了，李密他们到岷山的时候都没扎营。全军都没把王世充当回事，将领们还在李密那里喝了个大醉。没想到的是王世充去偷营了，毫无准备所以被冲散了，打了个大败！"

"我觉得李密的失败是必然的。"

"哦，这怎么说？"

"李密刚开始那确实是个人才啊，有功的赏有过的罚。再加上那时实力确实弱小，朝廷又三番两次地派兵去征剿，瓦岗那时所有人一条心。李密又有手段，所以战无不胜。可后来，李密任人唯亲，对人不对事，对很多有功的兄弟不赏，私底下将士们都意见很大。尤其是对瓦岗原首领翟让，李密更是阴险。翟让只是在喝了点酒的时候抱怨了几句被他听见，这李密就痛下杀手，单独宴请翟让并将他斩杀！像这样的人保他还有什么意思？接着他又猜忌军师徐懋功，让他去守黎阳，人心散了！"

"哦，那秦大哥他们在啊！"

"秦大哥和罗士信被派去平萧铣，自负使李密没能等他们回来，致使后来的大败！他以为凭着自己的雄才大略，王世充算什么，好像天下已经是他的了。"

"不是还有金庸城吗？也不至于就来降我大唐啊！"

"也一起丢了。这王世充厉害啊，把一个假李密用到了极致。当天晚上骗开了城门，还把瓦岗打了个猝不及防，好像只有李密的家眷在众军士的保护下逃走了！"

"如今李密来降我大唐，那秦大哥等人听到后一定也会来啊！"

"也说不定。如今天下大乱，秦大哥虽然和李家颇有渊源，但时下秦大哥不在李密的身边，保不齐他会投靠谁。听说单雄信和裴仁基就投靠了王世充，这秦大哥和单雄信关系非同一般，去投王世充也说不定啊！"

"事不宜迟，如果秦大哥他们投靠了王世充就不好了。不如我们派人去和秦大哥等人联系一下，看能不能为我所用！"

于是秦王第二天就派人去找秦琼等人的下落，希望可以让他们为大唐效力，干一番事业！

秦琼等人在洛阳附近把王世充冲散的西魏士兵又收拢在了一起，一统计人数，已不足五万。但山东的兄弟还都在，十几个人商议后决定去黎阳找徐懋功商量一下。但走到还有一天路程的时候，他们就听说李密已经投靠了李渊，现在是大唐的光禄侯、邢国公。李渊还把自己的外甥女嫁给了李密。听到这个消息，秦琼等人彻底死心了，不用考虑西魏王了。此时正好秦王李世民派来的人也找到了秦琼这里，把秦王的书信递给了秦琼。信上说原来秦琼的母亲和程咬金的母亲已经到了秦王府了，众人商量后顺道就直接去了长安，投奔了秦王李世民！

李世民那是见过这些人的厉害的，所以很是高兴，在秦王府大摆宴席接待了秦琼等人。在第二天上朝的时候，李世民又把秦琼等人介绍给了李渊。

对于秦琼李渊是太向往了，自从楂树岗救了李渊一家后，李渊就一直想当面谢他。如今秦琼就在面前，李渊赶紧从龙座上下来，来到秦琼跟前，双手一抱拳，说："恩公在上，受李渊一拜！"秦琼也是一惊，赶紧上前扶住李渊，说："唐王不必如此。当日秦琼不过路见不平而已，万不想到受唐王如此礼遇，真是有愧啊！"

"不然。当日若不是秦将军，我一家老小早已葬身楂树岗，就不会有今天的李渊，所以这些都是秦将军应得的！要不是如今我黄袍加身，不方便行大礼，就是磕几个头也是应该的，秦将军不必阻拦！"

说话，李渊把秦琼请到了上首，自己和儿子以及文武百官站在一起，给秦琼行礼！程咬金等人看着，眼泪都快下来了，这是何等的礼遇啊。再想想秦大哥这几年受的苦，众人觉得这次秦大哥是遇到明主了，都替他高兴！

散朝后，李渊又带他去见了自己的母亲。独孤老太太八十多了，也很感激秦琼，坐在那里对秦琼是问寒问暖。因为老太太信佛，秦琼母亲也信佛，所以独孤皇太后想让秦母来后宫一起研究佛学。秦琼同意了。独孤老太太虽然八十多了，但精神很好，每天都早起给佛祖敬上三炷香，保佑全家平平安安！那就有人问了，这独孤老太太和杨坚的夫人，也就是那位把杨坚看得死死的，只宠幸她一个的独孤皇后是不是有点关系？是的，猜得没错，这位独孤老太太就是那位独孤皇后的亲妹妹。他们独孤家当时有四姐妹，令人不能理解的是他们的父亲，也就是独孤老爷子独孤信的眼力之好令人佩服。四个女儿，一位嫁给隋文帝杨坚，一位嫁给了李渊的父亲，一位嫁给了突厥的可汗，还有一位也是嫁给了一位少数民族首领。

李密看到秦琼的待遇，再想想自己刚来的时候，那差别可就大了，有好几天自己的部下都有饿肚子的。虽然封官拜侯，但离自己心里的期望值还是有非常大的差距。李密想按他的功绩，按他的资历要么封王，要么起码弄个宰相。现实是李渊只让自己负责准备祭祀用品，反差之大令李密很难接受，跟着自己来的贾润甫和王伯当待遇更是冷清。加上秦王李世民等人远远地都躲着李密，李渊也对他有防范之心，所以李密就觉得有点后悔了。在这儿虽列三公，却不受人待见，地位不尴不尬，就和贾润甫和王伯当商量想走。

李密有一天在家中正在无聊中，却突然收到徐懋功送来的黎阳的人口表册及印绶，还有一封信。在信中，徐懋功称李渊想招抚徐懋功，派人去了，但是徐懋功却始终称自己是西魏王的部下，所以把表册和印绶送来，请李密决断！

李密一看，心中有愧啊，自己当初小人之心了。徐懋功对自己一直都忠心耿耿，而自己却一直在猜忌他。他完全可以把人口表册和军队带来直接投靠李渊，但他却把功劳给了李密。事实给了李密狠狠的一记耳光，他活该啊！

李密整整想了一夜！

第二天，李密把人口表册和黎阳的印绶献给了李渊。李渊就问其中的缘由，听李密一说，心中更是佩服起了徐懋功。

李密看唐王高兴，就又说："唐王，在金庸城附近还有我很多的余部，他们尚且不知道我已降唐。恳请唐王准我去收附余部，为我大唐效命！"

唐王看了看李密，觉得他说得很诚恳，也没多想就说："好吧，既然这样那烦劳贤弟去跑一趟。为了安全，带五千人马同去，早去早回！"

"臣领命，臣即刻就去准备。"得，只给了五千人马！李密于是散朝去准备了。等李密走了，长史张宝德却站了出来向李渊进谏说："不可放李密回山东，李密一旦回到山东必反，这是放虎归山。"

李渊一听也有道理，但此时在朝堂之上，再加上秦琼等人也是李密的旧部，刚刚来降，所以不好说什么，便道："我与邢国公情同兄弟，张爱卿不必再奏。"

但这事李渊就放在了心上。没几天，李渊就下了一道敕书，命李密所部减速前进，李密单独回朝，有要事相商。李密一看到敕书，就把来使杀了。因为自己好不容易逃了出来，怎么可能再回去，还想着自己大难不死，将会有一番作为呢！于是李密就杀了传令官反了，干起了自己的老本行，但此时的天下却是今时不同往日。本来李密应该迅速地先回到山东，但养尊处优的他根本受不了连日的奔波。在一个叫桃林县的地方，李密想休息一下，顺便找点补给。他带人装扮成妇女想攻下桃林县，却不想被绊在了桃林县不能脱身。后被盛彦师的追兵赶到，李密和王伯当被乱箭射死，贾润甫下落不明。

秦琼等人听说李密和王伯当死了，首级都被送到了长安，几人于是合力要来了两人的首级。他们又到桃林走了一趟，找到他们的尸体，将头和尸体放在一起埋了。死了，死了，不能让你们的身首异处，这是他们几个唯一能做的了。几个人坐在坟前，想起以前一起吹牛，征战沙场时的光辉岁月，触景生情就哭了起来，那是哭得真伤心啊，草木都为之动容。在李密的坟前几人买了点酒菜纵论得失，不觉一天过去了。几个人正准备走的时候，却看见一队穿着孝服的人马朝这边哭着走了过来。走近一看，是徐懋功。只见徐老道一身孝服，头戴白帽，老泪纵横地就过来了，哭得大家险些都认不出来了。秦琼几个就问他怎么来的？原来徐懋功一听说李密和王伯当死了就赶了过来。那是一路哭着过来的啊，都脱了相了。众人赶紧上前就劝，其实也不用劝，早哭不动了。原来这哭也是力气活啊，嗓子早哑得不行了。陪着哭的那几个也是李密的追随者，有的都哭吐了血了。几个人赶紧给倒了几碗酒让他们喝了，在坟前面休息一下。

办理好李密的事以后几个人都回到了长安，徐懋功见过了李渊。李渊对徐懋功很是器重，赐了国姓，也就是徐懋功以后就叫李懋功了。徐懋功又名徐世勣，赐了李姓以后他就叫李世勣。李世民称帝以后为了避李世民的讳把中间的世去掉，所以他就是大名鼎鼎的李勣！李渊也把他派到了秦王府，于是重新又和秦琼、程咬金他们一起去秦王府喝酒了。李密死了以后，很多反王都惧怕唐朝的实力竟相归附了李渊，唐朝实力大增。

第十九章 计收尉迟恭

DISHIJIUZHANG JISHOU YUCHIGONG

此时另一路反王的实力也在悄悄地发生着变化。刘武周前文我们说是马邑的鹰扬府校尉，隋末由于天下大乱也联合突厥起兵造反，队伍人数两万。他的起兵使李渊不得不也反了，这是为什么呢？原来刘武周是李渊的手下，刘武周反了，所以隋炀帝要拿李渊到洛阳问罪，逼得李渊占了长安。到后来李渊称帝，伐薛举，就把刘武周给忘了。可这位主也没有闲着，他乘着李渊去打长安的空四处招兵买马，实力大增。后来魏叼儿被窦建德所败，手下大将宋金刚带领残部四千余人投降了刘武周。刘武周早就听说宋金刚善于用兵，于是委以重任。封宋金刚为宋王，加封兵马大元帅。当得知宋金刚老婆都被窦建德所杀后，又把自己的妹妹嫁给了他。

当然宋金刚也不含糊，立誓要为刘武周争夺天下，但目前最应该做的是去打太原，原因有三：

一、太原人口众多，物资储备充足，正是我们以后打天下最好的大后方。

二、战略位置重要，是兵家必争之地，进可攻退可守。打下太原会使我们得到更多的关注，增加影响力！

三、太原现在守将是三公子李元吉，这是一个纨绔子弟，太原就是老天爷送给我们的！

于是，武德二年（公元619年）三月，刘武周率兵两万南侵晋阳。四月，刘武周又联合突厥，队伍人数增加到四万，并驻扎在黄蛇岭，队伍气势很盛。晋阳总管齐王李元吉派车骑将军张达领兵抵御，不想被宋金刚一战击溃。接着刘武周又攻陷了榆次。五月，刘武周攻陷平遥。六月，占领介州。晋阳眼看不保，李元吉于是向长安的老爸求援。李渊得知消息的时候也吃了一惊，不到三个月，太原一大半没了。于是李渊马上派遣太常少卿李仲文为行营总管，与左卫大将军姜宝谊率兵救援晋阳，但他们也被刘武周的将领黄子英击败于雀鼠谷。唐高祖李渊于是再派右仆射裴寂为晋州道行军总管，督军抗击刘武周。八月，裴寂至介休，宋金刚据城拒之。双方战于介休介山下，唐军全军溃败，裴寂只身逃回晋州。刘武周势如破竹，进逼晋阳；李元吉连夜携其妻妾弃晋阳逃回长安。刘武周于是拿下了李唐的发祥地晋阳。十月，刘武周又派遣宋金刚南下攻陷晋州，进逼绛州（今山西新绛），占据龙门（今山西河津），攻占浍州（今山西翼城）。与此同时，夏县吕崇茂自号魏王，与刘武周相呼应；隋朝旧将王行本据蒲坂（今山西永济北），与宋金刚联合。至此，山西大部尽归刘武周统辖，李唐在黄河东岸只剩晋西南一隅之地。关中受到极大震动，甚至唐高祖李渊都惊慌失措了。这刘武周势头太猛，李渊于是决定暂时避其锋芒，先止住连败的颓势，命令众将坚守不战，违令者斩！

回过头来他们就讨论起这刘武周为啥就这么厉害。对李元吉李渊那是气啊，把一个晋阳拱手让给别人，带着自己的老婆孩子回来了。要换作别人，诛九族都有可能，但人家是你儿子啊，你说你有什么办法呢？了解晋阳的局势还得从李元吉开始，李渊于是就问李元吉："元吉，这刘武周就有那么厉害，以前也没发现啊，晋阳为什么丢得这么快？"

"父亲，您是不知道啊，刘武周最近又新得了一员大将。他复姓尉迟单名一个恭字，字敬德。人生得就和铁塔一样，胯下马，手中一条单鞭，长得乌漆墨黑，那厉害啊！再加上宋金刚，他原来是魏叼儿的手下大将，到刘武周那儿后被封了宋王。刘武周又把自己的妹子许配给了他，家产也拿出一半给了他，整个拿他当爷爷。宋金刚领了兵马大元帅，这一将一帅，刚开始来的时候三天夺了我十六座城池。我等派谁都不管用。在攻打晋州的时候，这尉迟恭来到城下，看在晋州城墙边上有一个土堆，骑着马冲上土堆往上一跃，直接跳到了晋州的城墙之上。那气势吓死人不偿命，他就是个畜生！"

"哦，三天夺我十六座城池，还飞马跳上城墙，那这位以前是干什么的？"

"我叫人去打听过，他原来是打铁的，二十多岁的年纪，练就一身好力气。他手中的那条鞭听说是他得到一块上好的铁石亲自打造而成。他还拜在当地很有名气的一位高人手下学了一身本领，一条铁鞭舞得是虎虎生风。他本领学成之后就去投军，在刘武周门下很受重用，现在他是刘武周的阵前先锋！"

"哦，如此厉害！别是你辈无能，在这里长他人志气，灭自己威风吧！"

"父王，儿臣不敢，确实是敌军来势甚猛，我等也是没有办法，才跑回来的。"

"如今太原落入他人之手，动了我大唐的根基，直接威胁到了长安，所以必须谨慎行事。讨回太原，此次出战只可胜不可败，不知何人愿往？"

只见李世民站了出来，李渊一看，再看看一边表情有点木讷的裴寂，心想也只有他了。于是封秦王为讨虏大元帅，徐懋功为军师，秦琼为讨虏大将军，王薄为正先锋，罗士信为副先锋，程咬金为催粮总管，带领二十万人马征剿刘武周！

十一月十四日，趁着黄河进入冰冻期，李世民统兵从龙门渡过黄河，驻扎在了柏壁关。宋金刚统兵十五万在柏壁关前与秦王对峙！

次日，秦王带着两万人马出柏壁关挑战，宋金刚也拉开了阵势迎战。李世民今天是想看看对方的实力是不是像李元吉说的那么神乎其神，他第一个派的竟然是讨虏大将军秦琼！

宋金刚也没有太多的选择，第一阵必须取胜，他派上了最有把握的尉迟恭！

两人来到了疆场之上，秦琼胯下黄骠马，手中一条枪，背上熟铜双锏。此时的秦琼已远非刚出道，作战经验丰富，整个人就透着干练。再看这尉迟恭，胯下赤炭火龙驹，手中一条单鞭，身着黑盔黑甲。这李元吉说得还真对，整个一个乌漆墨黑！一看尉迟敬德手中一条单鞭，于是秦琼也把兵器换成了熟铜锏。他那是家传的锏法，精妙无比，而这尉迟敬德，开打以后在秦琼手里过了三十几个回合竟然一点下风也不落，秦王李世民一看喜欢啊！刚开始是盼着秦琼能赢，但看着看着就觉得伤了谁都不合适，心中的那点爱才之心又起来了。看秦琼和尉迟敬德他们在疆场上厮杀，李世民觉得心惊肉跳的，好像秦琼的下一锏就会伤到尉迟恭，而尉迟恭的下一鞭就会打到秦琼似的。

李世民越看越不敢看，表情一会高兴，一会紧张，一会又瞪大了眼睛。到后来实在受不了了，李世民索性命令鸣金收兵！此时两人正打到好处呢，看他俩都没有受伤，李世民美滋滋地走了。别的人是一头雾水，这是为什么呢？徐懋功看在眼里，心里可就有点明白了。宋金刚也是一脸茫然，看着对手走了，自己也只得收兵回到了柏壁关。回到关中宋金刚就问尉迟恭是怎么回事，尉迟恭说他也不知道！也许今天这位秦王只是来探探虚实的！

到营中秦王李世民就把想招抚尉迟恭的想法和大家说了："今天我看秦大哥在战场上那是招招都是要害啊。别我刚想招抚人家，好，秦大哥再一铜给我打死在疆场之上，那多可惜啊！"

"唉，如果能让秦大哥几下打死，那即使招抚来也没什么用啊！"

徐懋功就笑着说："今天战场上大家都看见了，这尉迟恭厉害啊，我看武功和秦大哥不相上下。我们秦王对像尉迟恭这样的猛将是没有抵抗力的，问题就是不知道人家愿不愿意投降秦王啊！这刘武周对尉迟恭可是不薄，骑的是赤炭火龙驹！这个宋金刚是深知带兵之道，没有漏洞，想打败他们不易啊。"

"是啊，我看明天再让秦大哥去试试。我们也再看看形势，看用什么办法招降这块黑炭！"

"好吧，也只有这样了。秦大哥明天就再辛苦一趟，千万注意，两个都不能伤着。"李世民又嘱咐了一遍，众人呵呵笑了起来！

第二天两人又来到了疆场之上，秦琼此时已经心中有底，就没和这尉迟恭真打，只是在那里守。但秦琼越打越费劲，就觉得气势上已经完全被尉迟恭给压住了。秦琼心中就升起了一股男儿气，也不管秦王来之前交代什么了。不拿出十分的气力，还真不是尉迟恭的对手，于是用上了全力打在了一起。两个人是你来我往大战了三百多个回合，从早上一直打到了太阳落山。两人还在那儿打，秦王在那儿急呢，向秦琼招手，那意思是别来真的啊！可秦琼全然没有看到，一门心思地想着怎么把尉迟恭打败。

转眼太阳落山了，秦王于是鸣金收兵。秦琼一听见秦王鸣金了，就想退回本阵，可是尉迟恭不让啊，在后面就是个追。两人又是一通打，还是不分胜负。眼看着天就要黑了，此时秦琼扭头看见两块大石头，灵机一动，便向尉迟恭喊了一声：“尉迟恭，我有话说！”

“说什么？”

“打了一天了也没分出来个胜败，不如我们来个干脆的！”

“怎么个干脆法？”

“你看见那两块石头了吗？”

“看见了。”

“我们这么打下去也不是个办法，不如我们直接比力气。你使的是鞭，我使的是铜，不如我们去打那两块石头，看谁先打裂谁就赢，你看怎么样？”

“好啊，那你先来！”

“不，你先来。主意是我出的，别到时候输了说我欺负你！”

“切，欺负我，欺负我的人还没生出来呢！”尉迟恭看了一眼秦琼又想了想说，“我来就我来！”

只见尉迟恭从马上跳了下来，挑了一块石头，铆足了劲就用鞭打了下去，整整三下后石头裂了。秦琼看了不禁一阵佩服，好力气啊，不愧是打铁出身的！他也没说什么，跳下马来，来到了另一块石头跟前。心想，不知道今天的运气怎么样，老天保佑，让我一铜开石！于是也用尽了浑身的力气朝石头打了过去。一铜，没开，但没想到的是打到第二铜的时候石头竟然开了！秦琼心想，嚯，真给面子啊！在心里偷偷地乐，回头他就朝尉迟恭一指这块石头说：“尉迟恭，今天就算我赢了，你看怎么样？”

尉迟恭一脸不服气，但愿赌服输，说：“好吧，你赢了！”

两人刚要上马要各回营寨，却不想就见几个士兵端着酒菜走了过来，说：“禀报将军，秦王殿下让我端来酒菜，吩咐招呼二位将军吃过以后再打！”秦琼一听，笑着说：“哦，既然秦王有此美意，不如我们吃点东西再回去也不迟啊！”

尉迟恭见了说：“谁要吃你家的东西！”

于是两人各自回寨，秦琼回寨自不必说。尉迟恭回寨后，有人就把他和秦琼在阵前赌赛，秦王送酒菜的事告诉了宋金刚。宋金刚一听大怒，说：“哪有在阵前赌胜饮酒的，如此儿戏摆明了是和对方私通，漏我军情。”便将此事告诉了刘武周。刘武周大怒，就下令要把尉迟恭拉出去斩首。众人一听，赶紧求情。刘武周也确实只是想让尉迟敬德明白今天事情的严重性，不是真的要杀他，所以一看有人求情，也就做了个顺水人情，把尉迟恭放了。为了给他一个教训，刘武周贬他去介休看守粮草。

徐懋功一听尉迟敬德被派去看守粮草了，心里很是高兴。于是先用重金贿赂突厥揭挚那可汗，让其退兵，然后分几路去攻打宋金刚。宋金刚就有点吃不消了，人马也被唐军杀退了四分之三。眼看大势已去，刘武周只得移兵转北。徐懋功于是成功地孤立了尉迟敬德，派王薄和罗士信领兵两万去介休，烧了尉迟敬德的粮草。几阵过后，尉迟敬德军士不足两千，退守介休城。秦王和徐懋功带着大军也赶到了介休，把个介休城围了个水泄不通。徐懋功看时机已经成熟，于是派人到介休城去招降尉迟敬德！尉迟敬德也自知没有退路，但投降也绝不是男儿本色，怎么办呢？想了几天，心里想着家中还有老娘要奉养，想来想去，好汉不吃眼前亏，降了吧。不过他提出了降唐的条件，那就是看刘武周下落。如果刘武周活着，那说什么自己也不会降唐，一死而已！如果死了，那尉迟敬德立即投降，绝无二话！

巧的是，此时总管刘世让回来了，手里提着两个袋子，原来刘武周和宋金刚的人头被他拿回来了！这就没办法了，这尉迟敬德那就是大唐的人了！

于是，秦王手下又多了尉迟恭这样一员猛将，羽翼渐丰！

第二十章 花木兰传奇

DIERSHIZHANG HUAMULAN CHUANQI

在秦王李世民收剿刘武周的过程当中，还发生了一个流传千古的佳话！花木兰替父从军的故事家喻户晓，说的是南北朝的事，但在褚人获的《隋唐演义》中对花木兰这个故事却有不一样的演绎。

说刘武周得了魏刁儿的大将宋金刚以后，觉得自己造反实力虽然已经成熟但还是有点单薄。于是他带着金银去了突厥那里，邀请突厥揭挈那可汗一起入侵中原，而揭挈那可汗在招兵的时候，招出了一个奇女子！

这家人家姓花，父母亲都五十多岁，膝下无儿，只有两个女儿。这两个女儿却性格迥异，大女儿叫木兰，生下来就喜欢使枪弄棒，骑马射箭，是男孩的性格。二女儿又兰生性乖巧，从小轻声细语，非常文静。老两口看着这两丫头很是喜欢，对两个女儿也娇惯，平时她们喜欢怎么样就怎么样，大女儿木兰喜欢枪棒，父亲就在平时教她一些武艺，在后院专门辟出一块地方让木兰练武。木兰学得也很认真，小小年纪已经练就了一身好武艺，平时村里的一些男孩都不是她的对手。她也喜欢和男孩子玩，慢慢地，她的性格，穿着就往男孩子那边去了。又兰则是母亲教她一些女工针织，十几岁的时候就出落成一个亭亭玉立的大姑娘了，老两口看着这两个丫头心里那是美啊！

突然有一天，揭挈那可汗的一纸招兵文书使这个美满的家庭陷入了困境。原来可汗的告示上说要每家出一个十四岁以上，五十岁以下的男丁入伍，而他们家男丁只有她的父亲。要按常理说她父亲今年五十多了，文书上招兵招的是五十岁以下的，他们家就应该没有入伍的名额。可她父亲去打听了一下，像他们家这样家里只有一个男丁的，那个男丁必须去，原因是兵源紧张没有招够。所以几天来，母亲都含着眼泪为年迈的父亲准备从军的行囊。

花木兰看在眼里，心里就恨自己。她恨自己为什么不是男儿身，平时和她玩的几个小伙伴都参军入伍了，自己怎么就这么没用。一天，和她一起玩的几个人在一起和木兰告别。他们也知道木兰是个女孩，不能入伍，都在那儿为木兰惋惜。要不然就凭木兰的本事，起码也是个将军，几个人都说是。可说到这，突然木兰轻声地嘟囔了一句："我想替父从军！"木兰说的声音不大，几个人听得是真真的，都被吓了一跳！

"行吗？你是个女的！"

"你们也知道我父亲今年都五十多了，老了，让他去战场厮杀，我心里难受，你说我有什么用？谁说女儿家就不能上战场杀敌，我是个女孩，可出生的时候谁问我了。爸妈生我养我这么多年不容易，我觉得现在是我报答他们的时候了。不是不让女子当兵入伍吗？那我就女扮男装去。其实我也不想自己空有一身本事无用武之地，不到战场上去练练，我心不死！所以我想好了，替父从军！"

"这万一被查出来怎么办？"

"唉，对啊，这倒是个办法。木兰，我们也想你和我们一起去。你那么好的武艺，去了我们也相互有个照应啊。再说了，木兰从小一直和我们玩，只有我们三个知道她是个女儿身，别的人都以为她是男的呢！到时候我们一起，帮她打打马虎眼，说不定也能过去，算帮她一把呗！"

"算了吧，木兰的武艺比我们好得不是一星半点，到时候谁帮谁还两说呢！"

"呵呵，是啊，有木兰那是太好了，那就相互帮助吧！"

"好吧，那就这么说定。我觉得首先这事不能告诉你爸妈，他们知道后肯定不同意，不让你去，所以最好你留下一份书信吧！还有哥几个都准备好行李，到那天我们一起早点出发！"

"我觉得这不妥，你想啊，准备行李她父母就会察觉，别到时候被发现去不了那就太糟糕了。再说万一她去了，她父亲不知道也去了不就顶上了吗！"

"那我还是用我父亲的行囊吧，这样没有行囊他也去不了。我再留一封书信，告诉他们二老我的想法，让他们别声张出去，这样你们看怎么样？"

"行，我看行！"三个人都说。

"那就这么办！"

花木兰于是带着父亲的从军行囊，骑着她的坐骑，跟着她的兄弟们，傻傻地踏上了漫漫从军路！

到了军营以后，几个人兴冲冲地看看这瞧瞧那，都高兴，一股莫名的兴奋劲充斥着他们的大脑。首先是分配番号，可令人意想不到的是他们几个没有被分到一个营中。花木兰只和其中的一个被分在了一起，而另外两个被分到了别的军营。花木兰看看身后的这位兄弟，天哪，居然是他们几个中武艺最差的。她心里就莫名的担心，不过有一个总比没有好啊。到军营后，十个人一个帐篷。进帐篷一看，睡的地方居然全是通铺。花木兰看了看那兄弟，怎么这样啊！那兄弟赶紧把自己的行李放在了最边上的两个位置上，又拿眼看了看木兰。木兰没话说，只好走了过去！

第一天晚上睡觉两个人差点没难受死，别的人不知道木兰是个女的，可旁边睡的那位知道啊。虽说经常在一起打闹，也根本没拿她当个女孩，但如今两人睡在了一起那就两说了。再加上还靠得这么近，这兄弟一晚上一个姿势。他背对着木兰睡，动也不敢动，挪也不敢挪，出气都压低声音。木兰也背对着他，两人都没睡好。到了后半夜，鼾声此起彼伏，吵得木兰一晚上没睡好。到了第二天半边的身子麻不说，整个人脸色发白，眼圈发黑，要了命了！

更要命的是第二天开始正规训练，到校场一看，我的天！喊杀声震天动地，木兰起了一身的鸡皮疙瘩。她一下精神了起来，心想：是男人就一定要当一次兵，否则不是真男人！呵呵，其实她也不是男人。

到自己的队伍负责他们的老兵特别凶，木兰一个动作不规范上去就是一脚。他看哪个不顺眼，上去就是一皮鞭。对他们动不动就打骂，整个一天就吃饭的时候让休息了一下。好不容易等训练完，一个个累得姓什么都忘了。身体那就是一摊泥，还哪管什么别的啊，洗也不洗，衣服也不脱，倒在床上就睡了。要帮他的那位，累得早睡过去了，身上那是一阵一阵的汗味，整个帐篷里是一阵一阵的脚臭味。

木兰最后来到帐篷，一看一闻，这还是人住的地方吗?! 木兰连死的心都有，这军营就是男人的世界！她索性来到了帐篷外面，找了个地方先坐下休息了一下。她低头闻了闻身上的衣服，也是一阵汗馊味。于是她换了一下，找了一点水洗起了衣服，然后也把脚洗了洗，心里那个舒服啊。然后她鼓起勇气走进了帐篷，却只见自己睡觉的位置到这会已经小得可怜了。她上前推了推好兄弟，小声说："唉，阿骨打，醒醒！阿骨打！"

"怎么了，木兰?"

"你睡了我地方，我睡哪儿啊？往那边睡点！"

于是那位往那边挪了挪，又睡着了！

木兰也累了，上去后木兰就睡着了。她后来也奇怪，第一天晚上她听到的此起彼伏的鼾声她竟然听不到了！

最让木兰担心的不是吃饭，她平时吃饭也不挑，也不是睡觉，臭点吵点她也能忍。最要命的是她算着她的生理期马上就要到了，这可不好瞒。裤子上出现血迹这是个人就知道她是个女的，怎么办呢？后来她想了个办法——多穿点。即使是大热天，她也要穿得厚厚的，以免露了马脚。时间一长别人就觉得奇怪！她大热的天，穿的是秋裤，而且还是两条。别人就都又问长问短，又说起她来。但木兰心里明白——这是必须穿的，所以牙尖嘴利的木兰让他们领教了一下她编瞎话的本事！

她说："爷爷去世的时候是初一，在爷爷的葬礼上她穿的是两条秋裤。后来，爷爷去世以后，隔几天就会觉得腿疼，而且是钻心的疼，请了好多大夫吃了好多药都没用。后来有一天做梦梦到爷爷，说让我不能忘了他。醒了以后我把这事告诉了我爸妈，于是他们让我穿了条秋裤试了试。唉，果然不疼了，所以以后我只要是腿疼就都穿秋裤！"

连阿骨打都信了，就别说其他人了！

但早等晚等，穿了一个月的秋裤它就是不来。木兰吓坏了，因为她听他们村的女人说过，女孩没来一个非常重要的原因就是怀孕了！这让木兰很担心——自己不是怀孕了吧！想到自己天天和阿骨打在一起睡，是不是碰了一下有了小孩，吓得木兰红着脸去找阿骨打。她把阿骨打拉到一边悄悄地说："阿骨打！"

"嗯！"

"我怀孕了!"

"啊。"阿骨打听后不禁大声地喊了出来,木兰赶紧让他小声一点!

"我们两个不是在一起睡吗,可能不小心碰了一下,所以孩子是你的!"

阿骨打也吓了一跳,听到后倒吸了一口凉气,说:"我的,我怎么不知道!"又想了想说,"木兰我不是有意的,可现在怎么办呢?你会被退回你们家的,就不能替你父亲去从军打仗了!"

"哎呀,还提什么打仗,早知道这样就不来了,过一阵子肚子大起来就丢死人了!"

"那怎么办呢?去找他们两个商量商量吧!"

"对对,怎么把他们忘了!"

于是两人去另外两个的军营找到了他们。那两个听到以后脸都白了,原来这两个都对木兰有点意思。这会一听人家都有孩子了,所以心里有一种莫名的空落落的感觉。他们瞪了阿骨打一眼,心里想,这小子下手忒快了吧!这会了来找我们,真是的!但想归想,毕竟还是玩到大的朋友,几个人就在一起在那里想办法。

最后他们想的办法是让阿骨打去药店抓几服药让木兰把这孩子打掉。阿骨打一听让自己去,心里莫名的冤,自己什么都没干,为什么呢!但想到孩子是自己不小心给木兰怀上的就还是去了。到了药店抓了三服药,煎好后让木兰喝了下去,木兰心里的石头总算是落了地。

可是到了第三个月,这位还没有来。你说急人不急人,来吧是麻烦,这不来更急人!

这木兰心里又开始嘀咕,别没打掉吧!于是她又贼头贼脑地去找阿骨打商量。阿骨打这个月他就没怎么理过木兰,见了也躲得远远的。一看木兰过来找自己,他也知道肯定有事,拉着木兰就来到了一条小河边。看四周没人,木兰就告诉他那三服药可能是没打掉。

"啊,那怎么办?"

"我也不知道怎么办。"

两个人默默地都不说话了,一会儿木兰又说:"会不会是药抓错了?"

"不会吧,我找的那可是大药铺!"

"那会不会……"

不知不觉两个人聊天忘了时间，太阳慢慢地落了下去。阿骨打找了点柴火，点了一堆火。看着远方红彤彤的天空，静谧的树林，眼前红红的火堆，旁边傻傻的阿骨打，木兰觉得很是温馨，心想要永远这样该多好啊！

突然，木兰红着脸说："阿骨打，不如你看看我的肚子有反应没有，好不好！"

阿骨打也没想什么，说："好吧！"

木兰看了看阿骨打，咬了咬嘴唇，开始脱衣服。

阿骨打这时才明白木兰说的是什么，脸腾的一下红了，忙把脸转了过去！

木兰脱了几件衣服用了整整半个小时，脱了后又看到阿骨打还没有转过头来，就叫了一声"阿骨打"。小子还是不敢把头转过来，木兰那个气啊。这会你害羞个什么劲啊，就狠狠地又喊了一声！

阿骨打这才把头转了过来，转过来后这小子看到了他这一辈子看到的最美的东西。原来，木兰怕别人看出她是个女的，所以用纱布缠在了自己的胸上。这会没解开，虽然没解开，但还是可以看出她少女玲珑的曲线。往下看，小腹露了出来，平平的小腹随着呼吸上下起伏，看得阿骨打心扑通扑通乱跳，他看得都醉了，脸不知不觉又红了起来。木兰一看他这样，娇声问道："怎么样嘛，有没有反应啊？"阿骨打忙把眼神移开，咳嗽了一声，故作镇定地说："看，看不出来！"他抓紧又瞄了两眼！

听到阿骨打说看不出来，木兰就有点放心了，穿好衣服两人就回到了军营中。

在军营中，大家随着在一起泡的时间的增加就慢慢地熟了起来。几个结了婚的老兵就开始在吃饭或者是睡觉的时候聊起了女人。随着他们聊天的深入，木兰和阿骨打就明白了一点什么。原来男女在一起碰一下是不会怀孕的，木兰没来例假只是因为她的运动量过大而已。明白了这，两人就觉得自己好幼稚，还把自己吓个半死，两人于是相互看了看就大笑了起来。众人还不明白他们两个笑什么，都奇怪地看着他们。两人于是笑着跑出了帐篷，来到外面。两人还是忍不住，继续笑。木兰的脸越笑越红，在落日的映衬下显得格外的漂亮。阿骨打看到以后停止了大笑，看着木兰。木兰一听阿骨打不笑了，不知道发生了什么，转过头一看阿骨打直直地看着自己。木兰就有点害羞，脸更红了，低下了头。阿骨打此时真想一把抱住木兰，但他舍不得破坏如此美景，加上多年的朋友关系使他习惯性地忍了下来。他们乘着夕阳走向了那条小河，走着走着，阿骨打禁不住拉住了木兰的手。木兰也没说什么，还和阿骨打说说笑笑，看着小兔子一样的木兰，阿骨打还是没忍住……

两人回到帐篷，几个老兵还以为是这两个小伙子还没有听说过男女之间的事所以羞得跑出去了呢！看他们两个回来，又开始笑话他们。木兰一脸通红，倒头就睡了，阿骨打则接着听他们说的一切！

但从这以后，阿骨打就开始默默地照顾起了木兰的生活起居，不时地提醒她干这干那，他无微不至地关心着木兰，木兰却魂没在意。随着时间的流逝，木兰的才华在军中得到很多人的肯定，慢慢地开始崭露头角。直到后来被升为千夫长，有了独立的帐篷。阿骨打也默默为木兰高兴，在她身边做个副将。阿骨打看着战场上的木兰，心里那个喜欢啊。每次木兰打胜仗回来阿骨打都帮她挡着，每次都喝个死去活来。木兰不胜酒力，看着阿骨打帮着自己心里也很高兴，坐在一边一起吹牛。

最让木兰感动的是有一次在和刘武周残部交战的时候，木兰在一边厮杀，一条花枪几乎无人可挡。突然一支黑箭从后面飞向了木兰，眼看就要射中她了。阿骨打看到以后用枪拨来不及了，没办法最后他竟然毫不犹豫敞开胸膛替木兰挡了这一箭。看到倒地的阿骨打，木兰傻了，赶忙从马上跳了下来，和几个兄弟一起将阿骨打抬了回去。

阿骨打三天不省人事，木兰在他旁边陪了整整三天。到第四天终于醒了，他抬眼看了看木兰趴在他身边的样子，就甜甜地看着她，拿手在她的脸颊抚摸了一下。木兰慢慢醒了过来，看见阿骨打醒了，一行泪流了下来，说："我还以为你死了！吓死我了。"

阿骨打苦笑了一声，但微弱的气息使他不能说出一句话来。帐外的兄弟都看傻了，替他挡一箭，多好的兄弟啊。可这位千夫长在他身边硬生生守了三天，有兄弟是真好！得知阿骨打醒了以后，别的兄弟们都来看他，但看着他们两个惺惺相惜的样子，兄弟们都醉了。他们的这种感情好像已经胜过兄弟好一大截了，都不好意思看下去了，于是就三三两两地散了去。木兰此时仿佛才变成一个需要人关心和爱护的小女人，依偎在阿骨打的床前，久久地不肯离去。

可是现实没给木兰太多的时间，她又要去执行军务，走得那样的毅然决然。她不忍回头去看病床上的阿骨打，而此时的阿骨打像送英雄一样目送木兰离开。

几个月后，阿骨打的伤养好了，又回到了木兰身边。通过这一次好像阿骨打看透了很多事，觉得他应该向木兰表白。可他觉得关系太好，不好直说，试了几次都开不了口。突然他想到前几天正好家里来了一封信，让他回家去一趟，说问好了一门亲事。本来他非常反感家里人安排的这门亲事，灵机一动——不如从这事说起！于是阿骨打向木兰提出要请假回去成亲，众人一听都看着木兰。只见木兰脸色明显变了，但是碍于兄弟们很多，木兰不好说什么，就说："那就回家去吧，恭喜你了！"

阿骨打一听这话，直直地看着木兰！

木兰躲着阿骨打的眼神。当天晚上，阿骨打喝了很多的酒，喝得差点把肠子吐出来！第二天木兰到他的军帐中去看他，一进到帐篷，阿骨打没好气地说了声："你出去！"

"你昨晚喝得太多了，我叫人煮了点绿豆汤，你喝点！"

"我叫你出去！"阿骨打大声地喊着。

木兰一看阿骨打情绪不稳定，把绿豆汤放在桌上走了出去。众兄弟们都有点不解，这又是为哪般？

之后，阿骨打打点行装就回到了家中。在家人的安排下，他结婚了！看着红烛下的新娘他提不起一点精神，家里人都投以不解的眼神，难道不满意？呵呵，小子还不懂，以后会好的！……

在一个月探亲完了后，阿骨打回到了军营当中。所有的兄弟都来道喜，都想从他那里沾一点喜气，可他嘴角露出来的笑却带着苦涩。打点好了一切以后，他来到了木兰的帐中应卯。

木兰面无表情，一脸憔悴，之前的那种深情款款的眼神早已消失，满眼的无精打采写在脸上。

"花将军，末将前来报到！"

"阿骨打，你来了就好。过几天队伍就要开拔，我们今晚就为你接风，顺便为你道贺！"

"谢将军！"

阿骨打一抱拳，走了出去。出帐前他听到了木兰轻轻地叹了一口气。听到这一声叹息，阿骨打心都碎了！他突然意识到事情怎么会发展到这个地步，自己都做了些什么？自己已经成家，木兰怎么办，这一赌气自己都干了些什么啊！阿骨打心里越想越难受，骑着马冲出了营寨，来到了那条小河边。阿骨打从马上跳了下来，大喊一通，声音在整个小树林里回荡。一阵狂吼之后，他感觉好多了。他还是不能理解为什么自己要那么做，可想想怎么做又都不合适。天慢慢黑了下来，阿骨打只好骑着马回到了军营！

揭挈那可汗帮助秦王李世民平定刘武周以后，准备拔寨往河南进发。不对啊，秦王不是来平定刘武周的吗？这突厥和刘武周是同盟，这会怎么反过来帮助秦王了呢？原来凡事没有绝对，揭挈那可汗一看刘武周被围，知道他大势已去。而秦王又派人拿着金银财物去他那里讲和，说只要一起灭了刘武周，既往不咎。因此，揭挈那可汗反过来和秦王一起灭了刘武周不说，还把不明白情况逃到他那儿的刘武周和宋金刚杀了，把他们的人头送到了秦王手里。

去河南的半路上他们正好遇到一支队伍，叫人上前一打听，原来是窦建德手下大将范愿，保护窦建德的女儿窦线娘到西岳华山进香。两军本也无恩怨，可在阵前话不投机打了起来。揭挈那可汗的队伍正在行进当中，所以没有什么准备，被打了个措手不及。范愿的队伍那都是土匪出身，只要有便宜占，个个都像饿狼一样。揭挈那可汗的队伍被打了个四散而逃，他本人也被杀得混在队伍中逃命。眼看他就要被擒了，正在此时花木兰听到前面有喊杀之声就带着队伍冲了上来，看见可汗，迎着敌军就冲了过去，可汗这才脱了险。木兰自己带着队伍和敌军厮杀在了一起。杀着杀着，突然从斜刺里又杀出一路人马，却看都是些女兵。她们一手拿着盾牌，一手拿着砍刀。由于这些人来得快，还没等木兰他们反应过来，已经到了坐骑跟前。木兰的坐骑被一刀砍翻，早有几个人上前将木兰按倒在了地上。阿骨打一看木兰被擒，催马提枪去救，却不想被一个金丸打到了护心镜上。阿骨打的护心镜被打了个粉碎，也被夏兵所获。仔细一打听，原来这队伍是窦线娘的，那金丸也是线娘打出去的。队伍都是清一色女兵，人称娘子军，军容齐整，军纪严明，战斗力强悍。

此次窦线娘拿住花木兰和阿骨打纯属顺手牵羊，所以队伍也没有多做停留，迅速脱离了战场。窦线娘看花木兰在战场上非常英勇，就想把她劝降，于是连夜审讯了木兰。在审讯的过程当中，窦线娘得知木兰也是女儿身后非常高兴。两人又聊了一会儿感觉甚是投缘，于是干脆当晚窦线娘就将木兰留在了自己的帐中。两个人似乎有说不完的话，窦线娘说自己怎么不听话，怎么气自己的父亲，怎么组建娘子军，在战场上怎么危险。木兰也说自己怎么喜欢枪棒，怎么和男孩子玩，怎么学习武艺，为什么替父从军，以及怎么从普通士兵到现在的后军骑兵头领，也一股脑儿都告诉了窦线娘。她们在说的过程当中发现好像对方身上都有自己的影子似的，所以越说越投缘。就在当晚，两位巾帼英雄就在床上结拜为异姓姐妹！

在随后的几天里，随着她们了解的深入，不可避免地两人聊到了感情。原来这位窦线娘在战场上早已和幽州王罗艺的儿子罗成私订终身，但是罗艺与她父亲窦建德却是水火不容。罗艺镇守幽州，而她父亲却想把根据地放在那里，几年都在打幽州。"你说我和罗郎怎么可能？"线娘说，"我早已想过了，如果我自己和父亲去说这门亲事，父亲一定会反对。因为我太了解我父亲了，他和罗公结仇多年，即使我立下再大的战功，我都是她的女儿，他都不可能由着我来。和罗公子成婚这更加大逆不道，所以我一直在物色人选。我父亲最佩服的人是老将军杨义臣，老将军也很喜欢我，所以我就想求他帮我说说。但他老人家我是找了大半个中国都没找到，后来听说他已仙逝，所以是彻底没了希望。后来我又想舍下我父亲去找罗成，但想想我父亲只有我一个女儿，那还不伤心死。我不能太自私，我和罗郎只有下辈子再见了！"

窦线娘是越说越伤心，哭了起来！木兰赶紧上前去劝，劝了好一会儿好不容易她这劲儿才过去。

"唉，我们就是一对苦命鸳鸯。我在这里想他罗郎，却不知人家想到过我没有！我们女儿家就是这么贱。哎，光说我了。木兰，说说你吧，你有没有心上人啊？"

"嗯，算有吧！"

"他是谁啊，说说吧！"

"前几天和我一起被你们抓来的那个，都不想提他！"

"哦，你们这好，可以天天见面，不比我和罗郎！为什么不提呢？"

"唉，天天见还不如你们的不见。他现在已经成家了，我是谁啊！"

"哦，怎么回事？"

"我和他青梅竹马，从小一起长大。玩得好的我们有四个人，他根本算不上优秀，甚至说他有点懦弱。在我替父从军以前，我根本没有任何想法，但进入军营以后，我却单单和他分到了一个军营当中。机缘巧合当中我们相互帮助，并由此产生了感情。但就是因为以前彼此走得太近，我们都不好意思捅破那层窗户纸。直到前个阶段，他到我的军帐之中，说他要回家成亲，向我请假。我一个女孩，况且当时又有很多兄弟在场，不好开口阻止。却不想他一看我同意他回家结婚，很是生气，回家以后真的赌气结婚了！"

"啊，这个浑小子，这么好的姑娘他不要，和别人结的什么婚啊！"

"回来后他后悔了！"

"他当然得后悔，悔死这个不知轻重的浑小子！"

"我看见他到我们第一次约会的地方哭过！"

"啊，这小子真怂！"

"不，不，他平时一滴眼泪也不流。那天他哭得很伤心，看着真叫人心疼啊！他很勇敢，他那绝不是怂！你知道吗，在战场上他帮我挡过一箭。那箭再高一寸，他就没命了！"

"哦，是吗？"

"来人！"窦线娘对手下说。

"在！"

"去，放了那个前两天和木兰一起抓来的将军，好生款待！"

"那你打算怎么办呢？"窦线娘又对木兰说。

"到现在我能怎么办，我想找他谈谈，可又不知道谈什么！窦线娘，你说我该怎么办？"

"我说啊！要我说啊这主意你还得自己拿，别人帮不了你！"

"唉……"之后两个人陷入了沉思，她们彼此看了一眼，都露出了一丝苦笑！

窦线娘和木兰谈过以后，觉得木兰和阿骨打他们两个真的过得很苦，自己和罗郎已经是这样了，就想帮帮木兰。于是她找到了阿骨打，想看看他是个什么想法！

阿骨打正吃饭呢，看到窦线娘过来，他放下了筷子，阿骨打一看她就是个女的。窦线娘坐到了他身旁，问："你叫阿骨打？"

"是我。"

"我是窦线娘，夏明王窦建德的女儿，将军你可知道？"

"知道，军士们都告诉我了，是你放了我的！"

"你结婚了吗？"

"你问这个干什么？"

"你只管回答，我吃不了你！"

"结了！"

"你喜欢你老婆吗？"

阿骨打看了一眼线娘，说："谈不上喜欢，也谈不上不喜欢！"

"哦，这怎么讲？"

"因为这门亲事是父母安排的，结婚的时候我根本都没看她长什么样子，何来的喜欢不喜欢！"

"那你是心里有人了？"

"这不关你的事！要杀便杀，废什么话！"

"将军不要误会，我别无他意。实话告诉你吧，我和木兰现在已是结拜的姐妹，她把什么都告诉我了！"

"那你都知道些什么？"

"知道什么不重要，我只想问你打算以后怎么办？"

"我也不知道，听天由命吧！因为我已经结婚，所以我和她交往的机会越来越少。现在很多人都知道木兰是女儿身，她身边也经常围着很多人，甚至都有人为了她去决斗。我现在只想远远地看看她，甚至有的时候都不希望见她。我喜欢她，我想把一切都告诉她，但我们不温不火的关系让我很受不了。本来我告诉她我去成亲，是想借此机会向她表白，可她却很爽快地准了我的假。我当时很是气恼，甚至有点气急败坏，所以索性回家了。回家以后我根本没有心思干别的，是父母一手操办的。我脑子里一片空白，甚至连阻止他们的心情都没有，稀里糊涂地就成亲了。回来见到木兰我才意识到我干了一件多么愚蠢的事啊，但有什么办法呢？"

"你是说这都是你父母办的？"

"是，是父母一手操办的，可神奇的是我回来之后竟然发现我不能面对木兰了！我觉得我已经结婚了，我不配再去找她，她应该有更好的归宿。到后来我想了想，凭什么她嫁给别人就会更好？是，我是结婚了，可什么是婚姻呢？是父母之命，媒妁之言？是一张纸？还是一个仪式？想想我们两个素昧平生，之前都没见过，可以说就是两个陌生人。这样一个仪式以后我们得到了全天下人的祝福，我们以后就要生活在一起，多么可笑的一件事！而且我们结婚后，大家看我们在一起不高兴，劝我们的人海了去了，那道理是各种角度的都有，说得都是一套一套的。我和木兰青梅竹马，我们两个在一起不但没有得到任何人的祝福，而且好像所有的人都在想尽办法拆散我们。我们之间出了再大的问题，只能自己去解决。我和木兰的关系是那么的脆弱，可以说是说破就破。有时候甚至连一个知心的人说一下都不行，你如今问我和她怎么办，我能怎么办？"

"我想你们两个得面对面聊聊了！"

"哼哼，我早想和她聊了，可她总是忙，我算什么。有时候我就觉得我都不如她身边的一条狗，在那里摇尾乞怜。和她在一起我就觉得我自己很可怜，有时候自尊心被打击得实在受不了，就想索性和她断了来往。可她总能不失时机地出现，一一化解。古语说女人是水，真的一点都没有说错。我这把剑磨得越锋利，在她的水面上划过的时候越留不下痕迹。然后又是一轮的可怜，自卑，最后离开。我厌倦了，也麻木了。现在她的任何做法在我这里的作用在慢慢减弱，我试着让我自己也变成水，变成一潭死水！"

窦线娘看着眼前的这个男人，天哪，木兰都把他折磨成什么样了，叫人看着都心疼，于是没说什么悄悄地走了。

没过一会，木兰推门走了进来，进来后又把门关上。她走到阿骨打面前，用手擦去了阿骨打面颊上的泪水。阿骨打看着木兰，两人都泣不成声。更奇怪的是他们好像没有解释任何问题，反正就觉得他们以前受的所有苦都值！
真是：

　　剪不断，

　　理还乱，

　　是离愁，

　　别是一般滋味在心头。

　　窦线娘把木兰带到阿骨打那里后，也不自觉地叹了一口气，说："人真
是奇怪的动物，人与人之间的真情是何其的动人！"正在窦线娘感慨的时候，
手下来报，说抓了两个细作，窦线娘就赶过去审问这两个人。这两个人鬼鬼
祟祟，长得五大三粗像军人，却穿着一般客商的衣服，手下于是就扣了下来
查问。却又说不出个所以然来，就拿来让窦线娘看一下。两人一看来的是个
头领，于是把瓦岗的兄弟的名字都说了一遍，心想说不定认识一个放了我们
也不一定！

　　这两位谁啊？齐国远和李如珪。这两位爷在李密杀了翟让以后就觉得这
李密靠不住，迟早也会杀了他们俩，两个人于是转投柴绍。他们觉得柴绍这
人不错，七煞反长安的时候打过交道。之后给秦大哥母亲拜寿那事也干得漂
亮，也是贾家楼四十六个兄弟之一，和这两位也很投缘。如今无路可去，就
去他那儿吧。去到柴绍那里，柴绍确实见了这两位也很高兴。一打听才知道
原来见李密杀了翟让他们才跑出来的，于是就安排他们两个住下。后来又安
排了个差事，就算是安顿下来了。后来张公谨五十大寿，也是贾家楼四十六
友之一，发请帖邀请了柴绍。那是贾家楼上磕过头的兄弟，一直都有来往。
齐国远和李如珪一看认识，也跟着去了。在宴席之上他们就碰到了罗成、尉
迟南、尉迟北、史大奈和白显道，几个兄弟那是一通喝啊。在喝醉了吹牛的
过程当中，几个人就聊到了秦琼。说秦琼现在可了不得了，是唐王李渊手下
的红人，手握百万兵马。这个消息也得到了柴绍的确认，还把在大殿之上对
秦琼的礼遇也说了出来。这些他早就向齐国远他们两个说过，齐国远和李如
珪其实早就想去秦大哥那里看看。趁着酒醉，他们就想和罗成、张公谨等人
一起去。罗成一听，他是不能去啊，如今幽州还得靠他和张公谨等人。但他

见齐国远他们想去，来了精神，就在宴会后把他们两个单独留了下来，让他们给秦琼带了一封信。这两位爷一看，说："得，现在看，我们两必须要走一趟了。"

所以，他们才有现在的和窦线娘的这一审！但当这二位说到罗成的时候，窦线娘就问："你们认识罗公子？"

"当然认识！"心想这根救命稻草算是抓着了！

"你们两个要是敢说半句假话我叫人杀了你们！"

"怎么会呢？我们这里还有罗公子写给他表哥秦琼的书信呢！"

"哦，拿来我看！"

两人于是把信拿了出来交给了窦线娘，她一看，确实是罗成的笔迹，忙叫人给两位松绑，又叫手下人好生款待！

窦线娘又是激动，又是兴奋，又有点担心。这么长时间没有罗成的任何消息，现在终于有了。看信后知道罗郎没有忘了她，窦线娘太高兴了。在信中罗郎主要是想让秦琼来幽州给他父亲说情，让他和窦线娘成亲。不枉窦线娘一直惦记他，这罗成还没忘了她！让窦线娘隐隐有点担心的却是罗郎找他的表哥去办这件事怕是不行，窦线娘想来想去胜算不大。自己的父亲窦建德对幽州早就垂涎三尺了，这几年一直不间断地在攻打幽州，自己和罗成就是在战场上认识的。罗成和窦线娘的事杨义臣杨老将军说都不一定管用，更别说秦琼一个后辈了。但看了信后，窦线娘还是很高兴，因为不管怎么样，她没有看错，罗成是一个有情有义的人！于是也不管这事最后的结果怎么样，窦线娘照原来的样子将书信封好，又送了齐国远和李如珪两个人二十两银子，放他们上路了。之后，木兰和阿骨打回到了他们的故乡，而窦线娘则回到了她父亲窦建德的身边。

别的暂且不表，单来说一说木兰他们回到故乡以后，本来他们想好了一到家就向父母提出他要迎娶木兰。因为他喜欢的人是木兰，自己本来和那位姑娘就没什么感情，娶了她只是一个错误。他们也想好了，无论发生什么情况，他们是绝不会再分开了。可想是这想，事情的发展大大出乎了他们的意料！

他们回家后受到了家乡人民英雄般的欢迎，人们根本没给他们两个说话的任何机会。而木兰，她替父从军的故事已经流传开来，她在战场上英勇作战的故事也广为流传。尤其是她救了揭挈那可汗，更被视为是民族的英雄，她为整个部族争了光。于是人们带着她祭天、祭祖，日程被安排得满满当当，阿骨打却被抛在了一边。

木兰回来的消息不胫而走，很快就传到了揭挈那可汗那里。可汗一听救自己的女英雄已经回来，非常高兴，于是他给了木兰最高的赏赐。那就是让她做整个部族的王妃，也就是嫁给他！

事情的发展速度让木兰和阿骨打想都想不到，突然人们簇拥着木兰为她换上了新娘的衣服。木兰流着泪向他们解释，但没有人愿意听，人们簇拥着她来到了揭挈那可汗的金帐当中。此时的阿骨打是那样的无助，那样的苍白，他向人们说木兰是他的女人！可现在却没人管这个，他想和木兰走，可此时他却连靠近木兰都很困难，怎么办呢？阿骨打急得就像热锅上的蚂蚁一样，在那里团团打转。难道这是在做梦，他狠狠地抽了自己一记耳光。疼啊，这是真的。可一切都发生得那么快、那么真实，他该怎么办？突然他像想起什么似的，转头提着刀找了几个生死兄弟冲进可汗的帐篷去抢木兰。结果他们被大汗的卫军抓了起来送到了可汗的面前。

"你是什么人？"

"我是花木兰将军的副将。"

"哦。那你带人硬闯我的军帐想要干什么？"

"抢木兰！"

"你为什么要抢花将军？"

"她是我的女人，可汗你不能娶她！"

"她怎么会是你的女人？"

"这些兄弟都知道我喜欢她！"

"废话，木兰这样的女人谁不喜欢，你凭什么就带着人来抢？"

阿骨打停顿了一会儿，说："因为她也喜欢我！可汗可以去问木兰！"

"小子，就算你喜欢木兰，木兰以前也喜欢你，但你再想想，现在的木兰可是贵为部族王妃，她还会喜欢你吗？"

"木兰不会变心的，她绝不是那种女人！"

"是吗？如果木兰一会儿来说不喜欢你，小子，我就杀了你们！你可要想清楚了？你死不要紧，但让你的兄弟为你陪葬值得吗？我现在给你一个机会，识相一点赶快给我滚，我可以既往不咎！"

"可汗，阿骨打贱命一条，硬闯可汗军帐已是死罪。我的命大汗想要随时可以拿走，阿骨打死不足惜，我只求见木兰一面。还有就是一人做事一人当，求可汗看在我为部族征战多年立过无数战功的份上，放过我的这几个兄弟！此事与他们无关。"

"阿将军，我们兄弟的命都是你救的，所谓滴水恩涌泉报，更何况是救命大恩。你和花将军一往情深，这是我们都看到的。花将军也绝不是那种见异思迁的女子。我们相信你们是真心喜欢对方的，将军不必为我们求情，大不了一死，兄弟们陪你。"

几个兄弟说完，又向阿骨打走近了几步。揭�那可汗一看这，哼了一声，说："不知死活！来人，叫木兰来！"又恶狠狠地瞪了阿骨打一眼。

没过一会，军丁一卷金帐的彩帘，一身盛装的木兰走了进来。只见她如出水芙蓉，头用白丝巾包着，露出半边脸，戴着一顶高一尺、红底金边的帽子。帽子边缘用银饰装点，中间有他们民族特殊的花纹。帽子上挂着白纱，看上去雍容华贵，气度不凡。身上白色内衬打底，外面着红底金边的民族长裙。在灯光的映衬下木兰显得格外白皙，像一朵雪莲般楚楚动人。木兰平时穿的是男装，今天一下改着女装，自己还很难适应过来。加上军帐中又有这么多人，所以木兰进帐以后表情有点不自然，还微微有一点脸红。阿骨打又看呆了，但看到这么漂亮的木兰，他就又开始想："这样的生活是我绝对给不了她的，到底我这么做对吗？……"

木兰进帐以后，没走几步就看见阿骨打，笑着看了看他。也没管别人，几步来到了他的面前，站在了他的旁边。众军士一看，都在心里嘀咕：真给力啊，花将军办事就是个干脆！站好后花木兰又拿眼看了看身边的阿骨打，心里美啊！木兰心想：阿骨打竟然为了自己硬闯可汗的金帐，为了这样的男人死了都值！

发生的一切揭挬那可汗也看在眼里，好像结果已经非常清楚了。可汗感到一阵阵的心痛，突然他起身站了起来，来到了帐边，一脸怒色地转过身去，大声呵斥道："来人，将阿骨打等人赶出大营，若再敢靠近军帐半步格杀勿论！"

众军士拉着阿骨打等人就往外面拖，木兰也想跟着出去，被军士拦了下来。木兰回头看了看揭挈那可汗，道："大汗，看在木兰曾救过大汗的份上，让木兰跟阿骨打走吧！"

"军令岂是儿戏，我已下令赐你为寡人的王妃，岂可出尔反尔！若这样，你让寡人以后如何服众！"

"可汗，我和木兰是真心相爱，你这样做传出去会被天下人耻笑的！"

"拖出去，再敢胡言乱语，定斩不赦！"

木兰对着阿骨打摇了摇头，示意他出去。

阿骨打看着木兰，慢慢被带了出去！被赶出来后，他被定义为婚礼当天最不受欢迎的人，出来后他哭着仰天长叹："老天爷啊！为什么要这样对我们？捉弄我们你有意思吗？"

阿骨打走后，揭挈那可汗退出了军帐内所有的军士，只留下木兰一人。

"木兰，你为什么要喜欢那个穷小子呢？你嫁给我以后，我什么都给你，荣华富贵，金银珠宝，你要多少有多少。你会集万千宠爱于一身，这些你想过没有？"

"可汗，这些我都想过，我也知道你肯定会对我好，但木兰已经心有所属。你这样强迫我嫁给你，即使你让我生活在金银堆里我也不会开心的。一个人如果每天生活得不开心，锦衣玉食、荣华富贵又算得了什么呢？"

"木兰，你不知道，等你嫁给我以后，随着时间的流逝你就会慢慢忘了那个穷小子，到时候你就会知道什么才是最重要的！"

"是，随着时间的流逝我也许会慢慢忘了阿骨打，但可汗你也会慢慢忘了木兰的。像我们这样经历过风雨的感情都经不起时间的洗礼，更何况是我们的一面之缘？所以可汗，荣华富贵我不要，显贵的地位我也不要，我只想和我自己心爱的男人生活在一起。不管他是贫穷还是富有，也不管他豪情万丈还是胆小懦弱，我都愿意和他在一起。因为我知道这个世界别人可能弃我而去，但他一定不会，我只要他心里有我，这就够了！"

"但如今军令已出，一切都迟了。今天你是嫁也得嫁，不嫁也得嫁，不然就是死路一条！"

"可汗你位高权重，全天下愿意嫁给你的女人太多了，你为什么一定要娶木兰呢？"

"木兰，你不知道，自从那天你救了我以后我一直都对你念念不忘。今天好不容易才有了你的消息，我是真心喜欢你的。你相信我，我会比那小子十倍、一百倍地用心对你。我什么时候都不会不管你的，你相信我！"

听到这话，木兰都绝望了，可汗是铁了心了。木兰心一狠走到帐篷边上，拔出墙上挂的一把腰刀就放在了自己的颈项之上。"可汗如果硬逼木兰，木兰只有一死！"

揭挚那可汗转过头来一看木兰已经把刀架到脖子上了，被木兰吓到了。军士们一听帐内情况不对，担心可汗的安全也都进来了，都吓了一跳，看着可汗。

可汗是实在喜欢木兰，她不但有一身好本事，而且还知书达理，用情专一。这么好的一个女子怎么能轻易放手？但木兰却将刀架到了脖子上，可汗不说放，也不说不放，局面一下僵在了那里。木兰用眼睛死盯着可汗，但时间一长，锋利的刀尖在木兰的脖子上划开了一条浅浅的口子，鲜血流了下来！众军士一看这，都跪了下来，说："大汗，放花将军走吧！"

揭挚那可汗一看这，只好闭着眼睛说："好吧，事到如今寡人也只好成全你们了。你愿意和那个穷小子过，那你们就走。你们离开大漠走得越远越好，寡人从今往后再也不想见到你。记住，永远都不要再回来！"

"谢大汗！"

"滚！"

木兰跪下谢恩以后擦干了脸上的泪水跑了出去，不一会就消失在夜色当中。木兰走后，揭挚那可汗一脸阴沉地说："放出风去，就说木兰不接受册封已畏罪自杀！还有，今晚的事谁敢说出去半句，我灭他满门！"

军士们答应了一声就赶紧退出了帐外。

第二天，军中传来了木兰自杀的消息，阿骨打听到这个消息以后远走他乡，从此以后消失在人们的视线当中。有人说他疯了，也有人说他死了，还有人说看见他和木兰一起骑着马走了。于是人们纷纷猜测，木兰也许没死，她逃了出来，阿骨打是和木兰在一起走了……

第二十一章　讨伐王世充

DIERSHIYIZHANG TAOFA WANGSHICHONG

　　秦王李世民平定了刘武周率兵回到了长安，受到了人们的夹道欢迎。在朝堂之上李渊看到他儿子世民带的兵一个个如狼似虎，心里非常高兴，而李世民又把大大小小的功劳都算在了众将身上，无不让人心悦诚服！退朝以后，李世民随着李渊来到了后宫，拜见了祖母。李渊吩咐去秦王府接来秦王的家小，一起在宫中吃个家宴！

　　酒足饭饱拉了会家常后，李渊就和几个儿子谈论起了现在天下的局势："我们平定了薛举，招降了李轨，如今又平定了刘武周，李密也被王世充击溃，而且幽州王罗艺也表示愿意归降我大唐。现在能威胁到李唐江山的只剩下三股势力——河北的窦建德、洛阳的王世充和江南的萧铣，我想我们下一个目标就是王世充。听说这王世充如今号称统兵三十万？"

　　"父王，王世充接手了瓦岗的大部分降将，加上他原来洛阳的班底应该有三十万。"

　　"是啊，这是块难啃的骨头！你们谁愿领兵去征讨王世充？"

　　李建成和李元吉笑了笑说："当然是世民了，这次他平定了刘武周，定可一鼓作气拿下王世充！"

　　李世民也笑了笑，说："大哥和三弟取笑了，你们在长安也不错啊，协助父王顶住了突厥的几次进攻。所谓兄弟齐心，其利断金，只要我们兄弟一条心，这天下就一定是我们家的！"

　　李渊一听，点头笑了笑，说："好，那这次征讨王世充还是世民你去。

我、建成和元吉在后方支持你，准备好一切，十天后出发！"

"儿臣领命！"

秦王回去后就把众将叫了去，一起商量怎么打王世充。听到要打王世充，徐懋功说话了："王世充自灭了瓦岗以后，得到了许多地盘，兵马也增加了不少，声势非常大。我想我们要击败他，就要拔掉他的爪牙，收了他的土地，绝了他的粮草，把他逼入绝境。这就好比我们要抓一只螃蟹，必须要先砍了它的八只脚。虽然他身前有钳子，却难以横行！打败王世充就得用这个办法！"

众人一听，这老道早想好怎么打了，那还商量什么啊！于是秦王将兵符册籍笑着都交给了徐懋功，那意思是：你来！

徐懋功也没客气，第二天就开始点将：差史万宝领兵五千自宜阳进兵，取龙门一带地方；刘德威领兵五千自太行山进兵取河内；上谷公王君可领兵两万到洛口绝王世充的粮道；黄君汉领兵五千自河阴攻洛城；屈突通、窦轨领兵两万驻扎中路埋伏，接应各处。王薄同程咬金、尤俊达领兵五千收复黎阳。罗士信与寻相领兵两万去取千金堡和虎牢关。秦王率领秦琼、尉迟恭和徐懋功领兵两万兵进河南，与李靖会合取洛阳！

唐武德三年（公元620年）七月，秦王李世民八路出击前去征剿王世充！

李靖此次是先被派去征讨朱灿的，在征剿过程中还发生了一件事！

隋末唐初群雄并起，朱灿自称楚帝。由于朱灿残虐不仁，大失众望，被淮安土豪杨士林聚众万人打了个大败，逃到了菊潭。这时李靖的大军已到，而朱灿手下只剩下百余骑，只好向唐军乞降。李靖上报唐公，唐公命朱灿为显州道行台，加封楚王，并遣散骑常侍段确前去慰问。段确到菊潭见了朱灿，朱灿置酒款待，极尽殷勤之意。这位段确素来嗜酒，接连喝了数十杯，不觉酒后失言，笑着对朱灿说："闻听足下喜欢吃人肉，究竟这人肉是什么味道？"朱灿听了这话，知道他有意嘲笑，不禁大怒。原来朱灿刚造反时剽掠淮汉，专掳妇女、婴孩，或烹或蒸，作为食品。这时听到段确这么说一下来气了，便恶狠狠地说："人肉最美，吃醉人肉，更加爽口，就像吃肥猪肉一样。"段确听后怒骂道："狂贼！你今日归朝，不过一条狗而已，你还想吃醉人肉吗？"朱灿此时也有酒意，站起来说："吃你怎么了！"说完左右上前便抓住了段确。段确身边只有几个人，哪里招架得住？他们都被朱灿杀死了。朱灿吩咐军士煮熟，供大家饱餐了一顿后投靠了王世充。

秦王和李靖会合以后，研究的重点就变成了王世充。李靖便把王世充的情况粗略地向秦王说了一下："王世充知道我大唐统兵前来征讨，各处严阵以待，而且尽遣弟兄子侄把守关隘。魏王王弘烈把守襄阳；荆王王行本把守虎牢关；宋王王泰镇守陈州；齐王王世挥守南城；楚王王世伟守宝城；越王王君度守东城；汉王王玄恕守合嘉城；鲁王王道御守瞿仪城。戒备森严，整个河南气氛非常紧张！"

秦王一听，笑着说："王世充迂腐，就算他的兄弟子侄都是大智大贤之人，怎么能一门占尽，他败局已定！"第二天秦王便带着一万人马到洛阳城外讨阵。王世充点齐一万人马出城迎敌，秦琼和尉迟恭各领着一路人马便杀进了敌阵。这两位在战场上横冲直撞、无人可挡，像两把匕首一样插进了敌人的阵中，左突右冲。王世充的队伍被冲得很难形成战斗力。秦王一看也觉得过瘾、手痒，带着一千人马也冲了上去，抄到了王世充的后面捅他的腚眼。王世充见秦王兵少，便带人围了上去。秦王沉着应战，但还是很难冲出重围。酣战中，秦王的马被敌军砍倒人掀了下来。两个军卒见秦王倒地，没命地跑过来想抓住李世民。这时唐军军士当中有一个叫丘行恭的，见秦王倒地，连发两箭解决了那两个军士，又把自己的马让给了秦王。自己在马前步行，手持大刀，斩杀多人后秦王才得以突围。王世充光顾着抓李世民，郑兵被秦琼和尉迟恭两路人马杀了无数。三四个时辰以后，王世充慢慢觉得支撑不住开始撤军，被唐军一直追到了洛阳城下。这一战唐军一共歼敌七千多人。经过这一战以后，王世充再也不敢轻易出兵了！

秦王李世民把王世充围在了洛阳近一个月。洛阳素有小江南之称，李世民忍不住就想去附近游玩一番。一天，他见一群老百姓在说着什么，仔细一听，他们好像说有个什么大鸟飞到了山的那边。李世民想："这是祥瑞之兆，说不定是凤凰。"于是和徐懋功带着几个随从也跟着去凑热闹，不一会便来到了对面山上。他们没见什么大鸟，却有一队人马正朝这边开了过来。仔细一看，军旗上赫然写着一个"郑"字。秦王大吃一惊，拨马就跑，而来将正是原瓦岗五虎将之一的单雄信。原来他远远地看见一群人在山上,以为是有唐军活动,带着人马到山腰一看,却是秦王李世民,身边又没有人保护。真是踏破铁鞋无觅处,得来全不费功夫。单雄信催马就追,徐懋功见情势危急,顾不得许多,让秦王先走。他还寄希望于单雄信念旧情放了秦王,骑着马迎着单雄信跑了过去。单雄信看徐懋功过来了,也不好去抓他,但也不听他说,盯着李世民就追上了山。徐懋功一看这情形,心想:今天这事要坏,秦王凶多吉少!赶紧下山去找援兵了!

慌忙逃上山的秦王,也不管山上有没有路,心中默念了一句:"列祖列宗保佑李世民能脱此难!"他念完后骑着马就朝山上跑去。山不算太陡,不一会来到了半山腰。眼见没有了去路,但在云雾缭绕当中,李世民却发现了一座寺院。来到跟前,寺院名叫净土寺,前面有几个和尚在打扫山门。李世民心里就是一喜,因为他从来就相信自己和佛祖很有缘分。他下马来到了寺庙前,庙里正好走出了一个和尚。李世民一把上去抓住那和尚的双臂,就势跪了下来,说:"神僧救我,我是秦王李世民,后面有人要追杀我!"

这个和尚法号玄奘,本来轮到今天他们几个打扫寺院。出来就被人抓住胳膊喊救命,还说他就是秦王,玄奘哪知道什么秦王啊。不过从面相上看,眼前的这位露着君王之气。玄奘赶紧和师兄弟们帮忙把李世民和马让进了寺院里,找了个僻静的地方藏了起来。藏好后,几个人又来到了寺门口做起了他们的值日。

单雄信一路追了上来,也到了净土寺门口,看有几个和尚,就问:"大师,可见过一个白衣少年经过吗?"

玄奘见他们人数众多,脸上没动声色,上前说:"不曾见到什么白衣少年!"单雄信一听这话,拨马就往别的地方追了过去。玄奘等他们走远了,才舒了一口气,他的腿都软了!原来单雄信看他们是和尚,这出家人一般不说谎话,没细看,也没多想就信了。

一看他们走远了,他们找到李世民让他赶快下山。李世民也觉得此地不可久留,表示了一番谢意后骑马就朝山下飞奔而去。但这单雄信却在沿途留了几十个兄弟把守下山的要道,李世民看到后都绝望了。他回头发现单雄信没追到又回来了,所谓前有堵截,后有追兵,这就死定了啊!正在绝望之际,此时却见远处尘土飞扬。李世民定睛一看，有个光着膀子的人骑着马飞奔而来。再一细看，来人正是尉迟恭，马也没有鞍鞯，李世民欣慰啊！

原来尉迟恭正在军营附近的一条河里洗澡，顺便给马也洗了洗。正在那儿擦干了准备回去呢，却见徐老道远远地就冲自己喊什么。尉迟恭还在那儿乐呢，嘀咕了一句："瞧把牛鼻子老道急的，不会是有人逼他还俗吧！呵呵。"

徐懋功走到跟前大喊："秦王被郑将单雄信追杀到五虎谷口，快快去救！"尉迟恭一听秦王有危险，也顾不得问什么了。自己盔甲也没来得及穿，马的鞍鞯也没戴，一手提起了钢鞭，一手抓住了马的脖鬃，忽地翻身上了马，按徐老道指的方向催马赶了过去。过了一会，抬头一看秦王就在前面，挥舞着单鞭就冲了上去，解决了前面的几个士兵以后来到了秦王身边。看单雄信带着人马过来了，尉迟恭就让秦王先走，自己断后！

这尉迟恭自己身后一个人也没有，但一点不怵，举着钢鞭他愣是敢往单雄信几千人的队伍里闯！单雄信那是经过见过的，见冲过来一个黑大个，吩咐手下别动，举金钉枣阳槊迎战。尉迟恭一手抓着马的脖鬃，一手举单鞭招架，那是硬接。拨马回来，尉迟恭单鞭照着单雄信抽了过去。单雄信也不含糊，举槊招架，也架过去了。几个回合以后，单雄信慢慢就有点吃不消了，这黑大个厉害啊，力道足，招式稳，没几下就把单雄信虎口震得生疼。又战了几个回合，单雄信一个不留神金钉枣阳槊被尉迟恭一把抓住，单鞭顺势一扫扫到了单雄信右臂的盔甲上。单雄信坠落马下，军士们赶紧上前保护起了他们的主将。在此时，屈突通带领人马也赶了过来救援。此时的单雄信就处在了非常不利的位置，他们被截在了山上。幸亏屈突通带的人马不多，不然，就这位黑大个的勇猛，恐怕自己就回不去了。大好的机会已经没了，抓秦王已经不可能了，撤吧！于是命令弟兄们都撤了。屈突通也无心恋战，毕竟秦王没事已是万幸，也没有追赶，各回本寨去了！

回到营中，秦王重谢了尉迟恭，对他是越发的信任。之后，各地告捷的文书像雪片一样飞了过来，荥州、汴州、沮州、华州、显州、尉州、尹州、黎阳、仓城都已降唐，只有罗士信的千金堡和虎牢关急切难下。秦王他们又听说王世充已经派人到窦建德那里去求援，虎牢关与千金堡又是窦建德援军必经的咽喉之地。若这两个地方取不下来，别的地方等窦建德的援军一到，就会得而复失。徐懋功想了想还是亲自去，于是辞了秦王，连夜带领一千精兵往虎牢关而去。

来到虎牢关，罗士信已经把千金堡围了个水泄不通，连着打了二十几天都没打下来。徐懋功到了以后，见千金堡城墙很高，护城河是又宽又深，也没怪罗士信打不下来，决定智取。徐懋功命令军士去找小孩，到了晚上，让老百姓带着这些小孩到千金堡的城墙下面哭，哭着喊："我们是东都来的老百姓，是来投奔罗士信罗总管的！"一会又相互吃惊地说："我们走错路了，这是千金堡，赶快跑！"

千金堡的守军一听以为罗士信已经率兵撤退了，千金堡外都是逃难的老百姓，听他们要去投靠罗士信很生气！于是守军出城追击逃亡的老百姓，此时埋伏在一旁的罗士信从两边杀出，夺了千金堡。由于千金堡耗费了罗士信太长的时间和气力，所以罗士信打下千金堡以后，在城中命令军士屠城。徐懋功到的时候大错已经铸成！

然后是虎牢关。三十日，郑州司兵沈悦派人说愿意降唐。徐懋功联络王君可一起偷袭虎牢关，沈悦在城中开门接应。长史王行本及长史戴胄被唐军俘虏，唐军于是占据了军事要地虎牢关！

第二十二章　智取窦建德

DIERSHIERZHANG ZHIQU DOUJIANDE

再来说一下王世充这一边，王世充派长孙安世去乐寿向窦建德求援。长孙安世到了乐寿，见到了夏王窦建德，呈上文书金帛。窦建德看完后将手本丢在了一边，为什么？原来之前王世充因为和自己争夺地盘都打起来了，如今却来求自己出兵援救，心中不免气愤！碍于在朝堂之上，又有长孙安世在，便对众文武说："各位，郑王王世充请求出兵援助，你们有何看法？"

孙安祖说："禀夏王，王世充来文书求援，本应前去援救，但我们与唐军素来都无冤仇，如今无故出兵怕会伤了和气。还有就是我军刚打完孟海公，再劳师去救洛阳，军士没有得到休整，去了也难解洛阳之围，所以我觉得还是不去为好！"

长孙安世说："夏王，郑与夏是唇齿的关系，唇亡则齿寒，这道理谁都清楚。如今夏不去救郑，那么郑必然灭亡，而郑灭亡了以后，下一个会是谁呢？请夏王三思！"

窦建德一听，颇有点三国的意思，不禁一震！便对长孙安世说："先生请先退下，容我们君臣商量一下！"

长孙安世于是告辞退了出去。

中书侍郎刘彬见窦建德如此便说："现在各方割据，唐得了关西，郑得了河南，夏得了河北，大体上成鼎足之势。唐发兵去攻打郑，从去年秋天一直打到现在。唐兵越来越强，而郑的地盘却越来越少，很明显唐强而郑弱，这样的话郑必定不能支持下去。如果郑灭亡，则夏也不能独立存在。如今不如化解仇恨，发兵前去救郑。夏打其外，郑打其内，则唐必败。唐军退去以后，我们再看郑的形势。如果可以攻下郑国，那合两国的兵马，再乘唐军疲惫之机，天下可得！"

一席话说得窦建德拍案叫好，说："爱卿说得太好了，我心里就是这么想的，但就怕……"

凌敬听了说："主公忧虑不无道理。如今唐以重兵围困东都，大将徐懋功、罗士信据守虎牢关，我们就算倾全国的兵力去救郑，也不一定能救得了。但是如果我们现在出兵渡过黄河，取了怀州河阳，然后直取长安那就大不一样了。这样做的好处有三：第一，长安空虚，我们不会遭遇强敌抵抗，我军无忧。第二，秦王李世民知道我们带兵去打长安，必然回兵去救，则郑围自解。第三，此次进兵可打乱唐军的部署，使三分天下的局面得以稳固！请主公决断！"

这时武将们说了："自古以来救兵如救火，若按你说的这样迂回着去取长安，拖得时间久了，洛阳早被李世民攻下来了。那还救什么救，你这是叫主公失信于天下！"

"我等的目的不是王世充，王世充乃小人，几次三番夺我属地。如今唐的势力甚大，我们只能和他们迂回以图良机争夺天下。此时去打长安名正言顺，既可以使夏闻名天下，还能让李世民从此再不敢小看我夏，为什么不去？"

"一介书生懂什么打仗。主公，我们还是稳妥一点直接引兵前去洛阳，不要那个花枪！"

窦建德一听也是，而且打仗还得靠这些武将，于是决定兵发十万援助王世充。

武德四年（公元621年）二月，窦建德任命曹旦为先锋，刘黑闼为行军总管，自己与孙安祖为后队，领兵十万去救洛阳。公主窦线娘协同凌敬、曹后等守国！

秦王李世民的探子很快就听到了这个消息，中军帐里说什么的都有：

"窦建德一来，我军腹背受敌，这该如何是好？"

"是啊，这王世充占据东都，物品齐备，兵马精良，暂时的困难只不过是缺粮。如今窦建德前来援助，两股势力合兵一处，将河北的粮草运来给了洛阳，到时后果不堪设想！"

李世民和李靖却非常高兴，继续听他们议论！

这时记室薛收说话了："我看不见得，窦建德此来其实正好。因为这王世充的势力已经被我大唐消耗殆尽，此时窦建德领兵十万前来救援，正是我们除掉他的大好时机。我们应该围困洛阳，增高壁垒。如果王世充出兵，我们避免和他交战，死死地把他按在洛阳城内，再率领精锐部队在虎牢关以逸待劳，坐等窦建德他们到来。一举灭了窦建德后，王世充自然也会投降。不出二十天，他们两个就会成为我们的阶下囚，天下可定矣！"

屈突通一听这话，站出来说："如今我军人困马乏，王世充又死守洛阳，难以在短时间内攻克。窦建德乘胜而来士气锐不可当，我军腹背受敌。这不是开玩笑，我觉得不如退守新安，再做打算！"

李世民一听哈哈大笑了起来，说："王世充屡战屡败，士气低迷，加上粮草短缺，将士们必然离心离德，我军不用白费力气强攻就可以坐等其灭亡。窦建德刚刚大败孟海公，士气确实很旺，但军卒却没有得到片刻的休息便来救洛阳。我们只要占据虎牢关，就是扼其咽喉。如果他冒险与我们决战，我们可以轻而易举将他击败。如果他不迅速进兵，王世充将在十日之内不攻自溃。破城后我军的兵力、士气自然倍增，而窦建德却劳师远征而没有了结果，到了河南又没有了可以赖以固守的屏障。我等都等不来这样的机会，他自己送上门了，我们一鼓作气将他也拿下，不好吗？"

屈突通等人一听秦王的分析后也没有了顾虑，整个中军帐由于窦建德的到来而露出了杀气。之后，李世民命令李靖带领屈突通等人领兵五万按住王世充，自己带领精兵五万带着秦琼、尉迟恭、程咬金等人赶往虎牢关和徐懋功、罗士信会合，养精蓄锐坐等窦建德的到来！

话说窦建德没几天就到了虎牢关，在距离虎牢关三十里外安下营寨。整个夏军连营二十里，气势甚大。他们每天都到虎牢关前去叫阵，徐懋功吩咐众将高挂免战牌。连续几天以后夏军已经露出了明显的懈怠，徐懋功觉得机会来了。一天晚上众夏军军士刚刚解甲睡了，就听见军门外一声炮响，一时喊杀声震天。曹旦连忙领着军士出营迎战，见一个黑大个手持单鞭杀了过来。

曹旦举枪相迎，来将正是尉迟恭，奉军师徐懋功将令领兵一千前来劫寨，士兵手里都提着火枪，坐骑上挂着响铃。其中有个军士看曹旦举枪去挡尉迟将军的单鞭，催马过去提起火枪就朝曹旦刺了过去。曹旦慌忙之中一躲，火枪擦着脸刺了过去。刺是没刺着，但曹旦一把大胡子遇到火一下着了起来，他标志性的大胡子被火烧了个干净。名将曹旦只一个回合便败在了他钟爱的大胡子手里，由士兵扶着败下阵去。

不一会儿只听又一声炮响，罗士信又领着一千兵马杀了过来，罗士信杀到的是高雅贤的大营。高雅贤一看罗士信那条枪，心里就嘀咕。这怎么挡啊，那是擦着就死，碰着便伤，在阵中四处冲杀，还是到别处去看看吧！正要走，这时刘黑闼带人前来支援。高雅贤指着南山上的一串红灯说："你看南山上的红灯，必是唐军的指挥暗号，我们只要射了它，唐军自乱！"刘黑闼一看还真有一串红灯，扯满弓一箭就向红灯射去。这刘黑闼还真有点意思，那灯被他一箭射了下去。却不想徐懋功早有准备，一串被射下去后，另一串红灯立刻又拉了上去！刘黑闼还要弯弓去射，忽然又听一声炮响，又冲出来一员大将，朝他们来了。此人手持熟铜锏，胯下黄骠马，大旗上赫然写着一个"秦"字。来人正是秦琼，也带领一千人马冲了上来。高雅贤和刘黑闼一看忙提枪前去应战。此时尉迟恭和罗士信打扫完前面的夏兵也冲了上来。高雅贤一个不留神被秦琼一锏打下马去。刘黑闼看对方来势甚猛，救起高雅贤就败退下去。此时三人合兵一处，三千人马竟让他们杀出了几万人马的动静，带领唐军在夏的军营中东冲西撞，杀了个落花流水！正杀得高兴，忽然听见后面一阵鸣金，三人只得停了下来领兵回营。回营一清点带去的三千人马未曾折损一人，秦王很是高兴，置酒为他们庆功，决定第二天乘胜一举拿下窦建德。

这窦建德为什么如此不堪一击呢？原来窦建德自山东起兵以来，打败的不过是些小股势力。他的队伍不整，纪律不齐，哪里见过如秦琼、罗士信、尉迟恭这样如狼似虎的猛将，以致在被劫营后乱了方寸，缺乏有效的指挥，成了刀板上的鱼肉。

第二天，窦建德将损失较大的曹旦调到了中营，刘黑闼改为前营。队伍从板渚迁到了离虎牢关五十里的牛口谷，以防唐军再来劫营！徐懋功一看这牛口谷四面环山，就命令唐军四面迂回将窦建德围在了牛口谷。全然不知的窦建德此时还四平八稳地领军前去虎牢关前叫阵，刘黑闼为前部先锋，代王王琬在后面随军观战。此时的王琬头戴束发金冠，身穿锦袍金甲，本没什么出奇，但他骑的马却大有来头，是隋炀帝杨广的坐骑——青骢马！

秦王李世民和尉迟恭此时已经悄悄绕到他们的后面。秦王见到青骢马就朝尉迟恭说："这小将骑的一匹好马啊！"尉迟恭一听便说："殿下说是好马，待我为殿下取来！"秦王忙说："不可，不可！"

"这个不妨！"

尉迟恭说完跨上马就朝代王王琬冲了过去。那可是几千人马，秦王怕尉迟恭有闪失赶紧派高甑生、梁建芳也拍马前去接应。没一会儿尉迟敬德就来到了王琬身边，突然杀出来这么一位，大家都没有反应过来。到王琬跟前尉迟恭大喊一声："哪里走？"王琬像小鸡一样被尉迟恭提了起来，扔到了地上，靴尖挂住马缰绳，和高甑生、梁建芳一同回到了营中。

这就是传说中的百万军中取上将首级如探囊取物！唐军的众将士被尉迟恭这一举动狠狠地振奋了一把。徐懋功看准时机，将军旗一挥，命令全军冲了上去。战鼓擂得震天响。唐将白士让、杨武威、王薄、陶武钦等带着人马从正面冲，秦王同尉迟恭、秦琼、罗士信、程咬金各带两千骑兵，从夏军的背后冲杀了进去。夏军见了大惊，只得且战且退。唐兵追杀了三十余里，斩杀了数万夏兵。窦建德一看这形势，脱了龙袍换上了盔甲，领着夏兵又冲了回来，却遇到了柴绍夫妻领了一队娘子军，勇不可当。窦建德提枪迎战，却久疏战阵，早已不是当年的那个窦建德了，一不小心就中了一枪，被军士们扶着就要逃。但哪里逃得了，到处都是娘子军。忽然窦建德见牛口谷里芦苇茂密就有了主意，叫军士将他扶着就地钻到芦苇里面去了。那些娘子军没看见，朝别处追了过去。但不一会儿，车骑将军白士让和杨武威两个人纵马从这里经过，见芦苇丛中有东西反光，知道有敌军躲在里面，就命令士兵拿兵刃在芦苇丛中乱砍、乱刺。眼看就要砍到窦建德了，窦建德只好叫出了声音："哎……我便是夏王窦建德，将军若能相救，我们平分河北，共享富贵！"杨武威和白士让一听大喜，笑着说："好！出来吧，我们救你！"窦建德此时才由两个军士扶着从芦苇丛中走了出来。白、杨两人一起上去就把窦建德绑了起来拴在了马上，簇拥着来到了虎牢关。只见尉迟恭提着刘黑闼的人头，王薄提了范愿的首稽，罗士信活捉了长孙安世都在那里献功。可怜夏国的十几万雄兵，被唐军一顿组合拳打得一朝散尽，只有孙安祖带了二三十个军丁逃回了乐寿。

此时秦王李世民已经回到了虎牢关，听说抓住了夏王窦建德。众将都不信，秦王也觉得在开玩笑，但没一会只见杨武威与白士让押着窦建德来到了中军帐。众人一看真是，都欢呼了起来。窦建德来到帐中也不跪，秦王见他这样笑着问："我是来征讨王世充的，与你何干，颠颠地跑来送死？"窦建德看既然被抓住了也不能太怂，便也说了句浑话："这会自己不来，迟早还得劳烦殿下前去，麻烦！"秦王呵呵笑了起来，又问杨白二将："你们怎么抓住他的？"

"哦，是三公主和柴郡马率领娘子军将他赶到了牛口谷。他就躲藏到了芦苇中，被我等看见拿住，这正应了民间'豆入牛口，势不能久'的童谣。"

众人一听又哈哈大笑了起来，秦王命令将窦建德监押了起来。此时窦建德手下被俘的有五万多人，众将问怎样处置，秦王说："杀了太可惜，不如放了，让他们回乡和妻儿团聚吧。"

"怕就怕他们回去以后又与我们为敌！"

徐懋功说："窦建德也是草莽英雄，拥兵二十万尚且被我们杀得惨败。他们经过这一战哪一个还敢和我们为敌，放他们回去正好传殿下恩威，山东与河北可以不战而得。"

众将听了都觉得有理。秦王于是对徐懋功说："我在虎牢关整顿兵马先去洛阳，军师再辛苦一趟，到乐寿处理好一切以后火速到洛阳会合！"

"臣领命！"

第二天，徐懋功便和罗士信等人赶往了乐寿。到乐寿后徐懋功下令：不得妄杀一人，不得搅扰百姓，违令者斩！乐寿城中百姓听到窦建德大败的消息后都很害怕，但看徐懋功带领的唐军军纪甚严，一边张贴告示安抚百姓，一边开仓放粮。乐寿城中井井有条，因此妇女老幼都出门夹道欢迎唐军。在百姓的指引下，没一会徐懋功等人就来到了窦建德的皇宫里，却只见在朝堂上一个官员面向西吊死在梁上，墙上有一首诗：

几年肝胆奉辛勤，一著全输事业倾。

早向泉台报知己，青山何处吊孤魂。

——夏祭酒凌敬题

徐懋功读罢以后，感慨万千，叫军士准备棺椁好生安葬。几人又来到后宫，见一个凤冠龙帔的妇人，高高地悬梁吊死在那里。徐懋功知道这是曹后，忙叫人放了下来，好生安葬！徐懋功内心很是凄凉，心想：这窦建德外有良臣，内有贤助，齐家治国横行天下，无奈天命所归，一朝覆灭。这就是命数，不是人力所能左右的！徐懋功又见前面跪着几个宫奴，就问："窦建德有个女儿，勇敢了得，怎么不见？"

"禀报将军，前日孙安祖回来，报知小姐她父亲被擒，带着小姐连夜走了！"

"也好，让她走吧！"

当初隋炀帝的传国玉玺和许多奇珍异宝在窦建德灭了宇文化及后都归了夏，这时也被唐军搜了出来。徐懋功一一都收拾了起来，连同图书册籍装好后都运往了洛阳不说。

王世充的洛阳，被李靖五万兵马围了个水泄不通。城中将士日夜巡逻，个个弄得疲惫不堪，加上粮草紧缺，大多数人都想献城投降。只有一个单雄信因王世充待其甚厚，加上和李渊有杀兄之仇，一直坚守！

一天黄昏，只见金锣喧嚣，有队人马来到城边，高声喊道："快快打开城门，我们是夏王派来的永安公主！"城上的士兵连忙报知单雄信，单雄信来到城楼上一看，确实有无数女兵，打的尽是夏国的旗号，中间马上是金装玉砌的一位女将，手持方天画戟。单雄信也是饿得眼花了，以为真是窦建德的女儿来了，非常高兴，一面命人报知王世充，一面领着防守的禁兵打开城门迎接。哪里知道来人却是柴绍夫妇，他们冲散了窦建德以后就带兵来到了洛阳，和李靖一起定下了这冒充窦线娘的计策。刚来到城门口，早把四五个军士砍翻，控制了城门口。这时屈突通、殷开山、寻相等一干大将带着人马冲进了洛阳城。单雄信挺金钉枣阳槊迎战，哪里挡得住。有女兵早迁回到了他的马下，砍翻了他的坐骑，单雄信被擒。柴绍夫妻一路杀进了洛阳，进宫去抓王世充。来到宫门前，却见王世充手捧舆图国玺从里面走了出来。柴绍一看舒了口气，和李靖一起笑了起来，吩咐诸将将王世充和其家眷、文臣武将都尽数押上了囚车。他们一边粘贴告示安民，一边继续抓捕王世充余党。

正在忙乱之际，有人来报："秦王到了！"李靖同柴绍夫妇随同诸将一起到城门口去迎接，见到秦王上前参拜。李世民一见柴绍夫妇，也忙从马上下来，一边叫李靖等人起来，一边朝柴绍他们迎了过去。姐弟互相见礼以后一起高兴得跳了起来，李世民一个劲地抱怨姐姐在虎牢关为何不出来相见。平阳公主则看到李世民建此功业为二弟高兴，众人一起簇拥着来到了王世充的行宫。李世民见到牢笼中的王世充说："你当初看不起我，如今还有什么话好讲？"

"其实罪臣早想归顺大唐，只因为众将反对而犹豫不决。殿下这几日又不在营寨当中，故而拖到了今天。如今我是真心降唐，还请秦王免罪臣一死！"

秦王听后大笑了起来，众人也是一阵大笑。秦王命令诸将清点仓库，运粮食进城救济城中百姓，洛阳百姓对秦王皆感恩戴德！原来自从秦王带兵围住了洛阳以后，城中粮草奇缺，王世充就用酷刑严厉控制城中百姓。老百姓有逃跑的，他就命令家里有一个人逃跑，全家不论老少都株连被杀，但父子、兄弟、夫妻之间只要告发就可免罪。后来还是有人跑出洛阳，他就想一家人太少，难免有看不见，听不到的。于是他又命令五家为一保，互相监督，如果有人全家叛逃而邻居没有发觉，四周的邻居都要处死。即使这样，人们叛逃还是越来越厉害。后来王世充甚至规定就连上山砍柴的人，出去回来都有时间限制。他还把宫廷作为大监狱，只要产生怀疑，就把此人连同家属捆绑起来送进宫廷关押。每当派遣将领出外作战，也把他的亲属拘留在宫里作为人质。被囚禁的人一个紧挨一个，不少于一万人。

没有食物，饥饿而死的一天几十个，弄得公家私人人人自危，都无法生活。

库存的粮食很快吃光，城里的人没有吃的有的开始吃人。更多的人没有办法了抓来泥土放进瓦瓮里，用水淘洗。沙石沉在底下，取出浮在上面的泥浆，把糠麸掺在里头，做成饼子来吃。吃完以后人人都身体肿仲而腿脚发软，一个个躺在路上苦不堪言。据说尚书郎卢君业、郭子高等人都饿死在山沟里，别说一般的老百姓了。如今看秦王对老百姓这样宽容大度，又发粮食给他们吃，所以路过王世充囚车的时候都解恨似的吐他一口老痰，令人唏嘘不已！和王世充一起被关起来的窦建德，一看这王世充在老百姓心里这个样子，肠子都悔青了，自己怎么就想通来救他了呢！

第二十三章　单雄信之死

DIERSHISANZHANG SHANXIONGXIN ZHISI

　　秦琼随秦王回来以后见洛阳已破，他心里记挂的却是单雄信。他不知道二哥怎么样了，把囚车找了个遍可还是不见单二哥的影子，查问军士后才知道原来被程咬金接走了。军士们领着他来到了一间土地庙，只见程咬金和二哥坐在里面。秦琼哭着上前一把抱住了单雄信，三兄弟哭成了一团。过了一会单雄信说："叔宝，不必悲伤，其实当我听说秦王要来讨伐王世充的时候已经抱定了必死之心。如今亡国成了俘虏，早已将生死看开了！"

　　"二哥说哪里话，我们兄弟一场，本来想的是患难与共，生死相依。不想瓦岗失败后散到了四方，如今我们兄弟又重新聚首，岂有不管二哥死活的道理？何况以二哥的才力，若肯为大唐效力，秦王一定非常高兴！"

　　"叔宝，杀兄之仇不共戴天。杀我单雄信可以，但要我投降他们李家这却办不到！"

　　"二哥，你别这么倔了。唐公杀你哥单雄忠纯属意外，那时确实有人在追杀他们。我跟你说过很多次了，他也是逼不得已，你怎么就是想不通呢？"

　　"叔宝，其实也不单单是杀兄之仇。看如今天下局势已定，再没有谁能和大唐争夺天下了。我又是洛阳城死战到最后的一个，所以无论如何他们是不会放过我的。别枉费心机了，唉！我唯一有点不明白的是这窦建德怎么就败得这么快呢？"

　　于是秦琼又把窦建德如何战败，如何被擒的经过说了一遍。完了以后又补充了一句："其实是秦王故意引他前来救援的，要攻洛阳其实早攻下来了!"

单雄信听完叹了口气。这时正好有军士来叫秦琼和程咬金去吃庆功宴，秦琼便对单雄信说："此地不是住的地方，二哥到我那里去吧!"

"我如今是阶下囚，理应在此地，就不难为你们了!"

程咬金一听这话急了："什么阶下囚不阶下囚的，你到哪里也是我们的单二哥，别拿我们当外人，也别说什么为难不为难的话!"说完也不管单雄信愿意不愿意，把锁链交给了军士，双手挽着单雄信就出了土地庙来到了秦琼的营中。齐国远、李如珪和尤俊达听到单雄信到了秦琼的营中，也都过来和单雄信见面。不多时屈突通来了，他是奉命看守郑和夏的降将，清点中见没了单雄信。听是秦琼带走了，所以到他这里要人。只见屈突通来到秦琼面前，一抱拳说："秦将军，单雄信可在你营中?"

秦琼这时一脸为难的样子，程咬金说话了："老屈，单雄信是我们几个的生死兄弟，如今就在我们这里，等到了长安交还你一个单雄信就是了!"

这时屈突通也面露难色，说："这怕不好，秦王有令点诸犯入狱，我也是奉命前来! 若秦王问起来不好说啊!"

这时齐国远他们几个也走了过来，说："老屈，我们几个在此作保，若秦王问起此事，我们和他说!"

屈突通一看这样，叹了口气说："好吧，既是众位将军作保，料也无事，那就将单雄信交给各位了!"说完便走了。

到了第二天，徐懋功忙完了乐寿的事也来到了洛阳，见了秦王。秦王问乐寿的情况，徐懋功说："臣到乐寿时，祭酒凌敬已经缢死在了朝堂之上。曹后也缢死宫中，其余嫔妃有一二十人，唯独不见了他的女儿。这窦建德在河北深入民心，老百姓听说窦建德被擒，都替他求情。之后微臣又开仓放粮，安抚城中百姓。城中大小官员都愿臣服于我大唐，臣在众人当中选了一个老沉持重的暂且代为管辖。秦王，不知微臣办得是否妥当?"

秦王李世民听完后哈哈大笑了起来，说："军师说笑了!"

"我还在窦建德的王宫里面搜出了隋炀帝杨广的传国玉玺和其他的图书典册，也一起带了过来。"

"好，军师这次辛苦了，回到长安再为军师庆功!"

　　说完秦王又下令，命宇文士及和大将军屈突通暂守洛阳，其他剩余将士即刻班师回朝。

　　徐懋功从秦王那里出来以后听说单雄信在秦琼那里，忙来与之相会，两人见面后不觉又是泪两行！可这单雄信就是不愿意投降大唐，愁坏了众位兄弟。安排单雄信睡下以后几个人便又聚到一起想起了办法。

　　徐懋功说："如今我们只有去求秦王殿下了！"

　　"但我们都只是瓦岗降将，到秦王手下时间不长，怕作用不大！"

　　"我们是人微言轻，但秦大哥是他们家的救命恩人，或许还有机会！"

　　"不一定啊，前不久单二哥在洛阳宣武陵差点要了秦王的命。而且正如单二哥所说守洛阳他是最顽固的一个，秦王怎肯轻易放过他！"

　　"要是这么难依我看一不做二不休，我们带着单二哥走，这大唐的官我们不做了！"

　　众人相互看了一眼，都摇了摇头，说："如今我们几个的家眷都在长安，秦大哥的母亲、老婆孩子，程咬金的母亲、老婆孩子，尤俊达的，如今不比从前了！况且我们不能害了屈老将军！"

　　"这样啊，那到长安我们安排好家眷以后去劫法场！"

　　"嗨，老齐，小声点，你别傻了！你以为这会还在瓦岗山呢？我们根本没机会！"

　　"唉，那怎么办呢？"

　　"如今只有去求秦王一条路了，秦大哥先来，不行我和咬金再上，一定要求秦王放了单二哥！"

　　"好，那我们几个一起去！"

　　"不行，人不能太多，秦大哥、我、咬金三个人去就可以了。"

　　"好，事不宜迟，我们明天就去！"

　　于是第二天，兄弟三人来到了秦王军帐当中，见了秦王李世民三人齐齐地跪了下来。秦王一看他们三个这样也大概猜出了八九分，忙上前将他们都扶了起来，叫人赐座。秦琼先说话了："秦王，属下有事相求！"

　　"哦，恩公请讲！"

　　"郑将单雄信是我等的结义兄弟，曾一起在瓦岗共同辅佐李密，情同手足，武艺在秦琼之上。洛阳城破被擒，恳求殿下网开一面，放他一条生路，让他与末将一起为殿下效力！"

"恩公，若说别人我一定应允，唯独这单雄信却不行。他为人极其顽固，若没有此人，洛阳我十日以前就攻下来了！况且他先辅佐李密，后又投降王世充，如此反复之人，我岂能留他！"

程咬金一听秦王这么说急了，说："殿下，若说别人反复我信，但说单雄信反复我却不信。殿下如果怀疑他有异心，我们情愿三家作保，他若谋逆，我们一起连坐！"

徐懋功也说："是啊，秦王招降纳叛，我等都是瓦岗的旧臣，如今都可以服侍左右，为何单雄信不可以？况且今日如果杀了单雄信，那以后谁还会再来归降秦王，还请秦王三思！"

"哈哈，好了好了，我刚才是逗你们玩呢。你们一进来我就知道你们来干什么。其实我在宣武陵就见识了单将军的勇猛，他若投降，李世民求之不得！你们让他来见我吧！"

秦琼他们一听都喜上眉梢，连忙跪下就要给秦王磕头，秦王一见他们这样笑着上前把他们都扶了起来！三个人笑着退了出来。

他们来到单雄信跟前，把这消息告诉了他，却见单雄信没有任何表情。秦琼隐隐觉得事情不妙，只听单雄信说："各位兄弟，其实我如果能投降大唐就不会等到今天，你以为我不想和你们团聚吗，这王世充就那么好吗？"单雄信说着说着眼泪下来了，他接着说："我之所以不降，是李渊杀我大哥这个结我始终解不开！我没有办法听他们家的差遣，如果那样你叫我百年后如何去面对我死去的大哥，如何去面对我老单家的列祖列宗？"

听完后秦琼也流泪了，说："二哥，秦王殿下已经答应不杀你了，只要你去见他一次，剩下的事都有我们！你不愿意听他的有什么？我们去，二哥……"

秦琼喊完这一声后泪如雨下，胸口一阵发闷，嗓子眼里一股热气涌了上来，一口鲜血吐到了当场。众人一看都吓了一跳，围了上去，单雄信也吃了一惊。秦琼推开众人，看着单雄信用手擦去了嘴角的血迹，问单雄信："二哥，你去吗？"

单雄信咬了咬牙，转过头叹了口气说："叔宝，我不能去！"

秦琼眼睛一闭，擦去了脸上的泪水说："好吧，二哥，我听你的。我秦琼这辈子有你单雄信这个朋友值了。家人你放心，我会替你照顾好！"他回头又对程咬金说，"咬金，既然这样你去准备酒菜，我们兄弟几个再喝一次！"程咬金一听这，强忍住泪水去叫人准备酒菜。徐懋功等人也都转过身去，任泪水在脸上肆意横流。没一会酒菜上齐，几个人又像以前那样喝了起来！

这样没几天李世民率领大军回到了长安。李世民这次出征非同小可，一举荡平了王世充和窦建德两股强劲势力，整个中原大地已经没有势力再能和唐王朝相抗衡。李渊看着平时给自己写信称兄道弟的王世充跪在大殿之上便笑着问："郑王兄近来可好？"

"陛下说笑了，微臣自知罪孽深重，死不足惜，但秦王殿下已经答应留臣一条性命，请陛下恩准！"

李渊笑着看了看李世民，李世民刚要解释没有此事，但李渊向他挥了挥手。那意思是不用解释了，无所谓。李渊接着说："好，既是我儿答应留你一命，那就不杀你。将王世充及其家眷一起流放岭外，永世为奴！"

接着李渊又命人将窦建德、朱灿、段达、单雄信、杨公卿、郭士横、张金童、郭善才着刑部派官押赴菜市口处决！旨意一下，却听黄门官上前来奏报："启禀陛下，殿外有一女子，绑缚衔刀，声称是夏王窦建德之女，跪于朝门外求见陛下！"

李渊一听很好奇，便让进来看看究竟。没一会儿，只见进来一个女子，用锦帛将自己绑了起来，口里衔着一把钢刀，面露英秀之气。李渊忙叫人下去摘掉了钢刀，问："你是窦建德的女儿，不去逃命，为何跑到大殿之上来送死？"

"臣女窦线娘，是夏王窦建德的独女。父亲身犯死罪，我一个女子没有办法相救，愿以身代受其刑，故冒死来此！"

"窦建德久居河北，竟敢亵渎天朝军威，不是你一个女儿能替得了的！"

"我父亲只生有我一个女儿，他犯的错我如何不能替。况且王世充篡位弑君，陛下尚能赦免一死，而我父亲曾征讨宇文化及，后又为炀帝发丧。前段时间打下黎阳还曾将陛下御弟李神通和同安公主送还，较之王世充是不是更应该赦免！"

　　李渊一听这丫头伶牙俐齿说得极有道理，心里非常喜欢，就对窦建德说："你藐视我大唐军威，本应该斩首，但因为你有一个好女儿，加上你在河北深受老百姓爱戴。这样吧，令你出家为僧，永世不得还俗！你女儿因我朝皇后也姓窦，朕就收她做外甥女吧！"

　　窦建德一听这，老泪纵横，叩谢皇恩后被军士们带了下去！

　　秦琼见唐王李渊如此仁德，心里又有了希望，看了看徐懋功和程咬金，一抚袍袖他又跪了下来，说："禀唐王，末将有事相求！"

　　李渊看是秦琼跪下来说的，忙上前将秦琼扶了起来，说："恩公请起，有什么话起来说！"

　　"臣请陛下放过单雄信，臣愿意放弃所有官爵解甲归田赎其罪过，请陛下法外开恩！"

　　"单雄信啊！恩公待我李家恩重如山，而我李渊也确实有愧于他们单家，既然如此，我想就……"

　　说到这，太子李建成说话了："父皇，秦将军确实有恩于我们李家，我们家也确实对不起单雄信他们家。但家国不能混为一谈，国法不可废。单雄信身犯国法，理应处死。我觉得我们能做到的只能是赦免他的家眷，不然国家威严何在，还请父皇三思！"

　　李渊此时也有些为难，说："这……"

　　这时徐懋功和众瓦岗兄弟也都跪了下来，齐道："请陛下法外开恩！"

　　这时宰相裴寂站了出来，说："陛下，太子说得极是，国法岂可荒废，如果那样要国法有何用。陛下赦免了王世充和窦建德，已见陛下乃宽厚仁德之主。如果再赦免了单雄信，到时天下人纷纷起来效仿，又该如何处置？"

　　秦王李世民原来也想为单雄信求情的，但看现在的局势，太子和当朝宰相都出来说话了，单雄信死定了！

　　太子李建成是怎么想的呢？如今的大唐江山可以说就是秦王李世民一个人打下来的，军功至伟。秦王手下众多，他老婆长孙一家更是鼎力相助。本来秦王就人才济济，这单雄信和秦琼关系那么好，归降后必归秦王府。他二弟将如虎添翼，这是他不想看到的。秦王在外征战，他在长安也没闲着，借着他太子的身份结交了大量朝中重臣，裴寂就是其中一个。他还大举剪除秦王府的势力。不久前他们刚刚做掉了李世民的老师、太原起兵的重臣刘文静，理由仅仅是刘文静喝醉酒后大骂裴寂。一场战争虽然临近结束，但另一场战争才刚刚开始。

当晚，秦琼便和程咬金等人带着酒菜来到了大牢。一切摆放停当以后，单雄信看大家都不说话，就率先举起酒杯说："来，众位兄弟，我们干！"可单雄信说完后大家还是坐在那里没动，于是他举起酒杯连喝了三杯，说："各位都是我单雄信的好兄弟，今天能来这里送我单雄信最后一程，我谢谢大家了！"单雄信说着说着，眼里也慢慢有了泪花，众兄弟更是泣不成声。他接着说："这辈子没有众位兄弟，最多我单雄信也就是个占山为王的响马，平平淡淡地了此余生，但和你们在一起我可以呼风唤雨一辈子活得轰轰烈烈。有时我就想，到底人活一辈子为了什么呢？功名富贵？好像不是。因为那些东西我们都曾经有过，没什么用。今天是我的，明天可能就是别人的。女人？也不是，绝大多数情况我们有一个知己足矣。我们的人生活到最后到底积淀的是什么呢？思来想去我觉得是兄弟，是朋友！我喜欢和你们去做任何事，不管最后是成功还是失败，我都愿意和你们在一起。因为我知道你们就在我身后，有你们我觉得我人生无憾！"

"二哥，别说了，别说了！今天我把秦怀玉也带来了。来怀玉，跪下！"

"是，爹！"

说完，秦怀玉按秦琼指的跪到了单雄信的前面，秦琼说："叫岳父！"

"啊，爹，我今年才十五岁！"

"让你叫你就叫！"

"那你让我娶谁？"

"还能有谁，你单叔叔的女儿爱莲！"

"呵呵，好，我就喜欢她！"

说完，秦怀玉对着单雄信就叫了声："岳父大人好！"

众人一听这都不禁笑了起来，指着秦怀玉说："这臭小子！"

这时，气氛就被秦怀玉又带了起来，众兄弟又你一杯我一杯地开喝了，不知不觉当中这些人竟然喝了个通宵。到了第二天早上，有几个禁子站到了大牢的门口，后面还有几个包着红头巾的人。单雄信一看，大概是自己的时间到了，便站了起来一举酒碗说："来，兄弟们，我们最后再来三碗！"原来此时的酒器早已经换成了大碗。程咬金他们也知道时间不多，慢慢地每人倒了一碗，大口地喝了下去，接着是第二碗，完了是第三碗。众位兄弟都端着手里的酒碗在那儿抹泪，而单雄信喝完以后把手中的酒碗举过头顶一下扔到了地上砸了个粉碎，对着众禁子说："走吧！"

到菜市口以后，却见单爱莲早已等在了那里。见到单雄信，她扑到父亲怀里就哭了起来。秦琼他们没想告诉她，但单全没忍住。秦老夫人和张氏拉了她三次都没有拉开，哭声令天地动容，日月无光。秦琼、程咬金他们几个老爷们都不忍心再看下去了，找了个地方躲了。就这样单雄信被杀了，秦琼等人替他办了后事不提。

第二十四章　喋血玄武门

DIERSHISIZHANG DIEXUE XUANWUMEN

　　秦王李世民一举平定了王世充和窦建德以后，唐王李渊已经觉得没有什么封赏可以衬得上他这位功勋卓著的儿子了，便为秦王量身定做了一个封号"天策上将军"，以表彰他的卓越战功。他的秦王府更名为天策府，并且给了天策府一个权利，可以更改官吏的任命。这个权利非同小可，就是太子也没有，于是李世民借此网罗天下人才。接着他又在京城设立文学馆，收纳了王府属杜如晦，记室房玄龄、虞世南，文学褚亮、姚思廉，主簿李玄道，参军蔡允恭、薛元敬、颜相时，咨议典签苏勖，天策府从事中郎于志宇，军咨祭酒苏世长，记室薛收，仓曹李守素，国子助教陆德明、孔颖达，信都盖文达，宋州总管府户曹许敬宗共十八人。他们常一起讨论政事、典籍，被人称为"十八学士"，在当时非常有名。

　　此时不禁会有人问，李渊不是说威胁大唐江山的有三股力量吗？王世充、窦建德已经被歼灭，江南的萧铣呢？李渊为了平衡李世民的战功，平萧铣李渊以李世民劳累为由没让他去，而是派了河间王李神通和李靖前去一举荡平了萧铣。之后李靖又相继平了剩余的其他势力，李靖成为唐初唯一一个在军功上可以和李世民相媲美的军事将领！

　　那是时候交代一下李靖这个人了。李靖，本名药师，陕西三原人。他的舅舅是大名鼎鼎的隋朝名将韩擒虎，曾和李渊一起出生入死生擒陈后主。李靖从小受韩擒虎的耳濡目染，长于用兵。隋末李靖任马邑郡丞，因得知唐王李渊谋反，于是把自己伪装了一番后准备到江都去向杨广告发李渊。但到长安后关中已经大乱，因道路阻塞而未能成行。后来李渊起兵，占领了长安，李靖于是被俘。李靖满腹经纶，壮志未酬，在临刑前将要被斩首时，大声对着李渊喊："唐王，您兴义兵，本是为了天下除暴安良，怎么不想着去完成大业，而以私人恩怨斩杀人才？"李渊听到他这么说，便觉得李靖绝非寻常人物，因而赦免了他。后来，李世民赞赏他的才识和胆气被召入秦王府，用作三卫。

后来李靖跟随李神通追剿宇文化及小试牛刀，跟随李世民征剿王世充和窦建德其才华展露无遗，直到后来的独立用兵。在战场上他临机果敢，料敌如神，往往可以出其不意，克敌制胜。不但如此，他还文武兼修，曾两次入朝为相，是中国军事史上一位非常显赫的人物！

随着天下局势逐渐的明朗，李世民和李建成两个人的关系已经不仅仅只是兄弟，两人开始在各个方面明争暗斗。李世民继续网罗人才。除了以上的十八学士，李靖平了萧铣后，原来萧铣的谋士李世民的舅父高士廉也投奔到了他的麾下。李建成此时也抓紧时间培植自己的势力。他首先把魏徵从李渊那里要了过来，任命为太子洗马，接着又将幽州王罗艺也招到了自己的麾下。李世民虽然战功卓著，被封为天策将军，但终究只是秦王。李建成虽然身居太子之位，又有裴寂的支持，但军功远没有他的二弟李世民大。看到李世民势力越来越大，李建成也心急如焚。到了后来，两人竟如同水火，势不两立起来！

一次，李渊带着他的三个儿子去狩猎，李元吉故意把一匹烈马交给李世民骑乘，并且笑着说："此马是一匹胡马，我们弟兄三人当中只有二哥可以驾驭，来二哥！"

李世民是马上皇帝，根本没当回事，接过李元吉手里的马就骑了上去。在狩猎的过程当中，李世民三次被摔了下来，却三次都不曾受伤，完了之后对李元吉说："我命系于天，胡马岂能伤我！"

李建成和李元吉被弄了个灰头土脸，不但没有伤到人家分毫，还在父皇面前大涨了李世民的志气，心里不免有些沮丧。他们俩无心打猎很早便回到了宫中。到宫中李建成把这事一说，他的手下也一个劲地叹气，但其中有一个转念一想，说："太子，秦王说的可是他命系于天？"

"是啊，怎么了？"

"太子殿下，这命系于天意思是说他自己将为天下之主，是大逆不道的话。我们可以就此参他一本，灭一灭他的气焰！"

"对啊，怎么没想到呢！"

李渊爱妃张婕妤被李建成收买，便和李渊说："秦王三次坠马，自夸受命于天，将做天下之主，人力岂能奈何？"李渊听后大怒，召李世民进宫问询。李世民一听急忙跪下来请罪，才免于处罚！李世民却记住了这次教训。

后来，李渊出宫避暑，命令太子李建成监国。李建成觉得机会已经成熟，便命令自己的心腹庆州总督杨文干起兵谋反，并私下里给杨文干送了两副盔甲。此事被秦王府幕僚范淹得知，便花重金买通了给杨文干送盔甲的两个军士，把盔甲直接送到了唐王李渊的手里。因为私自运送甲胄在当时要以谋反罪论处的，所以李渊得知此事后大怒，令太子李建成进宫解释！

李建成听到此事败露，慌了手脚，急忙来到太极殿。他见到父皇李渊以后，跪到李渊的面前，抱着李渊的腿大哭了起来，而且边哭边磕头祈求李渊的原谅。到后来李建成的额头上都磕出血来了，李渊还是怒气难消。他命令将李建成收押，又派人到庆州去彻查此事。却不想被派到庆州的人刚到，杨文干闻听此事败露，没压住，竟然举旗反了。李建成听到这心都凉了，谋反之罪已成事实，自己的这个心腹这是要了自己的老命了！

李渊听说杨文干反了，对李建成是失望到了极点。他叫来了李世民，让他带兵去平杨文干，并且许诺平息了叛乱后立李世民为太子！事情出现了惊人的转机，李世民心里有了希望迅速出兵平定了杨文干。回到长安以后，李渊却对改立太子一事绝口不提。原来在李世民出兵平叛期间，宰相裴寂查出是秦王府的人花了重金买通了运送盔甲的两个军士，便把此事禀报给了李渊。裴寂还说太子谋反纯属秦王诬陷，而且还有两个军士的证词。这就令李渊很是疑惑，到底太子是否谋反呢？

说秦王府诬陷，甲胄就在面前，而且杨文干已经反了，铁证如山！说太子谋反，又确实有证据说是秦王指使将甲胄送来的，会不会所有的一切都是秦王府策划的呢？李渊想了想，李建成这个太子已经当了好几年了，废了他会令天下人心寒！算了，他已经知道自己错了，就原谅他这一次吧！

于是李渊将东宫中允王珪、左卫率韦挺和秦王府范淹三人流放岭外，说他们挑拨离间致使兄弟不和，将此事草草了结！

时间来到了唐武德九年（公元626年），他们的叔叔河间王李神通为了缓和他们兄弟的关系，邀请李世民和李元吉到东宫喝酒。酒席宴上，各怀鬼胎的弟兄三人坐到了一起。看叔叔的面子，兄弟三人都彼此寒暄了一番，也都信誓旦旦地说以后一定要相互扶持，共保李唐江山。事实上，此时的兄弟三人早已不是太原起兵时的那三个人了，他们所代表的是两股你死我活的势力。寒暄完了以后，李建成端起酒杯说：“来，二位贤弟，既然到了东宫那我先敬你们一杯！”

李建成和李元吉端起酒杯一饮而尽，完了都看着李世民。李世民就觉得气氛有点奇怪，端起酒杯慢慢地喝。这时正巧一只燕子从房梁上飞过，一丝尘土落到了李世民的酒杯当中。李世民的酒由于喝得慢，只喝了半杯，于是笑着说：“看来今天这酒香美，连屋檐下的燕子都想讨一杯去喝！”他说完笑着将剩余的半杯酒洒到了文案底下。没过一会，李世民就觉得腹痛难忍，一口鲜血吐到了地上。李神通一见如此情况，赶紧扶着李世民回到了秦王府。到秦王府以后叫了御医替秦王医治，可李世民终究还是腹痛难忍，吐血不止！

事情发展到这个地步，李渊也看出来他们兄弟已经到了不可调和的地步。听到李世民吐血了，李渊就到秦王府去看儿子。他坐在李世民的床边，就对李世民说：“世民，为父知道你为李唐江山立下了汗马功劳，这江山本来就应该是你的！但你大哥身为太子多年，为父又不忍心废了他。如今看你们已经到了水火不容的地步，为父想既然你们合不到一块儿，那就分开吧。你素来喜欢洛阳，那你就去洛阳吧，我把那里交给你。你们兄弟各领半壁江山，你看怎么样？”

“谢父皇，只是如果这样那我就不能在身边侍候父皇了！”

“长安和洛阳离得不远，如果为父想你，可以叫你来长安，你就不要多想了！”

第二天早朝，李渊仅仅将李世民吐血一事归结为李世民酒量不好，以后不准李建成请他喝酒！完了之后便把自己想要李世民去洛阳的想法告诉了李建成和李元吉。李建成和李元吉听后非常高兴，表示同意。但二人回到东宫将此事说于他们的手下听的时候，手下们立刻提出了异议："其一，让李世民去洛阳无异于放虎归山，之前做的所有努力都将付诸东流！其二，放李世民去洛阳，一旦李渊百年以后试想我们当中有谁会是秦王李世民的对手。到时我们只能将江山拱手相让，所以万万不能让秦王去洛阳！"

李建成和李元吉一听，可不是吗？眼下是好了，可父皇百年以后呢！因此，二人放松下来的神经又重新紧绷了起来，立刻让裴寂和张婕妤劝李渊放弃了这个想法。

李世民听到自己的哥哥和弟弟不想让他去洛阳，心凉到了冰点，心想：这就是不给我李世民活路啊，我是想躲也躲不开了！既然这样就别怪我心狠手辣！李世民随即开始秘密训练秦王府家丁，人数到了八百。接着他又开始小心地试探众将，他先想到的是李靖。李靖态度很明显，两不相帮！屈突通中立！徐懋功保持中立！秦琼因单雄信的死对他打击太大，在家养病，出不上什么力！程咬金愿意追随秦王，尉迟恭愿意效死力，侯君集愿意效力。有了这些武将们的支持，最起码是不反对他，李世民心里有了底。于是他和长孙无忌、高士廉、房玄龄、杜如晦一起谋划起了具体该怎么干！

此时李建成也没闲着，一杯毒酒没毒死李世民，他们的矛盾已经公开化。借太子监国，李建成大举剪除秦王府的势力。在李建成看来，秦王府的幕僚当中，最忌惮的只有房玄龄和杜如晦两个，所以李建成就把房玄龄和杜如晦两个调出了秦王府，让他们到边塞去任职。接着他开始用重金拉拢秦王府的武将，其中他们最畏惧的就是尉迟恭。李建成用重金去收买，被尉迟恭退了回去。后来李建成又扬言要暗杀他，不想尉迟恭听到以后将自己的房门大开，等着刺客来杀自己。太子李建成派的几拨人都不敢踏进他房门半步。见一计不成他们又生一计，李元吉又诬告尉迟恭谋反。李渊下令逮捕审讯，竟被定成了死罪，幸亏李世民据理力争才使他逃过一劫。李建成和李元吉还尝试收买太原起兵的重臣段志玄，段志玄不为所动。收买程咬金，也没有得逞。他们又想把程咬金远调到康州做刺史，程咬金拒不赴任，此事才得以平息。

后来突厥来犯，太子李建成觉得机会来了。征讨突厥李建成上奏的元帅不是李世民，也不是李靖，而是三公子李元吉，而且让秦王府的武将也跟随前往！不但这样，李世民从东宫率更承王晊那里听到一个更大的消息，太子李建成要在征讨突厥的起兵仪式上暗杀秦王，完了之后谎称暴病而死。他还要在平定突厥的过程中找机会把秦王府的武将全都活埋。听到这个消息后李世民等人坐不住了，在一起商量了起来。

"我觉得这消息不可信，要刺杀秦王也得等到我们走了以后啊，在起兵仪式上动手太冒险了！"

"是啊，既然能暗杀秦王，那为何杀我们要等到以后？"

"这些都不重要，其实重要的是这个消息能出来。一是说明太子已经知道即使是他杀了秦王他父亲李渊也不会废了他。二是如今的势力对比秦王已经处在了弱势一方，太子可以肆无忌惮地处理掉秦王以及秦王府的人。三是太子准备动手了。"

"秦王，先下手为强，不如我们先动手！"

"即使知道祸事就要来临，我还是想等大哥他们先动手，然后我再以正义的名义去讨伐他们！直接杀了我大哥，李世民做不到！"

"秦王，你还不明白吗？太子他们是要置你于死地，上一次毒酒没毒死你完全靠运气，难道你每次都有那么好的运气吗？"

"生死是人之常情，谁又愿意去死呢？秦王看轻自己，但也要为我们大家想一想。我们都誓死效忠殿下，辛辛苦苦打下的江山，祸事就要发生，殿下却泰然处之，将这大好江山拱手送人，如何对得起我们这些支持你的人。如果殿下不肯听从我们的建议，那就让尉迟恭走吧，我不想留在殿下身边任人宰割！"

"殿下，也让长孙无忌走吧！"

"好了，你们别说了，让我再想想！"

"殿下如此摇摆不定，怎能成大事！"

"杀掉大哥，父皇那里怎么办？难道你们真的要我把自己的父亲也杀了吗？"

"这……"

"你父皇既然默许太子可以杀秦王，那我想秦王如果杀了太子他也不会说什么的！"

"那是你想！一个父亲怎么能容忍自己的儿子被杀，而且是两个！"

众人一听李世民说得也有道理，杀了太子容易，但他父亲李渊怎么办呢？一时都僵在了那里。

长孙无忌见大家没有了主意，说："不如找房玄龄和杜如晦来商量一下！"

"是啊，他们两个一向办法多！"

于是第二天秦王便派人去找房玄龄和杜如晦。一天以后派去的人回来了，房玄龄和杜如晦没来，他们说："皇上下的敕书是不许我们两个再侍奉秦王，如果我们私下里去见秦王，必定要被降罪致死，因此不敢前来！"

秦王听后大怒："难道房玄龄和杜如晦是要背叛我吗？"

长孙无忌忙说："我看是他们两个还以为秦王没拿定主意，所以不肯前来。秦王，还是我也去一趟吧。我想他们还以为你仍然摇摆不定，说清楚他们一定会来的！"

"好，那你和尉迟恭带着我的佩剑一起去，无论如何要他们来！"

于是秦王便把长孙无忌、房玄龄、杜如晦、尉迟恭、侯君集、程咬金等人都叫到了一起，商议如何除掉太子李建成和齐王李元吉。

"先说一说杀了太子和齐王以后父皇怎么办？"

"什么意思？"

"我不想成为第二个杨广，我想我父亲活下来！"

"那就让他活下来！"

"嗯！怎么讲？"

"杀了太子和齐王，我们一定要一并控制太极殿。到时候秦王你不需要杀你父亲，逼他交出兵权就行了！"

"这样行吗？"

"杨广和你不同，他不杀他父亲控制不住局势。秦王你是众望所归，老百姓都支持你。你父亲李渊那是跟随隋文帝杨坚一起谋过反的，心里明镜似的！如今的问题不是你父亲，而是太子李建成和齐王李元吉。如果我们正面和他们干，未必干得过。光东宫的禁军就有一千，加上齐王府的人，人数远远超过了我们，就这还不算玄武门的守军！"

"玄武门的守军是我们这边的大可放心！"

"哦，太好了！"

"玄武门的守将名叫常何，早年曾经追随我南征北战。后来虽然听命东宫把守玄武门，但我亲自去过他家，常何表示愿意听我调遣。"

"可靠吗？"

"可靠！"

"好！但即使这样，我们还是不能硬拼！"

"那就这样，去太极殿议事他们必然经过玄武门，我们埋伏在玄武门外。他们两个来时一起杀出，结果了他们不就完了吗？"

"没那么简单！东宫和玄武门就几里地的路程，别看我们杀出来，他们再跑回东宫去就麻烦了。到时候我们可就是叛军，全国的军队抓我们不就跟玩似的！"

"晚上干怎么样？"

"最好晚上，便于伏击！"

"可人家大晚上跑到太极殿干什么？"

"是啊，我们想的是好，我们可以在玄武门设伏，但问题太多。我们要对付的是太子和齐王两个人，他们不常外出，而且伏击时间还要在晚上，这太难了！"

"我看不如先占卜一下凶吉！"

秦王于是叫人拿来了占卜用的器具正要卜卦。正在此时，姗姗来迟的张公谨匆匆走了进来。他见大家在那里占卜，便上前一把将秦王手中的签具抢了过来扔到了地上，说："碰到了犹豫不决的事才要用占卜，如今都火烧眉毛了，却怎么在这里卜卦？"

"是啊秦王，我们没有别的路了，必须干！"

"既然他们不常外出，那我们就引他们出来。秦王不想学隋炀帝杨广杀他父亲，但我们可以学学他怎么谋反！"

"这怎么讲，隋炀帝淫乱后宫，难道你要秦王也……"

"我不是那个意思！我是说隋文帝杨坚是怎么想废掉太子杨广的呢？是杨广动了他的女人，这让他受不了了！我们要将太子和齐王引出来，就一定要让陛下急。陛下是男人，世界上有哪个男人可以容忍自己的女人被别人占用。因此，我们可以揭发太子淫乱后宫，那陛下必然会让太子进宫对质，到时候我们就有机会下手了！"

"太子淫乱后宫，有证据吗？"

"我们不需要有证据！我们是要把太子引出来，其他的事不管！"

"陛下会信吗？"

"会信！一方面这事是秦王说的，另一方面这太子确实和张婕好关系非同一般，这唐王心里是清楚的。因此，只要秦王说出来，效果最起码也是进宫对质！"

"齐王呢？"

"好办！"

"那太子也不可能晚上去啊！"

"白天也可以啊，我们可以截断他回东宫的路！"

……

他们几个正讨论呢，突然有人来报，太史令傅奕来了！

这太史令傅奕来干什么呢？原来进入六月以后出了件怪事：连续三天太白金星都诡异地在白天出现，而星象学上说太白星当空，主当朝者更替！而这太史令傅奕主管的就是星象。经过几天的观察，傅奕竟然给出了"太白行于日侧而见于秦分，主秦王当有天下"的结论。这就要了命了，李渊听了以后大怒，让傅奕传旨秦王李世民进宫！

李世民一听这，心里有了主意，暗地里让长孙无忌他们开始准备截杀太子李建成！

到太极殿李世民见到了父皇李渊，见礼完毕李世民便问："不知父皇叫儿臣前来有何事？"

"今天太史令傅奕奏报说太白金星连续几天在白天出现，是说你秦王将主天下，你怎么看？"

"儿臣冤枉，儿臣绝不敢有此非分之想！"

"那怎么会有这种说法？"

"是大哥，一定是大哥和三弟他们散布谣言要置我于死地的，请父皇明察！"

"你大哥和三弟要置你于死地？"

"是啊，父皇。到此时我也不顾忌兄弟情分了，儿臣有事奏报！"

"你说。"

"太子和齐王灭绝人伦，与后宫嫔妃淫乱！"

"你说什么？"

"是儿臣亲眼所见。为了警示他们，儿臣把玉带放到了张婕妤的门口。却不想他们不但不思悔改，而且为了掩盖罪行，还要置儿臣于死地，请父皇明察！"

李渊听到这以后果然勃然大怒，即刻传旨太子和齐王第二天早上到太极殿与李世民当面对质！

到这时事情好像出乎意料地顺利，秦王他们的顾虑都没有了。时间上来说是一大早，合适！况且太子和齐王两个人都去，也不用再动干戈去收拾齐王！这是千载难逢的机会，所谓谋事在人，成事在天，李世民的路一下顺了。

唐武德九年六月四日（公元626年7月2日），李世民率领长孙无忌、尉迟恭、程咬金、段志玄、侯君集、张公谨、刘师立、公孙武达、独孤彦云、敬君弘、吕世衡、李孟尝等人带领八百军士埋伏在玄武门外的树林中。李建成、李元吉二人不知底细，一大早一起骑马奔向玄武门。此时，高祖李渊已经将裴寂、萧瑀、陈叔达、封德彝、裴矩等人召集前来，准备查验这件事情。他们不知道的是星象学上说的太白星当空，主当朝者更替的预言即将成为现实。李建成、李世民、李元吉这三兄弟将以最野蛮的一种方式解决他们之间的王位继承权之争！

李建成和李元吉来到了玄武门，觉得气氛有点不对，为什么？城头上没有士兵把守，觉得诧异。李建成就拨马想返回东宫，此时秦王李世民带着众将从树林当中冲杀了出来，想把太子李建成和齐王李元吉围住。李建成吓了一跳拨马就跑，恨爹妈少生了两条腿。李世民弯弓搭箭后说了一句："是你逼我的！"这箭就朝太子李建成射了过去，慌了神的李建成咽喉中箭命丧当场！李元吉见大哥死了，没命地朝东宫跑去，有一路人马拦住了他的去路。李元吉只得拨马又往树林中逃去，李世民也追了进去。可能是走得急，也可能是只顾着追李元吉，有点紧张的李世民竟然被路旁的树枝从马上绊了下来，重重地摔在了地上。李元吉看李世民坠马，回来夺过他手中的弓就想要把他勒死。幸好尉迟恭这时追了上来连发两箭，正中李元吉的后心，李元吉应声倒地。尉迟恭下马来到他的跟前，拔出刀把李元吉的头砍了下来。这一幕就发生在李世民眼前，李世民是看得真真的，夺眶而出的泪水深深地埋进了草地里。李建成时年三十八岁，李元吉时年二十四岁。

此时东宫部将冯立与薛万彻、谢叔方等率领东宫和齐王府的两千禁军赶到。秦王看对方人数众多，带领众将退入玄武门内，力量超穷的张公谨双手独闭城门挡住了禁军。东宫禁军随后开始猛攻，战斗力之强悍是李世民没有想到的。有几次李世民他们都差点顶不住了，敬君弘和吕世衡相继被杀。

更让李世民想不到的是薛万彻见玄武门久攻不下，喊着要去攻打秦王府。李世民心都凉了。此时的秦王府中的军丁都在皇宫，秦王府中空虚，只有家眷和一些文官。若此时东宫的禁军去攻打秦王府，后果不堪设想。正在这危急关头，尉迟恭站在玄武门城头，将李建成和李元吉的人头提了出来。众将见到太子和齐王的人头都死心了，再打已经没有了意义，纷纷放下手中的刀枪逃走了。薛万彻也带着十几个人逃走了。冯立见到这种情况，仰天长叹，将手中的剑插在玄武门前，面向太子和齐王的首级跪下说："冯立尽力了，总算报答了太子的知遇之恩！"说完磕了三个头慢慢地走回了东宫！

李世民到此时方才长舒一口气，接下来他要解决的便是他的父亲李渊。李世民让尉迟恭去，尉迟恭铠甲上全是血。李世民又把自己血淋淋的佩剑交到了他的手里。尉迟恭心领神会，提着剑恶狠狠地走进了太极殿。李渊一看尉迟恭进来时的神情，心里就是一惊：得，自己的皇帝到头了！但他也不慌，故作镇定地问尉迟恭："尉迟将军，外面何人作乱？"

"陛下，太子和齐王作乱，已被秦王下令诛杀！秦王怕陛下受惊，特派属下前来保护陛下！"

听尉迟恭这么说，李渊一颗悬着的心放了下来。因为他非常清楚，此时强悍的尉迟恭要杀自己就像踩死一只蚂蚁一样容易！

"好，就该如此，就让秦王去平定此次叛乱吧！"

"那就请皇上下旨，传令各军一律听命秦王，以免东宫继续作乱！"

　　李渊眼睛一闭，说："好，就按你说的办吧!"

　　于是，在玄武门之变中李世民用近乎野蛮的方式解决了他们兄弟之间的继承权之争。作为兄弟，李世民心狠手辣，手刃自己的亲兄弟，可谓歹毒。但作为君主，李世民遇事果敢，审时度势，有效地把控局势，为自己的集团争取到了最大利益。他用最小的代价夺过了本就应该属于自己的李唐政权，捍卫了自己一方的权益，绝对是一代明君。

　　玄武门之变后的第三天，李渊就册封李世民为皇太子。

第二十五章　贞观之治

DIERSHIWUZHANG ZHENGUANZHIZHI

　　唐武德九年八月初九（公元626年9月4日），李世民正式登基称帝。他任命李靖、徐懋功为左右军将军，秦琼为左卫大将军，程咬金为右卫大将军，尉迟恭为右武侯大将军，侯君集为左武侯大将军，段志玄为左骁卫将军，张公谨为右骁卫将军，高士廉为侍中，萧瑀为左仆射，封德彝为右仆射，房玄龄、宇文士及为中书令，长孙无忌为吏部尚书，杜如晦为兵部尚书，杜淹为御史大夫，魏徵为尚书左丞。第二年，李世民改年号为贞观。

　　在农业上李世民推行均田制，即闲置土地在耕作一定年限后归其个人所有，部分土地传给子孙，部分土地在身死后还给官府。这很大程度上调动了人们种粮的积极性，快速地恢复了生产。军事上实行府兵制，即军队在春、夏、秋三个季节回家种地，冬季到军营训练服役。这既解决了农耕缺乏劳动力的问题，又使国家兵源充足，战斗力得以保存。保留了科举取士制度，文武兼收，内举不避亲，外举不避仇，提拔任用了大批寒门学士。减免赋税，减轻老百姓负担。李世民的至理名言是：民，水也，可载舟，亦可覆舟！这样几年以后，大唐的经济很快恢复了过来，到了路不拾遗，夜不闭户的程度，李世民很是高兴。

　　唐贞观三年（公元629年）十二月中旬，太宗腾出手来开始讨伐突厥，李靖一战封神。当时已经60岁的李靖率领三千铁骑直扑突厥牙帐所在地——定襄大利城，李勣（徐懋功）则率领五万唐军先越过桑干河流域、通过杀虎口一带进入蒙古，对定襄展开侧围。

李靖到恶阳岭稍作调整后自恶阳岭出发直扑定襄，其间的距离不超过三十公里。到定襄以后，定襄顿时乱作一团。突厥首领颉利可汗错误地估计了形势，他认为唐军此时若不倾国而来，李靖岂敢孤军而至！他令部将坚守定襄吸引唐军，牙帐主力迅速撤出，向北迁徙到安全地带再做计较。此时唐军相距近，来势猛，仓促之下突厥人的撤退就变成了溃退。定襄很快被攻了下来，12岁的杨政道和萧后（萧后于贞观二十二年去世，葬于隋炀帝墓旁。）被俘，突厥被俘虏十多万人。李靖于是三千骑兵奇袭拿下突厥老巢定襄。

颉利可汗自定襄败退以后一路北撤，翻越阴山白道川平原，将牙帐暂时设于铁山，与李靖对峙于白道川平原。不久后李勣率领五万大军也杀到白道和李靖合兵一处，与突厥军发生交战。战役围绕争夺白道以及武川展开，结果李勣获胜，并控制了白道川平原，时间大致是贞观四年正月中旬。战败后颉利可汗无计可施派使者执失思力到长安求和，太宗与执失思力歃血为盟："代代子孙，无相侵扰！"太宗还派遣负责礼宾与外事工作的鸿胪卿唐俭前往颉利可汗驻地进行安抚。颉利可汗则放弃了桑干河流域和白道川平原退入阴山以北。他当时控制的人口有二三十万。为了保险，吉利可汗特意安排了一支五千人的队伍驻扎于白道川平原出口附近，以监视唐军的动向，防止唐军偷袭。

唐俭以朝廷特使的身份于二月初抵达铁山，与颉利可汗协商归降的具体事宜；同行而返的执失思力则赶赴李靖军中做协调工作。在这当中李靖成功地问出了铁山牙帐的具体位置，而太宗让执失思力去李靖那里将铁山牙帐的虚实说明，其意不言自明。

唐俭在铁山牙帐游说，突厥人以为我们真心招降，必然放松警惕，降低战备等级。如果跟踪突袭，这正是歼灭突厥主力的大好时机。李靖和李勣想来个了断，但张公谨表示反对："朝廷诏书是要我们迎接颉利可汗归降，不说别的现在我方的使者还在铁山，不应该在这时搞偷袭！"

李靖于是说："这是当年韩信破田横的计谋，牺牲了区区一个郦食其而迅速消灭了田齐这个大国，这买卖非常划算。唐俭为什么就不能牺牲呢？"

计策定下来以后，全军即刻分为两组。李靖带领一万骑兵组成先锋前队，穿越白道直扑铁山牙帐。李勣带领五万大军越过阴山进入山北平原，堵住颉利可汗逃往漠北的通路。

李靖首先面对的是白道北端出口的五千突厥人,一万对五千。交战的结果是突厥军全军覆没,无一人逃脱。此时距离颉利可汗的牙帐大约还有二百余里。经过一夜强行军,终于靠近到了突厥牙帐十里远的地方。巧的是黎明时分草原开始拉雾。为了进一步隐藏行迹,李靖派苏定方带领两百人的突击队直取颉利可汗的牙帐,自己则尾随其后跟进。这二百人的突击队一直到距离颉利可汗牙帐七里的地方才被负责警戒的突厥士兵发现。大雾之中牙帐周围数里一片混乱,颉利可汗仓皇出逃。失去牙帐指挥的突厥各部一盘散沙,大部分都投降唐军,义成公主被俘。这个女人很传奇,她先嫁给了启民可汗,启民可汗死后又嫁给了始毕可汗。始毕可汗之后又嫁给了处罗可汗,处罗可汗之后她又成了颉利可汗的女人。在雁门关替杨广解围的正是这个女人。在突厥是她一直鼓动尊隋反唐,所以李靖抓到义成公主后就地将其斩杀!

唐军于二月初九前后在铁山战胜颉利可汗并夺取了牙帐,二月十八日朝廷接到前方报捷后下诏书大赦天下。太宗甚至给了全天下人放开肚子大喝五天的特殊赏赐!

颉利可汗一路逃亡,从众只有一万多人向漠北逃去,一头又撞进了李勣五万大军的怀里,一万多突厥人都被李勣所俘虏。颉利可汗和几个随从侥幸逃走,投奔了巴彦淖尔的本罗可汗。但大同道行军总管李道宗部此时兵逼本罗可汗牙帐,李靖也率军正在逼近,被逼无奈的本罗可汗只得选择归降。

贞观四年(公元630年)三月十五,在本罗可汗的归降仪式上,他们交出了未能逃脱的颉利可汗。至此,伐突厥的战役取得了全面的胜利!李靖的两次骑兵突袭成为中国军事史上非常经典的长距离突袭作战的范例。后来李靖又率兵征服了慕容家族的吐谷浑。李靖在七十多岁高龄的时候率兵远征高丽,直到爬不起来为止,真正做到了人尽其才,死而无憾!

到此时我们该交代一下,秦琼和尉迟敬德为什么会成为年画中的经典人物呢?

相传有一天晚上唐太宗李世民做了一个噩梦,在梦里宋老生又提着他那把大砍刀在后面追着杀他。这让李世民非常害怕,而且连续几天都是这样。

这个宋老生像鬼魂一样缠着他，而李世民对宋老生是有忌惮的。在李世民征讨薛举的时候他就曾梦到过这个老头，他害李世民得了一场重病差点没死了！之后还被薛举打了个大败，得亏后来薛举死了，不然唐朝早没了。李世民想起这些就后怕：如今这宋老生又来找他，莫不是还要发生什么不好的事？他心里越这样想就越害怕，越害怕就越睡不着，好不容易睡着了还做这样的梦！十几天过后，李世民受不了了！

他脸色发白，眼圈发黑，人一下没了精神。秦琼听说以后和尉迟恭一起到后宫来看他。见太宗躺在床上，御医跪了一地，两人也吓坏了，这阵势看是不行了啊。他们赶紧来到床前，太宗就把梦到的情景和他们两个说了说。两人一听也确实蹊跷，怎么会有这种事呢？这宋老生死了已经十多年了，竟然清清楚楚地出现在太宗的梦里！莫不是有什么事？

"烧点纸钱吧！不是在那边缺钱了吧？"

"烧了，没有用。况且他缺钱也不会问我要啊！"

"要不做一场法会超度一下？"

"也做了，没用！"

"依我看哪，皇上你别管他，你且放心安睡。今天我和秦琼两个在你的床边守着给你壮胆！"

"是啊，想是皇上心里害怕所以睡不着，我们两个守着，你放心睡！"

"好吧，两位爱卿是朕依仗的股肱之臣，有你们两个在这儿我就放心了！"

说完，秦琼和尉迟恭找了两把椅子坐在了太宗李世民的床边。叫众人出去后，太宗慢慢地闭上了眼睛，没一会儿真的睡了过去，安安静静地整整睡了一夜！

第二天早上，太宗醒了过来，感觉周身清爽，非常高兴。"这宋老生果然害怕两位爱卿，不敢来了！"

但此时的秦琼和尉迟恭却是一脸的黑线，这两位一夜没睡啊！尉迟恭还行，但秦琼这几年一直重病缠身，药罐子从不离身。一晚上以后气都喘不上来了！太宗一看赶紧让人送他回府去吃药，秦琼出去后太宗就和尉迟恭在一边笑了起来。这还是那个在战场上出生入死、无往不胜的秦琼吗？

之后，太宗让秦琼把药罐子都搬到宫里来，又给两人搬来两张床。心是好的，想让这两位股肱之臣睡得舒适一点，但睡在一起以后李世民笑了。这秦琼一会一会地起来吃药，而尉迟恭那呼噜打得震天响，吵得李世民是根本睡不着。看秦琼也没睡着，于是李世民干脆和秦琼聊了起来："秦二哥！"

"皇上，你在叫老臣吗？"

"好久没有这样叫你了，一晃十几年过去了，真快啊！"

"是啊，岁月不饶人啊。如今老臣是越来越没用了，隔一会就得吃药，害得皇上你也睡不着！"

"唉，二哥说的什么话。睡不着我们正好聊聊，好久没和二哥聊了！"

"是老臣没用，皇上是让我们来守护着睡觉的，可如今……"

"我听说当年在瓦岗二哥可是皇帝的最佳人选？"

"不是什么最佳人选，只是那时瓦岗的头领翟让的确想把寨主之位让给我，也不是皇帝，土匪头子而已！"

"你为什么不要呢？"

"我觉得我不是那块料！秦琼上战场杀敌从来没怕过，但治理国家，我连想都没有想过！"

"可惜了。四平山那会儿我是见识过二哥的厉害的，就那帮人如果有一个像二哥一样的明白人领着，还真不好说！"

"皇上说笑了，秦琼只会领着他们打仗，却不会领着他们打天下！"

"嗯。有什么不同吗？"

"领着他们打仗，我冲在最前面就可以了，刀砍斧剁我都能顶住。但打天下冲在前面是没有用的，需要考虑的很多。秦琼只有一身蛮力，没那个命啊！"

"呵呵，二哥说得有理！如宇文化及、李密、王世充、窦建德，他们都做了皇帝，可最后怎么样呢？有什么用！"

"王世充流放后怎么样了？"

"想杀他的人太多了，被独孤机的儿子独孤修德杀了，为父报仇杀得王世充全家一个不留！"

"也是他作孽太多，终有此报！"

"细细想想有些事好像真的如二哥所说是冥冥中注定的。太原起兵一路走来，霍邑有宋老生，长安有屈突通，我们一群无名之辈，打得难啊！实在打不下来了，忍一忍，最后坚持了一下就又都过来了。平薛举，被打了个一败涂地。薛举如果来取长安，我们只有干看着的份，可偏偏薛举又死了。你们瓦岗又无缘无故地被三万人马的王世充打了个大败！呵呵，我们那时没有了四弟李元霸，看见你们这帮人愁啊，可巧都来投奔了我大唐。后来平刘武周，我看见尉迟恭我就知道他一定是我们的！好像那时我想要的一切都能得到，之后是王世充和窦建德，虽然不容易但都很顺利。二哥你记得吗？当年夜袭窦建德我们去了三千，回来还是三千一个不少！有时候觉得命运真是老天注定的！"

"哎！说是天注定，其实也不全是。在你看来，你们夺取长安是很幸运，但我听到的是你们拥兵二十万，而且还有三公主在长安城中接应。这样来说取下长安就是迟早的事，老百姓都支持你们，愿意跟着你们干。你们那时候虽然都是无名之辈，但你们心往一处想，劲往一处使。杨广残暴失了民心，老百姓都想着推倒他，即使他们有宋老生、屈突通这些名将也没用。"

"二哥说得对，每次我们遇到困难，遇到危险总有人为你出谋划策，总有人帮你分忧解难，总有人冒着生命危险去帮你、救你！被老百姓支持的感觉太好了。"

"所以我说是你们做得对，做得好，绝不是老天爷护佑，这是人心所向！"

"秦二哥，你觉得李密为什么失败了呢？"

"李密度量太小，不能容人，成不了大事，失败是迟早的事。"

"呵呵，我也不见得有多大度量啊！"

"皇上胸襟广阔，非常人可比。不说别的就说现在：宇文士及，宇文述的儿子，宇文化及的哥哥，皇上委以重任；萧瑀，杨广萧皇后的哥哥，皇上你任为仆射；封德彝，和宇文化及一起谋反并且杀了杨广的人，现为朝中重臣；尤其是对于魏徵、冯立和薛万彻的任用则彻底让人无话可说！"

"任用魏徵，一他是瓦岗旧将，是二哥的朋友；二是太子谋反以后我问过他为什么要离间我们兄弟的关系？他没有求饶，一副铮铮铁骨我非常欣赏。他说，如果太子早听他的，成功的就是太子！呵呵！"

"那冯立呢？"

"带的兵好啊，玄武门之变时我印象非常深刻。如果能为我所用，再好不过！"

"呵呵，皇上说得轻松，但你要秦琼实实在在地原谅宇文述那却绝不可能，这就是皇上你为什么是皇上的原因啊！"

"杨广失败的原因是失了民心，李密是度量小，那你说窦建德呢？他心胸宽广，老百姓也很支持他，为什么败了呢？"

"那时的皇上你羽翼丰满兵强马壮，窦建德他看不清形势，是螳臂当车自不量力！"

"二哥可不能这么说，这才过去几年啊！如今我这个皇帝做得是谨小慎微，丝毫不敢怠慢。运河如今我也在修，科举制度也在用，府兵制也是隋朝的，仗也在打，稍不留心我就是第二个杨广。为了不重蹈覆辙，我处处小心。他闭塞言路，我就广开言路；他广征赋税，我就减免赋税；他大兴土木，我就住他的旧的；他穷兵黩武，我则从不打没有把握的仗。他喜欢什么事自己干，我则放手让天下有才能的人去干；他认为天下人负了他，我尽量不负天下人！"

"其实不只是皇上怕了，老百姓也都怕了。谁都不希望过以前的那种日子，皇上能这么想那是天下人之福啊！咳咳！"

"在我心里，其实一直都觉得对二哥有愧！"

"哦，为什么呢？"

"因为单雄信！其实在洛阳我放了单雄信只要一句话，害二哥得了这场重病！"

"这也不能怪皇上你，我这病其实是长期征战沙场的结果，并非只是单雄信的死。我也是人，打了那么多年仗，在战场上受伤也是难免的。说到单雄信，其实皇上也没有什么愧疚的。因为皇上当时已经答应我们放了他，是单雄信他自己不愿投降，怪得了谁呢！"

"我是说如果我当时就赦免了他，那就没有长安那回事了！"

"我和单雄信情同手足，在潞州我当锏卖马，是他有情有义，几次三番厚待秦琼。也许落难的时候帮自己一把的兄弟是最难忘的。你说那时秦琼有什么呢，他图什么呢？送金子怕我不收便把金子打成金帛缝进我的被褥里面。

这是何等的礼遇，所以当他不听劝告执意求死时我才会因为急火攻心而吐血！这种事没有如果，我也不怪皇上！咳咳……"

"哦，聊着聊着都忘了，二哥你也休息吧！不过就老黑这呼噜声也睡不着啊？"

"呵呵，没关系，能为皇上尽点微薄之力秦琼死不足惜！"

"唉，二哥说的什么话，让你们两个睡在这里也不是个事啊！"

"皇上，没事！"

"呵呵，问题是我也睡不着啊，让我再想想！不如我们两个去偏殿睡吧！"

"呵呵，好，这老黑！"

第二天，太宗李世民找了画师给秦琼和尉迟恭各画了一幅画像，挂在了寝殿门口，这以后太宗便再也没有梦到过宋老生。这个故事后来传了出去，人们便有了在过年贴年画的习俗，流传至今！

贞观十二年（公元638年），秦琼完成了他的历史使命病逝。唐太宗李世民追赠其为徐州都督陪葬昭陵。还命人在秦琼墓前造石人马，用以彰显秦琼的赫赫战功。

贞观十三年（公元639年），唐太宗李世民追封秦琼为胡国公。十七年（公元643年），李世民令大画家阎立本画秦琼等24人的全身像入凌烟阁，史称凌烟阁二十四功臣。